KB123648

대두인

나선정벌

최지운 장편 역사소설

황금소나무

국립중앙도서관 출판예정도서목록(CIP)

대두인 : 나선정벌 : 최지운 장편 역사소설 /
지은이: 최지운. -- 서울 : 황금소나무, 2018
    p. ;   cm

ISBN 978-89-97508-50-1 03810 : ₩15000

한국 현대 소설[韓國現代小說]
역사 소설[歷史小說]

813.7-KDC6
895.735-DDC23   CIP2017035782

대두인
-나선정벌

2018년 1월 15일 1판 1쇄 인쇄
2018년 1월 19일 1판 1쇄 발행

지은이_최지운
펴낸이_정영석
펴낸곳_황금소나무
주 소_서울시 동작구 양녕로25길 27, 403호
전 화_02-6414-5995 / 팩 스_02-6280-9390
출판등록_제25100-2016-000064호
홈페이지_http://www.mindbooks.co.kr
ⓒ 최지운, 2018

ISBN 978-89-97508-50-1   03810

신류의 모험은 계속된다!

이 소설을 처음 기획했을 때가 2010년이었으니 무려 7년 만에 빛을 보게 되는 작품입니다. 제가 조금만 더 필력과 유명세가 있었더라면 일찍 세상에 선보였을 텐데 이제야 세상에 선보이게 만들어 먼저 제 작품에게 미안하다는 말을 건넵니다.

『대두인』은 역사책에서 단 몇 줄로 짧게 언급하고 끝내는, 그래서 한국사 시험을 준비하는 이들이 아니라면 잘 모르는 1658년의 제2차 나선정벌을 배경으로 하고 있습니다. 조선이 서양과 벌인 최초의 교전이었고, 총과 칼이 맞부딪치는 백병전이 아니라 오늘날과 같은 총격전이었다는 특징이 있지만, 대중들에게는 아직 잘 알려지지 않은 사건입니다. 그래서 이를 소설적 재미와 감동을 섞어 독자 여러분들에게 전해야겠다는 생각에 『대두인』을 집필하게 되었습니다.

소설을 쓰는 동안 본인은 참으로 행복하고 뿌듯했습니다. 독자 여러분들이 소설의 맨 마지막 장을 덮었을 때 이러한 제 마음이 전해지기를 진심으로 기원합니다.

『대두인』은 본인이 구상한 〈신류 3부작〉의 첫 번째에 해당하는 작품입니다. 1년 후에 효종이 보내는 사자로 임명되어 중원으로 건너가 명나라 부흥군의 수장인 정성공과 함께 대만을 점령한 네덜란드 세력을 몰아내는 이야기를 다룬『사자(使者)』, 천재 지략가인 허생과 함께 어영대장 이완의 명을 받들어 북벌을 수행할 어영청의 장수들을 규합하는 이야기를 다룬『대회합(大會合)』에서 신류의 모험은 계속됩니다. 장르도 차별을 두어『대두인』이 전쟁사극이었다면『사자』는 액션어드벤처,『대회합』은 〈어벤져스〉와 같은 히어로물의 외양을 갖출 것입니다.

부디『대두인』이 독자 여러분들의 큰 사랑을 받아『사자』와『대회합』으로도 찾아뵐 수 있기를 기원합니다.

감사합니다.

신류

함경도 북병마우후. 무술년(1658년) 조선 총병군의 사령관.

훈련도감의 명망 있는 포수병 교관이었으나 북벌을 반대하는 의견을 피력하다가 그만 북벌파인 서인 대신들의 모함을 받고 함경도 변방으로 쫓겨난다. 하지만 그들에게서도 조선 제일의 방포 실력은 인정받아 무술년에 단행되는 나선정벌군의 지휘관으로 지목된다. 비록 그는 억지로 맡겨진 자리였지만 대국 청나라도 쩔쩔매게 만드는 나선의 실상을 알고자 하는 호기심에 이를 수락하고 낯선 북녘땅에서 부하들을 잃지 않고자 하는 소망으로 오합지졸과 다를 바 없는 총병군을 정예의 용사로 거듭나게 만든다.

사이호달

영고탑의 양방장경이자 무술년 청군의 나선정벌군 도원수.

청나라의 개국공신으로 병자년에는 청 태종의 휘하로 참전하여 조선에 쳐들어와서는 젊은 신류와 맞붙은 적도 있다. 자신의 고향이자 임지이기도 한 왈가족들의 땅에서 생산되는 여우와 담비 가죽을 나선에게 빼앗기지 않고 몽땅 차지하고자 청나라와 조선 조정에 북만주 일대의 안녕을 부르짖으며 그들과 전쟁을 벌인다. 하지만 나선의 장수 스테파노프가 이끄는 군대에 고전을 면치 못하자 갑오년의 일을 상기하며 다시 한번 조선에 파병을 요청한다. 그는 신류를 때론 달래고 때론 겁박하면서 총병군의 힘을 이용해 이 기회에 나선을 박멸하고자 한다.

스테파노프

흑룡강 일대를 비롯하여 북만주 일대를 점거한 러시아 군대의 총사령관.

유럽 열강들과의 전투에서 세운 여러 전공으로 인하여 황제 알렉세이 1세의 총애를 한 몸에 받는다. 동아시아에서도 그의 진가를 유감없이 발휘하여 대국 청나라의 군대를 연거푸 물리치지만, 청국의 속국에 불과한 조선 총병군의 힘을 두려워한다. 그래서 조선과 동맹을 맺고자 은밀히 신류에게 밀사를 파견한다.

윤계인

조선 총병군의 젊은 지략가.

충분히 입신양명을 할 수 있는 높은 재주를 지녔으면서도 출사에는 뜻을 두지 않은 채 길주에서 훈장과 소설가로 세월을 보낸다. 장차 집필할 소설의 소재를 구하겠다는 생각으로 신류의 모병 부대에 자원한다. 병법에 능해 많은 계책을 내놓으며 총병군들을 위기에서 여러 번 구원한다. 포로가 되어 나선의 요새에 끌려갔다가 그곳에서 스테파노프가 아끼는 여자 부관인 이리나를 만나 사랑에 빠진다.

김사림

마상총의 달인.

신류의 부대에 들어오기 전까진 중원에서 스승인 노립대인과 함께 포로가 되어 고초를 겪고 있는 조선인들을 구해내는 활약을 펼쳤다. 몇 해 전 스승이 사이호달의 손에 그만 목숨을 잃자 복수를 하고자 하는 일념으로 사이호달이 이끄는 군사들과 함께 전선에 나간다는 신류의 부대에 계획적으로 입대한다. 그리고 호시탐탐 사이호달을 죽일 기회만을 엿보다가 마침내 그 순간이 찾아오지만 공교롭게도 자신의 상관인 신류에 의해 그만 좌절되고 만다.

김대충

조선으로 망명하기 전에는 명나라의 장수로서 청군을 여러 차례 격파한 명나라 말기의 명장 원숭환 장군의 휘하에 있었다. 장군이 명나라 조정으로부터 누명을 받고 억울한 최후를 맞는 걸 막고자 반역을 일으켰다가 조선으로 망명한다. 명나라의 장수이자 청군들도 벌벌 떠는 원숭환의 부하답게 무예와 병법에 능하여 총병군 내에서도 단연 두각을 나타내지만, 본인은 여전히 정체를 숨긴 채 열벌마을로 끌려온 한족 노예들이 탈출하는 데 일조한다.

배명장

환갑이 넘은 조선 총병군의 백전노장.

광해군이 재위할 당시에 강홍립 장군의 부장으로 그를 따라 후금을 정벌코자 출전한 전력이 있다. 오랜 세월 후금에서 포로 생활을 하다가 병자호란 이후 마침내 고국으로 돌아왔지만, 조정과 세간의 사람들이 제대로 싸워 보지도 못하고 항복한 그를 비겁한 소인배라고 손가락질한다. 조정의 명을 받든 것이었건만 인조로 임금이 바뀐 조정에서 무인으로서의 불명예를 떠안고 연일 불행한 나날을 보냈던 그에게 나선정벌의 참전은 그간의 치욕을 씻을 수 있는 절호의 기회이다.

이응생

변급 장군을 따라 갑오년 1차 나선정벌에 참전한 경력이 있는 역전의 용사.

당시에 나선의 대군을 물리치는 큰 전과를 거두지만 반면 함께 참전하였던 정인을 전쟁터에서 잃는 아픔을 겪는다. 그녀의 목숨을 앗아간 나선에게 복수를 하기 위해 이완에게 청을 넣어 무술년에 나선정벌에 나서는 신류의 부대에 합류한다.

정계룡

함경도 최고의 명포수.

뛰어난 방포 실력을 지녔으나 집안이 몰락하여 무과 응시는 감히 꿈도 꾸지 못하고 그저 험준한 함경도 산속에서 호랑이를 잡아 그 가죽과 고기를 팔며 생계를 연명한다. 어마어마한 빚을 갚지 못하여 대신 그의 여동생이 팔려 갈 위기에 놓이자 많은 녹봉을 지급한다는 신류의 총병군에 자원한다. 그의 방포 실력을 눈여겨본 신류가 그를 총병군의 방포 교관으로 임명하지만, 미천한 신분의 그를 교관으로 받아들여야 한다는 사실에 초원들이 심한 반감을 품는다.

유복

함경도 내에서 거대 상단을 운영하는 행수.

막대한 돈을 모아 양반의 신분을 사고는 정계룡을 사모하던 양반가의 여식마저 아내로 취한다. 아내에게 당당한 남편이 되고 싶어 총병군에 많은 물자를 제공하는 대가로 군관의 벼슬을 제수받는다. 총병군의 물질적인 어려움을 해소해 주는 고마운 존재이지만 신류를 비롯한 총병군들은 그를 탐탁히 여기지 않는다. 반면 정계룡과는 돈독한 우애를 쌓아 나가지만, 아내가 예전에 사모하였던 사내가 그라는 사실을 알아차리고부터는 심한 질투를 느낀다.

이충인

군기시(軍器寺)의 관헌.

조선 제일의 병기 장인 자리를 놓고 박연(벨테브레)과 맞수 관계를 형성한다. 나선의 조총을 입수하여 경연에서 박연을 짓누르겠다는 욕심에 신류의 총병군에 자원한다. 군기시에서 이름난 관헌답게 각종 기발한 무기들을 선사하여 나선과의 교전에 큰 보탬을 준다.

이리나

스테파노프 장군이 아끼는 부장으로 쿠마르스크에 주둔하는 러시아 주둔군의 이
인자.

포로로 붙잡힌 윤계인의 계책을 받아들여 직접 신류를 만나 조선과 나선의 동맹
을 추진하는 밀사를 맡는다. 여러 차례 위험한 순간을 맞이하지만, 그때마다 윤계
인의 도움을 받으면서 어느새 그를 사모하는 마음을 품게 된다.

이완

훈련도감의 대장.

신류가 훈련도감에 복무할 적에는 그의 상관이기도 하였다. 서인 대신들 때문에
억지로 추대되긴 하지만 총병관의 자리는 신류가 적임자라고 여기며 그를 적극적
으로 회유한다. 그뿐만 아니라 출정 준비에 어려움을 겪는 그를 물심양면으로 도
와준다.

변급

갑오년 1차 나선정벌군의 총병관.

신류가 훈련도감에 복무할 적에는 함께 포수병 교관을 지냈다. 갑오년의 전공으로
미관말직에서 수군절도사까지 오르는 등의 출세를 하며 모든 무관의 표상이 된다.
하지만 스테파노프가 이끄는 나선 군대의 무서운 전력을 똑똑히 기억하는 그는
무술년 출정이 실패할 것이라 생각하며 재차 총병관 자리를 맡아 달라는 조정의
요청을 자신이 늙었음을 핑계로 거부한다.

효종

나선정벌 당시 조선의 임금.

봉림대군으로 불리던 왕자 시절에 병자호란이 발발하여 조선이 청에게 굴욕적인 항복을 한 사실을 잊지 못하고 그 치욕을 만회하고자 북벌을 부르짖으며 군사력을 키운다. 신류가 뛰어난 방포 실력을 갖춘 데다 청 태종이 이끄는 군대와 용감히 맞서 싸웠다는 과거를 알고는 북벌을 실현할 만한 재목이라 여기며 그를 더욱 총애한다.

정연

신류의 옛 정인.

정축년에 청 태종의 군사에게 끌려가던 그녀를 신류가 구해 준 것을 계기로 그를 사모하게 된다. 그러나 자신을 능욕한 영고탑 물헌장의 자식을 잉태하게 되자 하는 수 없이 신류의 곁을 떠나 청나라로 건너가 물헌장의 아내가 된다. 세월이 흘러 나선을 정벌하고자 영고탑을 찾아온 신류와 반갑고도 안타까운 해후를 한다.

송시열

북벌을 부르짖는 서인 당파의 수장.

명망 있는 학자이자 문장가이며 조정의 중신이지만 당파의 안위만을 생각하는 비열한 행동을 서슴지 않는다. 청나라의 파병 요청을 거부하면 다시 한번 청나라와의 전쟁을 피할 길이 없고 만약 패배하면 북벌을 주창하는 서인은 몰락할 것이라는 결론에 도달하자 당론과는 다르게 순순히 응하는 모습을 보인다.

| 차 례 |

1. 노장(老將)

신유년(1680년) 이월의 보름밤이었다. 오늘따라 업무를 일찍 마치고 한가로워진 신류는 홀로 서재에서 무술년(1658년)에 적은 일기를 오랜만에 펼쳐 보았다. 일기의 시작은 이러하였다.

무술년 사월 육일 맑음
출정에 나설 병사들을 한 사람씩 살펴보았다. 그런 다음 그들에게 방포 조련을 시켰다.

그리고 일기는 이렇게 끝맺었다.

무술년 팔월 이십칠일 맑음
날이 밝기 전에 병사들이 도강을 마쳤다. 그런데 도중에 길주 출신 박선 등 네 명이 탄 나룻배가 뒤집히는 일이 벌어졌다. 다행히 그들은 목숨을 건졌으나 가지고 있던 총은 모조리 잃어버리고 말았다. 저녁에 부대는 마침내 종성 행영에 당도하였다.

신류가 후임 총병관에게 주려고 그동안 고이 간직했던 일기는 그러나 끝내 아무에게도 전해 주지 못하였다. 청나라가 이십 년 가까이 조정에 파병 요청을 하지 않은 까닭이었다. 비록 일기가 새 주인을 만나지 못하고 여태 신류의 손에서 썩고 있었지만, 그는 참으로 다행스러운 일이라고 여겼다. 그건 이제 이 땅의 젊은이들이 애꿎게도 남의 나라의 전투에서 허망하게 목숨을 잃을 염려가 점점 사라지고 있다는 증거였다. 그는 이제 이 일기를 가보로 삼아 후손들에게 물려줘야겠다고 생각을 고쳐먹었다. 그가 후손들에게 지난 생애의 자신의 업적을 자랑하고픈 마음이 들어 그리하려던 건 아니었다. 후세에 반드시 이 일기를 보고자 하는 이나 이를 필요로 세상이 올 것만 같다는 예감이 들어서였다.

한참이나 서재에 틀어박혀 있던 신류는 어느새 답답함을 느끼기 시작하였다. 때마침 시장하기도 하여 그는 서둘러 평복으로 갈아입고 포도청을 나섰다. 운종가를 사이에 두고 포도청과 마주 보며 선 북한산 꼭대기에 둥근 보름달이 걸리었다. 달은 마치 밤마실을 나온 사람들을 빤히 구경하는 듯하였다.

신류는 허기진 배를 달래기 위하여 호종하는 포졸도 없이 홀로 객주로 향하였다. 여염집 개들의 울음소리가 어느새 그의 귓가에 다가와 적적한 밤길의 동무가 되어 주었다. 가장 가까운 객주는 운종가의 한복판에 자리하였다. 병오년(1666년)까지는 그곳에서 나선정벌에 참전했던 용사들이 해마다 회합을 벌이곤 하였다. 그러나 하나둘씩 죽거나 소식이 끊기면서 이제는 회합을 벌이지 않았다. 이제 신류나 그들에게 무술년의 나선정벌은 아련한 옛 추억으로만 남아 있을 뿐이었다.

신류는 지난해에 숙종의 명으로 포도대장에 부임하면서 객주의 단골이 되었다. 사실 포도대장은 신류에게 전혀 달갑지 않은 자리였다. 삼 년 전에 임기를 마치고 삼도수군통제사의 자리에서 물러나면서 신류는 더는 벼슬에 나아가지 않겠다는 뜻을 조정에 정중히 밝혔다. 어느덧 환갑을 바라보는 연로한 몸인지라 인제 그만 낙향해서 여생을 편안히 보내고 싶은 마음이 컸던 탓이었다. 그러나 숙종은 이러한 그의 뜻을 외면하였다.

신류가 포도대장에 임명된 경위는 이러하였다. 지난해 팔월 중순의 어전회의에서였다.

"과인은 오랫동안 공석으로 놓인 포도대장의 자리를 더는 좌시할 수 없는바 이번에는 기필코 심성이 올곧은 자로 앉히려고 한다. 대신들 중에서 그 자리를 능히 맡을 수 있는 자를 알고 있다면 허심탄회하게 말해 보도록 하라."

대부분의 신하가 자신의 일가친척이나 같은 당파 사람들을 천거하였다. 그들의 얄팍한 속셈이 훤히 들여다보이는 숙종은 그들이 하는 말을 전혀 귀담아듣지 않았다. 하지만 예조참의 김만중에게만은 달랐다. 그는 친척도 아닌 데다 당파와도 전혀 무관한 인물을 천거하였다. 그게 바로 신류였다.

"그는 일찍이 전장에 나가 공을 세운 장수이며 지방의 요직을 두루 거쳤기에 관록을 자랑하옵니다. 게다가 청백하고 근면하며 위엄과 덕망을 고루 갖추어 부하들과 백성들의 칭송을 널리 받고 있습니다. 이런 자야말로 전하께서 원하시는 포도대장의 상에 어울리는 자가 아니겠사옵니까?"

워낙 대쪽 같은 성격을 자랑하는 김만중의 천거인지라 숙종도 더는 고민하지 않고 결정하였다. 이 소식을 접한 신류는 재차 삼차 거절의 상소를 올려보았으나 아무런 소용이 없었다. 그리하여 신류는 근 이십여 년 만에 다시 도성으로 돌아오게 되었다.

지난해 겨울에 부인과 사별한 후로 신류는 자주 객사에서 차려주는 저녁을 물리치고 객주에서 저녁을 해결하였다. 늘 시래기 국밥을 안주 삼으며 탁주를 두어 사발 정도 마셨다. 그가 굳이 그곳에서 저녁을 해결하는 연유는 백성들과 격을 두고 싶지 않아서였다. 날마다 객주를 오가는 장삼이사들의 말을 엿들으면서 정확한 세상 물정을 알고 싶었다.

헌데 오래 못 가 신류를 알아보는 사람들이 서서히 늘어났다. 남들의 이목을 받지 않으려고 늘 후미진 곳의 탁자에만 골라 앉았음에도 백성들의 눈치는 실로 대단하였다. 별수 없이 신류는 솔직히 자신의 신분을 밝히고는 그들에게 합석을 권하였다. 여섯 달이 지난 작금에 이르러서는 도성의 백성들이 신류를 고관대작이 아닌 마을의 웃어른으로 편하게 대하며 스스럼없이 그와 술과 고기를 나누어 마셨다. 그러면서 자연스레 자신들의 고충을 그에게 털어놓았다. 신류는 자신의 권한으로 해결할 수 있는 일들은 다음 날 바로 조치를 취하였고 그러지 못하는 것들은 전하께 친히 상소를 올렸다.

이월의 보름밤에도 신류는 객주에서 평소와 다름없이 그곳을 오가는 수많은 사람과 격의 없는 담화를 나누었다. 그러다 보니 어느새 두 시진이 훌쩍 흘렀다. 그는 인제 그만 자리에서 일어나 객사로 돌아가려고 마음먹었다. 그럴 적에 아직 수염도 나지 않은 앳된 외모에 단정히 도포를 입고 점잖게 갓을 쓴 젊은 선비가 그에게 다가왔다.

"혹시 포도대장이신 신류 대감님이십니까?"

신류는 오늘 처음 대하는 젊은 선비의 안면이 왠지 낯설지가 않았다. 대체 어디서 만난 인연일까 곰곰이 생각해 보기 시작하였다. 그러다 마침내 도포와 갓을 지우고 곤룡포를 입은 데다 익선관을 쓴 그의 모습을 머릿속으로 그려보았다. 그러자 모든 게 분명해졌다. 지금 신류의 눈앞에 서 있는 선비는 도성에서 흔히 볼 수 있는 어느 양반가의 잘생긴 도령이 아니라 지엄하신 이 나라의 임금이었다.

선비의 정체를 알게 된 신류는 황급히 자리에서 일어나 예를 올리려 하였다. 하지만 숙종은 남들이 알아보지 못하게 가만히 있으라는 손짓을 그에게 보냈다. 신류는 단번에 전하가 자신이 암행 중이라는 사실을 주위의 백성들에게 들키고 싶어 하지 않는다는 걸 깨달았다.

"가까이에서 직접 장군님의 얼굴을 뵈오며 술이나 한잔 얻어 마실까 해서 이리 용기를 내었습니다."

"잘 왔네."

하는 수 없이 신류는 숙종의 정체를 숨겨 주기 위해 감히 무례하기 짝이 없는 줄 알면서도 임금에게 하대를 하며 탁주를 한 손으로 따라주었다. 숙종은 그걸 받아 단숨에 비웠다. 신류는 숙종이 자신의 옆자리에 비스듬히 세워 둔, 기다란 총신을 자랑하는 나팔총에 시선을 멈추었다.

"점잖은 선비께서 어찌 총을 지니고 계시는가?"

물론 속뜻은 전하께서 어찌 위험천만하게도 총을 소지하고 계시느냐였다.

"중원에서도 구하기 어려운 귀한 총이라고 운종가의 철포 상인이 하도 떠들어 대기에 가진 돈을 몽땅 털어 샀습니다. 참, 그러고 보니 장군께서는 조선 팔도에서 방포술이 가장 뛰어나시기로 명성이 자자하다지요?"

"아닐세. 다 지난 일이지. 이젠 다 늙어빠져 어디 총이나 제대로 들 수 있을지 모르겠네."

"그 재주가 어디 가기야 하겠습니까? 그러고 보니 이 총은 소인보다는 장군님께 더 잘 어울릴 것 같습니다. 하오니 제가 드리는 선물을 기꺼이 받아 주십시오."

숙종은 두 손으로 공손히 신류에게 나팔총을 건넸다. 사정을 모르는 이들은 그저 정겨운 사람들끼리 선물을 주고받는 것으로 보였겠지만 신류에게 이건 엄연히 주군께서 친히 내리시는 하사품을 받는 자리였다.

"어찌 이 귀한 총을 넙죽 받을 수 있겠나?"

"하오시면 장군님의 무용담을 들려주십시오. 무술년에 흑룡강에서 나선을 물리친 이야기 말이옵니다."

"어허, 들어 봐야 쓸데없는 지난 일에 불과할 터인데?"

신류는 점잖게 숙종에게 사양의 뜻을 전하였다. 그러나 숙종의 고집은 만만치 않았다.

"청나라가 두려워하였던 나선, 그 나선도 두려워하였던 대두인들의 전사가 아닙니까? 그게 어찌 들어 봐야 부질없는 지난 일입니까? 바라옵건대 꼭 소인에게 들려주시옵소서."

남들이 보기에는 어느 호기심 많은 젊은이가 노장에게 드리는 간곡한 청이었겠지만 신류에게 이건 전하의 추상과도 같은 어명과 진배없었다.

"정 그리 원한다면 객사로 자리를 옮기겠는가? 그곳에 남들이 봐주지 않아 여태 잠들어 있는 벗이 하나 있다네. 그자가 나보다 더 소상히 그때의 일을 들려줄 걸세."

그날 밤 숙종은 신류의 북정일기를 본 최초의 독자가 되었다.

2. 나선(羅禪)

회령에서 천이백 리 떨어진 북만주의 흑룡강에 낯선 오랑캐가 출몰한 시기는 효종이 즉위하고 나서 얼마 되지 않아서였다. 청나라는 이들을 나선이라 칭하였다. 당시 조선이 파악하고 있던 나선에 대해서는 다음과 같은 정도에 불과하였다.

생김은 왜국의 장기현을 드나드는 화란인과 닮았다. 금발 머리에 하얀 피부, 훤칠한 키에 떡 벌어진 어깨를 자랑하는 그들은 화란 출신의 군기시 관헌 박연과 너무나도 흡사하였다. 그러므로 나선이 구라파에서 건너왔다는 것은 의심할 여지가 없을 듯하다. 그들은 작금에 기이한 모양의 배를 타고 흑룡강을 오르내리며 왈가(曰可)를 마구 약탈하는 실정이다.

청나라는 나선과 여러 번 전투를 벌였지만 모두 속절없이 패하고 말았다. 머스킷 총을 능숙히 다루는 그들에게 고작 칼과 창으로 덤비는 청군은 아무리 그 수가 많아도 도무지 상대가 되지 않았다.

그러자 청나라에서는 갑오년(1654년)에 조선 조정에 파병을 요청하였다. 풀어놓은 세작을 통해 조선이 훈련도감이라는 기관에서 정예의 포수병들을 양성하고 있다는 사실을 알아차린 까닭이었다. 그들이 비단 조선 포수병의 힘을 빌려 나선을 북만주에서 몰아내기 위함만은 아니었다. 포수병들을 양성한 조선의 저의가 무엇이며 그들이 얼마나 위력적인지를 파악하고자 하는 연유도 담겨 있었다. 청나라는 명나라를 몰아내고 드넓은 중원 대륙을 차지하였으면서도 여전히 조선에 대해 일말의 두려움을 가지고 있었다.

인조가 정축년(1637년)에 청 태종에게 굴욕적인 항복을 하며 맺은 조약으로 인하여 조선은 청나라가 군사를 요청하면 반드시 응해야만 하였다. 거부하면 또 한 번 그들의 거센 말발굽이 조선을 마구 짓밟을 것이었다. 하는 수 없이 조정은 변급을 총병관에 임명하여 훈련도감에서 차출한 백여 명의 포수병들과 함께 흑룡강으로 출전시켰다. 변급은 단 한 명의 사상자도 없이 나선을 물리치고 무사히 귀환하였다.

그러자 청나라는 정유년(1657년)에 다시 한번 조정에 파병을 요청하였다. 갑오년의 전공이 우연인지 아니면 실력인지를 제대로 판가름 한 다음 후자라면 조선에 대해 특별한 조치를 취하려 함이었다. 이번에도 조정은 청나라에게 싫다는 내색 한번 보이지 못하고 함경도 북병마우후인 신류를 총병관에 앉힌 다음 일군을 이끌고 머나먼 북녘땅으로 출정하라 명을 내렸다. 이에 신류는 명을 받들어 청군과 합류하기로 약속된 영고탑으로 출병할 채비를 하기 시작하였다.

그게 정유년(1657년) 구월의 일이었다.

3. 격전(激戰)

쿠마르스크 요새로 청나라의 대군이 밀려오고 있다는 소식이 그
곳에 주둔 중이던 러시아군에게도 전해졌다. 무려 일만 명에 달한다
는 엄청난 규모에 요새를 구축한 이래 단 한 번도 패배한 적이 없던
러시아군 내에서도 동요가 일어났다. 요새 수비 병력이 청군의 오 분
의 일에도 못 미치는 까닭이었다. 허나 요새 및 요새 주둔군 사령관
이자 황제로부터 동시베리아 원정의 모든 전권을 위임받은 스테파노
프 장군은 이러한 소식에도 표정 하나 바뀌지 않고 부관과 즐기던
체스에 몰두하였다.

"혹시 대두인들이 포함되어 있지는 않더냐?"

대두인은 러시아군들이 조선군을 일컬을 적에 쓰던 호칭이었다. 적
들이 쳐들어오고 있다는 소식을 전하기 위해 스테파노프의 집무실
에 들른 부장 이리나가 상관의 질문에 답하였다.

"왈가족들이 전해 온 바로는 큰 전투모를 쓴 자주색 군복의 병사
들은 보이지 않는다 합니다. 아무래도 이번에는 대두인들이 참전하
지 않은 것 같습니다."

이리나는 요새 주둔군 내에서의 유일한 여성 무장이었다. 삼 년 전
에 대두인을 앞세운 청군에게 뜻밖의 패배를 당하고 문책을 당한 전
임 사령관의 뒤를 이어 부임한 스테파노프와 함께 이곳에 왔다. 병사
들은 그녀를 장군의 부관이 아니라 애첩이라고 수군거렸다. 그도 그

럴 것이 전장을 누비는 군인이라고 보기에는 황제가 매주 주관하는 모스크바의 대연회에 참석해서 호화로운 치장과 장식을 뽐내는 귀족들의 딸들보다 더 빼어난 미모와 몸매를 자랑하였기 때문이었다. 하지만 이리나는 자신의 뛰어난 사격술로 이를 불식시켰다. 요새 주둔군 내에서 그녀보다 더 사격에 능한 자는 없었다.

격전의 와중에서 그만 묶었던 머리칼이 풀려 그녀의 금빛 자수가 흩날릴 적이면 이를 지켜보던 많은 병사가 생사를 오가는 긴박감과는 또 다른 심장의 요동을 느꼈다. 그건 어깨나 허벅지에 입은 상처를 치료하기 위해 스스럼없이 새하얀 맨살을 드러낼 적에도 마찬가지였다. 스테파노프만이 그녀를 부하 그 이상으로도 이하로도 여기지 않았다.

"그렇다면 별문제 될 게 없겠군."

"사격에 능한 대두인들이 참전하지는 않았다고 하나 그 군세를 결코 가볍게 보아서는 아니 됩니다."

"적의 총대장은 이번에도 역시 사르후다 그자겠지? 그자와의 전적이 18전 17승 1패였던가? 그 1패도 대두인이라는 변수에 의한 것이니 논외로 치기로 하고. 이번에는 어디 그동안 전술에 관해 좀 깨우침이 있었는지 확인해 보기로 할까?"

스테파노프는 그 일환으로 이번의 전투는 쿠마르스크 요새 앞에 넓게 펼쳐진 평원에서 펼치기로 하였다. 이리나는 목소리를 높여 가며 단호하게 반대의 뜻을 피력하였다. 지형지물의 이점을 전혀 살릴 수 없는 평원에서 펼쳐지는 회전은 아무래도 병력의 우위에 있는 쪽이 유리할 수밖에 없다는 것은 한낱 말단의 병사라도 다 아는 상식이었다.

"이번에도 녀석들은 아무르강 중류쯤에서 선상 교전을 벌일 거라 예상할 터이니 필시 말을 대동하지 않을 것이다. 그럼 회전을 펼쳐도 녀석들의 장기인 기마술은 선보일 수 없을 터이고……."

그러면서 스테파노프는 체스판 옆에 놓아두었던 책 한 권을 집어 이리나에게 흔들어 보였다. 그 책은 로마 제국이 아직은 그 영역이 이탈리아반도에 머물던 시절, 지중해 너머 대국의 카르타고와 싸웠던 시절의 이야기를 다루고 있었다. 우스운 점은 로마인의 관점에서 쓴 저서임에도 책의 겉표지는 로마의 가장 위대한 적수였던 카르타고의 총사령관 한니발의 목판화로 장식하였다는 것이다. 이리나는 그걸 보자 의미심장한 미소를 지어 보였다. 상군이 어떠한 전술로 청의 대군을 섬멸할 것인지를 이내 파악했기 때문이다. 비록 독창적이지는 못했어도 천여 년이 넘는 지금에 와서도 그 가치를 인정받는 전술을 스테파노프는 그대로 구사해 볼 생각인 것이다.

한편 청의 도원수 사이호달은 그 어느 때보다 많은 군사로 인해 한껏 부풀어 오른 자신감을 안고 흑룡강을 거슬러 올라가는 중이었다. 스테파노프로부터 여태 만난 적장들 중에서 가장 무능하다는 비판을 받는 사르후다가 바로 사이호달이었다. 그는 조만간 나선의 군선을 만나 교전을 벌일 거라는 생각에 며칠 전부터 온 신경을 곤두세웠지만 예상했던 일은 벌어지지 않았다. 그는 순조롭게 적의 본거지인 호마(쿠마르스크)에 근접하자 이내 긴장의 끈을 놓아 버리고 말왔다.

"아무래도 녀석들이 대군의 위용에 감히 맞서 싸울 엄두를 못 내고 요새에 틀어박히기로 한 모양입니다."

물헌장이 한껏 고무된 목소리로 앞으로 펼쳐질 전황을 사이호달에게 늘어놓았다. 사이호달도 이에 동의하는 듯 입가에 흐르는 웃음을 감추지 못하였다.

"적의 요새가 아무리 견고하다 한들 며칠을 버티지 못할 게야. 아니 놈들이 버틴다고 발버둥을 쳐 보아도 이십 년 전에 조선의 왕이 숨어들던 성을 점령할 때처럼 길어야 한 달이겠지."

그러나 사이호달은 나선의 군대가 요새 앞에 펼쳐진 거대한 평원에 진을 치고 있다는 척후병의 보고를 받고는 다소 당황한 기색을 보였다. 그래도 이내 여유를 되찾고는 진군의 속도를 늦추지 않았다. 평원에서는 병력의 우위가 승패를 판가름한다는 걸 아무리 적들에게 무능하다 조롱받는 그로서도 잘 아는 바였고 만약 회전에서 대승을 거둔다면 수비병이 사라진 요새를 지루한 공성전 없이 쉽게 얻을 수 있다는 판단이 들었던 까닭이기도 하였다. 호마 요새를 점거하고 북만주에서 나선의 세력을 완전 소탕하면 북만주의 왕으로 임명하겠다는 황제의 약속이 조만간 이루어질 것이라는 생각에 그는 밤잠을 설치기도 하였다.

마침내 정유년 칠월 초일에 청나라의 사이호달이 이끄는 일만 대군과 러시아의 스테파노프가 이끄는 일천오백여 명의 요새 주둔군이 아직 그 이름도 갖지 못한 넓은 평원에서 맞붙게 되었다. 이따금 평원 상공을 무리 지어 날아가는 매의 눈으로 양군의 배치를 살펴보자면 다음과 같았다. 양군 모두 좌우익에는 총병들을 배치한 것은 같았다. 하지만 중앙에서는 그 부대 구성이 달랐다. 청군이 큰 칼에 육중한 갑옷을 입은 병사들로 무장하였다면 러시아군은 좌우의 양 날개와 마찬가지로 병사들이 모두 총을 손에 들었다. 다만 총열 끝에 길고 날카로운 검이 매달려 있다는 게 좌우의 군사들과 다른 점이었다.

긴 사정거리를 자랑하는 러시아의 대포가 일제히 불을 뿜는 것을 시작으로 양군의 교전이 시작되었다. 초반에 청군의 중앙 부대는 조총으로 무장한 러시아군의 빗발치는 사격에 속수무책으로 당하였다. 하지만 이는 사이호달도 이미 계산했던 바인지라 전혀 개의치 않고 진격을 재촉하였다. 양군이 서로 부딪혀 백병전만 펼쳐진다면 중무장을 갖춘 아군의 보병이 적들을 도륙 낼 것이라 믿어 의심치 않았다. 허나 두 식경 후, 막상 백병전이 전개되었어도 그가 원하던 그림은 전혀 그려지지 않았다.

눈앞에 다다른 러시아군은 사격을 멈추고 일제히 총을 마치 창처럼 사용하며 총열 끝에 달린 검으로 청군을 제압해 나갔다. 청군으로서는 듣도 보도 못한 검술에다 둔중한 자신들과는 달리 좌우의 총병들과 똑같이 가벼운 군복을 입어 상대적으로 날렵한 그들에게 수적 우세에도 불구하고 압도적인 전황을 만들어 나가지 못했다. 게다가 기마병을 구성할 수 없었던 청군과 달리 요새에서 대기 중이던 러시아의 기병들은 스테파노프의 신호로 이리나의 지휘를 받으며 순식간에 전장으로 돌진해 청군 중앙 부대의 좌우를 맹렬히 공격하였다.

한편 청군의 좌우익은 중앙보다 더 심한 어려움을 겪고 있었다. 다섯 배나 많은 병력이었지만 형편없는 방포술로 인해 한 시진도 못 돼서 그들은 러시아군에게 밀려 후퇴를 거듭해야 하였다. 그들이 군선을 정박해 놓은 강어귀까지 물러나는 것을 확인한 러시아군의 좌우익은 더는 그들을 쫓지 않고 방향을 돌려 청군 중앙 부대의 후위를 공격하였다.

어느새 러시아군에게 사방이 둘러싸인 청군의 중앙은 오도 가도 못 하고 그 자리에서 러시아군들의 살아 있는 과녁이 되어야만 하였다. 러시아군이 만들어 놓은 시신은 순식간에 널따란 평원을 피로 물들이며 야트막한 언덕을 만들었다. 러시아군은 이 기세를 몰아 청군의 잔여 병력이 남은 강어귀로 진격하였다. 사이호달을 비롯하여 전장에서 간신히 목숨을 건진 일부의 병사들이 황급히 군선에 올라 흑룡강 하류로 도망쳤다. 청군이 또 한 번 러시아군과의 전적에서 1패를 추가하는 순간이었다. 단순한 패배가 아니라 치욕에 가까운 전멸이었다.

스테파노프는 들판에 아무렇게나 버려진 적들의 시체를 바라보며 고대의 위대한 장군이 펼쳤던 훌륭한 전술에 감탄하였다. 그리고 그날 밤 요새에서 승리를 축하하는 파티를 벌였다. 병사들은 그날만큼은 머나먼 땅에서 고향을 그리며 사무쳤던 마음이나 외로움 따위는 싹 잊어버리고 술과 여자를 취하며 맘껏 즐겼다. 이들과는 달리 이리나는 여전히 경직된 얼굴을 풀지 않은 채 이들을 지켜보았다.

"대군의 적을 맞아 대승을 거두었는데도 뭐가 그리 근심스러운 얼굴인가?"

어느새 그녀의 곁으로 다가온 스테파노프가 술잔을 건네며 물었다.

"아무래도 녀석들이 다음에는 대두인을 대동하지 않을까요?"

이리나가 공손히 술잔을 받으며 대답하였다.

"우리에게 쓴맛을 당했으니 당연히 그리하겠지."

스테파노프는 태연하게 술잔을 비우면서 말하였다.

"그걸 원하는 바야. 이번에야말로 그들과 제대로 붙어 봐야지."

"이길 수 있으시겠습니까?"

진지한 표정으로 묻는 이리나에게 스테파노프는 또 한 번 짓궂은 표정을 지으며 답하였다.

"이번엔 어떤 위대한 장군의 전술을 모방해 볼까나?"

러시아군에게 대패를 당하고 허겁지겁 영고탑으로 귀환한 사이호달은 급히 병부상서에게 조선군의 파병을 요청하는 서한을 보냈다. 아무래도 다음 교전에는 조선의 조총수들을 참전시켜야 승산이 있을 거라는 물헌장의 계책을 받아들인 것이었다. 상서는 사이호달이 수많은 병사를 잃고 돌아왔음에도 그를 문책하기는커녕 오히려 고분고분 그의 부탁을 들어주어야 하는 처지였다. 사이호달이 폐하도 한 수 접고 들어가는 황실의 몇 안 남은 개국공신이었던지라 함부로 홀대할 수 없는 까닭이었다. 상서는 하는 수 없이 사이호달의 부탁대로 조선 조정에 무술년에 출정할 원정군을 구성해 달라고 요청하였다. 상서가 보낸 사신은 정유년 구월에 조선에 당도하였다.

4. 총병관(摠兵官)

조정의 대소 신료들은 하나같이 장수로서의 자질을 높이 사서 신류를 총병관에 임명하였다고 떠들어 대었다. 신류는 이를 전혀 믿지 않았고 그건 맞았다. 신류가 훈련도감에서 포수병 교관을 지낼 적에 상관으로 모셨던 이완(李浣) 대장이 그를 총병관에 임명한다는 교지를 가지고 온 선전관과 함께 종성으로 찾아왔다.

"조정이 자네를 총병관에 삼은 연유를 알겠는가?"

"소관이 남인이라서 그러겠지요."

신류는 별로 대수로운 일이 아니라는 듯 덤덤히 답하였다. 그의 옛 상관은 침묵을 지켰다. 그건 긍정을 의미하였다. 신류는 관직에 오르고 나서 단 한 번도 어느 당파에 속한 적이 없었다. 조정의 신료들이 제멋대로 그를 남인이라 단정 지었다.

병자년의 굴욕 이후 조정은 북벌을 부르짖으며 청나라 몰래 병력 강화와 군비 확장에 몰두하였다. 훈련도감에 막강한 군사 권한을 실어 주었고 따로 어영청이라는 병사양성소까지 만들었다. 그리하여 오륙천 명에 가까운 정예 병사들을 양성해 내었다. 그러나 그리하여도 이젠 거대한 제국으로 성장한 청나라를 치기에는 그 힘이 너무도 미약하였다. 신류의 생각에는 일단 전쟁으로 피폐해진 백성들의 생활을 안정시키는 것이 급선무라고 여겼다. 도성만 벗어나도 굶주림과 질병으로 허망하게 목숨을 잃거나 아니면 전국을 유랑하는 백성들을 그는 쉽게 목격할 수 있었다.

신류는 이러한 견해를 연전에 훈련도감의 회의 석상에서 피력하였다. 그러자 동료 무관들이 일제히 그를 가만 내버려 두지 않았다. 국가의 대업을 비난하는 자는 정녕 조선의 신하도 백성도 아니라는 험담 등이 그들에게서 쏟아졌다. 그러다 어느 샌가부터 신류는 남인으로 낙인찍혔다. 사헌부 대신 허목과 그를 따르는 세력이 자주 당상에서 북벌의 부당함을 전하께 주청하였는데 그들이 모두 남인인 까닭이었다. 게다가 신류에게 학문과 무예를 전수해 주신 사부 장현광이 남인이었다. 이러니 그가 아무리 아니라고 변명해 보아도 그들에게 신류는 남인으로 보일 뿐이었다.

배청사상에 반하는 자를 북벌을 기치로 내건 훈련도감에 더는 머물게 할 수 없다는 동료들의 상소로 인하여 신류는 그곳에서 내쳐졌다. 배후에는 단 한 명이라도 더 남인 세력을 조정에서 몰아내고자 하는 서인 중신들의 입김이 서려 있었다. 이에 신류는 함경도 변방으로 좌천되었다. 좌천으로 보지 않은 이들도 많았다. 병마우후가 훈련도감의 교관보다는 품계가 높은 탓이었다. 그러나 신류는 잘 알았다. 어쩌면 이곳이 자신의 마지막 부임지가 될 수도 있다는 걸. 조정에 밉보인 무관들 치고 변방을 떠돌다 관복을 벗지 않은 자를 그는 본 적이 없었다.

신류는 차라리 잘된 일이라고 여겼다. 새로이 그의 임지가 된 종성은 해마다 겨울이면 만주 벌판에서 쳐들어오는 동장군의 매서운 입김이 고통스럽긴 하였으나 대신 인심 좋고 넉넉한 마음씨를 지닌 백성들과 화폭에 담으면 절로 풍수화가 되는 절경을 그에게 선사하였다. 그러나 무엇보다도 사시사철 도도하면서도 유유히 흐르는 두만강을 바라보며 호연지기를 품을 수 있다는 게 그에겐 가장 크나큰 선물이었다. 변방으로 쫓겨났지만 오히려 품계가 올라가 녹봉이 올라간 점 역시 신류는 마음에 들어 하였다.

정유년에도 조정의 대신들은 나선정벌군을 출정시키기로 중론을 모았다. 하지만 갑오년과 같은 승리를 장담할 수 있을지 의문이었다. 그래서 그들로서는 자기 당파의 사람들을 함부로 총병관에 앉힐 수가 없었다. 하긴 죽을지도 모르는 길을 어느 누가 선뜻 가겠다고 나서겠는가? 멀리 함경도 변방에까지도 전해진 총병관의 인선 소식에 신류는 안타까움을 금치 못하며 작금의 조정에서 그 같은 용기를 지닌 무관은 이완 대장과 변급 장군 정도 외에는 없다고 여겼다. 그리고 아무래도 직급이나 연륜상 지난 원정의 총병관을 지냈던 변급이 다시 한번 임명되리라 확신하였다.

신류의 생각처럼 서인 대신들도 처음엔 변급을 다시 원정에 내보내려고 하였다. 변급은 이러한 인사에 본인은 이제 연로한 몸이라 그런 크나큰 소임을 다할 수 없다며 극구 사양하였다. 실은 정중한 평계에 불과하였다. 청나라가 조정에 파병을 요청하기 전, 사이호달이 만 명이 넘는 대군을 이끌고도 불과 5분의 1에 불과한 나선군에게 대패하였다는 소식을 전해 들은 터였다. 불과 4년 전 자신이 일개 변방의 야전사령관에 머물던 시절에야 입신양명을 꿈꾸며 과감히 목숨을 내걸고 낯선 땅에서 모험을 펼쳐 볼 수도 있었겠지만, 이제는 그때의 전공을 바탕으로 정삼품의 전라수군절도사에 오른 몸이었다. 더는 그런 객기를 부릴 필요가 없었다.

　못난 늙은이가 다시 출정길에 올라 주상전하와 대소 신료들에게 근심을 끼쳐 드릴 바에야 차라리 그만 벼슬에서 물러나겠다는, 일말의 진심도 담겨 있지 않은 변급의 협박에 조정의 중신들도 이제는 그를 총병관에 앉히겠다는 생각을 버렸다. 이후 그들이 생각해 낸 인물이 바로 신류였다. 그들이 보기에는 남인인 데다 훈련도감에서 포수병 교관까지 지낸 그가 총병관으로는 적임자였다. 청나라 말을 구사할 줄 안다는 것도 선정의 이유에 들어갔다.

　이완에게서 이와 같은 인선의 전말을 전해 들은 신류는 속으로 치밀어 오르는 화를 억누를 길이 없었다. 청나라를 배격한다면서도 그들의 청을 고분고분 따르는 조정 대신들의 비겁한 태도가 도무지 마음에 들지 않았다. 그들이야말로 마땅히 파병의 부당함을 당당히 청나라에 밝히고는 무고한 병사들이 아무런 명분도 목적도 없는 싸움에서 희생되는 일을 막아야 하는 게 아닌가? 만약 이를 괘씸하게 여긴 청나라가 병자년처럼 다시 대군을 이끌고 쳐들어온다면 신류는 기꺼이 전장에 나가 그들과 맞서 싸울 각오가 되어 있었다. 가 본 적도 없는 낯선 땅에서 아무런 원한을 산 적 없는 미지의 오랑캐들과 싸우다 허망하게 목숨을 잃을 바에야 차라리 정축년의 치욕을 씻겠다는 명분으로 청나라와 싸우다 장렬히 전사하는 게 더 무인다운 최후처럼 보였다.

　조정의 대신들은 아직 북벌을 결행할 시기가 아니라고 둘러대며 효종에게 부득이하게 이번에도 청나라의 요구를 수용할 수밖에 없다고 주청하였다. 그들에게 북벌을 결행할 시기는 늦어도 상관없었고 안 와도 그만이었다. 현재 자신들의 당파가 조정에서 권력을 잡는 게 더 중요하였다. 북벌은 이를 위한 하나의 도구에 불과하였다.

"싫다면 거절해도 상관없네. 훈련도감에서 포수병 교관을 지냈던 이가 비단 자네뿐만은 아니니."

신류는 잠시 말이 없었다. 그가 지금 쉽게 답할 수 없는 고민에 빠졌다는 걸 잘 아는 이완은 독촉하지 않았다. 신류는 변급처럼 목숨을 걸어 가면서까지 입신양명을 하고픈 마음이 없었다. 만약 출세할 마음이 있었다면 서인들로 우글거렸던 훈련도감 재직 시절에 진작 그들이 원하는 말과 행동을 하며 그들의 수족이 되었을 것이다. 빈번히 국경을 침범해 와 마을을 노략질하는 호지강 오랑캐들이 골칫덩어리이긴 하였지만 이외에는 누구에게 간섭받거나 눈치 보는 이 없는 이곳의 병마우후라는 자리도 신류에게는 그다지 나쁘지 않은 자리였다.

다만 대국으로 성장한 청나라도 쩔쩔매게 만드는 미지의 이민족, 나선의 실력을 눈앞에서 똑똑히 보고 싶은 장수로서의 호기심이 그의 마음 한구석에서 조용히 발동하였다. 대체 어떠한 무기와 병법을 사용하며 어떠한 장수가 이끌고 있기에 수적 열세에도 불구하고 청나라의 대군을 번번이 물리치는지 그 연유가 무척 궁금하였다. 이를 알아낼 수만 있다면, 그리하여 이를 조선의 군대에도 적용할 수만 있다면 정말 전하께서 부르짖는 북벌을 실현할 수도 있겠다는 생각이

들었다. 변급은 대소 신료들이 모인 자리에서 그저 자신의 전공을 부풀리는 데에만 여념이 없어 나선에 대한 정확한 정보를 전해 주지 못하였다.

"제가 맡도록 하겠습니다. 나선이 어떤 녀석들인지 이참에 한번 제대로 살펴보도록 하지요."

신류는 이리 답하긴 하였지만 자신이 살아야만 나선에 대한 정보도 쓸모가 있는 법일 텐데 자신이 너무 객기를 부린 게 아닌가 하고 슬그머니 후회가 들기도 하였다.

5. 모병(募兵)

총병관에 임명한다는 조정의 교지를 받고 얼마 지나지 않아 신류는 함경도 각지에 새로이 병사를 모은다는 방문을 붙였다. 조정은 금년의 출정에 훈련도감의 포수병들을 차출하지 않기로 결정하였다. 힘들게 양성한 병사들을 나선과의 교전에서 잃고 싶지 않다는 뜻이었다. 또한, 오합지졸의 병사들을 보내어 조선 포수병들의 방포 실력에 두려움을 가지던 청나라를 안심시키려는 의도도 담겨 있었다. 정예의 병사들을 데리고 싸워도 승리를 장담할 수 없는 판에 풋내기들을 이끌고 전장에 나서야 하는 신류의 심정은 괴롭기 짝이 없었다. 이건 마치 희생양을 갖다 바치는 꼴이나 다를 바 없다고 여겨졌기 때문이다. 희생양으로 삼을 병사들을 모아야 하는 임무가 그에겐 참으로 버겁게만 느껴졌다.

조정은 함경도 관찰사와 병마절도사에게 따로 명을 내려 신류가 작성한 방문을 백성들이 자주 드나드는 성문이나 나루, 저잣거리 등에 순순히 붙여 주었다. 방문의 내용은 이러하였다.

함경도 북병마우후인 나 신류는 이번에 새로이 병사들을 모으고자 한다. 선발된 병사들은 우방인 청나라 군사들과 함께 최근 만주 북방에 출몰하여 소란을 일으키는 나선을 격퇴할 것이다. 그럼으로써 양국 간의 우의를 다지고 장차 북방에서 밀려올 화근을 잠재우고자 하노라.

나와 뜻을 함께하려는 자들은 종성 행영으로 찾아와 지원토록 하라. 나이와 신분을 막론하지 않고 선발하겠노라.

신류가 보기에는 본인이 작성하고도 참으로 민망스럽기 짝이 없는 방문이었다. 조선이 청나라에 화를 입은 지 고작 이십여 년밖에 흐르지 않았다. 청군이 지나는 길에 자리한 고을은 하나같이 잿더미로 변하였다. 그곳에 살던 양민들은 청군이 속환가(포로로 풀려나기 위해 지급해야 하는 가격)를 받아 내거나 노비로 팔아먹기 위해 굴비에 두릅 엮이듯 끌려갔다. 이후 작금까지 그들의 생사 여부는 알 수가 없었다. 그러한 자가 무려 수십만 명에 달하였다. 속환가를 충분히 지급할 수 있는 양반가의 식솔들만이 후일 조선으로 귀국하였다.

청군에 의해 식솔들을 잃은 백성들이 아직 곳곳에 널렸는데도 그들이 볼 방문에 신류는 청나라를 우방이라 일컫고 그들과 우의를 다지기 위해 출병하노라고 떠들어 대었다. 그는 밤중에 몰래 방문이 찢기거나 낙서가 되어 있지 않으면 다행이라고 여겼다. 그래도 그는 이리 방문을 쓸 수밖에 없었다. 괜히 청나라의 심기를 건드리고 싶지는 않았다. 청나라가 조선 팔도에 풀어놓은 세작들이 셀 수 없이 많다는 걸 잘 알았다.

신류는 행영을 찾아오는 지원자가 고작 수십 명에 불과하리라 예견하였다. 원수의 적을 물리치러 가는 부대에 어느 누가 선뜻 들어오려 하겠는가? 그러나 이러한 신류의 생각은 고스란히 빗나가고 말았다. 이백 명이 정원이었건만 몇 배에 달하는 지원자가 행영 앞에 차려 놓은 모병소로 몰려들었다. 하나같이 방문 아래에 기재한 수혜 사항들을 눈여겨본 자들이었다.

一. 훈련도감의 삼수병에 준하는 처우와 녹봉을 제공한다.

二. 천민인 자는 면천한다.

三. 전공을 세우는 자에게는 고과를 반영하여 벼슬을 하사한다.

군문에 들어오는 것치고는 유례를 찾아볼 수 없는 파격적인 대우였다. 신류는 총병관직을 수락하면서 이것들을 병조로부터 얻어 내었다.

"이러한 대우들을 해 주지 않고서야 어찌 병사들을 쉬이 모을 수 있겠나이까? 모병 기간이 늘어나면 청나라에서 요구하는 집결 기한을 맞추지 못할 게 분명하며 그럼 분명 그들의 심기를 건드릴 것이 자명하나이다."

병조판서 송준길은 신류의 요구를 듣고도 헛기침만 해 댈 뿐 선뜻 승낙해 주려 하지 않았다.

"대감, 그들은 죽으러 가는 것이나 마찬가지이옵니다."

"어허, 신 우후. 어찌 그들이 꼭 죽으러 간다고 단정 짓는가? 자네의 능력이면 변 수사 못지않은 전공을 세울 터."

"대감, 부하 없이는 장수도 없사옵니다. 부디 헤아려 주십시오."

신류가 단단히 고집을 부리자 병판 대감도 더는 어쩌지 못하였다.

모병소로 길게 줄을 선 지원자들의 행렬은 마치 똬리를 튼 뱀과 같았다. 녹봉이나 벼슬을 바라는 이들도 있었으나 지원자들의 태반은 면천을 원하는 노비들이었다. 조선 백성들의 절반은 노비라는 세간의 풍문이 정녕 사실일 정도로 전국 곳곳에는 빚이나 환곡을 갚지 못해 노비로 몰락한 양민들로 넘쳐 났다. 고된 남의 집 종살이를 견디다 못해 도망치다 추쇄도감의 관리들에게 붙잡혀 이마나 얼굴에 낙인이 찍히는 노비들도 부지기수였다.

"어쩌면 살아 돌아오지 못할 수도 있다. 그래도 나를 따르겠느냐?"

신류는 부대에 들어오고자 하는 많은 노비들의 발걸음을 돌리고자 이리 겁박을 해 보았으나 모두 허사였다. 그들은 모두 양인이 되겠다는 뚜렷한 목표를 가지고 있었다.

"어차피 쉰네들은 살아도 죽은 목숨입니다요. 설사 일이 잘못된다 한들 양반 나리들의 몽둥이에 맞아 죽는 것보다는 낫지 않겠습니까요?"

이처럼 노비로 사느니 명예롭게 군인으로 죽겠다고 고집을 부리는 이들을 돌려보낼 방안은 없었다. 하는 수 없이 신류는 엄격한 무예 시험을 마련하여 이를 통과하는 자들만 선별토록 하였다. 그러지 못한 자들은 아무리 읍소하며 재고해 줄 것을 간청하여도 돌려보냈다. 그런 자가 수백여 명에 달하였다.

모병을 마치고 나니 무술년(1658년) 새해가 밝았다. 이따금 병조에서 행영으로 파견되는 관리들을 통해 영고탑에 주둔 중인 청군이 봄이 되는 대로 나선을 정벌하러 흑룡강 유역으로 출병할 예정이라

는 걸 알았다. 그 전에 신류가 이끄는 총병군도 영고탑에 당도하여
그들과 합류해야만 하였다. 그러자면 고작 서너 달밖에 남지 않은 셈
이었다. 그동안 신류는 총이라고는 태어나서 단 한 번도 잡아 본 적
이 없는 자들이 태반인 병사들을 조련시켜야만 하였다. 갈 길은 먼
데 앞길은 첩첩산중이었다.

　다행히 병사로 선발한 자들 중에는 총을 능숙히 다루는 자들도
더러 있었다.

6. 소설가(小說家)

모처럼 세책가에 들른 윤계인은 인세를 받으면서 주인장에게 모진 잔소리를 들어야만 하였다.

"나리, 대체 『삼운검』의 다음 저서는 언제쯤 나오는 겁니까?"

『삼운검』이란 윤계인이 두 해 전부터 집필하여 길주의 세책가에 납품한 연작소설이었다. 성종이 재위하던 시절을 배경으로 제헌왕후(폐비 윤씨)를 폐하려는 영의정을 위시한 조정 대신들의 음모에 맞서는 운검(임금의 호위무사)들의 이야기를 다루었다. 저마다 무예에 출중한 세 명의 운검이 주인공이기에 소설의 제목을 그리 정했지만 일부 세책가의 손님들로부터 비난을 받기도 하였다.

"나중에 전라도 깡촌에서 올라온 젊은이도 운검이 되니까 그를 포함하여 사운검이라 불러야 하는 게 아닌가?"

그러나 윤계인은 끝내 제목을 삼운검으로 고집하였다. 사운검보다는 삼운검이 어감에 더 좋다는 까닭에서였다. 애초에 삼운검에서 전라도 깡촌의 젊은이가 뒤늦게 합류한 셈이니 제목에 아무런 문제가 없다는 소신도 제목을 고수한 연유에 들어갔다. 그의 소설은 세책가를 찾는 손님들로부터 아주 인기가 높았다. 새로운 연재물이 나올 적마다 그의 소설을 구하기 위해 세책가에서 발을 동동 구르는 부녀자들을 쉽게 목격할 수 있었다.

그런데 지난달에 내놓은 연재물을 끝으로 삼운검이 모두 완간되자 모처럼 윤계인의 소설로 인해 호황을 누렸던 세책가의 주인장은 애가 타기 시작하였다. 서둘러 웃돈까지 얹혀서는 신작에 대한 계약을 맺고는 사흘이 멀다 하고 하루바삐 내놓을 것을 독촉하였다.

윤계인은 주인장의 계약금을 덥석 받은 걸 후회하였다. 사실 받을 적만 하더라도 금방 신작을 내놓을 자신이 있었다. 가난한 선원의 아들이 자신이 사랑하는 여인을 빼앗기 위한 죽마고우의 음모로 억울하게 옥살이를 하면서 이를 복수하기 위해 탈옥하고는 왕족으로 사칭해 계획을 꾸민다는 이야기가 머릿속에서 이미 구상되었던 까닭이었다. 그러나 삼운검의 인기를 이어 나갈 수 있을지에 대해서 의문이 들었다. 자신감을 상실한 그는 차일피일 집필을 미루다가 그만 주인장과 첫 연재물을 내어놓기로 약속한 기한을 넘겨 버리고 말았다.

"알겠네. 며칠간 말미를 더 주면 내 이번에는 기필코 자네에게 연재물을 넘겨줌세."

주인장에게 이리 둘러대고 간신히 세책가를 빠져나오기는 하였지만 고민이 해결된 것은 아니었다. 차라리 계약금을 돌려주고 없던 일로 했으면 좋으련만 수중에 남아 있는 돈이 없는지라 그로서는 답답하기 그지없는 노릇이었다.

윤계인은 세책가 앞으로 난 길을 쭉 따라가다 오른편으로 꺾이면 자리하는 주막의 한편에 자리하였다. 웬만한 사내대장부 못지않은 체구를 자랑하는 주모가 인심 좋은 웃음을 지으며 그에게 다가왔다.

"훈장님, 오셨습니까?"

비단 주모뿐만이 아니라 길주에 터를 잡고 살아가는 백성들은 모두 윤계인을 훈장님이라고 불렀다. 비록 약관의 나이에 불과하였지만, 그는 엄연히 마을 어귀에 자리한 서당에서 아이들을 가르치고 있었다. 주모의 막내아들도 윤계인의 밑에서 장차 역관이 되기 위해 산수와 청나라 말을 배우는 중이었다. 그는 다른 고을의 훈장들처럼 한문만을 가르치지는 않았다. 주모는 부엌에 대고 큰소리로 국밥 한 그릇 내어놓으라고 소리쳤다.

윤계인은 국밥이 나오는 동안 골똘히 생각에 잠겼다. 그는 아무래도 한 사내가 복수하는 과정을 담은 이야기로는 손님들의 눈길을 사로잡을 수는 없다는 생각이 들어 과감히 바꾸기로 하였다. 허나 이를 대체할 만한 근사한 이야깃거리가 마땅히 떠오르지 않아 난감할 따름이었다.

'조선으로 귀환한 포로들 사이에서 화제가 되고 있는 노립대인에 대한 이야기를 소설로 옮겨 볼까?'

노립대인은 백성들로부터 중원에서 속환가를 지급하지 못해 고국으로 돌아오지 못하고 그곳에서 노예 생활을 하는 조선 포로들을 구해 주는 활약을 펼치는 의인으로 일컬어지고 있었다. 시장 한복판에서 대장간을 운영하는 노부부도 노립대인의 덕분으로 타지에서 이십여 년간의 포로 생활을 마치고 길주에서 새 삶을 누리고 있었다. 항간의 부녀자들이 좋아하는 소설 속 주인공의 모습으로서는 참으로 안성맞춤이라는 생각이 잠시 그의 머릿속을 스치고 지나갔다. 그러나 얼마 지나지 않아 그는 이런 생각을 지우고 말았다. 더 괜찮아 보이는 이야깃거리를 발견한 까닭이었다.

윤계인이 국밥을 반쯤 비웠을 적에 주모의 큰아들이 남루한 복색의 군복을 갖춰 입고 주막 안으로 들어섰다. 그의 오른손에 들린 기다란 조총의 총열에서 번쩍이는 광채가 행색의 초라함을 다소나마 덜어 주고 있었다. 훈련도감에서 양성하는 포수병의 복색과 비슷하면서도 사뭇 분위기가 다른 그의 옷차림에서 윤계인은 순간 호기심이 일었다. 안채에서 나온 주모가 큰아들의 행색을 보고는 갑자기 그의 등짝을 후려친 뒤 대성통곡을 하였다. 이내 주막 안의 모든 사람이 주모에게로 시선을 집중하였다.

"이놈이 끝내 사달을 냈구나, 사달을 냈어."

주모는 계속 이 말만을 되풀이하면서 울음을 멈추지 않았다. 큰아들은 그런 어미를 묵묵히 바라볼 뿐이었다.

윤계인은 이 일에 대한 경위를 그날 늦은 저녁에 소상히 알게 되었다. 그날도 평소와 다름없이 주모의 막내아들에게 청나라 말을 가르치던 그는 수업 뒤에 낮에 있었던 일을 넌지시 물어보았다. 막내아들은 이내 안색이 어두워지면서 스승의 질문에 천천히 대답하였다.

"형님께서 종성에서 모병 중인 총병군에 들어가셨습니다. 아무래도 어머니께서 진 빚을 녹봉으로 갚으려고 그리하신 것 같습니다."

윤계인도 길주의 많은 백성이 생활고를 견디지 못하여 많은 녹봉을 지급한다는 총병군에 지원한다는 풍문은 숱하게 들어 봤다. 그러나 당사자의 식솔을 만난 건 이번이 처음이었다.

주모의 막내아들을 보내고 윤계인은 새벽녘까지 홀로 서재에서 깊은 생각에 잠겼다. 왜 조정은 원수인 청나라의 원병 요청에 순순히 응하는 것인가? 왜 조정은 훈련도감에서 양성한 병사들을 내보내지 아니하고 무지한 백성들을 동원하는가? 청나라는 왜 나선을 홀로 제압하지 못하고 속국으로 여기는 조선에까지 원병을 요청하는가? 대국 청나라도 쩔쩔매게 만드는 나선의 정체는 대체 무엇인가?

지금 이 순간만큼은 윤계인도 신류처럼 나라의 안위를 걱정하는 백성이자 미지의 존재에 대해 호기심을 갖는 학자의 한 사람일 뿐이었다. 그는 굳은 결심을 하며 자리에서 일어섰다. 마침내 다음에 집필할 소설의 이야깃거리가 떠오른 까닭이었다. 그는 밤이 늦었음에도 서둘러서 짐을 꾸리기 시작하였다. 날이 밝는 대로 신류가 모병하는 총병군에 입대하고자 종성 행영으로 떠날 셈이었다. 잠시 서당 문을 닫으니 양해를 구한다는 방문을 작성하는 것도 잊지 않았다.

종성은 길주에서 하루 밤낮을 꼬박 걸으면 당도할 수 있는 그리 멀지 않은 거리에 있었다. 윤계인은 다음 날 종성에 도착하여 곧바로 모병소로 향하였다. 입영하는 자리인지라 소탈하게 복색을 갖추었지만, 그는 곧 모든 병사의 주목을 받았다. 마른 몸매에 가느다란 팔뚝과 허벅지, 새하얀 얼굴 등이 전형적인 샌님의 외양이었다. 한눈에 보아도 병사로서는 부적합해 보이는 그가 지원하자 모병을 담당하던 관리들은 모두 어리둥절해하였다. 신류 역시 마찬가지였다.

"보아하니 글 꽤나 읽은 선비 같은데 벼슬길에 오르고 싶으면 차라리 지난해 식년시에 응시하지 그랬나?"

신류는 윤계인의 지원 사유가 궁금하여 이리 에둘러 물어보았다. 그는 이를 예상하였다는 듯 태연하고 침착하게 답하였다.

"소인이 단지 벼슬을 바라고자 하였다면 장군의 말씀처럼 지난해 과거에 응시하였을 것이옵니다."

"하면 내 밑에 들어오고자 하는 연유가 무엇인가?"

"소설을 쓰기 위해서입니다."

"소설?"

"그동안 세책가에 제 소설들을 연재하였사온데 이번에는 머나먼 낯선 땅에서 고충을 겪는 조선 병사들의 이야기를 다루어 보고자 합니다. 마땅히 취재를 해야 하온데 그러자면 소인도 입대하는 편이 낫겠다 여겨 그리하고자 합니다."

전혀 예상치 못한 답변에 신류는 잠시 말을 잃었다. 그런 연유로 입대하겠다는 이를 비단 이번 총병군 모병을 떠나 동서고금의 여러 고사에서도 들어 본 적이 없었다.

"또한 학자로서의 호기심도 있습니다."

"호기심이라?"

"소인은 청과 왜는 물론 안남과 인도, 서역과 화란의 서적을 두루 섭렵하여 세계는 우리가 생각하는 것보다 넓으며 다양한 민족들이 각지에 퍼져 살고 있다는 걸 알게 되었습니다. 이에 소인은 이민족과 이양인의 생김은 물론 그들의 언어와 풍습, 종교와 기술 등을 모아 놓은 책을 저술하여 조정이 훗날 그들과 교류할 적에 다소나마 보탬이 되고자 합니다. 이번에 장군의 휘하에 들어가고자 하는 또 다른 연유는 이러한 취지의 일환으로 가까이서 나선을 파악하고, 이를 저술하고자 함입니다."

"승문원(외교문서를 담당하던 관청)에서 자네의 뜻을 펼쳐 보여도 되지 않겠는가?"

"아뢰옵기 송구하나 작금의 조정은 외교적 시야와 식견이 너무나도 좁고 얕사옵니다. 그러니 승문원에 들어간들 어찌 소인의 기량을 발휘하겠나이까?"

"자네 뜻은 잘 알겠네. 허나 이곳에 들어오고자 하는 이는 모두 내가 마련한 무예 시험을 통과해야만 하네."

신류는 윤계인의 입대 사유가 아무리 구구절절하여도 무예 시험에 낙방하여 결국 입대가 불허되리라 여겼다. 그가 보기에는 골방에만 틀어박힌 책상물림에 불과해 보였다. 그러나 윤계인은 그게 편견임을 다음 날 무예 시험에서 입증해 보였다. 당락에 높은 비중을 차지하는 방포술은 물론이거니와 검술과 창술에서도 웬만한 군관들 못지않은 실력을 발휘하여 신류를 깜짝 놀라게 하였다.

사실 그는 서자라는 신분적 차별만 없었다면 문과는 물론 무과에도 응시하여 당당히 합격할 만한 실력을 갖추었다. 급제에는 본인의 실력보다 가문과 신분이 중요하다는 걸 깨달은 윤계인은 울분을 삼키고 청백리에서 소설가로서 인생의 목표를 바꾸었다. 그는 어렵지 않게 총병군에 합류하였다. 병사들은 그를 모두 윤 선비라고 불렀다.

7. 도망자(逃亡子)

경오년(1630년) 팔월의 어느 늦은 밤이었다. 밤하늘에 외로이 뜬 보름달만이 어둠이 짙게 깔린 대지를 환하게 비추었다. 중원과 만주 벌판을 이어 주는 요동반도의 입구에 자리한 영원성으로 두 무리의 군사들이 다가가고 있었다. 하나는 후금과 내통하여 모반을 꾀했다는 혐의를 받고 있는 원숭환 장군을 명나라의 수도인 연경으로 압송하기 위한 숭정제의 친위대였고, 다른 하나는 그런 그들을 막고 원숭환을 구하라는 명을 받은 조대수의 부하들이었다.

원숭환은 이십여 년 가까이 요동반도에서 청 태종이 이끄는 후금의 대군을 막아내는 데 혁혁한 공을 세웠다. 오랜 기근과 질병, 그리고 숭정제를 위시한 조정 대신들의 사치방탕한 생활로 국고가 피폐하여 충분한 인력과 물자를 제공해 주지 못하는 상황에서도 그는 늘 승리를 거두었다. 그가 아니었다면 중원은 진작 후금의 거센 말발굽에 짓밟혔을 것이라는 게 명나라 모든 백성의 공통된 생각이었다. 이로 인해 그는 구국의 영웅으로 칭송받았다. 그러나 그러면 그럴수록 숭정제는 자신보다 더 백성들에게 사랑을 받는 원숭환에게 묘한 질투심을 느꼈다.

단순히 군사력만으로는 원숭환을 물리치고 중원을 정복할 수 없다고 여긴 청 태종은 이런 숭정제의 마음을 이용하였다. 그는 후금으로 돌아설 뜻을 보인 대신들과 환관 몇 명을 이용하여 반간계를 펼쳤다. 후금으로 중원의 주인이 바뀔 적에 높은 벼슬과 재물을 약속받은 그들은 자신을 박대하는 숭정제에게 서운한 감정을 가졌던 원숭환이 조만간 후금과 내통하여 그들을 이끌고 연경으로 쳐들어올 것이라는 풍문을 조정에 퍼트렸다. 대다수의 대신은 원숭환의 됨됨이를 짐작하여 그럴 일은 없을 거라고 흘려 넘겼지만 원숭환을 명분 있게 제거할 구실만 노리던 숭정제에게 이는 참으로 좋은 기회였다. 당장에 친위대를 보내 그를 잡아들이라 명을 내렸다.

한편 원숭환과 함께 여러 전장에서 생사고락을 함께한 조대수는 임지인 산해관에서 이 같은 소식을 전해 들었다. 원숭환이 이대로 연경으로 압송되면 처형을 면치 못하리라는 걸 잘 아는 그는 반역에 해당하더라도 친위대를 저지하여 자신의 상장(上將)을 구하기로 결심하였다.

조대수는 휘하로 거둔 지는 얼마 되지 않았으나 최근 후금과의 교전에서 놀랄 만한 전과를 보여 준 부하 김대충을 불러들였다. 방포술 하나만큼은 산해관 아니 중원 전역에서 제일이라고 그가 자부하는 장수이기도 하였다.

"군사 일천을 내어 줄 터이니 너는 곧장 영원성으로 달려가 그곳으로 들이닥치는 폐하의 친위군을 물리치도록 하여라."

이 말을 들은 김대충의 표정은 의외로 덤덤하였다. 후금을 치러 출정하라는 명을 받을 적과 별반 차이가 없었다. 당황한 조대수가 묵묵히 물러나는 그를 불러 세웠다.

"만주 오랑캐가 아니라 아군을 치라는 명이다. 놀랍거나 떨리지 아니하느냐?"

"제가 장군님이었어도 마땅히 그러한 명을 내렸을 것이옵니다. 원숭환 대장군님이 없는 대명 제국은 바람 앞의 등불이나 다를 바 없습니다."

결연한 표정으로 말하는 그에게서 조대수는 진한 감동이 전해지는 걸 느꼈다. 이에 조대수는 그가 출정하기에 앞서 선물을 건넸다. 몇 해 전 원숭환이 전장에서 자신의 목숨을 구해 준 보답으로 천계제에게서 받은 하사품을 조대수에게 주었는데, 바로 그것이었다. 너무나 큰 선물을 받은 김대충은 그제야 굳은 얼굴을 풀고 황송해하였다.

김대충이 이끄는 군사는 산해관을 떠나 밤낮을 가리지 않고 부지런히 달려 다음 날 밤에 영원성 앞을 흐르는 작은 강가에서 숭정제의 친위대와 만났다. 별다른 무장을 갖추지 않은 친위대는 조총과 장창으로 무장한 김대충의 군사에게 손쉽게 괴멸당하였다. 보름달이 비칠 정도로 맑았던 강물은 이내 군사들의 핏물로 잔뜩 붉게 물들었다.

전투를 마친 김대충은 곧장 영원성으로 달려가 이 같은 사실과 함께 조대수가 전하는 말을 원숭환에게 고했다.

"저희 장군께서는 이참에 군사를 일으키시어 조정에서 대장군님을 해하려는 간악한 무리들을 토벌하기로 결심하셨습니다. 하오니 대장군께서도 장군께 힘을 보태 주시옵소서."

이 말을 들은 원숭환은 격노한 얼굴로 추상같은 호령을 내렸다.

"여봐라, 이놈을 끌고 가 당장 목을 베어라."

이에 원숭환의 좌우에 시립해 있던 장수들이 그에게 칼을 겨누며 사방으로 둘러쌌다. 김대충은 예상치 못한 상황에서도 침착함을 잃지 않고 계속 말을 하였다.

"소관이 한 짓이 반역이고 장군께서 장차 도모하시려는 바가 대역죄에 해당하는 바임을 잘 아나이다. 허나 이대로 속절없이 무고한 대장군을 조정의 개들에게 먹이로 던져 줄 수는 없사옵니다."

"뚫린 입이라고 말을 함부로 지껄이는구나. 모름지기 장수란 오로지 주군의 명을 받들어 군사를 움직이고 칼끝은 마땅히 외적에게로 돌려야 하거늘 네놈과 조대수는 감히 나를 위한다는 핑계로 사사로이 군사를 움직였고 동족을 해하였으니 어찌 그 죄가 작다고 하겠느냐. 내 반드시 목을 베어 그 죗값을 물을 것이다."

"대장군, 이리 허망하게 목숨을 내어놓으실 생각이십니까? 대명 제국의 국운이 모두 대장군 손에 달려 있사옵니다."

"죄가 있으면 벌을 받을 것이요, 없으면 방면될 것이다. 뭣들 하느냐? 당장 저놈을 끌고 가거라."

졸지에 김대충은 목숨을 구하려던 상대에게 목숨을 잃게 되는 기구한 처지에 놓이게 되었다. 그러나 그의 운명은 거기서 다하지 않았다. 왼쪽 눈에 무시무시한 칼자국을 지닌 장수가 김대충의 목을 내리치려던 찰나 괴이한 나팔 소리와 함께 우렁찬 후금 군사들의 함성이 영원성 주위를 가득 메웠다. 김대충의 처형은 중지되었고 어느새 팔월의 대보름달은 처참한 살육 현장의 목격자가 되었다.

서산 너머로 동이 틀 때까지 영원성을 둘러싸고 벌이는 두 민족 간의 처절한 공방전은 계속되었다. 후금의 군대는 야음을 틈타 기습을 벌였지만 이번에도 영원성을 취하는 데 실패하였다. 무수한 아군의 시신을 성 주변에 내버려 두고 속절없이 물러나야만 하였다.

　김대충은 격전의 와중에서도 도주하지 않았다. 몸을 피하지 않는 이상 처형을 면치 못함을 잘 알고 있었지만 곤경에 처한 아군을 도저히 모른 척할 수 없었다. 이를 기특하게 여긴 원숭환은 김대충을 놓아주기로 하였다.

　"속히 이곳에서 도망치거라. 친위대를 공격한 일은 내가 어찌해서든 무마해 볼 터이니 곧장 그대의 상장에게 달려가 결코 허튼 마음을 품지 말고 오직 눈앞의 후금을 물리쳐 나라와 백성을 구할 방법만 생각하라 이르거라."

　김대충은 원숭환의 방면으로 무사히 산해관에 돌아올 수 있었다. 그가 영원성을 떠난 직후 연경에서 재차 보낸 친위대가 원숭환을 압송하였다. 친위대를 공격한 죄까지 떠안은 원숭환은 한 달 뒤 연경의 거리에서 온몸이 찢기어 죽는 가장 처참한 형벌인 능지형을 당했다.

　이렇게 경오년 팔월에 벌어진 사건은 종결되는 듯하였으나 조정은 얼마 뒤 친위대를 공격한 진짜 범인이 조대수와 김대충이라는 사실을 알아내었다. 원숭환을 압송한 친위대가 이번에는 산해관으로 밀려들었다. 조대수는 이들과 결사항전을 불사하겠다는 각오를 다졌다. 그러나 김대충은 조대수와 뜻을 함께하지 않았다. 조대수도 이런 그를 책망하지 않았다.

"하긴 대장군께서 하사하신 총으로 동족을 쏠 수야 없었겠지. 떠나게. 여기 있어 봐야 헛되이 목숨만 잃을 뿐이야. 어떻게든 살아남아 장차 자네의 무예가 이 나라 백성들을 위해 다시 쓰일 수 있도록 도모해 보게."

결국, 김대충은 조대수의 배려로 친위대가 들이닥치기 직전에 산해관을 빠져나갔다. 하지만 막상 몸을 피할 곳이 마땅치 않았다. 중원은 이제 그를 잡으려고 혈안이 되어 있는 조정의 간신들로 가득한 사지가 되었고, 만주는 불과 얼마 전까지 총구를 겨누었던 적들이 웅거하는 땅이었다. 김대충은 하는 수 없이 아무런 은원이 없는 조선의 함경도 지방으로 몸을 피했다.

그곳에서 그의 기약 없는 은거 생활이 계속되었다. 오매불망하며 돌아가기를 학수고대했던 중원이 머지않아 후금에게 점령당하고 말았기 때문이다. 만주의 오랑캐들로 들끓는 고국으로 그는 돌아가고 싶지 않았다. 한때는 후금이 벌벌 떨었던 명장 원숭환 장군의 부하였다는 사실을 숨긴 채 그는 길주에서 이름 없는 조선 백성으로 살아갔다.

길주에서 만난 여인과의 사이에서 낳은 외동딸이 병환에 걸리지 않았더라면 그는 영영 이를 발설하지 아니하고 평생을 살아갔을 터였다. 임금노동자로서 하루를 근근이 버티는 그에겐 매달 수십 냥씩 드는 여식의 병원비를 감당하기 어려웠다. 배운 게 도둑질이라고 하는 수 없이 그는 종성의 모병소에 문을 두들길 수밖에 없었다.

비록 중원을 떠나올 적에 비해 육신은 많이 쇠하였으나 그의 무예는 어디로 사라지지 않았다. 어렵지 않게 무예 시험에 합격하여 입대할 수 있었다. 그러나 그로 인해 근 이십여 년간 감춰 온 비밀을 그만 신류에게 들키고 말았다. 조선의 포수병들은 절대 구사하지 않는 그의 신기한 방포술을 유심히 살펴보다가 그것이 명나라 병부의 무예 교본에 실려 있는 것임을 알아차리고는 그를 추궁한 끝에 지난 이력을 소상히 알게 된 것이다.

"알다시피 이번에 모병하는 부대는 청나라를 도와 나선을 정벌하는 데 그 목적이 있다. 장차 자네의 고국을 강탈한 적들과 어깨를 나란히 하고 전장을 누벼야 할지언데 괜찮겠는가?"

"괜찮지는 않겠지요. 허나 우선 여식을 위해 참겠나이다. 그리고 대신 그들의 실상을 소상히 파악하겠습니다. 해서 후일 제가 만약 조선의 무관이 되고 북벌에 나서게 된다면 선봉에 서서 그들을 정벌하겠나이다."

김대충의 말에는 결연한 의지가 담겨 있었다. 신류는 얼마 전에 선발한 윤계인과 함께 그를 초관에 임명하였다.

8. 노병(老兵)

환한 대낮인데도 초로의 노인들이 예장(군사 훈련장)에서 그리 멀지 않은 곳에 자리한 주막에 삼삼오오 모여앉아 벌컥벌컥 탁주를 들이켜고 있었다. 그 가운데에서 가장 목청껏 떠들며 술주정을 하는 이가 바로 배명장이었다. 부령 출신으로 올해 환갑을 바라보는 나이였다.

"우리가 왜 이런 푸대접을 받아야 한단 말인가? 우리가 대체 뭘 잘못했다고?"

적지 않은 나이에 눈물까지 그렁그렁 흘리며 주정을 떠는 모습이 창피하기 그지없었으나 동료들은 이를 말리지 아니하고 묵묵히 자신 앞에 놓인 술잔만 비울 뿐이었다. 부령이 고향이고 일가식솔들이 모두 그곳에 자리한 배명장이 도성 한복판에서 낮부터 술에 취한 연유는 이러하였다.

배명장과 그와 주막에서 함께 술잔을 기울인 이들은 모두 이른 아침에 먼저 저세상으로 떠난 동료를 수락산 아래의 양지바른 곳에 묻어 주었다. 죽은 동료의 장남이 지관(묏자리를 고르는 사람)에게 웃돈을 넉넉히 주어 묏자리로는 이만한 명당이 없다는 곳에 안치하긴 했지만, 그곳에 모인 사람들은 동료가 이곳에 묻힌 것에 대해 모두 울분을 토하였다. 동료는 목멱산 아래에 병조가 마련한 병사묘지에 묻혀야 옳았다. 사흘 전 갑작스레 이 세상을 하직한 동료와 그의 장례에 참석한 배명장을 비롯한 노인들은 모두 한때 오군영에 소속된 병사들이었다.

젊었을 적부터 군적에 이름을 올린 배명장은 고향인 부령의 행영에서 포수병으로 복무하였다. 그의 뛰어난 방포 실력은 함경도 북부의 여러 행영에서 명성이 자자해져 곧 병조의 높으신 관리들의 귀에도 들어가게 되었다. 그리하여 그의 나이 약관이던 정사년(1617년)에 강홍립 장군의 휘하로 배속되었다. 고향의 식솔들은 함경도 촌놈이 출세하여 도성으로 부임하게 되었다고 다들 기뻐해 마지않았다. 이후 몇 차례 만주로 출전하여 당시에는 후금(後金)이라 불리던 청나라 군대와 일전을 벌였다. 죽은 동료와 그의 장례에 모인 이들이 모두 이때 생사고락을 함께하였던 전우들이었다.

무오년(1618년)에 들어서자 조선에 대한 명나라의 원병 요구는 그 어느 때보다 강경하였다. 이전부터 만주에서 중원으로 향하는 입구에 자리한 요동반도에서 여러 차례 후금의 군사들에게 대패를 당하던 명나라는 자칫 잘못했다간 중원이 오랑캐의 손아귀에 넘어갈지도 모른다는 두려움에 사로잡혀 조선이 배후에서 후금을 공격해 줄 것을 요청하였다. 허나 점차 강성해지고 있는 후금과 쓸데없는 원한을 사고 싶지 않았던 광해군은 조선의 사정이 궁핍하다든지, 왜구가 다시 침입할 조짐이 있다든지 하는 핑계를 대며 원병을 차일피일 미루었다. 하지만 그도 무오년의 파병 요구는 너무도 완강한 데다 사대은의를 내세우는 조정 대신들의 여론 또한 억누르기만 할 수는 없어 마침내 수락하였다. 도원수에 강홍립을 임명하고 만삼천 명의 병사를 파견하였다. 배명장과 그의 동료들도 약 삼천오백여 명가량 포함

된 포수병의 일원으로 참전하였다.

당시 명군은 후금의 철기병을 상대하겠다며 기병 중심으로 부대를 편제하여 행군 속도가 빨랐다. 그러나 강홍립이 이끄는 조선군은 대부분 보병이었다. 게다가 각자 십 일 치의 식량과 조총, 침구, 거마작(방어용 장애물) 등을 들고 가야 했던 까닭에 명군의 행군 속도를 맞추지 못하고 계속 뒤처질 수밖에 없었다. 이를 노린 후금이 명군과 조선군을 각개격파하였다. 일단 매복하고 있다가 앞서 행군하던 명군을 손쉽게 격파한 그들은 기세를 몰아 후미의 조선군에게도 공격을 가했다. 영문도 모른 채 명군을 뒤쫓고자 행군에 몰두하던 조선군은 험난한 행군으로 기진맥진한 상태에서 적들을 맞이해야 하였다.

강홍립의 지휘하에 조선군은 조총을 쏘며 항전해 보았지만 중과부적이었다. 조선군의 좌우영은 일순간에 무너졌고 중영마저도 후금군에게 포위당하였다. 중영에 소속된 배명장도 자신을 데리러 올 저승사자가 멀지 않은 곳에 자리하고 있음을 직감하였다. 그래도 이를 두려워하지 않고 조선의 무인답게 최후까지 오랑캐 한 명이라도 더 죽이고 장렬히 전사하기로 마음먹었다.

하지만 강홍립은 그와 생각이 달랐다. 후금이 포위망을 좁혀 오는 가운데서도 승자의 관용을 베풀기 위함인지 조선군에게 항복할 것을 종용하자 바로 이를 받아들였다. 강홍립의 이러한 결단에 배명장과 그의 동료들은 모두 심양으로 끌려가서 한때는 오랑캐라고 깎아내렸던 여진족들의 포로로 지내야만 하였다. 비록 목숨은 건졌으나 조선군은 여진족들에게 모진 수모와 고된 노역을 겪었다. 이에 배명장을 비롯한 그의 동료들은 결사항전을 마다한 채 속절없이 항복한 강홍립에게 커다란 반감이 있었다. 그들에게는 죽은 것보다 못한 나날이 계속되었고 그게 무려 이십여 년 가까이나 이어졌다.

배명장의 머리에도 하얀 서리가 하나둘 내려앉을 무렵 마침내 강홍립과 그의 병사들은 조선으로 돌아올 수 있었다. 그러나 조정은 목숨을 부지하고자 상국의 은혜도 저버리고 오랑캐들에게 순순히 항복하였다며 이들을 힐책하고는 군적에서 모두 지워 버렸다. 강홍립을 따르던 병사들은 모두 죽기를 각오하고 싸웠으며 포로가 된 건 오로지 장군의 뜻이었을 뿐이라고 하소연하여도 아무런 소용이 없었다.

결국, 고국으로 돌아왔어도 배명장과 동료들의 실상은 심양에 있을 적과 크게 달라지지 않았다. 다시 군문으로 돌아가 예전처럼 녹봉을 받으며 식솔들을 부양하려던 계획은 수포가 되었다. 모두 어느 양반 지주의 소작농이 되거나 하루하루 막일을 하며 품삯을 받아 생계를 꾸려 나가는 임금노동자가 되었다. 이십여 년 가까이 떨어져 있으면서 식솔들이 뿔뿔이 흩어지는 바람에 생사를 알지 못하여 이들을 찾아 전국 각지를 방랑하는 동료들도 많았고, 남편을 기다리지 못해 재가한 아내에게 상심한 나머지 자결을 하거나 술주정뱅이가 되어 버린 동료들도 있었다. 무엇보다도 주변 사람들의 손가락질이 그들의 마음을 무척이나 괴롭혔다. 오랑캐에 항복한 비겁한 무인이라는 낙인은 그로부터 이십여 년이 더 지난 지금까지도 배명장과 동료들을 따라다녔다.

다행히 사흘 전에 숨진 동료는 식솔들이 그를 버리지 않은 데다 뛰어난 장사 수완을 발휘하여 도성에서도 꽤 알아주는 철포상의 주인이 되었다. 다른 이들에 비하면 참으로 행복한 말로라고 할 수도 있겠지만 그 역시 가게에 진열된 조총들을 매만지며 회한에 잠기는 것은 다른 동료들과 마찬가지였다.

부령에서 포수 노릇을 하면서 근근이 연명하던 배명장이 그의 임종 소식을 듣고 한달음에 도성으로 달려왔다. 그리고 오랜만에 모인 옛 동료들과 함께 예장에 모여 죽은 동료를 목멱산에 마련된 병사묘지에 묻어 달라고 청원하였다. 그들에게 있어 얼마 전 돌아간 동료는, 전장에 나설 적이면 항상 최전선에서 용감하게 적들과 맞서 싸우고 물러나기를 부끄러워하였던, 용감한 조선의 무인이었다. 병조의 관리들은 이들의 말에 전혀 귀 기울이지 않았다. 곧 포도청에서 한 무리의 포졸들이 출동하여 이들을 강제로 해산하였다. 울분을 삭이지 못한 이들은 가까운 주막에서 술로 이를 달래는 중이었다.

"신류 장군이 모병하는 총병군에 입대하기로 결심했네."

술이 몇 순배 돌면서 다들 거나하게 취할 때쯤 동료 중에서 가장 왜소한 키를 지녔던 이가 나지막하게 입을 열었다. 그러자 진작부터 이를 알았다는 듯 맞은편의 동료가 혀가 꼬부라진 목소리로 말을 받았다.

"흥, 누가 자네 같은 늙은이를 받아 주겠는가?"

"내 비록 기력은 쇠하였어도 아직 십 보 밖의 표적을 관중시킬 정도로 방포술은 녹슬지 않았네. 출신 성분이나 이력은 개의치 않고 받아 준다 하니 이참에 다시 군적에 이름을 올려 나는 기필코 목멱산에 영예롭게 묻힐 걸세."

취한 와중에서도 그의 목소리는 아주 또렷하고 당당하였다.

"그럼 나도 해 보아야겠네."

한참 동안 주정을 하고는 잠시 숨을 고르고 있던 배명장도 대화에 끼어들었다.

"내 방포술이 자네와 필적할 정도니 자네가 그리 자신한다면 나라고 못 할 게 뭐 있겠는가?"

"자네는 무슨 연유로 들어가려 하는가?"

키 작은 동료가 차분한 목소리로 그에게 물어보았다.

"나, 벼슬도 좋고 녹봉도 좋고 죽은 후에 목멱산에 묻히는 것도 좋지. 근데… 난 전공을 세우고 돌아와 병조의 관리들에게 알리고 싶네. 우리가 무오년에 목숨이 두려워 비겁하게 오랑캐에게 항복한 것이 아니라고 말이야. 우린 단지 명을 따랐을 뿐이라고 말이야."

배명장은 신류가 입대 의사를 물어보는 자리에서도 이렇게 자신의 소신을 밝혔다. 그리고 한 줄기 눈물을 흘렸다. 이를 보자 그의 연로함을 이유로 배제하려고 했던 신류의 결심이 크게 흔들리고 말았다. 신류는 그가 왜 속절없이 후금의 포로가 되어야 했으며 귀국하여서도 기나긴 포로 생활을 위로받지 못하고 군문에서 쫓겨나야 했는지를 잘 알았다.

강홍립이 후금에 순순히 항복을 한 연유는 떠오르는 태양과도 같은 후금에게 감히 대적하여 아까운 인명을 손상케 하지 말라는 광해군의 밀명이 있어서였다. 헌데 배명장이 후금에 억류된 사이 강홍립에게 그러한 명을 내렸던 조정은 반정으로 쫓겨나고 없었다. 이를 대신하여 새로이 들어선 조정은 만주의 떠오르는 태양을 똑바로 보지 못하고 아직도 중원의 그믐달에 집착하였다. 세상은 점점 아침이 밝아 오려 하고 있었는데도 말이다. 신류는 이러한 사실들을 배명장에게 발설하지 않았다.

그는 시험장에서 다른 지원자들에 비해 월등한 방포 실력을 보여주었다. 그리하여 어렵지 않게 신류의 휘하로 들어갈 수 있었다. 신류는 그에게도 초관의 임무를 부여하였다.

9. 포수(砲手)

행영이 자리한 육진 내에서 가장 실력 있는 포수를 꼽으라고 하면 사람마다 약간의 이견은 있었으나 대부분 부령의 배명장을 들먹였다. 심양에서의 포로 생활을 마치고 군문에 다시 들어가는 게 거절 당한 그는 하는 수 없이 고향으로 돌아와 생계를 유지할 방안을 모색하다가 배운 게 도둑질이라고 결국 포수의 길로 들어섰다.

나이 사십이 넘어 시작한 일이었지만 표적이 적병에서 산짐승으로 바뀌었다 할 뿐 그의 뛰어난 방포술은 어디 가지를 않아서 이내 함경도 북방에서 인정받는 포수가 되었다. 덕분에 곤궁함을 면치 못하던 대다수 동료와 달리 그는 끼니 걱정은 하지 않고 살아갈 수 있었다. 그런 까닭에 그는 나이가 불혹을 넘겼어도 여염집 처자들에게 인기가 높았다. 하지만 배명장은 숱하게 들어왔던 중매 자리를 모두 거절하고 독수공방으로 지냈다. 상대가 죄다 딸로 삼아도 이상하게 여기지 않을 정도로 새파랗게 어린 처자여서이기도 하였지만 무오년에 강홍립을 따라 만주로 출정하기 전, 혼인을 약속한 옛 정인을 아직 잊지 못한 탓도 컸다. 정인은 심양에 포로로 끌려간 배명장을 기다리지 아니하고 몇 해 후 육의전에서 약재상을 운영하는 어느 돈 많은 상인과 혼례를 치렀다. 배명장은 이래저래 심양에서의 일들이 야속하게만 다가왔다.

한편 정유년부터 배명장의 아성에 도전하는 포수가 나타났다. 회령 출신으로 이름은 정계룡이었고, 그해 나이 서른둘이었다. 그는 주로 갑산 등지에서 활동하면서 그 지역의 멧돼지나 사슴을 사냥해 이를 시장에 내다 팔며 돈을 벌었다. 그에 딸린 식솔은 홀어머니와 혼기가 넘은 여동생 이렇게 둘이었다.

배명장은 주변에서 정계룡의 방포술이 자신과 겨뤄도 손색이 없다고 아무리 떠들어 대어도 동의하지 않았다. 지금은 비록 일개 포수에 불과하지만 만주에서 용맹한 후금의 군사와도 싸웠던 역전의 용사라는 자부심을 지닌 그는 새파란 젊은이와 자신의 방포술을 동급으로 비교하는 것에 기분이 몹시 상했다. 그러나 그의 지난 과거를 잘 모르는 육진의 백성들은 둘이 한번 붙어 보면 아주 재밌을 거라며 수군거렸다. 배명장은 애송이와의 대결은 무의미하다며 사람들의 부추김에 넘어가지 않았고, 먹고 살기 바쁜 마당에 누가 뛰어나고 못함이 그리 무에 중요한가라고 여긴 정계룡도 역시 마찬가지였다.

그러다 마침내 둘에게 대결의 장이 펼쳐졌다. 그동안 만탑산에서의 수렵을 금했던 함경도 관찰사가 이곳에서 빈번히 출몰하는 호랑이로 인해 백성들의 피해가 극심해지자 이를 전면 허용한 까닭이었다. 다만 감영에서 시월 초엿샛날에 치르는 방포 시험에 참가하여 상위 오등에 이르는 자에게만 이를 허가한다는 영을 내렸다. 호랑이 가죽이 행영을 드나드는 청국 상인들에게 비싼 값으로 팔리는 만큼 만탑산 호랑이 수렵 허가권은 함경도 근방 포수들에게는 목돈을 두둑이 만질 수 있는 절호의 기회였다. 사람들은 당연히 배명장과 정계룡도 시험에 참가하리라 여겼고 실제로 그들은 그리할 마음을 품고 있었다. 일등부터 오등까지 순위를 매겼기에 사람들은 이제야 누구의 방포술이 뛰어난지를 눈으로 확인하게 되었다며 기뻐하기까지 하였다.

도성에서 철포상을 운영하는 동료의 갑작스러운 임종 소식을 접하기 전만 하더라도 배명장은 사냥 허가권을 따내겠다는 욕심과 더불어 자꾸 회령의 애송이와 동급으로 비교하는 사람들의 코를 납작하게 만들어 주겠다는 생각에 방포 훈련에 매진하였다. 하지만 동료의 장례를 치르면서 생각이 바뀐 그는 초엿샛날에 함경도 감영이 아니라 종성 행영을 찾아갔다. 최고의 경쟁자가 사라진 시험에서 정계룡은 어렵지 않게 일등을 차지하였다. 둘의 대결을 지켜보려고 일부러 멀리 감영까지 찾아온 이들은 배명장의 불참 소식에 실망감을 감추지 못하였다. 이왕 이렇게 된 김에 제대로 된 승부를 겨뤄 보고 싶었던 정계룡도 마찬가지의 심정이었다.

"배 포수는 종성에서 모병 중인 부대에 들어갔나 봐."

"나선하고 싸우러 간다는 그 부대 말인가?"

"그러게 말일세. 왜 갑자기 그런 정신 나간 생각을 했는지 모르겠단 말이야. 아무리 녹봉을 많이 준다고 하더라도 만탑산에서 호랑이를 잡는 것보단 못할 텐데 말이야. 살아 돌아온다는 보장도 없고."

회령으로 돌아오는 길에 이와 같은 얘기를 엿들은 정계룡은 비로소 배명장이 시험에 참석하지 않은 까닭을 짐작할 수 있었다.

"내 비록 지금은 이 모양 이 꼴이라도 왕년에는 만주에서 여진족 오랑캐들을 때려잡던 무인이었다네."

다른 사람들은 이런 배명장의 말을 믿지 않았지만 정계룡만은 혹여 그럴지도 모른다고 여겼다. 비록 군영에서 쓰이는 방포술이 어떠한지는 잘 알지 못했지만 확실히 배명장의 방포술은 함경도 포수들이 구사하는 것과는 자세나 속도에서 차이를 보였다. 다만 정계룡은 배명장이 다 늙은 작금에 와서 왜 다시 군문에 들어가기로 했는지 그 연유에 대해서는 도무지 추측할 길이 없었다.

정계룡이 수렵 허가권을 따내고 경쾌한 발걸음으로 집으로 들어섰을 적에 한 무리의 사내들이 울며불며 말리는 어머니를 뿌리치고 여동생을 어디론가 끌고 가려 하였다. 그가 황급히 무리 중에 우두머리라고 여긴 사내의 멱살을 붙잡으며 이를 저지하였다.

"웬 놈들이 남의 집에 와서 행패냐?"

멱살이 잡힌 사내는 눈을 부라리며 내들었다.

"오호 네놈이 이 계집의 오라버니인가 본데 잘 만났다. 어서 저년이 떼어먹은 노름빚을 내놓지 못할까?"

이러면서 사내는 어느새 잡힌 멱살을 풀고는 정계룡을 밀쳐 내었다. 너무나도 뜻밖의 말을 들은 그는 그만 다리에 힘이 풀리면서 주저앉고 말았다. 겨우 정신을 차린 그가 겁에 질려 있는 여동생을 붙잡고 물었다.

"대체 어찌 된 영문이냐? 네가 노름빚을 졌다니?"

겁에 질린 여동생은 몸을 벌벌 떨면서 아무 말도 하지 못하였다. 결국은 그가 사내들에게 수일 내로 여동생이 빚진 돈을 대신해서 모두 갚겠다는 약조를 하고 돌려보낸 다음에야 자세한 내막을 들을 수 있었다.

사실 정계룡의 여동생도 본인이 노름을 하여 진 빚은 아니었다. 집안 살림에 보태기 위해 금침(이불과 베개)을 파는 상점에 드나들면서 삯바느질을 하던 그녀는 작년 말부터 상점에 금침을 납품하면서 안면을 익힌 상인과 교제를 시작하였다. 둘 다 혼기를 놓쳐 외로운 처지였던지라 금세 혼인을 약속한 정도로 관계가 무르익었다.

그러나 여동생의 정혼자는 예전부터 노름에 빠져 있었다. 그동안은 침방나인 출신들이 만든 원앙금침이 함경도 일대 고관대작의 부인이나 여식들에게 인기리에 팔려 나갔던지라 판돈을 많이 잃어도 별다른 곤경에 처하진 않았다. 하지만 올해 들어 부쩍 금침 상점에 나돌기 시작한 청국의 금침에 밀려 수입이 급감한 가운데서도 노름에서 헤어 나올 줄 몰랐던 정혼자는 고리대금업을 겸하고 있던 부령 객주에서 빌린 돈 오백 냥의 상환 기일이 다가오자 이를 정계룡의 여동생에게 떠넘기고 야반도주를 하였다. 객주는 여동생을 기방에 팔아서라도 떼먹힌 돈을 충당하려 하였기에 낮에 그런 사달이 벌어졌던 것이었다. 정계룡의 모친은 꼼짝없이 기방에 팔리게 된 하나뿐인 여식 걱정에 한숨을 토해 내었다. 그렇지만 여동생은 서른 평생에 처음으로 연정을 품은 사내에게 배신을 당했다는 생각에 온종일 눈물을 쏟아 내었다.

이들을 바라보는 정계룡의 심정도 무겁기 그지없었다. 못된 사내에게 홀딱 빠져 집안에 우환을 가져다준 여동생을 나무랄 생각은 없었다. 하나뿐인 오라비가 식솔들을 잘 건사하였더라면 한참 아름

다움을 뽐냈을 방년에 진작 좋은 짝을 맺어 주었을 것이다. 그다지 살림에 보탬은 되어 주지 못하면서 허구한 날 사냥을 나간답시고 일년의 태반을 집을 비우면서 동생에게 일절 신경 쓰지 않았으니 그 업보를 받는다는 기분을 지울 수 없었다.

"너무 걱정하지 말거라. 이 오라비가 그깟 오백 냥 내일이라도 당장 구해서 갚아 주고 오마."

그저 동생을 위로하기 위해 빈말을 내던진 것이 아니었다. 정계룡은 능히 그럴 자신이 있었다. 만탑산의 호랑이 수렵허가권을 따내었으니 그걸 빌미로 그동안 거래를 터 온 모피상을 찾아가 오백 냥을 융통할 계획이었다. 아무리 만탑산에 호랑이들이 우글거린다 하더라도 쉽게 포획한다는 건 어려운 일이었으나 한 마리만 잡아 그 가죽을 모피상에 넘겨도 오백 냥을 제하는 데에는 어려움이 없었다.

허나 그는 다음 날 찾은 모피상의 주인으로부터 청천벽력과도 같은 소식을 접했다.

"어허 이 친구, 아직 그 일을 모르는구먼. 만탑산의 호랑이를 부령 상단의 행수가 자비를 들여 퇴치하겠다고 나섰다는군. 게다가 잡은 호랑이의 가죽은 팔아서 감영의 경비에 보태고 고기는 병졸들에게 나눠 준다고 약조까지 했다네. 관찰사 나리의 처지에서야 행수의 제안이 여러모로 끌리지 않았겠나?"

졸지에 오백 냥을 마련할 길이 막막해진 정계룡은 눈앞이 캄캄해졌다. 그러나 이대로 동생이 기생이 되는 꼴을 두고만 볼 수는 없어서 돈을 빌린 객주로 향했다.

"내 엊그제 약조한 대로 이달 말일까지 빌린 돈을 모두 갚을 수가 없게 되었소. 허나 이래 봬도 이 몸이 함경도 내에서는 알아주는 포수인지라 잡아들이는 산짐승이 적지 않소. 이들을 팔아 매달 조금씩 갚아 나갈 터이니 제발 사정 좀 봐주시오."

객주의 주인은 그의 사정을 전혀 봐주지 않았다. 끈덕지게 애원하는 그를 부리는 사내들을 시켜 흠씬 두들겨 패 준 다음에 쫓아내었다. 이달 말일까지 돈을 내놓지 않으면 기필코 여동생을 기방으로 끌고 가겠다는 겁박도 잊지 않았다. 정계룡은 심란한 마음을 달랠 길이 없어 주막에서 홀로 탁주를 벗 삼아 술을 들이켰다.

"자네가 부령 바닥에서 왜 얼쩡대고 난리야? 게다가 얼큰하게 취해서 말이야."

정계룡이 고개를 들어 바라보니 배명장이 한심하다는 얼굴로 그를 쳐다보고 있었다. 그러나 평소에 그를 대할 적에 짓던 일그러진 표정과는 달리 입가에 옅은 미소마저 감돌았다. 배명장은 허락을 구하지도 않고 내뜸 징계룡의 술잔을 빼앗아 탁주를 가득 채운 뒤 단숨에 들이켰다.

"왜 이렇게 우거지상이냐고?"

"봇짐이 두둑한 걸 보니 어디 먼 길 떠나시나 본데 갈 길이나 가시지요."

"가야지. 가는 길인데 우연히 자네를 만나게 되어 작별인사라도 나누려고 이리 앉았네."

"뭐, 어디 죽으러 가십니까?"

배명장은 한바탕 호탕하게 웃은 뒤 정계룡의 물음에 답하였다.

"그럴 수도 있고 아닐 수도 있지. 어찌 되었든 확실한 건 이제 이 함경도 촌구석으로는 다시 돌아오지 않을 거란 말일세."

"포수 생활 때려치우시게요? 그럼 그 나이에 대체 뭐 해 먹고 살려고?"

"자네는 믿을지 안 믿을지 모르겠으나 난 무인이었다네. 이제 다시 그 길로 돌아가려 하네. 그러니 이제 함경도 제일의 포수라는 영예는 이만 자네에게 물려주도록 하지. 닷새 전에 감영에서 치른 방포 시험에서 일등을 하였다면서? 그렇다면 자넨 그럴 자격이 있네."

배명장은 호쾌한 웃음을 날린 뒤 자리에서 일어나 주막을 나갔다. 떠나는 그의 뒷모습을 바라보자 정계룡은 갑자기 동생을 구제할 방도가 떠올랐다. 갑자기 술이 확 깬 그는 곧장 그 길로 백 리가 훨씬 넘는 곳에 떨어진 종성 행영으로 한달음에 달려갔다.

그는 신류를 대하는 자리에서 아주 당돌한 요구를 하였다.

"여섯 달 치 녹봉을 미리 당겨서 주십시오. 결코, 떼먹는 일 없이 장군님 휘하에서 충실히 복무하겠습니다."

아무리 높은 녹봉을 바라고 입대를 희망하였어도 첫 면전에서부터 이렇게 대뜸 노골적인 청을 하는 지원자는 전혀 없었던 까닭에 신류는 다소 당황한 기색을 보였다. 허나 이내 침착함을 되찾고는 응수하였다.

"그럴 만한 실력이 있다고 입증되면 내 당연히 그리해 주도록 하겠네."

공교롭게도 배명장과 정계룡의 방포 대결이 둘의 입대 여부를 판 가름하는 행영의 시험장에서 펼쳐졌다. 둘은 모두 서른 발을 방포하 여 이 중 스물아홉 발을 표적에 관중시켰다. 이제야 서로의 실력을 확인한 두 사람은 속으로 상대에 대한 감탄을 아끼지 않았다.

신류는 정계룡과의 약속을 지켜 오백 냥을 건넸다. 그는 서둘러 부 령으로 달려가 객주에 돈을 갚은 다음 회령으로 돌아와 입대 사실 을 알렸다. 홀어머니와 여동생은 그를 붙잡고 대성통곡을 하였다. 그 런 까닭에 그는 날이 새도록 이들을 달래느라 고초를 겪어야 하였 다. 이 소식을 접한 사람들도 안타까워하기는 매한가지였다.

"어허, 어찌 올해는 다들 멧돼지 대신 사람을 사냥하려고 난리인 게야."

작금은 정말로 사람을 사냥하는 게 더 돈벌이가 되는 세상이었다.

10. 양반(兩班)

　조정은 총병군의 모병과 조련을 신류에게 일임한 후로 수수방관하였다. 군기시에서 조총과 두정갑(조총수가 입던 갑옷), 환도와 같은 병장기를 보내 준 걸로 그만이었다. 이러자 부대를 유지하는 데 필요한 물자와 경비가 여러모로 부족해졌다. 특히 병사들에게 약조한 녹봉을 지급하는 데 상당한 어려움을 겪었다.

　신류는 조정에 연거푸 이를 하소연하였으나 돌아오는 대답은 한결같았다. 함경도 여러 관아의 수령들에게 지시를 내렸으니 그들로부터 협조를 구하라는 것이었다. 수령들은 하나같이 빠듯한 관아의 살림살이를 들먹이며 부대에 필요한 물자와 경비를 조달하는 데 난색을 보였다. 곧장 부대의 궁핍함이 여기저기서 눈에 들어오기 시작하였다.

　이럴 적에 구원의 손길을 내민 자가 바로 유복이었다. 그는 함경도 내에서 꽤 큰 상단을 운영하는 행수였다. 그는 신류에게 병사들이 몇 달간은 능히 배불리 먹을 수 있는 군량미를 갖다 바쳤다. 또한, 병사들에게 쓰일 피복이나 약재를 마련하라며 어마어마한 돈도 내어놓았고, 병사들이 춥고 습했던 막사를 벗어나 따뜻하고 편히 잠자리에 들 수 있도록 막사를 지어 주겠다고 약속하였다.

　물론 유복이 거저 이러한 선심을 베푼 것은 아니었다. 그는 자신의 목적을 함경도 관찰사를 통하여 신류에게 전달하였다. 이를 위해 그는 얼마 전 관찰사의 고민거리 중 하나였던 만탑산 호랑이를 사비로 해결해 주겠다는 소소한 뇌물을 바치기도 하였다. 관찰사는 유복을 부대의 운영과 관리를 맡아보는 군관에 임명하는 게 어떻겠냐고 제안하였다.

"영감, 이는 말도 안 되는 처사이옵니다."

신류는 단호하게 이를 받아들일 수 없음을 밝혔다.

"유 행수 평생의 소원이 무인이 되어 나라를 어지럽히는 외적들을 물리치는 것이라고 하네. 자네가 이참에 아량을 좀 베풀면 어떻겠나? 덕분에 총병군의 살림살이도 좀 나아지고 말일세."

관찰사는 나름대로 군색한 핑계를 늘어놓았으나 한마디로 돈 받고 벼슬을 팔라는 소리와 다를 바 없었다. 병조는 총병군 내에서의 인선은 모두 총병관에게 일임하였다. 그런 까닭에 신류가 군관 하나를 자기 마음대로 임명해도 병조에서 이를 문제 삼지는 않을 터였다. 허나 아무리 말단 직책이라 하더라도 신류에게 매관매직은 도저히 있을 수 없는 일이었다.

"자네의 고고한 성정을 모르는 바는 아니나 그리 고집을 부린다고 해결될 일이 아닐세. 당장 다음 달에 병사들에게 지급할 녹봉은 어찌 마련할 터인가? 병조에서도 나 몰라라 하는 처지 아닌가? 가난한 함경도 관아의 현감들을 들쑤셔 봐야 소용없는 일일 터이고."

관찰사는 유복에게서 받은 재물과 앞으로가 더 기대되는 뇌물을 생각하며 옆에서 끈덕지게 신류를 설득하였다. 마침내 신류도 자기 뜻을 꺾고야 말았다. 물론 관찰사의 꾐에 넘어가서가 아니라 궁핍한 부대의 실정을 더는 외면할 수 없어서였다.

"남부러울 것 없는 재물을 가진 자네가 뭐가 아쉬워서 굳이 내 밑으로 들어오려고 하는가? 전장에 나가는 일일세. 자네의 귀한 목숨을 잃을 수도 있다는 뜻이네."

신류는 유복을 대하는 자리에서 단도직입적으로 물어보았다. 관찰사가 말한 대로 어릴 적부터 외적과 맞서 싸우는 게 소원이었다는 건 구차한 변명처럼 들렸던 탓이었다.

"소인이 어찌 그걸 모르겠나이까?"

"한데 왜 그러는 것이냐?"

"소인은 그저 나라를 지키는 무인이 되고 싶사옵니다."

"정녕 그뿐이더냐?"

"공을 세워 벼슬이 높아지면 더욱 좋겠지요."

신류는 유복의 뻔한 대답을 더는 듣고 싶지 않아 더 묻지 않고 유복에게 군관에 임명한다는 사령장을 내렸다. 그는 유복이 벼슬을 바라고 총병군에 자원하였다고 단정 지었다. 작금에 그러한 목적으로 공명첩(돈이나 곡식을 받고 팔았던 명예직 임명장)을 사들이는 부유한 상인들을 많이 봐 온 까닭이었다.

사령장을 받아 든 유복은 한달음에 상단의 본거지인 부령으로 달려갔다. 그리고 서둘러 귀가하여 아내에게 들뜬 마음으로 사령장을 보였다. 그러나 크게 기뻐할 것이라는 그의 기대와는 달리 아내는 시큰둥한 반응을 보였다.

"부인은 내가 벼슬에 오른 게 기쁘지 않으시오? 당신의 바람대로 이제 벼슬아치 서방을 두게 되었소."

유복은 이런 자신이 대견하다는 듯 호방한 웃음을 터트렸지만 여전히 아내의 표정은 밝지 못하였다.

"이 사령장의 값어치는 대체 얼마이옵니까? 온성의 객주라도 떼어 주신 겁니까?"

기뻐해 주지는 못할망정 오히려 나무라는 아내에게 유복은 심기가 불편함을 느꼈다.

"그렇다 한들 그게 무슨 상관이오. 꼭 장원급제를 해야만 벼슬이란 뜻인 게요?"

"이 세상 모든 일이 돈이면 안 되는 게 없어 참으로 좋으시겠습니다. 어디 임금님 자리도 그리해 보시지요?"

아내는 유복을 똑바로 바라보며 차갑게 쏘아붙이고는 그대로 안채를 나갔다. 유복은 조금 전까지 아내가 보던 서책들을 집어 던지며 끓어오르는 화를 표출하였다. 그가 집어 던진 책들은 논어와 맹자 같은 학식이 높은 자들이나 보는 어려운 책이었다.

유복의 처가는 대대로 대제학을 배출한, 함경도 일대에서는 아주 명망 높은 가문이었다. 서인들의 중상모략으로 신묘년(1651년)에 대대적으로 벌어졌던 남인 대신들의 실각이 아니었더라면 처가는 아직도 그 권세와 위엄이 함경도 일대에서 대단하였을 것이다. 벼슬에 올랐던 처가의 남정네들이 다들 낙향하면서 급격히 가세가 기울었다. 그러다 보니 나이가 찬 아내와 혼사를 추진하겠다고 나선 집안이 없었다.

이럴 적에 유복이 나서서 그녀를 아내로 취하였다. 처가가 밀린 환곡을 갚지 못해 곤경에 처하자 유복이 이를 대신 갚아준 것을 계기로 계속해서 그에게 신세를 졌다. 그러자 유복은 이를 빌미로 처가 식솔들에게 과감히 아내와 혼인하겠다는 뜻을 밝혔다. 납속(나라에 재물을 바친 대가로 신분을 올려 주던 일)으로 양반 신분을 사들인 대장장이 출신의 아들인지라 처가에서는 선뜻 내켜 하지 않았다. 하지만 식솔들을 다시 궁핍함으로 내몰고 싶지 않았던 아내의 결단으로 마침내 혼사가 결정되었다. 유복은 명민한 데다 단아하다고 소문이 자자한 아내를 맞이하여 기쁘기 이를 데 없었다. 허나 애당초 그와 마음에도 없는 혼인을 치른 아내는 늘 쌀쌀맞게 대하였다. 유복은 혼인하고 나서도 아내가 단 한 번도 자신을 살갑게 대하지 않자 그 연유가 다들 관직에 오른 동무들의 남편들과 달리 자신은 미천한 상인이라 그러는 줄로 여겼다.

　아내에게 남편으로서 대접받고 싶은 욕심에 그는 출사하기로 결심하였다. 하지만 돈 모으는 재주 외에는 학문과 무예가 형편없었던 그가 과거에서 급제하기란 하늘에서 별 따기였다. 하는 수 없이 그는 아내를 취할 적과 마찬가지로 재물을 이용하였다. 재물의 위력은 실로 위대하여 그는 어렵지 않게 군관의 벼슬을 손에 넣었다. 그러나 유복이 지닌 재물의 힘으로도 어쩌지 못하는 것이 있었다. 그건 바로 자신을 향한 아내의 연정이었다. 그가 번듯한 양반가의 자제로 환생하지 않는 이상 그가 아무리 발버둥 쳐 보아도 아내는 결코 그에게 마음을 줄 생각이 없었다. 그만큼 그녀는 뿌리 깊은 양반가의 여식이었다.

유복은 군관으로 부임한 첫날, 행영에서 장차 그의 연적을 만나게
되었다. 바로 정계룡이었다.

11. 조련(調練)

초관들에게 조련을 받은 병사들의 방포술은 하루가 다르게 늘어갔다. 첫 조련에서는 표적을 맞힌 병사가 고작 두 명밖에 나오지 않았지만, 보름 남짓 조련을 받고 나서는 절반 가까이가 표적을 명중시킬 정도였다. 단시일 내에 눈부실 정도의 향상이었지만 아직 신류의 마음을 흡족게 하기에는 역부족이었다. 그의 눈에는 여전히 실력을 더욱 가다듬지 않으면 조정 대신들의 예견대로 원정길에서 전멸을 면치 못하는 희생양들에 불과하였다.

조정의 대신들은 실제로 그걸 바랐다. 만에 하나 이번에도 신류가 원정에 성공한다면 효종은 이참에 분명히 북벌을 추진할 것이 자명하였다. 서인들은 추호도 전쟁을 원치 않았다. 그런 까닭에 원정에 실패해야만 아직은 북벌이 시기상조라고 효종을 달래면서 예전처럼 북벌을 핑계로 서인의 권력을 계속 유지할 수 있었다.

신류는 순순히 그들 뜻대로 움직이고 싶은 마음이 추호도 없었다. 보란 듯이 단 한 명의 부하도 잃지 않고 모두 조선으로 데리고 돌아오겠다는 열망이 마음속에 가득하였다. 그러다 보니 연일 병사들에게 강도 높은 조련을 가하였다. 병사들은 연일 영채와 조련장에서 살다시피 하며 하루를 보냈다. 진시(오전 7~9시)에 기상하면 해시(밤 9~11시)에 잠들 때까지 신류가 구성한 조련들을 매일 되풀이하며 받았다.

병사들은 아침에 일어나면 군장을 갖추고 행영에서 십 리나 떨어진 역참까지 구보를 하였다. 한 사람이 사흘은 먹을 수 있는 군량에 여벌의 솜옷과 짚신, 막사를 세울 때 쓰일 천과 언 바닥에 깔고 누울 이불, 보급이 없어도 능히 오십여 발을 방포할 수 있는 화약통과 철환통, 심지 등을 모두 갖춘 군장은 족히 마흔 근이 넘었다. 신류는 그 무거운 걸 병사들에게 메게 하고는 왕복 이십 리 길을 매일 뛰도록 지시하였다. 병사들에겐 아침에 눈을 뜨면서부터 고생길이 훤히 펼쳐진 셈이었다.

　병사들이 구보를 마치고 나서 아침을 들고 나면 정오가 될 때까지 교관들로부터 방포술을 익혔다. 애초에 이십 보 떨어진 거리에 세워 두었던 표적은 날이 가면서 점차 멀어져 이제는 호제총(청나라에서 만들거나 수입한 조총)의 최대 방포 거리인 백 보 거리에까지 두게 되었다. 그런데도 병사들은 곧잘 표적에 철환을 갖다 맞추고는 하였다.

　병사들의 명중률에 어느 정도 만족한 신류는 이제 교관들에게 신속하게 방포할 수 있는 방법을 가르치라고 명하였다. 이에 교관들은 병사들에게 포수들이 맹수를 사냥할 때 사용하던 '삼보방포술'을 전수했다. 세 걸음 걷는 속도에 맞춰서 화약을 쟁이고 철환을 넣고 심지에 불을 붙이는 일련의 동작으로 속사를 가능하게 하여 재빠르게 달려들거나 도망치는 맹수들을 쏘아 잡는 함경도 포수들의 사냥 비법이었다.

　물론 이건 조선군의 정통 방포술은 아니었다. 그렇지만 신류는 교관들이 이를 병사들에게 가르치도록 내버려 두었다. 삼보방포술이 정통 방포술보다 속도가 훨씬 빨랐던 까닭이다. 비록 정통은 아니라 할지라도 그 효용이 입증되었는 데 사용하지 않을 까닭이 없다는 게 신류의 생각이었다.

오전의 방포 조련이 끝나면 오후부터는 조련장을 벗어나 종성 일대의 대지와 야산에서 기동조련이 펼쳐졌다. 신류는 이 조련에 들어가기에 앞서 병사들을 열 명씩 묶은 다음 이를 '초'라 이름 붙였다. 훈련도감에서는 삼수병들을 조련할 적에 백 명씩 묶어 초를 구성하는데, 그가 이를 응용한 것이었다. 야전에서 초들이 신류의 지휘에 따라 일사불란하게 움직이게 하는 것이 이 조련의 핵심이었다.

병사들 각자의 방포술만 뛰어나서는 결코 승리를 거둘 수 없으리라는 걸 그는 잘 알았다. 동서고금을 막론하고 지휘관의 계책에 따라 일사불란하게 움직인 군사가 언제나 승리를 거두었기에 이번 북정도 과연 자신이 얼마만큼 병사들을 잘 통솔하느냐의 여부에 달려 있다고 해도 과언이 아니라는 걸 인지하는 바였다. 그러기에 신류는 병사들이 자신의 계책에 따라 후퇴하고 공격하기를 기민하게 수행해 주길 바랐다.

신류는 오후를 온통 할애하여 이 조련에 중점을 두었다. 이로 인해서 해가 서산 너머로 질 때까지 병사들은 산과 들을 마치 제집 마당처럼 마구 뛰어다녀야 하였다. 더구나 초 단위로 움직여야 했기에 혼자만 민첩하게 잘 움직이고 방포하여도 아무런 소용이 없었다. 신류는 열 명의 초원들이 마치 하나처럼 자신의 지시에 따라 행동하지 않으면 여지없이 다시 조련을 받게 하거나 체벌을 내렸다.

그래서 그를 찾아와 하소연하는 병사들이 툭하면 생겨났다. 자꾸 혼자만 뒤떨어져 다른 초원들에게 민폐를 끼치는 바람에 그들로부터 심한 구박을 받은 까닭이었다. 신류는 언제나 묵묵히 그들의 얘기를 들어 주었다. 하지만 별다른 조치를 취하진 않았다. 그건 본인들의 힘으로 극복해야만 하는 문제였던 까닭이다.

신류에게는 결코 소홀히 할 수 없는 기동조련이었지만 그의 깊은 뜻을 모르는 병사들에겐 매일 반복되는 괴롭고 지겨운 조련의 하나일 뿐이었다. 그래서 그들이 조련에 흥미를 잃어 갈 때쯤 되면 신류는 재미난 시합들을 열고는 하였다.

하나는 사냥대회였다. 세 시진 동안 종성 일대의 야산을 돌아다니며 총을 방포하여 잡은 수렵물이 가장 많은 초에게 상을 내리는 시합이었다. 이건 그동안 병사들이 익힌 삼보방포술의 실력은 물론 초원들 간의 단합된 움직임을 확인할 수 있는 좋은 자리였다. 모든 병사가 상을 바라며 열심히 사냥에 임하였다. 꼭 상을 얻지는 못하여도 시합이 있는 날은 병사들의 얼굴에서 모처럼 환한 웃음을 엿볼 수 있었다. 잡은 수렵물은 그날 밤에 구워 먹을 수 있는 데다 신류가 특별히 내어 주는 탁주도 마실 수 있었기에 엄연히 조련의 일환이었지만 병사들에겐 모처럼 찾아온 꿀맛 같은 휴식과 다를 바 없었다.

또 하나는 공방전이었다. 임시로 구축해 놓은 진지나 성채에서 공격하는 패와 수비하는 패로 나뉜 초들이 서로 접전을 벌이는 시합이었다. 공격하는 초는 일정한 시간 안에 진지나 성채를 점령하면 이기는 것이었고 반대로 수비하는 초는 이를 끝까지 지키면 승리하는 방식이었다.

이 시합은 총에 철환을 장전하여 방포하지 않는다는 점만 빼면 마치 실제 전투를 방불케 할 만큼 치열하게 이루어졌다. 사냥대회와 마찬가지로 우승할 적의 상도 상이었지만 초들 간의 자존심이 걸려 있는 문제이기도 하였다. 그래서 갖은 계책과 전술을 동원하여 한쪽은 지키려 하였고 다른 한쪽은 뺏으려 하였다. 간혹 시합에 너무 몰입한 나머지 상대 초원들을 진짜로 적처럼 여기며 악착같이 공격하는 바람에 피를 보는 불상사도 일어났다. 그럴 적이면 초들 간에 험악한 분위기가 만들어지곤 하였지만 신류는 결코 시합을 중단하지 않았다. 시합은 전투 경험이 전혀 없는 병사들에게 소중한 실전 경험을 안겨 주는 조련임이 자명하여서였다.

이 시합에서는 윤계인이 속한 초가 가장 많은 승리를 차지였다. 그는 시합에 나설 적마다 기발한 전술을 선보이며 상대를 농락하여 손쉽게 성채를 빼앗거나 진지 앞에 몰려든 적들을 물리쳤다. 병서를 두루 익힌 신류에게도 낯선 계책들이 하도 많아 윤계인의 초가 신출귀몰하게 움직일 적이면 무릎을 치며 감탄한 적이 한두 번이 아니었다.

배명장이 이끄는 초가 그 뒤를 이었다. 그는 비록 윤계인처럼 병서에 능통하지 못하여 기발한 계책들을 내놓지는 못했지만, 군적에 올랐을 적의 관록으로 군사를 부리는 정석을 보여 주었다. 또한, 부대 내에서 가장 연장자인 데다 강홍립 장군을 모시고 후금과 싸웠다는 화려한 경력이 후광으로 작용하여 모든 초원은 그의 말이라면 철석같이 믿고 따랐다. 이런 초원들이 일사불란하게 움직이는 통에 상대에게는 쉽게 제압할 수 없는 초로 자리 잡았다.

김대충이 속한 초도 만만치 않은 저력을 보여 주었다. 이때만큼은 명나라의 장수 시절로 돌아가 병법을 구사하고 군사를 부렸다. 그래서 윤계인의 계책에도 능수능란하게 대처하였으며 배명장의 정공도 별다른 어려움 없이 막아내었다. 역시 그는 능히 한 부대를 맡아 다스리기에 부족함이 없는 지휘관의 자질을 보여 주었다. 아마 이러한 장수가 명나라에 많았더라면 그리 허망하게 청나라에 굴복하는 일은 없었을 것이다. 신류는 그를 휘하로 둔 것이 크나큰 복이라 여겼다.

나날이 성장해 가는 병사들을 보면서 신류는 서서히 마음속에 희망을 키웠다. 운과 요행이 뒤따르지 않더라도 능히 북정에서 살아 돌아올 수 있다는 그런 희망이었다. 그럴수록 신류는 자신의 책임이 더욱 막중해져 옴을 느꼈다. 그는 이런 훌륭한 부하들을 낯선 땅에서 남의 나라끼리의 전투에 휘말려 고스란히 잃고 싶지 않았다. 어떻게 하면 부하들이 다시 두만강의 푸른 물을 건너 조선 땅을 밟을 수 있을까? 이러한 고민에 빠져 신류는 자주 밤잠을 설치곤 하였다.

병사들에게는 매일같이 고된 조련이 이어졌지만 고맙게도 불평하는 이는 없었다.

"어찌 장군님께 불만을 가질 수 있겠사옵니까? 장군님의 휘하로 들어오면서 소인이 마침내 오랜 노비의 굴레를 벗었습니다요."

"포졸이나 나장보다 녹봉도 더 많이 받습지요."

"게다가 당파창이나 육모를 휘두르는 관졸들보다 모양새도 좋습니다요."

"맞습니다. 하오니 제발 저희들을 내쫓지만 말아 주십시오."

조련이나 처우에 불만이 없냐는 신류의 물음에 병사들은 다들 이리 괜찮다고만 답하였다.

"아무리 그래도 너희들은 죽을지도 모르는 곳으로 가는 것이니라. 어찌 괜찮을 수만 있겠느냐?"

이 말을 신류는 차마 그들에게 전할 수 없었다. 장예원(노비문서를 관리하던 관청)에서 가져온 노비문서를 받아든 병사들이 그걸 한데 모아 불태우면서 눈물을 흘릴 적에, 녹봉으로 엽전을 두둑이 받아든 병사들이 그걸 인편을 통해 고향에 있는 식솔들에게 전하며 환한 미소를 지을 적에 그들에게서 죽음을 뛰어넘는 기쁨과 환희를 신류는 발견할 수 있었다.

12. 이별(離別)

무술년 원정에 출정할 부대의 정원을 다 채웠음에도 뒤늦게 합류한 병사들이 있었다. 온성이 고향인 이응생은 삼월도 중순에 접어들 무렵, 이완 대장의 서신을 들고 멀리 도성에서 신류를 찾아왔다. 서한에는 갑오년에도 출정한 경력이 있는 노련한 병사이니 분명 총병군에 도움이 될 것이라는 추천의 글이 담겨 있었다.

"이번 출정은 지난번보다 더욱 험난할 듯하니 생환을 장담할 수 없다."

신류가 정중하게 거절의 뜻을 표하였다. 물자가 넉넉하다면야 연륜 있는 병사를 대동하는 게 신류로서는 여간 든든할 따름이겠으나 지금 부대의 재정은 전적으로 유복의 사재 출연에 의지하는 바이니 욕심을 부릴 수가 없었다. 그러니 이렇게 에둘러 말하며 거절할 수밖에 없는 노릇이었다.

"소인, 잘 알고 있사옵니다."

"헌데도 나를 따라나서겠다는 것이냐? 행여 이완 대장의 명이라면 그럴 필요 없다."

"소인에겐 반드시 북정에 나서야 하는 까닭이 있사옵니다. 부디 저를 내치지 마시고 받아 주시옵소서."

"그래, 죽으러 가는 길임을 알면서도 굳이 내 밑으로 들어오려는 연유가 무엇이냐?"

"소인에게는 갚아야 할 원한이 있사옵니다."

"원한이라?"

이응생은 잠시 뜸을 들였지만, 이윽고 원한의 사연을 신류에게 소상히 들려주었다. 이는 변급 장군께 들었던 것과는 또 다른 갑오년 나선정벌의 증언이었다.

갑오년 삼월 초하루에 초관 다섯 명의 지휘를 받으며 도성을 떠난 훈련도감의 포수병 백여 명은 보름 만에 온성 행영에 다다랐다. 이보다 앞서 조정으로부터 함경도 병마우후를 제수받고 온성으로 가서 출정 준비를 하던 변급은 그곳에서 병사들을 인계받았다.

백여 명의 병사들 외에 두 명의 통역관과 스무 명의 화병(밥 짓는 일을 맡아보던 군사), 열다섯 명의 짐꾼과 이와 비슷한 수의 찬모(반찬 만드는 일을 하던 여자)가 성벌길에 동행하였다. 이리하여 변급이 인솔한 군사의 수는 백오십여 명 남짓 되었다. 이완은 뻔히 사지로 향하는 줄 알면서도 포수병들을 모두 정예들로 엄선하여 구성해 주었고 통역관도 그의 요청을 받은 함경도 병마절도사가 뛰어난 이들로 가려 보내주었다. 화병들과 짐꾼들은 모두 저잣거리에서 돈을 주고 구하였다.

찬모들은 함경도 여러 관아에 소속된 여자 관노 중에서 총병군에 따라나서기를 희망하는 자들을 추려서 받았다. 봄에도 싸늘한 한기가 온몸을 휘감는 데다 물과 잠자리가 맞지 않는 곳으로 떠나는 고행길이었다. 게다가 밥과 반찬만 만들어 병사들에게 바치는 게 아니라 필요하면 몸도 바쳐야 했다. 무엇보다 객지에서 넋을 잃은 귀신이 될 공산이 컸다.

그런데도 많은 여자 관노들이 총병군에 따라나서고자 하였다. 무사히 돌아온다면 그들을 모두 면천한다는 변급의 명이 있어서였다. 다들 평생 개나 돼지만도 못한 노비로 살 바에는 차라리 면천의 포부를 안고 객지에서 목숨을 걸어 보는 것이 낫다는 생각들을 품었던 것이다.

당시 이웅생은 온성 행영에 소속된 일개 관졸이었다. 원래대로라면 그는 갑오년의 총병군에 들어갈 자격도 이유도 없었다. 그런 그가 변급을 따라나선 연유는 자신이 사모하는 여인을 지키기 위함이었다. 그 여인은 온성 행영의 관노인 말년이었다. 그는 말년이를 속량시킨 다음 아내로 맞이하고 싶어 하였다. 그러나 그녀를 속량시키려면 무려 스무 가마의 쌀을 행영에 바쳐야 했다. 관졸의 녹봉만으로 그걸 마련하자면 평생이 걸려도 모자랄 판이었다.

그래서 그는 두만강 인근에서 빈번히 벌어졌던 사상들의 밀무역을 눈감아 주면서 뒷돈을 챙기거나 몰래 간도로 넘어가서는 호랑이를 밀렵하여 그 가죽을 저잣거리에 내다 팔며 돈을 벌었다. 이렇게 한 사오 년만 더 모으면 그는 충분히 말년이를 아내로 맞이할 수 있을 터였다. 그는 하루바삐 그런 날이 오기만을 손꼽아 기다리며 흥에 겨운 나날들을 보냈다.

그럴 즈음에 말년이가 총병군의 찬모로 지원하였다. 말년이는 이웅생이 자신을 마음에 품고 있다는 사실을 전혀 몰랐다. 당연히 그녀로서는 온성 행영의 관졸 나리가 자신을 연모하고 있으리라고는 생각지도 못하였다. 그저 다른 관노들처럼 왼쪽 어깨에 찍힌 '奴'라는 낙인을 지우고픈 마음에 죽기를 각오하고 총병군에 따라나섰다.

"말년이를 죽을지도 모르는 곳으로 속절없이 떠나보낼 수는 없었습니다. 그걸 막을 수 없다면 차라리 같은 하늘에서 죽겠노라 다짐하였습지요."

"그게 자네가 총병군에 들어간 연유인가?"

"예, 다행히 변 장군님께서 소인의 방포술을 높이 보아주시어 그리할 수 있었습니다. 사실 소인이 행영은 물론 육진에서도 방포 좀 한다고 이름을 날렸습지요."

"그래도 둘 다 무사히 북정을 마치고 돌아와 다행이구나."

갑자기 이응생의 눈에서 굵은 눈물이 쏟아 내렸다. 이를 본 신류는 적잖이 당황하였다.

"사내대장부가 이 무슨 망측한 짓인가? 어서 눈물을 거두게."

"그랬으면 오죽 좋았겠나이까? 허나……."

이응생은 목이 멘 목소리로 힘겹게 지난날의 회상을 이어나갔다.

조청 연합군은 목단강과 송화강의 합류점에서 며칠 주둔하였다. 사이호달이 나선의 동태를 파악한 뒤 움직이자는 주장을 내세운 까닭이었다. 변급도 옳다고 여겨 이를 받아들였다. 탐망한 결과 나선 군사들은 수십 척의 함선을 거느리고는 송화강을 거슬러오는 중이었다. 연합군의 두 수장은 다음 날 바로 출전하여 적들을 분쇄하기로 합의를 보았다.

그날 밤에 이응생은 몰래 찬모들이 묵고 있던 막사에서 말년이를 불러내었다. 그리고 두만강을 건널 적부터 품속에서 간직하고 있었던 은비녀를 건네며 자신의 마음을 고백하였다. 감격에 찬 말년이는 그의 품속에서 하염없이 울었다.

어디선가 어둠을 가르는 총성과 포성이 들려왔다. 그 소리는 천지를 뒤흔드는 듯하였다. 이에 뒤질세라 적들의 기습과 병사들의 기상을 알리는 연합군의 나팔과 북소리가 울려 퍼졌다. 야음을 틈타 나선 군사들이 연합군의 진지를 공격한 것이었다.

하필이면 적들이 쳐들어온 방향이 연합군의 군량과 부식을 쌓아둔 막사들이 즐비한 동편이었다. 바로 그 옆에 찬모들이 잠을 자던 막사가 자리하였다. 수십 명의 나선 병사들이 우거진 숲에서 튀어나와 손에 든 횃불들을 일제히 막사로 던졌다. 곧 그곳은 불길에 휩싸이며 어두웠던 숲을 환하게 밝혔다. 찬모들의 막사도 어김이 없었다. 반은 미처 빠져나오지 못하고 불타는 막사에서 화염과 함께 사라졌고 나머지 반은 막사에서 나오자마자 밖에서 기다리고 있던 나선 병사들의 칼날에 무참히 쓰러졌다.

이웅생은 말년이의 손을 움켜쥐고 반대편으로 정신없이 도주하였다. 그러나 얼마 못 가 나선 병사들에게 둘러싸였다. 이웅생은 빈손이었는데 적병들은 모두 반달처럼 날이 구부러진 검을 쥐고 있었다. 이웅생은 길을 열기 위해 맨주먹을 휘둘러 보았으나 소용이 없었다. 곧 어느 나선 병사가 휘두른 검에 오른쪽 가슴을 정통으로 찔리고는 피를 흘리며 그 자리에 쓰러졌다. 그는 손발을 꼼짝할 수 없었으나 의식만은 아직 남아 말년이가 적병들에게 끌려가는 광경을 똑똑히 목격하였다. 말년이는 쓰러진 이응생을 바라보며 울부짖었지만, 속절없이 끌려갈 뿐이었다. 이응생은 그녀를 놓아 달라고 연신 소리쳤다. 하지만 그의 외침은 목구멍 밖으로 나오질 못했다.

　말년이를 끌고 가던 나선 병사 하나가 갑자기 왼쪽 눈을 움켜쥐며 비명을 질렀다. 그녀의 오른손엔 피 묻은 비녀가 들려 있었다. 너무 급작스러운 일이라 다른 나선 병사들은 어찌할 줄 모르고 말년이를 쳐다보기만 하였다. 이럴 적에 왼쪽 눈이 흉측하게 망가진 나선 병사가 단칼에 머리에서부터 허리까지 말년이를 베었다. 그녀의 손에서 비녀가 툭 떨어졌다.

　그 순간 변급이 이끄는 총병군이 이응생과 말년이가 쓰러진 곳에 당도하였다. 그들은 일제히 나선 병사들을 소탕하였다. 한 치 앞도 분간할 수 없는 야음이었지만 적들이 불을 지른 덕분에 총병군은 그들을 쉽게 조준하여 저격하였다. 얼마 못 가 숱한 나선 병사들이 이응생의 옆으로 쓰러졌다. 그의 눈과 귀는 점점 어두워져만 갔다. 그러면서 그는 행복한 꿈을 꾸었다.

　이응생이 퇴청을 하고 집으로 들어서니 구수한 냄새가 코끝을 질렀다. 그는 코가 가리키는 방향으로 졸졸 따라갔다. 초가삼간에 어울리지 않게 무척이나 큰 부엌이었다. 거기서 말년이는 아궁이 앞에 쭈그려 앉아 계속 잔가지를 집어넣으며 불을 땠다. 그녀의 얼굴에는 여기저기 검정이 잔뜩 묻었다. 그는 몰래 다가가 뒤에서 살며시 말년이를 안았다. 그녀는 깜짝 놀랐지만 이내 익숙해진 숨결과 손길에 가만히 그의 품에 안기었다. 은비녀가 이응생의 턱 끝을 계속 찔렀지만, 그는 개의치 않았다.

그가 눈을 뜨자 이 모든 게 연기처럼 사라졌다. 근심 어린 눈으로 자신을 바라보는 변급과 동료들이 대신 그의 시선을 가득 메웠다. 이응생과 동년배인 초관이 말없이 그의 손에 은비녀를 쥐어 주었다.

"겨우 목숨은 건졌으나 말년이를 잃고 난 뒤부터는 살아도 산목숨이 아니었습니다요. 그년을 잊어 보려고 고향을 떠나 보기도 하였으나 모두 헛일이었습지요."

"그래서 놈들에게 앙갚음하고자 다시 북정에 나선다는 것이냐?"

"말년이의 넋을 달래기 위해서라도 노란 머리에 붉은 수염을 한 괴물들을 하나라도 더 죽이고 싶습니다. 그러면 저승에 가서 말년이가 기뻐해 주려나……."

이응생은 이내 눈물을 거두며 허탈한 웃음을 지었다.

그의 말에 따르자면 총병군을 따라나섰던 찬모들은 모두 짐꾼 중에서는 다섯, 화병들 중에서는 둘이 그날 밤의 야습으로 말년이와 함께 이승을 떠났다. 그러나 춘추관에 보관된 사료에는 전사자가 단 한 명도 없다고 기록되어 있었다. 엄연히 적지 않은 병력의 피해를 보았는데도 말이었다. 효종과 조정 대신들은 변급에게 실로 대단한 공적을 세웠다며 높은 벼슬을 하사하였다. 동료 무관들도 모두 입에 침이 닳도록 그의 업적을 칭송하거나 부러워하였다. 애초에 포수병을 제외한 나머지는 전력으로 치지 않았던 것인가? 아니면 사람으로 취급하지 않았던 것인가? 신류는 그것이 궁금하였다.

13. 갈등(葛藤)

 신류가 신분의 고하나 출신 지역, 직업 등은 일절 배제한 채 총병군의 선발 기준에 부합하고 무예 시험에 통과한 자들로 병사들을 모집하였기에 조련 도중에 그들 내에서 무리가 생겨나고 그들끼리 벌이는 일종의 알력이나 다툼이 존재하였다. 특히 중인이나 상민들이 이제 막 면천을 한 천민들과 동등한 대우를 받을 적에 이들의 분노는 폭발하였다. 마찬가지로 천민들은 이젠 공식적인 문서상으로도 엄연히 그들과 신분이 다를 바 없는 양인이 되었는데도 아직도 천하다고 자신들을 무시하는 그들에게 반감이 있었다. 양반들은 이 와중에서 도토리 키 재기 노릇을 하는 그들과 뒤섞이지 않으려고 부단히도 애를 썼다.
 이런 졸렬한 양반들과 다른 행보를 걷는 유일한 이는 바로 윤계인이었다. 그는 불과 몇 달 전만 하더라도 장예원의 노비 문서에 자신들의 이름을 빼곡히 채웠던 초원들과 스스럼없이 어깨를 나란히 하며 술잔을 들기도 하였고 그들의 농담이나 연애담에 맞장구쳐 주기도 하였다. 길주에서처럼 언문이나 수학을 가르치며 훈장 노릇도 하였고 때론 세책가에 납품하였던 소설의 일부를 들려주기도 하여 자신이 이끄는 초원들의 환심을 샀다. 이랬기에 윤계인의 초원들은 모두 그를 좋아하고 따랐다. 하지만 유응천 군관을 비롯하여 총병군에 속한 몇몇 양반들은 도무지 그가 체통을 지키지 않는다며 탐탁지 않게 여겼다.

김대충도 초원들에게 무예와 통솔력이 뛰어난 교관으로 인정받았지만, 한족이라는 출신 성분이 그들과 보이지 않는 강을 만들어 함부로 건너지 못하게 하였다. 이제 조선에서 지낸 지도 이십여 년이 넘었고 일가도 이루었건만 아직은 서투른 조선말부터 시작하여 조선인들과는 다른 식성이나 예법 등이 그에게 있어 아직도 극복하기 어려운 난관들이었다.

그리고 그는 이를 굳이 극복하고 싶어 하지도 않았다. 그는 늘 자신이 대명 제국의 위대한 장수였던 원숭환 장군의 수하였다는 사실을 잊으려 하지 않았다. 초원들도 그의 능력은 인정하면서도 굳이 이민족이라는 신분을 숨기지 않는 그에게 무어라 설명할 수 없는 이질감을 느꼈다. 다행히 그가 한때는 상국으로 대접하던 명나라를 다스린 한족이었기에 망정이었지 오랑캐라 폄하하는 왜인이나 여진족이었다면 즉각 적개심으로 바뀌었을지도 모른다.

배명장에게는 자신이 맡은 초에 이응생이 속했다는 게 불운으로 다가왔다. 나이로 보나 군 경력으로 보나 이응생이 배명장에게 모든 게 뒤진 까닭에 겉으로는 이응생이 배명장을 선배이자 초관으로 대접하고 있는 것처럼 보였다. 허나 실상을 살펴보면 전혀 그렇지 못하였다. 나이나 경력에서는 뒤질지 몰라도 이응생은 엄연히 갑오년의 총병군에 몸담았던 참전용사였다. 이럴진대 어디서 다 늙은 영감탱이가 나타나 자신의 상관이랍시고 마구 지시를 내리니 그로서는 배가 아프고 속이 뒤틀리는 것도 무리는 아니었다. 게다가 배명장은 총병군에 들어오기 전까지는 천한 포수에 지나지 않았다. 그리고 군적에 이름을 올렸다고는 하나 목숨을 부지하고자 부끄럽게도 오랑캐에 고개를 숙인 강홍립 장군의 수하였다. 이런 까닭에 조련장에서 툭하면 배명장의 지시를 거부하기 일쑤였고 그가 이를 뭐라 하면 얼굴을 붉혀 가며 대들기도 수십 번이었다.

그러나 뭐니 뭐니 해도 총병군 내에서 가장 큰 골칫거리는 정계룡이 지휘하는 초였다. 그가 천한 포수 출신이라는 것이 초원들이 그에게 불복종하고 시기하는 주된 이유였다. 물론 배명장도 정계룡과 마찬가지로 포수이긴 하였으나 그는 군적에 이름을 올렸다는 과거가 있어 초원들이 그를 받아들일 수 있었다. 방포술이 뛰어나다는 것 외에는 나이나 신분에서 전혀 밀릴 게 없는 초원들이 그를 순순히 교관으로 받아들이고 그의 지시에 충실히 따른다는 건 애당초 무리였는지도 몰랐다. 이런 까닭에 사냥대회나 공방전에서 정계룡의 초는 늘 꼴찌를 맴돌았다.

더욱 문제는 정계룡 본인마저 이러한 난관을 극복하려는 의지를 보이지 않았다는 점이었다. 제 발로 종성의 모병소로 찾아온 것이긴 하였지만 본인이 원하여 들어선 군문이 아니었다. 여동생의 노름빚만 아니었다면 지금쯤 자유로이 갑산을 돌아다니며 한창 멧돼지 사냥에 골몰할 터였다. 그러니 행영에 갇혀 매일매일 그저 신류의 지시에 따라 초원들을 조련시키고 그들을 부리는 작금의 상황들이 달갑게 다가오지 않았다. 어디선가 돈벼락을 맞아 신류에게 당겨 받은 녹봉을 지급하고 경쾌한 발걸음으로 행영을 빠져나가는 꿈을 꾸었던 적도 수

차례였다.

　이러니 당연히 총병군 내에서 정계룡과 가까이 지내는 동료가 없었다. 정계룡도 이러한 사실이 그다지 애석하게 다가오지 않았다. 허나 딱 한 사람 그와 친해지려는 이가 있었다. 바로 유복이었다. 함경도 일대를 주름잡는 거상이긴 하였지만, 돈으로 양반을 산 미천한 신분에다 역시 돈으로 벼슬을 산 명색이 이름뿐인 군관이기에 초원들 누구도 그를 따르지 않았다. 유응천과 박대영도 그를 동료 군관으로 받아들이지 않았다. 신류 역시 오직 그의 재물이 필요로 했을 뿐 총병군 내에서 군관으로서의 책무를 수행해 줄 것을 전혀 기대하지 않았던 터라 그냥 내버려 두었다. 유복 역시 정계룡과 마찬가지로 총병군 안에서 외톨이이기는 마찬가지였다.

　동병상련의 심정이었는지는 몰라도 유복은 쉽게 정계룡에게 다가가 우정을 나누었다. 돈으로 샀던 어찌 되었든 간에 양반인 데다 군관 벼슬까지 지낸 이가 살갑게 대하니 정계룡도 다른 이들과 달리 그가 싫지만은 않았다. 자신이 총병군에 있는 동안 생계 걱정을 하지 않도록 여동생을 일당을 많이 주는 금침방에 소개해 주는 배려에 넘어간 점도 있었다.

　곧 둘은 신분이나 벼슬의 고하를 막론하고 함께 술을 마시며 스스럼없이 대화를 나누는 친구가 되었다. 둘의 친분은 금세 총병군 내에서 모르는 사람이 없게 되었다. 하지만 양반의 체통을 저버리고 어찌 상것과 어울리는가에 대한 질타와 역시 피는 못 속인다고 천한 것들끼리 잘들 논다는 수군거림을 받아야만 하였다. 그러든가 말든가 둘은 삼월 초닷새의 일만 아니었다면 죽음도 갈라놓지 못할 정도로 영원히 우정을 지속할 것처럼 보였다.

신류는 조련으로 지친 병사들을 위로하고자 삼월 초나흘부터 엿새까지 휴가를 주었다. 총병관의 뜻밖의 배려에 병사들은 기쁜 마음으로 고향에 있는 가족들이나 일가친척들을 만날 채비를 하였다. 이는 정계룡도 마찬가지여서 서둘러 회령으로 발걸음을 옮겼다. 근 두 달간 보지 못한 홀어머니와 여동생이 그리운 까닭이었다. 유복이 그와 회령까지 동행하였다. 그뿐만이 아니라 친구의 식솔들이 좋아할 만한 선물을 한 아름 안고 찾아가 그들에게 인사를 올렸다. 정계룡의 식솔들은 유복이 양반에다 부자라는 사실에 마치 예전부터 한 식구였던 마냥 그를 반겨 주었다.

정계룡도 유복의 배려에 감복하여 마찬가지로 그의 상단 본거지인 부령까지 함께 가 주었다. 대체 얼마나 부자이기에 총병군을 전부 먹여 살릴 정도이며, 친구의 안사람은 정말 하루도 쉬지 않고 그가 자랑하는 바대로 절세미인에다 사서삼경에 능통할 정도로 교양을 갖추었는지 눈으로 직접 확인해 보고 싶은 마음도 있었다.

부령 입구에서부터 마중을 나온 한 무리의 상단 수하들이 깍듯하게 둘을 호종하자 정계룡은 다시 한번 그의 권세에 부러움을 금치 못하였다. 이를 자랑할 수 있게 된 유복은 계속 어깨를 으쓱거렸다. 웬만한 별궁 못지않다고 백성들 사이에서 소문이 자자한 부령 객주에 발을 들여놔서도 정계룡은 그곳의 웅장한 규모에 계속 놀란 입을 다물지 못하였다. 곳간마다 가득 쌓인 쌀이나 포목, 비단이나 금은보

화는 그의 눈을 연신 즐겁게 해 주었다.

마침내 안채에 이르자 비록 안방마님을 보필하며 허드렛일을 하는 처지임에도 저마다 고운 용모에 화려하게 수를 놓은 옷을 입고 있어 선녀라고 착각을 불러일으키는 하녀들 사이로 이들과 별반 튀지 않는 복색과 장식을 하였지만 감히 말로 형용할 수 없는 기품이 흘러 대번에 이들의 주인임을 알려 주는 유복의 부인이 둘을 맞이하였다. 그녀는 두 달 만에 남편을 다시 만났지만 차가운 표정으로 그를 대하였다. 이 때문에 옆에서 이를 지켜보던 정계룡은 멋쩍게 그녀에게 인사를 올릴 수밖에 없었다.

"반갑습니다. 소인은 총병군 내에서 부군이신 유 군관님을 모시고 있는 회령의……."

정계룡이 인사를 올리고 나서야 그를 똑바로 마주하게 된 그녀는 미처 자신의 소개가 다 끝나지도 않았는데 당황스러운 표정을 지으며 그의 시선을 외면하였다. 정계룡은 자신을 이리 냉랭히 대하는 그녀에게 심히 불쾌함을 느꼈지만, 어찌 보면 천한 것들을 대하는 양반 댁 마님의 당연한 태도라 넘기며 참았다. 그러나 머잖아 그는 그녀가 자신에게 왜 이리 대하였는지를 알게 되었다. 그녀의 석류처럼 붉은 입술 오른편에 난 굵은 점이 자신과 그녀의 지난 인연을 머릿속에서 일깨워 주었다. 그러자 정계룡도 그녀처럼 좌불안석이 되고야 말았다. 영문을 모르는 유복만 두 사람 사이에서 서로를 소개해 주느라 정신이 없었다.

정계룡의 가문이 몰락하지 않았다면 지금 눈앞에 서 있는 유복의 부인은 어쩌면 그와 부부의 연을 맺었을지 모를 정도로 둘은 한때 정분을 나누는 사이였다. 유복의 처가는 집안이 몰락했다는 이유만으로 정계룡과 유복의 부인과의 혼사를 적극적으로 반대하였다. 그러나 이에 대한 죗값인지 머지않아 자신들의 가문도 그러한 길을 걷게 되었다. 유복의 부인이 늦은 나이에도 혼례를 올리지 않았던 이유는 궁벽한 집안 처지 때문이 아니라 정계룡을 기다렸던 까닭이었다.

14. 변급(邊岌)

　세월은 활을 떠난 화살과도 같아 어느새 무술년 삼월이 찾아왔다. 꽁꽁 얼었던 두만강도 녹고 고봉을 하얗게 덮었던 눈도 전부 사라졌다. 아침저녁으로는 아직 매서운 된바람이 불어왔지만, 초목은 이미 푸른 잎사귀들을 드러내었다. 이 모두가 종성에 봄이 오고 있음을 알리는 소식들이었다. 예전 같으면 신류는 남쪽에서부터 불어오는 따스한 춘풍을 설레는 마음으로 기다렸을 터였다.

　그러나 올해에는 달랐다. 봄이 다가온다는 것은 북쪽으로 떠날 날이 머지않았음을 의미하는 바였다. 청나라에서는 아직 출정에 관한 아무런 기별을 보내오지 않았다. 그런데도 신류는 마치 무언가에 쫓기는 사람처럼 더욱더 병사들을 몰아붙이며 조련을 가하였다.

　이러할 적에 멀리서 반갑지 않은 손님이 신류를 찾아왔다. 갑오년 총병군의 총병관이었으며 신류하고는 훈련도감에서 함께 포수병 교관으로 복무를 하며 안면이 있는 변급이었다. 수군절도사의 위용을 뽐내며 남해를 호령하고 있어야 할 그가 함경도 변방까지 흘러온 까닭은 얼마 전 지방 수령들로부터 받은 뇌물 수수가 발각되어 본의 아니게 자리에서 물러났기 때문이었다. 서인의 비호가 아니었다면 아마 관직에서 물러나는 정도에 그치는 것이 아니라 남은 평생을 귀양지에서 보내도 부족함이 없었을 터였다. 신류는 이를 잘 알면서도 모르는 체하며 인사차 물어보았다.

"남쪽 바다의 안녕이 모두 영감의 양어깨에 달려 있사온데 이를 어찌하시고는 미천한 저를 찾아 이곳까지 오셨나이까?"

본심이 전혀 담겨 있지 않은 겉치레였던지라 신류 본인도 뱉어 놓고는 무안할 지경이었다.

"어허, 그 양어깨 이미 부실해진 지 오래일세. 이제 젊고 튼튼한 이에게 물려줘야 하지 않겠나? 내 그리하여 이참에 주상전하께 걸해골(늙은 신하가 관직에서 물러나기를 주청하는 말)을 올리고는 물러났네. 요새는 팔도를 유람하며 신선 노릇을 즐기고 있지. 내 함경도에 들렀다가 때마침 자네 생각이 나서는 이리 들러 보았네."

변급은 뻔뻔스럽게도 자신의 처지를 아주 천연덕스럽게 둘러대었다.

"잘 오시었습니다. 소관과 미주가효(좋은 술과 맛있는 안주)를 들면서 적년회포(여러 해 동안 쌓인 회포)를 푸시도록 하시지요."

신류는 계속 마음에도 없는 말을 늘어놓으며 서둘러 그를 대접하고는 쫓아낼 궁리에 몰두하였다. 그는 변급을 종성에서 제일 크고 화려한 객주(客主)로 데리고 갔다. 내심 기방을 원했던 변급은 실망한 기색이 역력하였다. 그러나 사실 종성에는 변변한 기방조차 없는 궁벽한 마을이라는 걸 모르는 처사였다.

신류와 변급은 한동안 말없이 술잔을 주고받았다. 그러다 술이 몇 순배 돌자 변급이 먼저 말을 걸었다.

"자네가 금년에 출병할 예정인 두 번째 총병군의 수장으로 추대되었다면서?"

신류는 축하인지 시샘인지 모를 그의 말에 경계를 늦추지 않으며 말을 받았다.

"그렇습니다, 영감."

"자네가 원했던 바는 아니었을 터이고……."

"무인이 어찌 전장을 고를 수 있겠습니까? 단지 명을 받들 뿐입니다."

변급은 신류의 귓가에 닿을 정도로 세차게 혀를 찼다.

"병조에서 이번에는 훈련도감의 병사들을 내어 주지 않았다면서?"

"예. 해서 정월에 병사들을 새로이 모으고는 부지런히 조련 중입니다."

"조정이 자네에게 너무 큰 짐을 안겨 주었구먼그려."

역시 변급은 걱정인지 아니면 놀림인지 알 수 없는 대답만 늘어놓아 신류의 속을 부글부글 끓어오르게 했다.

"그리하여 드리는 말씀이온데 부디 소관에게 가르침을 내려 주십시오. 영감처럼 어찌하면 부하들의 목숨을 온전케 하고 오랑캐들에게 조선군의 위용을 보여 줄 수 있는지 말입니다."

성정이 올바르진 않아도 변급의 무예와 지휘관으로서의 자질은 신류도 인정하는 바였다. 그런 게 뒷받침되지 않았다면 갑오년의 원정은 결코 성공을 거둘 수 없었을 것이다. 신류는 이왕 이렇게 그와 마주하게 된 김에 당시의 전황을 그에게 직접 들어보고자 하였다.

"나는 그저 천행이 따랐을 뿐 딱히 자네에게 들려줄 말이 없네."

변급은 짐짓 겸양을 떨며 거절의 뜻을 내비쳤다. 당상에는 목청을 높여 가며 자신의 전공을 떠들던 이였는데 말이었다.

"그래도 장군께서 북방에서 보고 들은 바를 들려주시옵소서. 반드시 북정을 나설 적에 도움이 될 것이옵니다."

신류는 다시 한번 변급에게 채근하였다. 여전히 그는 웃으며 술잔만 비울 뿐 아무런 대답이 없었다. 그러나 더는 신류의 청을 물리치지 못하고 마침내 호탕하게 한번 소리 내어 웃은 다음 목소리를 가다듬으며 갑오년의 일들을 하나둘씩 털어놓았다.

"나도 자네처럼 원해서 총병관에 앉은 건 아니었다네."

갑오년에 효종과 조정의 대소 신료들은 정축화약을 들먹인 청나라의 요구에 하는 수 없이 포수병 백여 명에 초관들과 통역관을 더한 백오십여 명의 총병군을 꾸려 출정시키기로 결정하였다. 훈련도감에서 양성한 정예 포수병 중에 삼 분의 일이나 출정에 나서는 셈이었다.

총병관의 인선도 문제였다. 다들 돌아오지 못할 길이라 여겼기에 선뜻 총병관을 맡으려는 자가 없었다. 일이 이 지경에 이르자 하는 수 없이 병조에서는 어명으로 윽박질러서라도 총병관의 선임을 마무리 지으려 하였다. 이러할 적에 나선 자가 바로 변급이었다.

"제가 예전에 가르치던 포수병들이 주축을 이루니 아무래도 그들의 상관이었던 소관이 수장을 맡는 것이 합당하리라 사료되옵니다. 또한, 생의 마지막을 전장에서 장식하는 것도 장수 된 자로서의 영예라고 여겨지옵니다."

말은 이렇게 하였지만 일말의 진심도 담겨 있지 않았다. 변급으로서는 일종의 도박과도 다름없었다. 환갑을 바라보는 나이에 이르렀는데도 아직 훈련도감의 포수병 교관이라는 미관말직에 머문 자신의 처지에 한탄한 그는 죽음을 각오하고서라도 전공만 세운다면 단번에 품계를 올릴 수 있는 갑오년 원정의 총병관직을 맡겠다는 각오를 하였다.

효종과 대신들은 그의 연로함과 직책이 낮음을 핑계 삼아 반대하였다. 그렇지만 선뜻 나서겠다는 고위 무관은 여전히 나타나지 아니하였다. 게다가 전도가 유명한 젊은 무관을 내보내는 것보다는 낫다는 중론이 나돌면서 결국 총병관의 자리는 변급에게로 돌아갔다. 변급은 그로 인해 단숨에 종삼품의 병마우후로 승격되었다. 조정으로서는 어차피 죽으러 가는 사람에게 선심 한 번 쓴 것에 불과하였지만 변급으로서는 군문에 들어선 지 삼십여 년 만에 맛본 출세의 영광이었다.

그해 삼월, 변급이 이끄는 총병군은 북으로 출병하였다. 그들은 두만강을 건넌 지 열흘 후에 영고탑에 도착하였다. 그는 그곳에서 청군의 도원수인 사이호달의 군사와 합류하였다. 이렇게 구성한 연합군의 수가 무려 천여 명에 이르렀다. 그들은 백여 척의 군선에 나누어 타고는 영고탑을 출발하여 목단강을 거쳐 송화강에 이르렀다. 다시 거기서 흑룡강과 만나는 곳까지 내려간 그들은 마침내 사월 이십팔일, 송화강으로 진입하는 나선의 함대와 만났다.

"다행히 적들은 수에서 열세였네. 나는 사이호달 도원수에게 뭍과

물에서 군사를 나누어 공격하자고 제의했지. 도원수는 이를 승낙하였고 난 즉각 아군을 상륙시킨 다음 근처의 높은 언덕으로 데리고 갔네. 청나라 군선들은 먹이를 발견한 까마귀처럼 나선의 배에 달라붙었고 우리는 언덕에서 집중 방포를 가하였지. 가뜩이나 수에서 불리했던 나선들은 이런 아군을 도저히 당해낼 재간이 없었어."

"이후 전황은 어찌 되었습니까?"

"이후로는 싸움이라 할 것도 못 되었네. 나선들은 나흘 동안이나 우리에게 쫓기어 상류로 도망치기에 급급했어. 마침내는 그곳에 그들이 미리 세워 둔 성에 틀어박혀 나올 줄을 몰랐지. 며칠간 성을 함락시키기 위해 공세를 가해 보긴 하였으나 놈들이 꿈쩍을 하지 않는 바람에 하는 수 없이 적을 쫓아낸 것으로 만족하고 물러났네. 그리고 얼마 후 나는 부하들과 함께 조선으로 귀환했어. 여기까지가 내가 자네에게 들려줄 수 있는 전부일세."

의외로 변급은 신류에게만큼은 자신의 무용담을 당상에서와 달리 간략하고도 덤덤하게 늘어놓았다.

"수륙양면공격을 가하는 전술을 선보이신 영감의 지략이 가히 돋보이신 무용담이었사옵니다."

이건 빈말이 아니라 진심에서 우러나온 말이었다. 아무리 그가 속물일지라도 역시 삼십여 년 가까이 군문에서 쌓은 연륜은 무시할 게 못 되었다.

"이번 원정이 자네에게 더욱 불리한 건 이젠 나선 놈들이 대두인의 무서움을 잘 알고는 단단히 채비를 갖추어서 나올 것란 게야. 그러니 이번엔 쉽게 승리를 낙관할 수 없을 걸세."

"대두인이라는 게 무슨 말씀이십니까?"

신류는 변급의 얘기를 듣다가 생소한 말이 튀어나오자 바로 물어 보았다.

"아, 바로 조선군을 가리키는 말일세. 무슨 연유로 그리 말하는지 는 모르겠으나 왈가들이 말하기를 나선은 우리를 그렇게 칭한다고 하더군. 아마 전립(무관들이 착용하던 모자)을 쓴 병사들의 모습을 보고 그리 오해하는 듯싶네."

"대두인이라……."

"나선은 키가 크고 체격이 우람하며 힘이 센 데다 적장의 명령에 일사불란하게 움직이는 등 조련이 아주 잘 되어 있었네. 또한, 호제 총보다 두 배나 빨리 쏘는 조총을 가지고 있지."

"나선이 그 정도로 대단하였나이까?"

"반면 청나라 군사들은 오합지졸에다 장수 된 자는 다들 무능하 긴 매한가지. 유능한 적보다 무능한 아군이 더 해롭다는 옛말이 절로 들어맞을 걸세. 그런 군사들과 함께하여 나선에게 승리를 거두 었으니 작금에 생각해 봐도 정말 천행이라는 말밖엔 나오지가 않아. 자네에게도 그러한 운이 따르길 빌겠네."

변급은 시종일관 이번 무술년 원정에 대하여 어두운 견해만을 내 어놓았다. 아무리 신경 쓰지 않으려 하여도 신류가 의기소침해지는 건 사실이었다. 변급은 그날 객주에서 거나하게 취할 때까지 술을 들 이켰다.

그날 밤 신류는 나선을 상대할 걱정에 뜬눈으로 밤을 지새웠다. 덕분에 수평선 너머로 붉게 떠오르는 해가 빚어내는 장엄한 광경을 바라볼 수 있었다. 어쩌면 살아생전에 마지막으로 바라보는 해돋이가 될지도 모르리라. 이백 명 부하들의 운명이 어깨를 짓누르는 것 같아 신류는 그걸 똑바로 서서 바라볼 수 없었다. 변급은 며칠 더 쉬어 가라는 신류의 청을 끝끝내 거절하고는 날이 밝자마자 길을 떠났다. 자신을 환대해 주지 않는 종성에는 더 머물고픈 마음이 들지 않아서였다.

"미천하고 부족한 나도 당당히 부하들과 함께 살아서 돌아왔네. 허니 조선 최고의 포수이자 장수인 자네도 능히 그럴 것이야. 너무 심려 말고 오로지 눈앞의 적을 어찌 물리칠 것인가에만 몰두하게."

떠나기에 앞서 변급이 마지막으로 건넨 말은 신류에게 전혀 위로가 되지 않았다. 신류에겐 그저 용케 살아남은 자의 속없는 빈말처럼 느껴졌다. 그는 떠나는 변급의 뒷모습을 바라보며 불현듯 실소를 금치 못하는 상상을 하였다. 용케 이번의 원정에서 살아남은 뒤 노년의 장수가 된 자신에게 후임 총병관이 찾아와 가르침을 요구하는 것이었다. 그럴 적에 신류도 총병관에게 변급과 같은 말을 늘어놓았다.

"너무 심려 말고 오로지 눈앞의 적을 어찌 물리칠 것인가에만 몰두하게."

참으로 쉬우면서도 어려운 답변이었다.

15. 경쟁(競爭)

이완이 열흘쯤 후에 조총 제조에 능한 군기시의 관헌 하나가 종성 행영에 당도할 것이라는 소식을 파발을 통해 신류에게 전해 왔다. 이같은 사실에 신류는 뛸 듯이 기뻐하였다. 이번 총병군의 주력 병기가 될 조총은 조선에 보급된 지가 이제 오십여 년 남짓한 신무기인지라 아직 이를 만들고 보수할 기술자들이 턱없이 부족하였다. 그런 탓에 군기시에서 따로 인원을 내어 주지 않으면 사가에서는 도무지 구할 방도가 없었다.

이를 잘 아는 신류는 계속 서신 편으로 이완에게 군기시에 소속된 조총 기술자를 파견해 줄 것을 요청하였다. 그러나 그의 다른 부탁에는 시원스럽게 들어주던 이완도 그것만큼은 난색을 표하였다.

"자네 처지를 모르는 바는 아니나 아무래도 쉬이 들어주기는 어려울 듯싶네. 겁박을 주지 않고서야 생사를 장담할 수 없는 원정길에 오르겠다는 관헌은 없을 것이야."

"그럼 겁박이라도 하여 몇 명 차출해 주시옵소서."

신류는 이완에게 평소 부리지 않는 생떼도 써 보았다. 그만큼 그가 이끄는 부대는 조총 기술자가 절실하였다. 하는 수 없이 신류는 박연에게 부탁해 볼까도 잠시 고려해 보았다. 그렇지만 이마저도 곧 단념하였다. 석 달 전에 태어난 그의 외아들의 얼굴이 떠오른 까닭이었다. 자칫 원정길에 박연을 잃어 그 아이를 평생 아비의 얼굴도 모른 채 자라게 하고 싶지는 않았다.

이런 진퇴양난에 빠져 있을 즈음에 이완이 군기시에서 조총 기술자를 보낸다는 기별을 전해 왔으니 신류로서는 낭보가 아닐 수 없었다. 달랑 한 명뿐이라는 것은 크게 개의치 않았다. 종성 행영으로 향하는 군기시의 관헌은 이충인이었다. 그가 자발적으로 신류의 부대에 자원한 연유는 자신의 경쟁자를 능가하여 군기시 내에서 최고의 장인이라는 명예를 얻겠다는 욕심에서 비롯되었다. 경쟁자는 바로 박연이었다.

효종이 즉위하고 나서 박연을 군기시에 임명하기 전까지 조총이나 화포 제조에서 최고의 장인은 바로 이충인이었다. 증조부부터 4대째 군기시의 관헌을 배출한 집안의 내력은 무시할 수가 없어서 여러 관헌 중에서 단연 두각을 나타내었다. 박연이 군기시에 등장하면서 이러한 사정은 크게 바뀌었다. 그의 고국인 네덜란드의 군대에서 사용하는 서양의 신식 대포와 조총을 선보이면서 단숨에 군기시 내에서 이충인의 독보적인 입지를 무너트렸다. 애초부터 그를 총애하여 군기시로 보낸 효종은 물론이거니와 조정의 모든 대신이 당파를 가리지 아니하고 박연의 실력을 높이 평가하였다.

졸지에 나타난 이양인으로 인해 모든 영예를 빼앗긴 이충인은 와신상담을 하면서 화포 제조 경연에서 이를 만회하려 하였다. 경연일이 공교롭게도 변급이 함경도 유람을 다니다 잠시 종성 행영에 들러 신류를 만났던 날과 같았다. 병조판서 송준길을 비롯한 병조의 관료들이 지켜보는 가운데 군기시의 관헌들이 그동안 자신들이 연구해 온 신형 병기를 선보였다. 병기의 우수함이 경연에서 입증되면 즉각 오군영 병사들의 무장에 쓰이는 영광을 얻는 데다 공로를 인정받아 녹봉이나 품계가 올라가는 등의 혜택이 부여되기에 경연이 치러지기 몇 달 전부터 군기시의 여러 관헌은 경연에 심혈을 기울였다.

조총 경연에서는 박연과 이충인의 대결에 여러 사람의 이목이 집중되었다. 조총에 관한 한 두 사람이 군기시는 물론 조선 내에서 일인자의 자리를 놓고 보이지 않는 경쟁을 펼치고 있다는 걸 모르는 사람들이 없기에 이번 경연에서는 대체 누구의 재주가 인정받을지 궁금해하였다.

이충인은 경연에서 새로운 대조총(한꺼번에 수십 개의 철환을 발사할 수 있는 조총)을 선보였다. 기존의 대조총은 무거운 데다 방포하는 데 시간이 오래 걸리는 까닭에 작금에는 잘 쓰이지 않는 화기였다. 그러나 여전히 적은 병력으로 수많은 적을 상대하는 데 효과적인 병기라는 점에는 다들 이의를 달지 않았다. 이충인은 이 점에 주목하여 그동안 대조총의 단점으로 지적되었던 것들을 차례로 보완해 나갔다. 기존에는 주로 납과 철로만 대조총을 만들었다면 그는 이 비중을 줄이고 대신 주석이나 아연이 함유된 합금을 사용하여 무게는 대폭 줄이면서도 내구도를 높여 잦은 방포에 쉬이 파손되는 걸 막았다. 대조총의 구조도 단순화시켜 병사들이 쉽게 조립하고 장전할 수 있도록 도모하였다.

이충인은 박연을 능히 이길 수 있다는 자신감에 사로잡혔다. 그만큼 자신이 개발한 대조총에 대한 자부심이 대단하였다. 그의 기대대로 경연장에서 대조총의 막강한 화력과 기동성을 눈앞에서 목격한 병조의 관리들은 모두 놀란 입을 다물지 못하였다. 이를 지켜본 박연의 안색이 좋지 않음을 확인한 이충인은 속으로 쾌재를 불렀다.

박연은 장기현에서 화란 상인들이 왜인들과 거래하는 것과 아주 유사한 성능의 조총을 경연에서 내놓았다. 아직 조선에서는 제조할 수 없었지만 화란 조총은 왜관을 드나드는 상인들을 통하여 얼마든지 시중에서 구하는 것이 가능하였기에 병조 관리들의 마음을 사로잡기에는 부족하였다. 승리를 예감한 이충인은 경연 내내 입가에서 미소가 떠나질 않았다.

환희가 분노로 바뀌는 데에는 채 하루가 걸리지 않았다. 다음 날 시상을 하는 자리에서 병조는 이충인의 기대와는 전혀 다른 결과를 발표하였다. 박연에게 상을 내리고 그가 개발한 화란 조총을 장차 훈련도감 포수병들에게 무장시키겠다고 밝힌 것이었다. 수상의 영광은 당연히 자신의 것이라 여겼던 이충인은 수많은 사람이 지켜보고 있음에도 아랑곳하지 않고 관리에게 대들었다.

"이 무슨 해괴망측한 말이오? 박 관헌에게 상을 내리겠다니? 그자는 고작 왜관에서 나도는 화란 조총을 모조한 것에 불과하오. 그에 비하면 이 몸은 일찍이 청나라 병부도 만들다 실패한 기발한 병기를 만들었음이 자명한데 어찌 그 공이 박 관헌에게 못 미친단 말이오? 이는 도무지 이해할 수 없는 처사이외다."

그는 수상의 영광을 빼앗긴 것에 대한 억울함을 토로해 보았지만, 병조의 관리들 중 누구도 귀담아들으려 하지 않았다. 그는 등청도 거부하고는 집 안에 틀어박힌 채 끓어 오르는 화를 눌러 담아야 하였다. 이충인이 경연에서 박연에게 밀린 진정한 사유는 그가 사람을 시켜 병조의 관리 몇몇을 뒷조사한 끝에야 겨우 밝혀졌다.

군기시에서 선보인 여러 병기는 장원의 영예를 차지한 것을 제외하고는 모두 청나라나 왜국과의 교역을 목적으로 지방의 세력 있는 상단에서 그 제조와 매매가 허용되었다. 만약에 경연에서 박연이 이충인에게 밀렸다면 상단들은 당장에라도 박연에게서 조총의 제조 권리를 사들인 다음에 이를 만들어 왜국에 팔았을 것이다. 그리된다면 저 멀리 대양을 건너온 화란 상인들에 비해 값싸게 그들과 똑같은 조총을 납품할 수 있기에 막대한 수입을 취할 수 있을 터였다. 이를 계산한 병조의 관리들이 그 이익을 자신들이 챙기기로 합의를 보았다. 오군영에 납품할 수량 이외에 몰래 더 제조하여 이를 왜관에 내다 팔기로 획책한 것이다. 결코, 이충인이 박연을 이길 수 없었던 결정적인 이유였다.

경위를 알게 된 이충인은 화병으로 며칠간 자리에 몸져누웠다. 가문으로부터 물려받은 재주로 군기시 내에서 영원히 승승장구하리라 믿어 의심치 않았는데 주상전하의 공정치 못한 인사에다 사리사욕에 눈이 어두운 관리들의 농간으로 난관에 부닥치자 그 절망감은 이루 말할 수 없었다. 하지만 이충인은 언제까지 그러고 있지만은 않았다. 며칠 뒤 자리를 털고 일어난 이충인은 이완을 찾아가 이번 총병군에 참가하고 싶다는 의사를 밝혔다. 총병군이 현재 조총 기술자를 애타게 찾으니 자신이 나서겠다고 하면 거절하지 못하리라는 계산이 담겨 있었다. 그가 죽을지도 모르는 곳에 제발로 찾아간 까닭은 주위의 추측처럼 자포자기의 심정에서 비롯된 것은 아니었다.

그는 나선의 조총을 얻고자 하였다. 화란 조총보다 더욱 빠르게 방포를 구사할 수 있다는 미지의 병기를 이번의 원정에서 입수한 뒤 이를 모조하여 다음 경연에서 선보이겠다는 계략이었다. 갑오년의 총병군은 사이호달에게 입수한 나선 조총을 모두 빼앗기고 빈손으로 돌아왔던 터였다. 병조 관리들은 화란 조총보다 더욱 돈벌이가 되는 나선 조총을 분명 얻고자 할 것이었다.

이러한 사정도 모르고 신류는 큰 결단을 내린 이충인을 반갑게 맞아 주었다.

"이완 대장께서 말씀하시길 군기시에서 으뜸가는 관헌이라 하는데 어떤가? 병사들에게 지급할 조총을 다음 달 보름까지 만들어 줄 수 있겠는가?"

"기존의 호제총을 모조만 하면 되는데 무에 그리 어렵겠사옵니까?"

신류에게는 다소 건방지게 들리는 말투였으나 이충인은 이와 상관없이 그저 사실 그대로를 얘기한 것뿐이었다.

"그렇다면 한 이백여 자루만 만들어 줄 수 있겠는가? 기한이 넉넉지는 않을 걸세."

"다음 달 보름이 아니라 이달 말이면 가능할 것 같사옵니다."

"그리 빨리 가능하단 말이더냐?"

"모조만 하면 되는데 무에 그리 어렵겠사옵니까?"

이충인은 조금 전에 한 말을 되풀이하며 자신감을 내비쳤다. 신류는 건방짐을 넘어서는 당당한 태도에 오히려 호감을 받았다.

"내 그럼 부탁하겠네. 후일 그대에게 큰 상을 내리도록 하겠네."

'장군이 내리시는 상 따위는 필요 없사옵니다. 그저 나선 조총 한 자루만 손에 쥐면 그뿐입니다.'

이충인은 나지막하게 중얼거렸다. 신류는 그를 총병군의 모든 군기를 담당하는 군관으로 임명하였다. 그는 장담한 대로 이월 말일까지 이백여 자루의 조총을 만들어 신류에게 바쳤다.

16. 자질(子姪)

　청나라 사신단이 북경을 떠나 심양을 거쳐 조선으로 오고 있다는 소식이 전해졌다. 예정에 없던 일인지라 조정에서는 무슨 연유로 방문한 것인지를 알아내고자 고심하였다. 사신들은 올 적마다 조선이 쉬이 들어주기 어려운 요구들을 해 오곤 하였다. 금년 조선군의 파병도 작년 가을에 방문한 사신단의 요구였다. 조정에서 멀리 떨어진 종성에서 이 소식을 접한 신류도 벌써 사신들이 또 어떤 힘겨운 요구를 청할지 걱정스러웠다. 하물며 그들을 직접 맞이해야 하는 효종과 조정 대신들의 근심은 이만저만이 아니었다.

　사신단이 노성에 당도하여 모화관(중국 사신을 영접하던 곳)에 여정을 풀고 나서 며칠 뒤, 조정에서 보낸 사자가 행영에 나타났다.

　"전하께서 신 우후를 보고자 하십니다. 속히 입궐할 채비를 하여 주시옵소서."

　신류는 느닷없이 전하가 왜 자신을 찾는지 궁금하였다. 자신을 총병관에 앉히고 나서는 수수방관하였던 전하였다. 그런데 어인 일로 갑자기 자신을 찾는지 신류로서는 어심을 가늠하기가 참으로 어려웠다. 그는 부대의 지휘를 잠시 유응천 군관에게 맡기고는 서둘러 호거용반(험한 산세를 비유하는 사자성어)과도 같은 함경도를 지나 도성에 당도하였다.

　그에게는 갑오년에 훈련도감에서 쫓겨난 지 사 년 만에 다시 찾은 도성이었다. 그때나 지금이나 딱히 달라진 건 없었다. 전국 각지에서 모인 수많은 인마로 인해 도성 안은 늘 북적거렸으며 특히 육의전이 자리한 운종가는 더욱 그러하였다. 궁궐도 변한 게 없기는 마찬가지였다. 신류는 도성을 떠날 적의 신료들을 고스란히 다시 만날 수 있었다. 아직도 조정은 서인들의 세상이었다. 준비도 없이 북벌만을 부르짖는 그들은 신류를 마주하기가 불편한지 그가 먼저 인사를 건네도 다들 외면하였다.

효종의 부름을 기다리는 동안 동별영을 찾은 신류는 그곳에서 이완으로부터 뜻밖의 사실을 전해 들었다.

"실은 전하가 아니라 이번에 사신단과 함께 온 병부상서가 자네를 보고자 하네."

"병부상서라니요? 그자가 왜 소관을?"

신류가 의문이 드는 건 당연하였다. 병부상서라 하면 조선에서는 병조판서에 해당하는 관직이었다. 여태껏 조선이 맞이한 청의 사신 중 그러한 고관대작은 없었다. 대개가 만주에 근접한 변방의 일개 수령이었다. 그런데도 그들은 감히 삼정승에게마저 고개를 뻣뻣이 들며 융숭한 대접을 받고자 원하였다.

"전하께서 상서에게 이번 총병군의 총병관으로 자넬 앉혔다고 말씀드리셨네. 그러자 병부상서의 심기가 좋지를 못하더군."

"제가 상서와 아무런 은원이 없사온데 그건 어인 까닭입니까?"

"상서는 변 수사가 총병관을 맡는 줄로 알았다고 하더군. 갑오년에 나선을 물리친 전공이 있으니 당연했겠지. 허나 전하께서 변 수사가 고령임을 내세워 이번엔 불가하다고 말씀하시니 그럼 참판이나 절도사 중에서 하나를 골라 출전시키라 요구했네. 전하께서 그것도 불가하다고 말씀하시자 그럼 상서가 자넬 직접 만나 보고는 총병관으로 인정할지를 결정하겠다고 말하였네. 해서 자네를 이리 도성으로 부른 것이야."

경위를 전해 들은 신류는 기가 막혀서 말이 나오지 않았다. 상서가 아무리 청나라의 고관이라 한들 조선의 군사권을 좌지우지할 힘이나 권한은 없었다. 그런데 무슨 자격으로 일국의 군왕에게 감히 이래라저래라 한단 말인가? 이리 무례한 상서를 바라보며 비통한 심경에 잠겼을 효종의 모습이 절로 머릿속에 그려지자 신류는 씁쓸함을 감출 수 없었다.

"비단 이번만 그랬던 것도 아니네. 갑오년에도 전하께서는 변 수사를 총병관에 앉힌 연유를 구구절절이 설파해야만 하셨네. 허니 전하를 곤란함에 빠트리지 아니하려면 상서의 마음에 들도록 자네가 각별히 신경 써야 할 걸세."

신류는 마치 간택되기를 바라는 기방의 기녀가 된 것만 같아 불쾌하기 그지없었다.

그날 저녁, 신류는 상서의 부름을 받아 모화관으로 나갔다. 그 자리엔 상서뿐만이 아니라 조정의 많은 대신이 자리하여 함께 잔치를 즐기고 있었다. 그들 중에 이조판서 송시열 대감과 중추부사 정태화 대감이 자리한 건 뜻밖이었다. 그들은 편전에서 늘 북벌의 당위성을 주장하던 서인의 대표적인 인사들이었다. 그런 그들이 연신 굽실거리며 비굴한 웃음을 짓고는 상서의 비위를 맞추느라 여념이 없자 신류는 그저 어리둥절할 뿐이었다. 상서는 벌써 많이 취했는지 불콰한 얼굴로 신류를 대하였다.

"네가 바로 신류냐?"

상서는 혀가 잔뜩 꼬부라진 목소리로 물었다. 신류는 엄연히 일국의 장수와 말을 나누면서 하대를 하는 상서의 태도가 심히 못마땅하였다.

"소관은 현재 함경도 북병마우후에 자리한 몸이옵니다. 그러니 신우후나 아니면 편하게 신 장군이라 불러 주십시오."

신류가 자신의 하대를 지적하자 상서의 얼굴은 더욱 붉게 변하였다. 좌우에 자리한 대신들이 놀란 가슴을 쓸어내렸다. 상서는 손에 들고 있던 술잔을 당장에라도 신류의 면전에 던질 기세였으나 잠자코 있었다. 오히려 그를 나무란 건 엉뚱하게도 송시열이었다.

"무엄하도다. 대국에서 누추한 곳까지 친히 납신 귀한 분께 그 무슨 말버릇인가?"

"소관이 어찌 높으신 분께 무례를 범하겠나이까? 다만 상서께서 과음하신 데다 소관의 벼슬을 몰라 제 이름을 함부로 부른 것인데 저간의 사정을 모르는 자들은 상서를 예의와 범절을 모르는 자라 뒤에서 손가락질할까 봐 그게 걱정이 되어 말씀드린 것뿐이옵니다."

이리 둘러대었으나 실은 상서에게 타박을 주려는 신류의 속셈이었다. 송시열이 다시 한번 신류를 나무라려고 하였으나 상서가 손을 들어 그를 제지하였다.

"이보시오, 신 우후. 그대가 이번 봄에 출병하는 총병군의 수장으로 내정되었다 하던데?"

상서가 신류의 말에 뼈가 있었음을 눈치채고는 태도를 바꾸어 그에게 존대하였다.

"황망하게도 소관이 막중한 임무를 맡게 되었나이다."

신류도 더는 상서와 분란을 일으키고 싶지 않아 최대한 예의를 갖추어 대답하였다.

"신 우후는 일군의 군사들과 함께 전장을 누벼 본 적이 있으시오?"

"그렇소이다. 그러지 않고서야 조정에서 어찌 감히 소관에게 그런 막중한 자리를 앉혔겠나이까?"

다시 한번 대신들은 저마다 놀란 표정을 가득 지었다. 본인들의 기억으로는 신류가 전장을 누빈 적이 결코 없었다. 그런데 신류는 그런 적이 있다고 당당히 밝히니 이러한 기색을 보이는 건 당연하였다. 하지만 분명 신류는 전장에 나가 죽을 고비를 넘겨 가며 적들과 맞서 싸운 적이 있었다. 그것도 두 번씩이나. 상서도 그의 대답에 눈을 동그랗게 떴다.

"하면 어느 전투에 출전하시었소?"

"가까이는 작년에 종성으로 쳐들어온 호지강 오랑캐들을 쳐부수었으며, 멀게는 정축년에 개성에서 숭덕제(청 태종)께서 이끄시던 대군과 싸웠나이다."

"내가 들은 말과는 많이 다른 듯하오. 여기 계신 송 대감께서는 신 우후가 전적은 없어도 방포술이 뛰어나니 그저 한 번 믿어 보라고만

116

말씀하시었소. 헌데 귀관의 말이 사실이라면 대청 제국으로서는 귀한 장수를 얻게 되는 셈이 아니오?"

상서는 이러면서 송시열을 빠히 쳐다보았다. 그는 민망한지 연신 헛기침을 하며 고개를 돌렸다.

"허나 신 우후의 말이 정녕 사실일지라도 직접 내 눈으로 보지 못하면 폐하께 아뢸 수가 없소이다. 그러니 어디 한 번 신 우후의 무예를 보여 주시겠소?"

일국의 장수에게 무예를 시험해 보겠다는 말을 건네는 상서의 태도에 신류는 또 한 번 분개를 느꼈다. 허나 상서에게 무조건 잘 보여 우환을 없애라는 이완의 말이 떠올라 그저 입술을 지그시 깨물며 참을 뿐이었다. 그러자 별안간 일종의 오기 같은 것이 솟아나기 시작하였다.

'오냐, 네놈이 깜짝 놀랄 만한 무예를 선보여 주마!'

신류는 억지로 환한 미소를 짓고는 호쾌하게 대답하였다.

"좋습니다. 그러시다면 당장 이 자리에서 보여 드리겠사옵니다."

신류는 곧장 모화관을 경비하는 병사들에게 총 한 자루와 초 열 개를 준비하라 명하였다. 병사들이 금방 그것들을 대령하였다. 그는 병사들에게 초를 좌우로 가지런히 정렬하여 세워 놓은 다음 심지에 불을 붙이라고 지시하였다. 그들이 이에 따르자 신류는 상서를 보며 큰소리로 외쳤다.

"일다경(매우 짧은 시간) 동안 저것들을 모두 명중시키겠사옵니다."

"그게 과연 가능하겠소이까?"

상서는 옅은 웃음을 지으며 반문하였다. 과연 그럴 수 있겠냐는 무시가 가득 담겨 있었다. 신류는 대답 대신 방포를 개시하였다. 모화관 안에 우렁찬 총성이 들릴 적마다 심지의 촛불들은 왼편부터 차례대로 하나씩 꺼져 나갔다. 눈 깜짝할 사이에 신류는 모든 촛불을 꺼트렸다. 놀란 상서는 그만 들고 있던 술잔을 바닥에 떨어트렸다.

"조선에서는 저 같은 일개 무관도 이 정도의 방포술을 선보일 수 있나이다. 이럴진대 조정에서 굳이 변방의 오랑캐들을 쳐부수러 가면서 참판 대감이나 병마절도사 영감을 보낼 까닭이 있겠소이까? 그건 마치 닭 잡는 데 소 잡는 칼을 쓰는 격입니다. 하오니 상서께서는 더는 소관의 자질을 의심치 마시고 한 번 믿고 맡겨 주시옵소서."

"알… 알겠소이다. 폐하께는 신 우후의 기량이 출중하여 총병관으로서 가히 손색이 없노라 아뢰겠소."

말을 마친 상서가 황급히 자리를 뜨자 자연스럽게 잔치는 파하였다. 대신들도 차례로 자리에서 일어섰다. 송시열은 꽤 불쾌한 표정을 지으며 신류를 슬쩍 바라보고는 모화관을 나섰다. 이완의 염려를 딛고 자신이 총병관에 유임될 수 있도록 최선을 다했으며 그게 그가 바라는 것이었을진대 자신에게 그러한 표정을 지으니 신류 역시 불쾌하기는 마찬가지였다. 반대 당파인 자가 너무 잘난 척하며 설쳐 대서 그러는 것인가라고 가늠해 보았다.

17. 무용담(武勇談)

　다음 날 신류는 침전에서 효종을 알현하였다. 더불어 그곳에서 임
금과 함께 아침 수라상을 드는 성은도 입었다.

　"어젯밤에 병부상서가 자네를 접견한다기에 짐은 그자가 어깃장을
놓을까 봐 잠이 들지 못하고 얼마나 노심초사했는지 모르노라. 허나
내관을 통해 알아본바 자네가 상서에게 본때를 보여 주었다 들었다.
자네의 신묘한 방포술에 놀라 그가 경황없이 자리에서 일어섰다는
얘기를 들었을 적엔 과인이 얼마나 통쾌했는지 모르노라."

　"성은이 망극하옵니다."

　"하긴 자네는 임진년(1652년) 관무재(왕이 친히 군사들의 기예를 시험한 후
우수자를 등용하는 일종의 무과 시험)에서도 과인에게 놀라운 무예를 선
보여 주었지. 총구 끝에 단검을 매달은 총을 마치 창처럼 부리는 무
술엔 정말이지 탄복을 금하지 못하였느니라."

　"전하, 송구스럽사옵니다."

　"자네를 천거한 이판의 눈이 정녕 틀리지 않은 모양이로다. 이번에
도 갑오년처럼 그리 걱정하지 않아도 될 듯싶구나."

　"소관은 변 수사 영감에 비하면 많이 부족하옵니다. 어찌 총병관의
소임을 다해야 할지 그저 막막할 따름이옵니다."

　"겸양하지 않아도 된다. 솔직히 말해 짐은 이번 총병군의 무사 생
환을 기대하지 않았었노라. 허나 자네가 이끈다면 성공리에 북정을

마침은 물론 추후 북벌의 선봉에도 설 수 있겠노라는 자신감이 들도다."

"소관 비록 많이 미력하오나 성심을 받들어 최선을 다하겠나이다."

이후로도 신류는 수라를 들면서 오랫동안 효종과 담화를 나누었다. 수라상을 물리고 다과가 들어오자 효종이 화제를 바꾸었다.

"듣자니 자네는 병신년(1656년)에 종성을 공격한 오랑캐를 물리친 전력이 있다 하였는데 그게 사실인가? 그 같은 전과를 어찌 과인이 알지 못했을꼬?"

효종이 알지 못했던 건 당연하였다. 함경도 관찰사와 병마절도사가 자신들의 과오를 덮기 위해 신류가 조정으로 보낸 장계를 가로챈 까닭이었다. 병신년 유월에 신류는 호지강 오랑캐들의 대규모 침공을 예견하고는 관찰사와 병마절도사에게 병력의 지원을 요청하였었다. 하지만 그들은 그의 오판이라 주장하며 끝내 지원을 거부하였다. 하는 수 없이 신류는 행영을 수비하던 오백여 명의 병사들로만 그들의 침략에 대비해야 하였다.

그러다 유월 하순에 호지강 오랑캐 오천여 명이 일제히 종성 행영으로 쳐들어왔다. 수적 열세인지라 행영 수비군의 패배가 불 보듯 하였지만 그래도 신류는 사령관으로서 그들을 물리칠 방도를 어떻게든 찾아내야만 하였다. 그는 첩보를 통해 오랑캐들이 행영을 공격할 정확한 날짜와 시간을 파악하였다. 그런 다음 행영 내에서 조총을 다룰 줄 아는 자들을 모조리 소집하였다. 애초부터 행영에 배속된 창병과 검병은 배제하였다. 그들로는 기마병 위주의 호지강 오랑캐들을 감당해 내지 못하리라는 신류의 판단에서였다. 그는 원거리에서 효율적으로 적을 사살할 수 있는 조총이 교전에서 승리를 가져다주리라 확신하였다.

신류의 소집령에 따라 구성된 포수병들이 약 백여 명쯤 되었다. 대부분은 군적에 올라 있는 몸이 아니라 인근 산중에서 사냥으로 생계를 연명하는 포수들이었다. 신류는 그들의 전력을 믿어 의심치 않았다. 그는 그들을 미리 두만강 너머로 보내어 적들이 쳐들어올 길목에 진지를 구축하게 하고는 그곳에서부터 강가에 이를 때까지 일정한 간격을 두며 좌우로 긴 구덩이를 파게 하였다. 구덩이는 빠지면 겨우 목만 드러낼 정도로 깊었다.

며칠 후 적들이 쳐들어오자 포수병들은 신류의 명을 따라 구덩이속에 몸을 숨기고는 일제히 그들에게 방포를 가하였다. 그런 다음 오랑캐들과의 거리가 어느 정도 가까워지면 재빨리 후방의 진지로 후퇴하였다. 그러는 사이 진작부터 그 진지에 자리하고 있던 다른 포수병들이 점화를 마치고 방포하였다. 그러면 후퇴한 앞 열의 포수병들이 점화를 준비하였다. 방포를 마친 포수병들은 다시 후방의 다음진지로 후퇴하였다.

병사들은 강가에 다다를 때까지 이러한 전법을 되풀이하였다. 오랑캐들은 겹겹이 놓여 있는 구덩이를 넘어오면서 병사들의 연속 방포에 추풍낙엽처럼 쓰러졌다. 이러다 보니 막상 강가에 다다랐을 적에는 적의 군세가 반의반으로 줄어 어느덧 아군과 수적으로 대등해졌다. 신류는 전군에 총공격 명령을 내렸다. 후퇴만 일삼던 아군은 이제 돌아서서 일제히 그들에게 역공을 가하였다. 이미 전의를 상실한 오랑캐들은 아군의 거센 공격에 죽은 동료들의 시체를 남기고는 죽어라 북쪽으로 줄행랑을 쳤다.

이와 같은 무용담을 들은 효종은 무릎을 치며 감탄 어린 눈으로 그를 바라보았다.

"신 우후의 얘기를 들으니 가히 제갈공명과 견주어도 손색이 없노라. 그런 그대가 조선의 신하이니 이는 실로 과인의 큰 복이로다. 부디 그 지모를 북정에서도 발휘하도록 하여라."

"전하, 성은이 망극하옵니다."

"또한 내관이 이르기를 자네는 정축년에도 숭덕제의 군사들과 일전을 치렀다고 하던데 그건 또 어찌 된 영문인가? 수어청(남한산성에 설치한 중앙 군영 중의 하나)에 소속되어 남한산성에서 그들과 싸운 것인가?"

"그건 아니옵니다."

"하면 강화도 검찰사 김경징의 수하였던가? 허나 그랬다면 과인이 병자년에 강화도로 몸을 피할 적에 분명 자네를 알았을 터인데 아무리 기억을 더듬어 보아도 그곳에서 자네를 본 기억이 없노라."

"그러셨을 것이옵니다. 소관은 당시 벼슬에 오르지 못한 한량이었사옵니다."

"도통 모를 소리만 늘어놓는구나. 남한산성도 강화도에서도 아니면 대체 어디에서 누구의 휘하로 청군과 싸웠다는 것이냐?"

"개성 근교였나이다. 그때 소관은 전하를 뵈옵기도 하였사옵니다."

"아……."

효종이 갑자기 짧은 탄식을 내뱉었다. 그리고 잠시 허공을 지그시 바라보았다. 그제야 효종은 신류를 어디서 처음 만났는지 떠오른 것이었다. 그는 효종의 청에 하는 수 없이 정축년 이월의 일을 찬찬히 들려주어야만 하였다.

18. 봉림대군(鳳林大君)

병자년 십이월에 청나라는 십만 대군을 이끌고 조선을 침공하였다. 자신들이 요구한 공물과 군사 요구, 그리고 특히 군신 관계를 조선이 모두 물리친 까닭이었다. 의주의 백마산성에서 임경업 장군이 그들을 물리치기 위해 결사항전의 자세로 기다리고 있었다. 하지만 청군은 그와의 교전을 피하고자 다른 길로 우회하여서는 곧장 도성으로 남하하였다.

그저 임경업 장군만을 믿은 채 달리 그들을 막아낼 묘책을 마련하지 못한 조정은 부랴부랴 도성을 버리고 잠시 안전한 곳으로 몸을 피하기로 하였다. 당시는 아직 봉림대군으로 불렸던 효종은 정묘년(1627년) 호란에도 잠시 몸을 피한 적이 있는 강화도로 향하였다. 그러나 인조는 청군에게 길이 막혀 그리로 가지 못하였다. 하는 수 없이 많은 중신과 함께 남한산성으로 발길을 돌려야만 하였다.

해가 바뀌면서 강화도를 공격하는 청군의 기세는 드세었다. 그런데도 강화도의 수비를 맡은 김경징은 아무런 대책도 세우지 않고 술만 마시며 시간을 허비했다. 결국, 정월 중순에 강화도는 적들에게 함락되었다. 봉림대군은 청군의 포로가 되어 인조가 아직도 항전 중인 남한산성으로 호송되었다. 그리고 얼마 뒤 삼전도에서 인조는 청 태종에게 세 번 절하고 아홉 번 고개를 숙이는 굴욕적인 항복을 하였다.

봉림대군은 청나라와 맺은 굴욕적인 조약으로 인해 볼모가 되어 심양으로 끌려가게 되었다. 그의 형인 소현세자를 비롯하여 청과의 결사항전을 부르짖던 대신들, 그리고 속환가를 받아 내거나 노비로 삼기 위한 양민들이 동행되었다.

당시 신류는 함경도 병마절도사 휘하에서 척후장을 맡고 있었던 송심 장군의 부대에 속해 있었다. 당시 그의 나이 고작 십팔 세였다. 어린 나이였기에 벼슬을 했거나 군적에 이름을 올려 송심의 휘하로 있었던 것은 아니었다. 송심의 부대가 청군을 물리치러 가던 도중에 신류가 직접 그를 찾아가 간청한 끝에 들어갈 수 있었다. 처음에 송심은 신류의 나이가 아직 어림을 문제 삼으며 받아들이려 하지 않았다. 그러나 신류가 스승 장현광의 서찰을 보여 주자 이내 마음을 바꾸었다. 사실 송심도 젊었을 적에 장현광의 밑에서 무예를 연마한 적이 있는 터라 감히 스승의 청을 물리칠 수 없었다.

원래 송심은 남한산성을 포위 중인 청군을 배후에서 공격하려고 계획하고 있었다. 하지만 한발 늦어 도성 근교에 다다랐을 적엔 이미 인조가 청나라에 항복하였다는 비분강개한 소식을 듣고 말았다. 한동안 송심의 막사에서는 여러 군관이 모여 이후의 행동을 놓고 지루한 난상 토론을 벌였다.

"장군, 우린 이제 어찌하면 좋겠나이까?"

"화의가 이루어졌으니 마땅히 군사를 물려야 하지 않겠습니까?"

"그러나 적들을 이대로 고이 돌려보낼 수는 없습니다."

"섣부른 공격은 자칫 사직의 안위를 위태롭게 할 수도 있소이다."

"그렇다고 세자 저하와 대군마마, 그리고 무고한 백성들이 오랑캐에게 끌려가는 걸 눈앞에서 보고만 있을 순 없소이다. 장수 된 자라면 마땅히 목숨을 내던져서라도 그들을 구해 내야지요."

고심 끝에 송심은 심양으로 귀환하는 청군을 추격하여 기회를 보아 배후에서 공격하기로 하였다. 그가 일단 이러한 결단을 내리자 휘하의 군관들은 모두 두말없이 명을 따랐다. 송심은 척후병을 통해 청군이 개성 근교에서 하룻밤 숙영을 할 것이라는 첩보를 입수하였다. 그러자 그는 전군에 그날 밤 야습을 가한다는 명을 내렸다.

송심이 부대를 재편하였는데, 신류는 흰 수염을 자랑하는 어느 나이 든 군관의 휘하에 배속되었다. 신류는 청군과의 교전에 대비하여 스승님으로부터 받은 조총을 매만졌다. 나이 든 군관이 신기한 듯 그에게 다가가 물었다.

"우리는 시방 회전을 벌이려는 것이 아니다. 야습을 가하려는 것인즉 육박전에 능한 칼과 창이 효과적일 게다. 헌데 너는 어찌하여 조총을 다루려고 하느냐?"

"저는 스승님으로부터 근접한 곳에서도 재빨리 방포하는 법을 배웠습니다. 게다가 총을 창처럼 쓰는 무예도 익히어 소인에겐 이게 훨씬 편합니다."

나이 든 군관은 신류를 말리진 않았으나 그의 말을 믿지 않았다. 그도 그럴 것이 근접전에서 총을 드는 병사를 여태껏 본 적이 없었기 때문이다. 그 군관으로서는 장현광이 신류에게 전수해 준 신기에 가까운 무예를 본 적이 없으니 당연하였다. 신류마저도 처음엔 스승으로부터 이러한 무예를 익힐 적에 그 효용성을 대단히 의심하였다.

청군은 적진의 한복판에서 숙영 중이라는 사실도 잊고 방비를 소홀히 하였다. 송심의 휘하에 있던 사천여 명의 조선 병사들이 지척에 이르렀는데도 이를 전혀 눈치채지 못하였다. 아무래도 조정의 항복을 받아 낸 터라 더는 자신들을 공격할 적들은 없으리라는 자만에 빠졌던 탓이 컸다. 송심이 횃불을 흔드는 것을 신호로 청군의 숙영지를 반 포위한 조선군이 일제히 공격을 가하였다. 병사들의 함성이 숙영지에 가득 울려 퍼졌다. 병사들은 막사 곳곳에 불을 지르기 시작하였다. 갑옷과 무기를 미처 갖추지 못하고 뛰쳐나온 청군 병사들은 여기저기서 조선 병사들이 휘두르는 칼날을 맞고 무참히 쓰러졌다.

신류는 원거리의 적병은 방포로 제압하고 근접한 적병은 총검으로 찌르며 눈앞의 적들을 쓰러트렸다. 그런데 어느덧 청군이 정신을 차리고 대열을 정비하여 반격에 나서면서 차츰 조선군은 수세에 몰리게 되었다. 애초부터 수적으로는 상대가 안 되는 싸움이었다. 사천여 명의 군사로 십만 명의 대군을 치겠다고 나섰으니 달걀로 바위를 치겠다는 꼴이었다. 여기저기서 조선 병사들이 청군의 칼에 목숨을 잃었다. 신류도 셀 수 없이 많은 적병을 쓰러트렸으나 결국 수적 열세를 이기지 못하고 청군에게 쫓기게 되었다. 그러다 보니 어느새 자신도 모르게 그만 아군의 대열에서 이탈하였다.

신류는 한 시진 정도를 적진에서 마구 헤매었다. 그러다 청나라 황제와 그의 장수들의 막사가 군집하여 있는 곳에 이르렀다. 그건 마치 호랑이 굴에 들어온 격이나 다름이 없었다. 신류는 서둘러 그곳을 빠져나가고자 적병들의 눈을 피해 막사와 막사 사이를 오가며 은

폐하였다.

그럴 적에 누군가가 등 뒤에서 그의 어깨를 쳤다. 신류는 황급히 몸을 돌리고는 그자에게 총구를 겨누었다. 신류와 동년배로 보이는 젊은 사내가 초조한 얼굴로 그를 바라보며 서 있었다. 신류는 복색을 보고 단번에 사내의 정체를 알아차렸다. 바로 봉림대군이었다.

"마… 마마."

신류는 너무 황망하여 황급히 그 자리에 엎드렸다. 이런 곳에서 왕자마마를 만나게 되리라고는 꿈에도 생각지 못하였다.

"쉿, 조용히 하고 나를 따라오너라."

봉림대군은 적병들 몰래 신류를 자신의 막사로 데리고 갔다. 신류는 봉림대군과 눈을 마주치지 못하고 계속 고개를 숙였다.

"지금 사네와 함께 야습을 벌이는 군사는 누구의 소속이더냐?"

"함경도 병마절도사 이항의 척후장으로 있는 송심이라는 장수가 이끄는 부대이옵니다."

신류는 떨리는 목소리로 겨우 대답하였다.

"알겠다. 지금부터 네가 해 주어야 할 일이 있다."

"무… 무엇이옵니까, 마마?"

"막사를 나가 곧장 한 마장 정도 달리다 보면 조선 백성들을 가두어 놓은 옥사들이 보일 것이다. 그들과 함께 박연이라는 장수를 반드시 탈출시키거라."

정묘년에 조선에 표류했던 박연은 인조의 명으로 훈련도감에 배속되어 구라파의 무기를 제조하는 일을 맡았다. 그러다 병자년에 호란

이 발발하자 함께 표류한 동료들과 함께 출전하였다가 그만 동료들을 모두 잃고 자신은 포로로 붙잡히는 신세에 처했다.

"그분은 생김새가 어떠하옵니까?"

"화란에서 온 이양인이라 쉽게 찾을 수 있을 것이다. 이는 내 명일 뿐만 아니라 이 나라를 위하는 길이기도 하니라. 박연의 조총과 홍이포(네덜란드의 대포를 모방하여 만든 중국식 대포)의 제작술은 훗날 오랑캐들을 물리치는 데 크게 쓰여야 할 것인즉 비록 네가 이름 없는 일개 병사라 할지라도 그 소임이 실로 막중하니라."

"마마, 소인 분부 받들겠사옵나이다."

"자네의 무운을 빌겠다."

봉림대군의 명을 받든 신류는 막사를 나오자 곧장 봉림대군이 알려준 길로 나아갔다. 도중에 수많은 적이 신류의 앞길을 가로막았지만 이 년 동안 만수산에서 장현광에게 전수한 무예로 능히 그들을 물리쳤다. 마침내 그는 옥사에 도착하여 조선 백성 백여 명과 함께 박연을 구해 내었다. 그리고 그들과 함께 무사히 청군의 숙영지를 빠져나왔다.

불행히도 신류는 야습을 감행한 방향과는 반대로 빠져나와 날이 밝아서도 송심 장군의 군사와 합류할 수 없었다. 하는 수 없이 그는 박연과 함께 백성들을 이끌고는 도성으로 향하였다. 신류는 그곳에 그들을 남겨 두고 다시 부대와 합류하기 위해 길을 떠났다.

사흘 만에 신류는 안변(安邊)에서 그들을 다시 만날 수 있었다. 안타깝게도 그들은 이미 모두 차가운 시신이 되어 있었다. 신류가 그곳에 도착하기 하루 전에 송심의 군사들은 청군과 일대 결전을 벌였다. 그들은 용맹하게 맞서 싸웠지만, 워낙 중과부적이었던지라 결국 다들 장렬히 전사하였다. 신류는 한때나마 상관으로 모셨던 나이 든 군관의 시신을 발견하고는 양지바른 곳에 묻어 준 뒤 그곳을 떠났다. 그리고 고향인 칠곡으로 돌아갔다.

정축년의 일을 들은 효종은 신류를 보며 짧은 탄식을 하였다.

"그때 그 젊은이가 바로 신 우후였다니. 세상에 이런 인연이 또 어디 있을까? 헌데 귀관은 도성에서 복무한 적이 있었음에도 과인이 어찌 그 사실을 몰랐을꼬."

효종이 모르는 건 당연하였다. 신류는 비록 잠시나마 송심 장군의 휘하에 있으면서 이 나라가 진정 필요로 하는 인재는 당상에서 탁상공론만 늘어놓는 문신이 아니라 어떠한 외적과도 능히 맞서 싸울 수 있는 무인이라는 걸 깨달았다. 고향에 돌아온 뒤부터 신류는 무과를 준비하였다. 그리고 을유년(1645년)에 당당히 급제하였다.

훈련도감으로 배속되면서 신류는 박연과 재회하였다. 신류가 안변에서 송심의 병사들과 함께 전사한 것으로 알고 있던 박연은 그를 보자 반가움과 고마움의 눈물을 흘렸다. 신류는 박연에게 정축년의 일을 절대 발설하지 말라고 부탁하였다. 의도한 바는 아니었으나 안변의 전투에서 자신만 용케 살아남은 것에 대한 죄책감이 마음 한 구석에 여전히 자리하였기 때문이었다. 박연은 지금껏 신류의 부탁을 충실히 들어주었다.

19. 당파(黨派)

　이후로도 신류는 병부상서의 부름을 받아 모화관을 들락거리느라고 며칠을 더 도성에 머물러야 하였다. 신류와 상서는 오랜 시간 담화를 나누며 이번 나선정벌 연합군의 상세한 출정 계획을 수립하였다. 그리고 모화관에서 돌아오면 곧장 동별영을 찾아가 다시 이완과 많은 이야기를 주고받았다. 출정에 나서자면 아무래도 군량미와 병기를 비롯한 물자가 많이 소모되는 것이 자명할 터인데 조정의 지원은 어디까지 가능한지를 파악하는 게 중요하였다. 유복이 자신의 사재를 털어 많은 재물을 내놓기는 하였으나 출정에 나서면 그것도 한계에 부딪힐 것은 너무나 자명하였다.

　이완은 군사를 부리는 데 소홀함이 없도록 힘쓰겠다고 연신 말하였지만, 신류는 이완의 말을 곧이곧대로 믿지는 않았다. 이완이 지키지도 못할 약속을 늘어놓는 소인배라고 여겼기에 그러한 것은 아니었다. 애당초 군비 확장과 지출에 불만을 잔뜩 품고 있었던 대신들이 여러 가지 연유를 들먹거리며 분명 이완의 지원을 막으려 할 것이라는 걸 잘 알아서였다. 웃긴 것은 늘 북벌을 반대하던 남인들은 그렇다 쳐도 북벌을 주장하던 서인들마저도 동조한다는 사실이었다. 그들은 어떡하든 훈련도감의 병사들을 줄이고 그들의 녹봉을 감할까에 촉각을 곤두세웠다. 참으로 앞뒤가 맞지 않는 처신이었다.

　부대의 원활한 물자 지원과 보급 방안을 짜내느라 고심하던 삼월 하순의 어느 날, 동별영으로 뜻밖의 손님이 찾아와 만나기를 청해 신류를 당황케 하였다. 그는 바로 남인 당파의 대표적인 인사인 사헌부 대신 허목이었다. 아무리 곰곰이 생각을 해 보아도 신류는 아무런 일면식이 없는 허목이 자신을 찾은 연유를 알 수가 없었다.

"듣자 하니 신 우후께서는 장현광 어른의 제자이셨다 하던데?"

허목은 신류와 대면하자마자 대뜸 장현광부터 언급하였다. 신류는 스승의 존함을 운운하는 그의 속뜻이 능히 짐작되었다.

"그렇사옵니다. 이 년간 스승님 밑에서 가르침을 받았습니다."

"이 몸도 오 년간 그분 밑에서 수학을 하였소이다. 그러고 보면 우린 동문이라 할 수 있겠구려, 허허."

허목은 어색한 분위기를 바꾸어 보고자 웃음을 날려 보였다. 그러나 별반 도움이 되지는 못하였다.

"동문수학한 사이이니 말을 편히 하겠네. 며칠 전에 모화관에서 이판 대감을 크게 곤란케 했다면서? 궁궐에 소문이 아주 자자하네."

"그러려던 마음은 추호도 없었습니다."

"자네는 그리 여기는지 몰라도 송 대감은 그리 생각하지 않았을 게야. 자신에 대한 도전으로 여겼겠지."

"그럴 리가 있겠사옵니까? 소관은 송 대감을 언짢게 할 만한 그 어떠한 언행도 일삼지 않았나이다."

"자신은 병부상서에게 쩔쩔매는데 자네는 당당히 맞섰으니 어찌 비교가 되지 않았겠는가? 그게 소위 북벌을 부르짖는 서인이라는 작자들의 진면목일세."

132

이제야 신류는 송시열이 자신의 면전에서 불쾌한 얼굴을 감추지 않은 까닭을 명확히 알게 되었다. 신류는 허목의 말을 듣고 송시열에 대한 실망감을 감추지 못하였다. 자신의 허물을 인정하지 못하고 잘난 이를 시기하는 소심하고 한심한 위인이라는 증표일 뿐이니 말이다.

"대감께서 소관을 찾으신 연유는 무엇이옵니까?"

허목이 자신을 찾은 속내는 밝히지 아니하고 계속 뜸을 들이자 신류는 마치 다그치듯이 재촉하였다. 그러나 허목은 여전히 대답 대신 딴소리만을 늘어놓을 뿐이었다.

"그보다 자네는 이번 나선정벌에서 변 수사처럼 승전보를 전할 자신이 있는가?"

"무릇 장수는 전쟁의 승패를 확언하는 바가 아닙니다. 다만 승리하고자 최선을 다할 뿐입니다."

"자네가 무사히 북정을 마치고 돌아오면 나를 비롯한 남인 대신들은 자네를 병조판서에 제수해 달라고 전하께 주청을 드릴 생각이네."

신류는 무례한 줄 알면서도 너무 놀라 허목 앞에서 벌린 입을 다물지 못하였다. 변방의 일개 야전사령관에 불과한 자신을 허목은 어찌 북정에서의 승전보만으로 판서에 앉힐 마음을 품고 있는지 그 의도를 가늠할 수가 없어 섬뜩함마저 들었던 까닭이다. 조선이 개국한 이래로 무관이 육조의 판서에 오른 적은 단 한 번도 없었다. 그랬기에 허목과 같은 대신들 몇몇이 전하께 주청을 올린다고 될 문제가 아니었다. 그런데도 신류가 이리 놀란 까닭은 허목이 허언을 늘어놓을 인물이 아니라는 점에서였다. 무슨 확신이 있었기에 자신에게 그런 말을 늘어놓는 것이 분명하다는 걸 신류는 깨달았다.

"전하께서는 대대로 문관들이 군사의 지휘권을 가졌기에 조선의 군사력이 약화되었다고 보고 계시네. 전하께서 추진하시는 북벌을 완수하기 위해서는 군사력의 강화가 당연한바, 이에 전하께서는 근래에 무관들 중에서 실력이 뛰어난 자를 골라 병조판서에 제수코자 고민 중이시네. 이러할 적에 자네가 만약 이번에 나선을 크게 물리치고 귀환하면 전하께서는 분명 자네를 판서감으로 점찍어 두실 것이야. 나와 대신들은 그저 옆에서 거들 뿐이지."

허목의 말처럼 효종은 근래에 전례 없는 이런 담대한 계획들을 추진하는 중이었다. 만약 공표된다면 그 파장은 실로 막대할 것이었다. 삼백여 년을 이어져 내려온 조선 역사에서 처음으로 무관을 문관과 동급에 올려놓는 처사였다. 그동안 무관들은 알게 모르게 문관들로부터 많은 점에서 차별을 당했던 것이 사실이었다. 아무리 조정에 높은 공을 세워도 병조의 수장이라 할 수 있는 병조판서에 오르지 못하는 것이 대표적인 처사였다. 이 점을 생각한다면 이는 분명 환영할만한 일이었다. 하지만 이에 대한 문관들의 반발 또한 거셀 것은 자명하였다.

신류는 문득 강한 의구심이 머릿속을 스치고 지나갔다. 그는 주저하지 않고 바로 답을 구하고자 허목에게 단도직입적으로 물어보았다.

"무관을 병조판서에 제수하신다는 어심은 북벌을 하시겠다는 전하의 강력한 의지를 천명하는 바이실 터인데 어찌 대감의 사람들께서는 이에 동조한다는 말씀이십니까?"

"우리는 전하의 뜻을 거스를 생각이 없네."

"그게 무슨 말씀이시옵니까?"

신류는 허목의 입에서 튀어나온 너무나도 생뚱맞은 대답에 당황하였다. 그는 여태껏 주야장천 북벌의 불가함을 당상에서 외치던 남인의 한 사람으로서 어찌 이제 와 어심을 거스를 생각이 없다고 밝히는지 그 연유를 알 수가 없었다.

"계속 어심을 거스를수록 전하의 눈 밖에 나고 조정에서는 입지가 좁아질 걸세. 그럴수록 서인들만 살판나는 세상이 될 것이야. 전하께서 북벌을 원하신다면 신하 된 도리로서 마땅히 따라야지."

"하오나 무모한 북벌은 나라의 재정과 백성들의 생활만 궁핍하게 만들 뿐이라는 당론은 어찌 되는 것이옵니까?"

"당론이라는 건 정세에 따라 바뀌는 법일세. 작금의 당론은 서인 대신들이 다수를 차지하는 당상관에 남인 사람을 심어 놓아 이를 발판으로 그 세를 키우는 것이야. 그 막중한 소임을 자네가 맡게 되었고."

그동안 신류는 송시열을 위시한 서인들만 겉으로 나라의 안위를 운운하며 속으로는 당파의 이익만 도모하는 위선자라고 욕하였다. 그러나 허목의 방문을 통해 이들과 대치하는 남인들 역시 별반 다를 게 없다는 걸 깨달았다. 가재는 게 편이고 초록은 동색이라고 대다수의 조정 대신들은 그저 자신의 붕당을 키우고 상대를 누르는 데에만 혈안이 되어 있었다. 그럴 수만 있다면 당론을 바꾸는 건 손바닥 뒤집기보다 더 쉬운 일이었다. 이런 대신들과 함께 정사를 논해야 하는 전하가 신류는 왠지 불쌍하게 느껴졌다.

이런 혼탁한 붕당 싸움에 말리고 싶지 않아 신류는 선을 긋기로 마음먹었다.

"소관은 단 한 번도 남인이라 여겨 본 적이 없습니다."

순간 대감의 얼굴이 일그러졌다. 그러나 그의 목소리는 여전히 차분하였다.

"그럼 자네는 서인인가?"

"그도 아닙니다. 저는 그저 이 나라와 전하의 신하이옵니다."

신류는 자신의 고결함을 뽐내려던 바는 아니었지만 그래도 대감이 이 말을 듣고 일말의 가책이나 깨달음을 얻기를 바랐다. 그러나 이는 허사였다.

"작금의 세상은 단지 나라와 전하의 신하여서는 곤궁함을 면치 못하네. 아직 우리 당에 들어올 기회는 열려 있으니 칼로 무 자르듯이 냉큼 답하지 말고 곰곰이 생각해 보게나. 서인들 때문에 변방으로 내침을 당했던 지난날들이 떠오르지 않는가?"

허목은 여전히 신류를 포섭하려는 의지를 버리지 않고 일말의 여지를 남겨둔 채 돌아갔다. 그는 신류의 말을 단순한 호기로 치부하였음이 분명하였다. 고고한 선비의 자세는 이제 정녕 조선 땅에서 찾아볼 수 없는 것인가라고 신류는 속으로 크게 한탄하였다. 그는 불현듯 과감히 무인의 길을 걸어 저들과 어울리지 아니하기를 천만다행이라는 생각이 들었다.

20. 정체(正體)

변급이 갑오년에 나선과 만나기 전까지 조선은 그들에 대해 전혀 아는 바가 없었다. 청군이 흑룡강 유역에서 그들에게 고전을 면치 못하여 조선에 파병을 요청하였을 적에 조정은 나선을 몽골 고원에서 흑룡강으로 흘러 들어간 몽골 부족 중의 하나로만 여겼다. 변급이 북정을 마치고 귀환하여 당상에서 보고를 올리면서 비로소 그들이 몽골인이 아닌 화란인에 가까운 이양인이라는 걸 알게 되었다.

"화란인이 어찌 흑룡강 너머에서 출몰할 수 있단 말인가? 박연도, 계사년에 제주도에 표류한 화란인도 모두 저 멀리 바다 건너 남쪽에서 왔거늘."

보고를 들은 효종과 조정의 많은 대신이 모두 이러한 의문을 가졌다. 그러나 다들 그들에 대해 깊게 알려고 하지는 않았다. 그래 봐야 남의 나라 변방을 시끄럽게 하는 오랑캐일 뿐이라는 게 효종과 중신들의 공론이었다.

신류는 정축년에 그의 목숨을 구해 주며 가까워진 군기시의 관헌 박연을 찾아가 나선에 대한 궁금증을 다소나마 해결하고자 하였다.

"나선이 나와 생김새가 비슷하다?"

"그렇다네. 변 수사 영감의 말씀에 따르자면 그들은 분명 노란 머리에 붉은 수염을 하고 있다고 하셨네."

"짐작 가는 민족이 있긴 하네. 바로 러시안일세."

"러시안?"

"화란과 덕국(독일)의 동편에 자리한 대평원에서 사는 민족이지. 내가 고국을 떠나올 당시 러시안들이 코사크족을 앞세워 동진한다는 풍문을 들었어."

"코사크?"

신류는 박연의 입에서 계속 생경한 말들이 튀어나오자 심히 당황스러웠다. 러시안은 뭐고 코사크는 또 무어란 말인가?

"더구나 호제총보다 두 배나 빠른 방포 속도를 자랑하는 총을 지녔다면 십중팔구 그들이 틀림없을 것이야."

"자네 말이 사실이라면 그들은 구라파에서 왔다는 뜻인데 어찌 그럴 수 있단 말인가?"

신류가 이런 의문이 드는 건 당연하였다. 고향에서 무과를 준비하면서 그는 청나라와 왜국에서 들어온 여러 지리 서적을 많이 탐독하였다. 그래서 박연처럼 배를 타고 멀리 남방에서 오지 않는 한, 이양인들이 동방까지 오기 위해서는 반드시 구라파와 청을 동서로 길게 가로지르는 길을 거쳐야 한다는 걸 알았다. 북쪽과 남쪽에 하나씩 자리하였는데 각각 초원길과 비단길로 불리었다.

"그럼 분명 비단길이나 초원길 중의 하나를 이용했을 것인즉 그러했다면 청은 흑룡강이 아니라 서편에 자리한 사막이나 초원에서 그들과 만나야 했을 것이야."

"아마 다른 길을 이용하였겠지."

박연은 별로 대수롭지 않다는 듯 대꾸하였다.

"다른 길이 또 있다는 말인가?"

"러시안이 사는 땅은 춥고 척박하여 농사를 지을 수가 없네. 해서 대다수 백성은 야생 여우와 담비를 잡아다 그 가죽을 벗겨 팔지. 그 게 구라파의 시장에서는 아주 비싼 값에 팔린다네. 그러나 여우와 담비는 주로 거친 들판과 삼림이 자리한 동편에서 많이 살고 있지. 하여 그들은 그것들을 더 많이 잡아들이고자 코사크족을 앞세워 동으로 나아갔던 게야. 그 길이 아무래도 청나라와 몽골의 북편에 자리한 모양이네. 그러니 러시안들이 흑룡강에 이를 때까지 몰랐겠지."

"빠른 방포를 구사한다는 나선 조총에 대해서는 아는 바가 없는 가?"

"아마 머스캣일 게야."

"머스캣? 그 총은 어찌 작동되기에 그리 빠른 것인가?"

"쇠붙이와 부싯돌로 불꽃을 일으켜 총을 발포하네. 화승이 타들어 가는 시간이 사라졌으니 그만큼 방포 속도가 빨라진 게지."

"행여 자네도 그러한 총을 만들 수 있는가?"

"아닐세. 허나 구하여 제대로 된 구조만 알아낸다면 모조를 할 수 도 있을 터인데. 헌데 왜국을 드나드는 화란 상인들도 그 총은 팔지 않는 것 같더군."

박연에게서 나선에 대해 여러모로 많은 걸 알아낸 신류는 근심만 더욱 커졌다. 이제 곧 자신을 따르는 이백여 명의 병사들은 그런 강한 적과 맞서 싸워야만 하였다. 변급의 말마따나 갑오년의 승리는 조선군에 있어 정말 천행이었는지도 몰랐다.

21. 환송연(歡送宴)

삼월 그믐날에 신류는 북경으로 돌아가는 병부상서와 함께 도성을 출발하여 평양(平壤)까지 동행하였다. 그곳에서 상서는 북쪽으로 길을 잡고 신류는 동쪽으로 길을 잡으면서 이만 헤어졌다.

"다음 달 중순쯤에 사이호달 도원수께서 총병관의 임지로 통역관을 보낼 것이오. 그럼 그자를 따라 영고탑으로 출발하도록 하시오. 거기서 도원수의 군사와 합류한 다음 나선이 출몰하는 흑룡강 유역으로 출진할 것이외다."

헤어지기에 앞서 상서는 다시 한번 조선군의 출정 일자와 계획 등을 일러 주었다. 상서의 말대로 움직이자면 지난 넉 달간 고된 조련을 거치며 정예의 병사들로 거듭난 신류의 휘하 병사들이 드디어 먼 길을 떠날 날도 이제 보름밖에 남지 않았다. 신류는 그 전에 부하들의 노고를 치하하고 격려하기 위해 환송연을 열어 주어야겠다고 다짐하였다. 신류는 역참(驛站)에서 말을 빌려 타고 부지런히 행영으로 향하였다.

신류가 종성에 당도하니 어느새 사월 닷샛날이었다. 그는 곧바로 도성과 함경도 각 관아에 파발(擺撥)을 띄워 사월 열여드렛날에 나선을 정벌하기 위해 출병하는 조선군을 환송하는 자리를 마련하였으니 부디 참석해 주셔서 자리를 빛내 달라고 청하였다. 병사들에게도 식솔들과 일가친척, 친구들 할 것 없이 모두를 잔치에 불러들이라고 말하였다. 출병하기에 앞서 그리운 사람들을 보고픈 마음이 컸던 병사들은 다들 환호성을 질렀다.

그러나 행영에 비축된 물자들과 유복이 얼마간 내어놓은 돈으로 소박하게 환송연을 마련하려던 신류의 계획은 그만 어그러지고 말았다. 그는 도성에도 초대의 서한을 보내긴 하였지만, 기껏해야 이완을 비롯하여 아직 친분이 남아 있는 훈련도감의 교관들 일부만이 참석할 것으로 예견하였다. 그런데 놀랍게도 병조판서 송준길이 효종의 친서와 하사품을 가지고 환송연에 오겠다는 기별을 보냈다. 게다가 그는 잔치에 필요한 물자를 함경도 병영에서 차출할 수 있도록 협조해 주겠다는 인심마저 베풀었다. 신류는 잔치가 호사스럽게 변하는 게 못마땅하였지만 그렇다고 뜻밖의 호의를 물리치진 않았다.

잔칫날이 다가오자 행영으로 많은 사람들이 몰려들었다. 고작 천여 명 안팎의 백성들이 옹기종기 모여 살던 종성은 난데없는 인파로 북새통을 이루었다. 잔치에 초대된 이들은 종성의 객주와 주막 등지에 머물며 잔칫날을 기다렸다. 함경도 관찰사와 병마절도사, 온성, 회령, 길주, 명천, 경원, 경흥 등에 임지를 둔 부사들과 병마우후, 첨절제사들도 속속 종성으로 모여들었다. 이완과 함께 도성을 떠난 송준길은 잔치 하루 전날에 행영에 도착하였다.

잔칫날이 되자 행영의 군졸들이 조련할 적에 쓰는 교장에 온갖 산해진미가 놓인 상들이 차려졌다. 교장 뒤편으로는 성을 쌓아도 될 만큼의 술통들이 가득 놓였고 장악원에서 보낸 악사들과 무희들이 환송연에 참석한 이들에게 가무를 선사하며 잔치의 분위기를 한껏 돋우었다.

송준길과 이완 그리고 신류가 단상에 오르자 마침내 환송식이 거행되었다. 한동안 먹고 마시며 웃고 떠들던 좌중의 분위기는 일순 엄숙해졌다. 송준길은 효종의 환송사가 담긴 두루마리를 펼쳐 읽었다.

이번에 흑룡강으로 출정하는 이백 명의 장병들은 조선의 군사들을 대표하여 청나라와 나선 오랑캐들에게 조선인의 저력과 긍지를 보여 주어야 하는 막중한 소임을 지녔도다. 비록 그대들의 앞날에는 험난한 여정과 죽음의 공포가 도사리고 있지만, 우국충정의 마음과 이천 년 역사를 자랑하는 조선인의 기개를 잃지 않는다면 능히 헤쳐나가리라 과인은 믿어 의심치 않는다. 부디 먼 길을 떠나는 장병들의 앞길에 천운이 깃들기를 바라며 과인은 멀리서나마 그대들의 무운을 빌겠노라.

효종의 친서를 듣는 병사들의 표정은 다들 심드렁하기만 하였다. 신류는 그 연유를 짐작할 수 있었다. 병사들이 그러거나 말거나 친서를 다 읽은 송준길은 효종이 하사한 병부를 신류에게 건넸다. 신류는 감읍하여 남쪽을 향해 큰절을 올렸다. 이어 송준길과 이완도 차례로 장병들에게 축사를 읊었다.

"신 우후도 짤막하게 출정사를 남기게."

"소관은 딱히 할 말이 없습니다."

신류는 사양하였으나 이완은 한사코 권하였다.

"그래도 이런 자리에 수장으로서 한 말씀은 있어야 하지 않겠나?"

마지못해 신류는 단상 앞으로 나와 장병들에게 짤막한 연설을 하였다.

"소관은 믿는다. 너희들 모두가 북정에서 살아남으리라는 것을. 그건 너희들의 식솔, 친구, 연인들도 마찬가지일 것이다. 너희들의 생환을 믿기에 그들은 기꺼이 너희를 떠나보내는 것이다. 소관의 믿음 그리고 너희를 아끼는 사람들의 믿음을 절대 저버리지 마라. 그리하여 너희들이 목숨을 바쳐 가며 얻은 재물과 신분과 명예를 맘껏 누리도록 하여라. 이상이다."

신류는 축사를 하게 되리라고는 전혀 생각지 못했기에 머릿속에 떠오른 생각들을 두서없이 말하였다. 장병들은 효종의 환송사를 들을 적과는 달리 그의 이름을 연호하며 환호성을 질렀다. 악사들이 흥거운 곡을 연주하면서 환송식이 끝나고 다시 잔치가 시작되었음을 알렸다.

"우후답지 않게 품위가 떨어진 축사였소이다."

송준길이 다소 떨떠름한 표정으로 단상에서 내려온 신류에게 말하였다.

"그래서 소관은 안 한다고 하였사온데 대장께서 굳이 권하셔서."

신류는 이완의 핑계를 대었다. 비록 그는 미처 준비를 못 했다고는 하나 좀 더 품위 있게 축사를 늘어놓을 수도 있었다. 그러나 그것 역시 장병들의 가슴에 와 닿지 못할 게 분명함을 잘 알았다. 본인마저도 전하의 환송사는 그저 귓가를 스치고 지나가는 공허한 소리에 불과하다고 느껴졌다. 남의 나라 싸움에 끼어들면서 긍지와 기개 따

위가 무슨 소용이 있겠는가? 그로서는 그저 죽지 않고 무사히 돌아
오면 그만이었다.

22. 석별(惜別)

환송연을 마친 장병들은 자신들을 보기 위해 먼 발걸음을 한 사람들과 만나는 자리가 마련되었다. 주어진 시간은 금일 자정까지였다. 대부분은 생사를 장담할 수 없는 타국 땅으로 떠나보내는 남편이나 자식 혹은 아비를 배웅하려는 식솔들이나 친지들이었다. 김대충의 여식도 몇 해 전부터 앓아온 지병에 거동이 불편하였지만 자신의 약값을 대기 위해 참전한 아비에게 죄책감이 가득 담긴 인사를 건네고자 몸소 행영을 방문하였다.

"아버님, 꼭 돌아오시는 게지요?"

"그럼, 그러니 내가 올 때까지 약 잘 먹고 건강하게 지내거라."

김대충의 여식은 어쩌면 이게 아비를 마지막으로 대면하는 자리인 것만 같아 연신 울음을 터트렸다. 여식은 아비가 조선인이 아니라 명나라 사람이라는 건 알았지만 명장 원숭환 장군의 수하에 있던 장수라는 사실은 전혀 알지 못했다. 그는 도통 식솔들에게 자신이 젊었을 적 명나라 시절의 일들을 들려준 준 적이 없었다. 그런 까닭에 김대충의 여식이 알고 있는 아비의 모습은 다른 여염집처럼 식솔들을 먹여 살리기 위해 온종일 밭을 일구는 농사꾼이나 광산에서 철광석을 캐는 일꾼에 불과하였다. 그런 아비가 전쟁터에 나간다니 기가 막힐 노릇인 건 당연하였다.

김대충은 여식을 끌어안고는 토닥토닥 등을 두들기며 그녀를 달래었다. 그는 생사를 알 수 없는 앞날에 대한 두려움과 한때는 적이었던 청나라와 함께 싸워야 한다는 불쾌감보다는 오히려 여식이 병세가 호전된 얼굴로 눈앞에 이리 서 있다는 기쁨으로 가득 찼다. 그도 낯선 이국땅에서 허무하게 죽을 생각은 없었다. 기필코 살아 돌아와 여식이 혼례를 치르는 것까지는 보고픈 심정이었다.

김대충처럼 자신 앞에서 울고불고하는 식솔들을 달래야 하는 장병은 또 있었다. 바로 정계룡이었다. 김대충의 여식처럼 오라비가 자신 때문에 원치 않았던 총병군에 자원한 걸 아는 정계룡의 여동생도 눈물샘이 마르지 않기는 마찬가지였다.

"무사히 돌아올 터이니 그동안 어머니 잘 모시고 있거라. 너도 알다시피 이 오라비가 무과 장원급제를 꿈꿀 만큼 무예가 출중하지 않았더냐? 그 실력 아직 죽지 않았으니 너무 염려하지 마라."

이리 달래도 정계룡의 여동생은 이대로 쉬이 오라비를 떠나보낼 수 없음을 하염없는 눈물로 표출하였다.

유복은 전혀 기대하지 않았던 아내의 방문에 들뜬 마음을 감추지 못하였다. 찾아와 준 것만으로도 감지덕지한데 부부의 연을 맺은 이후로 한 번도 보여 주지 않았던 요리 솜씨를 발휘하여 찬합에다 맛난 음식들을 가득 담아 전해 주자 마치 하늘을 날아갈 것만 같은 기분이었다.

"부인도 나와 떨어지는 게 섭섭하기는 했던 모양이구려. 뜻밖에 이런 대접을 다 해 주니 말이오?"

유복의 부인은 대답 대신 화제를 돌렸다.

"일전에 객주로 모시고 오셨던 친구분은 어디 계십니까?"

"아, 그 친구도 식솔들이 방문하여 지금 만나고 있는 중일 게요."

"그분도 드시라고 찬합을 넉넉히 준비하였습니다만……."

유복은 친구까지 신경 써주는 안사람의 배려에 더욱 큰 감동을 하였다.

"아직까진 내가 당신에게 많이 부족하다는 몸이란 걸 잘 아오. 허나 내 부단히도 노력하고 있으니 조금만 더 기다리시면 부귀영화를 당신에게 선사하는 것은 물론이요 학식이나 인품에서도 존경받는 위인이 되어 당신이 자랑스러워하는 남편이 되도록 할 것이오. 그러니 앞으로도 지금처럼만 날 아끼고 살펴주시오."

유복은 지금의 이 벅찬 감정을 고스란히 아내에게 전달하며 진심으로 그녀를 사모하고 있음을 고백하였다. 그렇지만 그녀는 여전히 얼음장처럼 차가운 얼굴을 고치지 않았다. 오히려 이를 듣자 정색한 표정을 지으며 유복의 가슴에 비수를 꽂는 독설을 남겼다.

"아무리 그리 말씀하셔도 저는 유 행수님을 마음에 품고 있지 않습니다. 그러니 앞으로도 지금처럼 제 육신만을 취하신 것으로 만족하시며 살아가시지요. 그리하시면 저도 행수님 곁을 떠나지는 않을 것입니다."

"부인은 어찌하여 그리 야속한 말만 하시는 게요."

유복은 자신에게 따뜻한 손길 한 번 건네 주는 일이 없는 아내가 참으로 원망스러웠다. 그러나 입때까지만 하더라도 예전과 마찬가지로 아직 그녀가 자신을 남편으로 맞이할 준비가 되어 있지 않아서

표독스럽게 대하는 것이라고만 여겼다. 그래서 그럴 적이면 늘 하던 데로 홀로 술을 들이켜며 마음속의 응어리를 풀려고 하였다. 하지만 그날 밤의 일로 인하여 유복은 아내에게 결국 몹쓸 짓을 저지르고야 말았다.

홀몸인 장병들은 식솔들이 방문하여 오붓한 시간을 가지는 전우들을 부러운 눈길로 바라보며 막사에서 홀로 쓸쓸히 보내는 경우가 대부분이었지만 그렇지 않은 자들도 있었다. 배명장은 지난해 철포상을 운영하던 전우의 장례식에 함께했던 이들과 오랜 시간 흥겨운 술자리를 가졌다.

"무오년에 입었던 군복에 비하면 촌스럽기 그지없구먼."

"그래도 조총은 훨씬 근사해 보이네그려."

전우들은 배명장의 군복과 조총을 논하며 이런저런 한담을 나누느라 여념이 없었다. 이들은 백발이 성성한 몸인데도 다시 군적에 이름을 올려 장차 화려한 무용담을 쌓을 배명장이 부럽기 그지없었다. 이들의 심정을 잘 헤아린 배명장도 우쭐대며 잘난 척하기보다는 함께 전장에 나서지 못하는 아쉬움을 토로하며 이들을 달래 주었다.

윤계인은 종성까지 찾아온 길주의 세책가 주인장과 독자들 때문에 뜻하지 않은 곤혹을 치렀다. 말도 없이 하루아침에 길주에서 사라져 그의 차기작은 받지 못한 채 선수금만 날리게 된 주인장이 이를 따지기 위해 행영으로 달려온 것이다. 또 주로 방년의 젊은 처자들로 이루어진 열혈 애독자들은 그의 출정을 아쉬워하며 마지막으로 그를 보기 위해 주인장을 따라나섰다.

난데없이 들이닥친 이들로 인하여 그가 기거하던 막사 주변은 순식간에 장사진을 이루었다. 그는 이들을 한시바삐 돌려보내기 위해 주인장에게는 삼운검의 미공개 연재물을 넘겼고 애독자들에게는 그들이 들고 온 자신의 책이나 아니면 그들이 입고 있는 치마저고리에 서명을 해 주며 서둘러 작별인사를 끝내려 하였다. 그는 전우들이 자신으로 인해 소란스러움을 겪는 게 미안하여 이리 부단히도 애를 썼지만, 이들은 전혀 개의치 않았다. 오히려 그의 주변에 몰려든 아리따운 처자들에게 접근하여 수작을 거느라 여념이 없었다.

　"나선의 처자들이 장기현을 드나드는 화란의 여인들보다 더 절세미인이라 하더이다. 작가님이 그들에게 마음을 빼앗겨서는 아니 되는데."

　어떤 처자들은 눈물까지 글썽이며 마치 정인이 먼 길을 떠나는 마냥 부디 그곳에서 딴마음을 품지 말고 자신들을 잊지 말라는 말을 하여 그를 참으로 난감하게 만들었다. 어느 젊은 남자 주인공이 적국의 여인과 비극적인 연정을 나누는 그런 이야기는 늙으신 마나님들이 특히 좋아하는 연애소설에서나 있을 법한 일들이었다. 그는 그런 쓸데없는 걱정까지 하는 독자들에게 그저 웃음으로 화답하였다.

　이충인은 모처럼 한가해졌지만 찾아오는 이도 없고 하여 군기고로 쓰는 창고에서 홀로 병기들을 점검하며 시간을 보냈다. 그는 나선 조총을 얻겠다고 무작정 자원한 직책이긴 하였지만, 작금에 총병군이 다루는 병기를 보고 있자니 너무도 한심한 지경인지라 도저히 가만히 앉아 있을 수 없었다. 그래서 이날도 부지런히 병기들을 만들고 고치기를 반복하였다. 신류가 조용히 그곳을 방문하여 자그만 술병과 조촐한 안주를 건네주었다.

"일도 좋네만 오늘 같은 날은 하루 쉬지 그러나?"

"잠도 오지 아니하고 가만히 있기도 뭣하여 이리 소일거리를 하고 있습니다."

"찾아오는 식솔들은 없는 건가?"

"내자가 있사온데 그냥 오지 말라고 했습니다."

"왜 그랬나? 먼 길 떠나는 마당에 안사람의 배웅을 받으면 기운도 나고 좋을 터인데."

"그 사람과 지금껏 돈독하게 부부의 정을 나눴던 것도 아닌지라……."

이중인은 평소의 그답지 아니하게 매우 쑥스러워하며 말을 뭉개었다.

"헌데 장군께서는 이 시각까지 어인 일로 혼자 계시옵니까? 찾아오는 식솔들은 없는 것이옵니까?"

"내자가 있는데 그냥 오지 말라고 하였네."

신류는 저도 모르게 너털웃음을 터트렸다. 조금 전 이중인이 궁색하게 내놓은 답변과 똑같은 말을 늘어놓았다는 걸 깨달은 까닭이었다.

"먼 길 떠나는 마당에 부인의 배웅이라도 받으면 기운도 나고 좋았을 것을 왜 그랬는지 모르겠네그려."

이중인도 그만 웃음을 터트렸다. 뜻밖의 동지를 만났다는 반가움에서 비롯되었는지는 알 수 없었다.

궁색 맞게 막사에서 홀로 지내기는 이웅생도 마찬가지였다. 신류나 이충인과는 달리 혈혈단신이었던 그는 찾아오지 말라고 만류할 사람도 없었다. 홀로 술을 들이켜는 것도 너무 청승맞은 일이라 느껴진 그는 어두컴컴한 행영 안을 산책하며 시간을 보냈다. 교장에 들어서니 아까 낮에 성대한 환송연이 벌어져 시끌벅적했던 그곳도 어느새 정적만이 감도를 뿐이었다. 그가 천천히 밤하늘의 별들을 길동무 삼아 걷고 있자니 웬 젊은 처자가 제 키만 한 장독대를 안고 끙끙대며 걸어가고 있었다. 그는 그녀에게 달려가 거의 뺏다시피 하여 장독대를 대신 안았다. 갑작스러운 이웅생의 출현에 그녀는 당황해서 몸 둘 바를 몰랐다.

"이 야심한 시각에 어인 일로 이 무거운 것을 지고 가는 건가?"

처자는 한동안 말이 없다가 재차 이웅생이 대답하기를 재촉하자 겨우 입을 열었다.

"조만간 출병할 총병군이 먹을 양식들을 창고로 옮기는 작업을 하고 있었습니다."

누더기나 다름없는 처자의 초라한 행색과 왼쪽 뺨에 선명하게 찍혀 있는 낙인 자국을 보고 그는 단번에 그녀가 찬모라는 걸 파악하였다. 작달막한 키지만 검게 때가 묻은 얼굴에서 두드러지게 빛나는 하얀 이와 초롱초롱한 눈망울은 영락없이 사 년 전에 저세상으로 떠나보낸 말년이를 연상케 하였다.

"어허, 화병들은 다 어찌하고 이 연약한 처자에게 이런 일을 떠맡

겼는고.”

“그들 잘못이 아닙니다. 소인은 아까 낮에 행영을 찾아온 식솔들을 만나느라 오늘 해야 할 일을 다 하지 못하였습니다. 하오니 나으리께서는 이만 물러나십시오.”

“어허 괜찮네. 사내대장부가 어찌 여인네가 모진 일을 하는 걸 가만 내버려 둔단 말인가?”

결국, 이응생은 그녀의 만류에도 불구하고 그녀가 옮겨야 할 장독대 수십여 개를 모두 창고로 옮겨 주었다.

“자네도 이번 출정에 나서는 건가?”

일을 모두 마친 이응생이 창고로 드나드는 석계에 아무렇게나 주저앉고는 땀을 닦으며 물어보았다.

“예, 면천할 수 있는 좋은 기회이지 않사옵니까?”

“살아서 돌아오지 못할 수도 있네.”

“하오나 살아 돌아온다면 저희 마을의 의원님께 의술을 배워 장차 내의녀가 될 것이옵니다. 그런 희망을 품고 떠나는 것이옵니다.”

이응생은 어느새 속으로 조용히 울고 있었다. 분명 사 년 전에 말년이도 이런 심정으로 변급 장군이 이끄는 총병군을 따라나선 것일 터였다.

“자넨 비록 행색은 남루하나 용모가 고우니 필경 병사들이 수청을 들라 그럴지 모르네. 그러거든 단호히 거절하고 그랬다가 곤경에 처하거든 주저하지 말고 나를 찾게. 내 이름은 이응생일세.”

처자는 한동안 그를 빤히 쳐다보다가 물었다.

"소인에게 이토록 잘해 주시는 연유가 무엇이옵니까?"

"생각나는 사람이 있어서 그러네. 그러니 내 말 명심해서 듣게."

이웅생은 막사로 돌아오는 내내 강한 전의를 불태웠다. 이번에는 기필코 저 처자를 포함하여 수많은 찬모와 화병들도 모두 무사히 살려 조선으로 귀국하겠다고. 조정의 높으신 대신들이야 저들을 병력으로 치지 않겠지만 그에게는 하나같이 귀한 목숨을 지닌 조선의 백성들이었다.

정계룡은 식솔들을 떠나보내고 막사로 향하던 중 누군가가 나지막이 자신을 부르는 목소리에 발걸음을 멈췄다. 고개를 돌려 보니 장옷을 걸친 여인이 호종하는 이 하나 없이 서서 그를 바라보고 있었다. 정계룡이 조심스레 그녀의 신원을 물었다.

"실례지만 뉘신지요?"

그녀가 장옷을 벗고 자신의 정체를 드러내었다. 작금엔 유복의 안사람이었지만 십여 년 전엔 자신과 연정을 나누었던 희재 낭자였다.

"유 행수의 부인께서 저는 어쩐 일로?"

그녀는 실망한 낯빛으로 그를 바라보며 말하였다.

"소인을 그리 불러 주셔야 마음이 편하시겠습니까?"

"하지만 이제 친한 전우의 안사람이 되었으니 예전처럼 대할 수는 없지 않습니까?"

"도련님의 가문이 화를 입어 관헌들에게 쫓겨 다니실 적에도 기필코 소인을 찾아오리라는 믿음을 가지고 오랜 세월을 버텨 내었습니다. 하온데 어찌 그리 무심하시다가 이리 황망하게 제 앞에 나타나

신 겁니까?"

"저도 놀라기는 매한가지였습니다. 반듯한 사대부 집안의 안주인이 되었으리라 여겼는데……."

"그동안 소인은 왜 안 찾으신 겁니까?"

"그대 앞에 차마 나타날 수가 없었소이다. 이제 저는 양반도 아니고 하루하루 겨우 입에 풀칠이나 하고 지내는 천한 포수에 지나지 않소이다. 그런 제가 어찌 감히 낭자 앞에 모습을 드러낼 수 있었겠소?"

"제가 하루도 빠짐없이 도련님을 학수고대하였다는 사실은 알고나 계셨사옵니까?"

야속하고 분한 마음에 어느새 그녀는 굵은 눈물을 뚝뚝 흘렸다.

"조만간 잊히리라 생각했소이다. 다행히 심성이 착하고 건실한 유 행수를 남편으로 맞이하였으니 참으로 다행스러운 일이 아니오?"

"다행스러운 일이라 하였습니까? 아직도 도련님을 마음에 품으며 연정도 없는 사내를 지아비로 모시고 사는데 다행스러운 일이옵니까?"

"이제는 그만 이 몸을 잊으십시오, 낭자! 유 행수는 진심으로 낭자를 아끼고 사모하니 낭자의 좋은 배필이 되어 줄 것입니다."

"너무 하십니다, 도련님."

그녀는 십여 년 만에 재회한 자신을 끝까지 거절하는 정계룡에게 야속한 마음을 가득 품으며 발길을 돌렸다. 이젠 누군가의 안사람이 된 자신을 겉으로 드러내며 반갑게 대해 주지는 않더라도 살가운 말들로 지난 세월을 위로해 주리라 믿어 의심치 않았다. 그 마음이 배반당하자 그녀는 분한 마음과 슬픔이 마구 뒤섞이며 쉬이 누그러들지를 않았다.

그녀가 기거하는 객주가 저만치서 바라보이던 지점이었다. 그녀는 어디선가 울린 방포 소리와 함께 자신의 치마 겉저고리가 가슴팍에서부터 점점 빨간 피로 물들고 있는 걸 발견하였다. 천천히 의식을 잃어 가던 그녀는 마침내 스르르 눈을 감고는 그 자리에 털썩 쓰러졌다. 잠시 뒤 한 사내가 천천히 그녀가 쓰러진 곳으로 다가왔다. 그는 매우 격노한 얼굴이었지만 한편으로는 눈물로 범벅이 되었던지라 묘한 연민을 자아내었다. 그의 부르르 떨리는 손에는 아직 총열에서 연기가 모락모락 피어나는 조총이 들려 있었다. 그는 털썩 주저앉은 뒤 이미 싸늘한 시신으로 변한 그녀를 품에 안았다. 그리고 소리 죽여 한참을 울었다.

그녀를 방포하여 사살한 사람도, 죽은 그녀를 안으며 오열한 사람도 모두 유복이었다. 그는 막사로 돌아가는 길에 아내와 정계룡이 한 얘기를 모두 엿듣고 말았다. 그는 처음이자 마지막으로 그녀가 죽이고 싶을 정도로 증오스러웠다.

23. 출정 전야(出征 前夜)

명색이 판서인 송준길이 친히 함경도 변방까지 왕림한 데에는 그만한 연유가 있었다. 환송연에서 신류와 둘만의 자리가 마련되자 그는 이곳에 온 목적을 드러내었다.

"자네의 무예와 명성에 맞지 않게 변방에만 머물러서 불만이 크지는 않는가?"

"어찌 신하 된 자가 벼슬의 상하와 귀천을 두고 불만을 토로할 수 있겠나이까?"

"말하지 않아도 자네 마음을 잘 아네. 그만큼 고생하였으니 이제 다시 도성으로 돌아와야지. 아마 이번 북정만 성공리에 마친다면 능히 가능할 게야."

"소관은 그런 것에 괘념치 않고 맡은 바 임무를 다할 뿐이옵니다."

"지난달에 허목 대감께서 자네를 찾아와 병조판서 자리를 약속했다고 들었네만."

신류는 역시 구중궁궐에는 비밀이 없다는 옛말을 새삼 실감하였다. 허목이 남들의 눈을 피해 야심한 시각에 자신을 찾아왔기에 병판 대감으로서는 이 같은 사실을 알아낼 길이 없었다.

"소관이 어찌 감히 대감의 자리를 넘보겠나이까?"

"흠, 나는 졸렬하게 관직에 연연하는 사람이 아닐세. 나보다 뛰어난 자가 있다면 마땅히 그에게 물려주어야지. 허목 대감의 생각처럼 나도 자네가 충분히 병조판서의 역량을 갖추었다고 보네. 다만……."

송준길은 바로 말하지 않고 잠시 뜸을 들였다.

"다만… 자네는 무관이지 않나? 더구나 남인이고."

뜸을 들이는 동안 신류가 잠시 머릿속에서 짐작했었던 말들을 송준길은 고스란히 토해 내고 있었다. 지금의 조정은 사람의 능력과 심성보다는 문중과 당파에 따라 신하를 고르는 마당이니 못할 예견도 아니었다.

"허나 우리와 뜻을 함께한다면 병조판서는 아니더라도 이에 상응하는 벼슬에 앉힐 생각은 우리도 하고 있네. 자네라면 훈련대장이나 삼도수군통제사를 맡아도 당연한 몸이지."

한마디로 신류에게 서인으로 넘어오라는 권유였다. 신류는 요새 조정의 중신들이 왜들 자신을 본인들의 당파로 영입하려고 야단들인지 자못 궁금하였다. 내가 당익에 유용한 인물이라고 판단되어서 그러는 것인가? 그러나 아무리 높은 벼슬로 회유한다고 한들 추호도 자신은 당파에 얽매이고 싶은 마음이 없었다.

"소관은 평소 북벌을 반대하였습니다. 그래서 훈련도감에서도 내쳐졌고요. 허니 당파에 부합되는 인물이 아니옵니다."

자신을 영입하려는 생각을 품지 말라는 거절의 의사를 완곡하게 표현한 것이었다. 하지만 송준길은 대수롭지 않다는 듯이 답하였다.

"실은 우리도 북벌에 임할 마음이 없네."

신류에겐 남인은 북벌에 반대할 마음이 없다는 허목의 발언에 이어 또 한 번의 충격적인 언사였다. 아니 그럼 그동안은 왜 전하와 맞장구를 치면서 북벌을 주장하였더란 말인가?

"이미 중원을 차지한 청나라와 대적한다는 것은 불구덩이에 뛰어드는 불나방과 같은 격일세. 전하께서 아무리 십만 명의 장병만 양성되면 청나라를 멸하는 것도 불가능할 바가 아니라고 말씀하시네만 과연 그게 가능한 일이겠는가? 삼전도의 치욕을 다시 한번 겪을 뿐이네. 지금처럼 청나라의 비위를 맞춰 주면 안돈할 수는 있을 터인데. 또한, 전하의 뜻에 따르자면 얼마나 많은 조세를 거둬야 하겠는가? 백성들은 둘째 치고 일단 우리네 양반들부터가 무거운 조세를 내느라 궁핍해질 게야."

이어 송준길은 단지 효종의 호감을 얻고자 당론으로 북벌을 부르짖은 것뿐이라 말하였다. 이제야 서인 대신들이 파병을 요청하는 청나라의 요구를 순순히 받아들인 연유를 깨닫게 되었다. 조정은 남인이고 서인이고 할 것 없이 표리부동하는 대신들로 넘쳐 난다는 사실을 확인시킬 따름이었다.

"자네의 스승이 남인이고 남인의 포섭이 있었다 한들 우리는 자네를 받아들일 용의가 있네. 사내대장부가 세상에 나왔으면 마땅히 입신양명을 도모해야지."

이후 신류는 침묵으로 일관하였다. 더는 말하기도 귀찮은 까닭이었다. 그러나 송준길은 신류가 고민에 휩싸인 줄로 여기고는 흡족한 미소를 지으며 화제를 바꾸었다. 이후 환송연은 성황리에 이어지고 끝마쳤다. 관리들은 각기 자신들의 임지로 돌아갔고 병사들은 식솔 및 친지들과 눈물로서 아쉬운 작별을 나누었다.

병부상서는 사월 중순쯤에 사이호달이 보낸 통역관이 행영에 당도할 거라 말하였건만 달이 바뀌려고 하여도 그자는 올 줄을 몰랐다. 그래서 환송연을 벌이고도 한동안 병사들은 행영에서 예전의 길고 지루한 조련을 계속하였다. 그사이 조정에서는 포수병 교관 출신의 박대영을 신임 군관으로 보내왔다.

결국, 달이 바뀌어 오월 초하루가 되어서야 통역관이 행영에 당도하였다. 그는 조선에서 태어났지만 청나라에 귀화한 자로서 조선에 살았을 적의 이름은 김대헌이라고 하였다. 그러나 그는 절대 자신을 그 이름으로 부르지 말라고 당부하였다.

"장군께서 조선의 군사가 오월 엿새 날까지는 도착해야 한다고 당부하셨습니다. 시일이 촉박하니 오늘이라도 서둘러 떠나시지요."

"어찌 육백 리 길을 닷새 만에 도착할 수 있단 말인가? 그리고 부랴부랴 이리 떠날 순 없네. 내 부하들은 내일 날이 밝는 대로 성대한 환송을 받으며 떠날 것이야."

"그러면 늦사옵니다. 어서 하루바삐 출발하셔야 하옵니다."

늦게 와서는 오히려 큰소리치는 통역관의 행실이 심히 괘씸하여 신류는 결국 화를 참지 못하고 그에게 대갈일성(큰소리로 꾸짖음)을 하였다.

"그리 촉박한 일이었다면 자네가 속히 당도했으면 되는 일 아니었는가? 군소리 말고 내일 출발할 것이니 그리 알게."

통역관은 찍소리도 못하고 물러났다. 다음 날 아침, 신류와 그가 이끄는 이백여 명의 장병들은 마침내 만주로 길을 떠났다. 종성 관아의 백성들과 행영에 남은 병사들이 두만강을 다 건널 때까지 그들을 향해 손을 흔들며 배웅해 주었다. 병사들은 다들 이제 겨우 강 하나를 건넜을 뿐인데 벌써 조선 땅이 그리워지기 시작하였다.

"장군, 저길 한번 보십시오."

신류는 유응천 군관이 손가락으로 가리킨 곳을 바라보았다. 많이 메워지긴 하였으나 아직은 허리까지 빠지는 긴 구덩이였다. 지난 병신년에 호지강 오랑캐를 물리치고자 파놓은 것이 여태껏 남아 있었다. 신류는 그게 그저 신기할 따름이었다.

"병신년에도 저희는 꼼짝없이 놈들의 칼에 죽는 줄 알았습니다. 그래도 이리 살아남았지 않습니까? 이번 원정도 마찬가지일 것입니다. 장군, 부디 희망을 잃지 마시옵소서."

유응천의 위로가 신류는 참으로 고마웠다.

24. 일기(日記)

　신류는 조선을 떠나기 한 달 전쯤부터 일기를 써 나갔다. 일기를 쓰게 된 계기는 윤계인의 권유에서 비롯되었다.

　"훗날 후임 총병관에게는 소중한 기록으로 남을 것입니다. 장군께서 출병하시며 겪으신 고충들을 후임 총병관도 고스란히 겪을 테니까요. 그럴 적에 장군의 일기는 그에게 많은 보탬이 되지 않겠나이까?"

　"자네는 조선군의 파병이 이번으로 끝이 아니라 보는가?"

　"그렇사옵니다. 만약 전하께서 기필코 북벌을 단행하신다면 달라지겠지요. 허나 그럴 일은 없을 것이옵니다."

　단언하듯이 말하는 윤계인에게 신류는 뭐라고 반박할 수 없었다. 그도 국력의 낭비라고 부르짖는 남인 신료들의 반대가 아니라 그저 보신과 안일만이 목적인 서인 대신들로 인해 북벌은 단행될 수 없다고 확신하였다. 청나라가 또다시 파병을 요청하면 조정은 금년과 마찬가지로 부대를 구성하여 멀리 북방으로 내보낼 것이다. 그럴 적에 윤계인의 말대로 그들을 지휘할 어느 이름 모를 불쌍한 장수를 위하여 이심전심으로 기록을 남길 필요가 있다고 판단하였다.

　"또 아옵니까? 장군의 일기가 훗날 충무공 어르신의 난중일기처럼 후세에 길이 전해질지요."

　"함부로 실언하지 말게. 감히 나를 충무공과 비교하다니 당치도 않은 소리일세."

"문관에 뜻을 두셨으나 무과로 급제하신 점, 전장에서 혁혁한 공을 세우시며 나라를 지키신 점, 벼슬이나 재물, 당파에 연연하지 않으시고 오로지 나라와 백성들만을 생각하시는 점 등이 충무공 어르신과 많이 닮으셨습니다. 여기에 그분처럼 일기까지 남기시면 더더욱 그러하지 아니하겠습니까?"

윤계인의 말에 신류는 어이가 없었지만 화가 나기보다는 실소가 터져 나왔다. 충무공 이순신은 조선을 구한 영웅이었다. 그러나 신류는 자신이 과연 이백 명 부하들의 목숨조차도 구할 수 있을지 장담할 수 없는 무능한 장수에 불과하다고 여겼다.

"자네는 세책가에서 이름난 소설가이니 차라리 자네가 북정에 관한 일들을 한번 책으로 엮어보는 게 어떻겠는가?"

"총병관이 쓴 책과 한낱 이름 없는 선비가 쓴 책이 어찌 동급이 되겠나이까? 훗날 역사도 장군의 기록을 더 알아줄 것이옵니다."

북쪽에 소굴을 알 수 없는 도적들이 있다. 그들은 배를 타고 흑룡강을 오르내리며 왈가를 마구 약탈하였다. 청나라는 그들과 수차례 싸웠으나 번번이 패하고 말았다. 이에 청나라는 지난 갑오년에 조선에 파병을 요청하였고 금년에도 마찬가지였다.

조정에서는 전화를 피하고자 하는 수 없이 함경도 북병마우후인 나에게 나선을 치러 떠나라는 어명을 내리셨다. ……

결국 신류는 윤계인의 권유를 이기지 못하고 이리 서문을 작성한 뒤 사월 엿새 날부터 본격적으로 일기를 적어 나갔다. 과연 이 일기가 무사히 끝맺음을 할 수 있을까 염두에 두면서. 신류는 부디 일기의 마지막 날이 전장에서 숨을 거두기 전날은 아니었으면 좋겠다고 염원하였다.

25. 풍문(風聞)

　출정 첫날, 두만강을 건넌 부대는 고라이령이라 불리는 회령 맞은편에 자리한 고개를 온종일 넘은 다음 법순이라는 곳에서 하루를 묵었다. 이튿날은 풍계강과 건가토강을 차례로 건넌 뒤 건가토강 가에서 숙영하였다. 사흘째에는 일래비라와 궁굿동이라는, 조선인들에게는 그 이름도 지역도 낯선 곳을 지나쳤으며 나흘째에는 승거평과 뿐지령, 닷새째에는 아미단과 술가도군을 거쳐 엿새째에는 백자령이라는 곳에 이르렀다. 두만강을 건넌 뒤부터는 사람이나 말이 도저히 지나다닐 수 없는 진흙탕 길의 연속이었다. 나날이 병사들과 말의 피로는 더해져만 갔다.

　그러다 출발할 적부터 부대의 짐을 실어 나르던 말 한 필이 백자령에서 그만 쓰러져 죽고 말았다. 부대가 인솔하던 말들 중 가장 크고 힘센 것이었다. 그러한 말이 여정 도중에 속절없이 죽어 버리자 신류도 더는 부하들의 안위를 무시해 가며 강행군을 펼칠 수 없었다. 마침내 그는 굳은 결심을 하였다.

　"오늘은 더는 진군하지 않고 이곳에서 숙영한다. 병사들에게 이리 전달하도록 하라."

　박대영, 유응천 두 군관에게 이리 하달하자 통역관은 난색을 지었다.

　"총병관, 사이호달 도원수께서 말씀하신 기일에서 이미 하루가 지

164

났습니다. 부리나케 달려가도 곤란함을 면치 못하실 터인데 이 무슨 경망스러운 행동이시옵니까?"

"건장한 말도 쓰러질 정도로 우리는 힘든 길을 걸어왔네. 적들과 싸우기 전에 이렇게 지쳐서야 적에게만 이로울 뿐 아닌가? 그리고 자네 말마따나 이미 기일을 넘겼으니 하루가 더 늦어진들 이제 대수겠는가?"

신류가 너무도 태연히 맞받아치자 통역관은 할 말을 잃었는지 더는 입을 열지 않았다. 그가 그러거나 말거나 두 군관은 서둘러 숙영을 준비하라는 그의 명을 병사들에게 전달하였다. 뜻밖의 휴식에 들뜬 병사들은 언제 지치고 피곤했냐는 듯 뚝딱 천막과 목책을 세워나갔다.

백자령은 무려 육십 리에 걸쳐 잣나무와 전나무가 빽빽하게 들어선 고갯길이었다. 얼마나 빽빽하게 들어섰는지 하늘을 가릴 정도여서 대낮인데도 해를 볼 수가 없었다. 대신 선선한 바람과 그늘을 제공해 주어 병사들이 휴식을 취하기에는 적격이었다.

"행여 적들이 기습이라도 감행하면 어쩌시려고 이런 곳에 진을 치셨습니까?"

윤계인이 신류를 찾아와 걱정스러운 표정으로 아뢰었다.

"만주 오랑캐 중에 혹시 육손과 같은 장수가 있다면 소열황제(유비)의 군사들처럼 불길에 휩싸인 채 숲속에서 꼼짝없이 타죽겠지. 그러나 그들 중에 화공을 생각할 만한 지략가가 있을 거라 생각되지는 않네. 그럴 바에는 오히려 이 숲이 기병에 의한 적의 공격을 막아내기에 더없이 적합하다고 보는데 자네 생각은 어떠한가?”

“제가 효정의 고사(221년에 유비가 이끄는 촉의 대군이 오의 장수 육손이 감행한 화공에 의해 전멸을 당한 고사)만 생각하고 장군의 깊은 뜻을 헤아리지 못했나이다.”

“영고탑도 목전에 이르렀으니 오늘은 아무런 근심 없이 편히 먹고 쉬도록 하게.”

신류는 진지에 일부의 보초병들만 세웠을 뿐 모든 장병에게 자유로운 행동을 허락하였다. 밥과 고기도 평소보다 많이 베풀어 병사들의 주린 배를 넉넉히 채워 주었다. 그러나 아직도 잠자리는 낯선지 지난 며칠간과 다름없이 일찍 잠을 이루는 병사들은 드물었다. 그래서 병사들은 다들 막사를 나와 화톳불을 피워 놓고 네댓 명이 옹기종기 모여 앉아 잡담을 나누었다.

잡담의 내용은 주로 북정에 나서기 전에 서로의 지난 사정이나 함경도 일대에 떠돌던 풍문들이었다. 모두가 종성 행영에서 이미 수차례 떠들었던 것들이지만, 그들이 한번 분출한 이야기 샘은 마를 줄을 몰랐다. 이들은 한참을 떠들다 마침내는 부령 출신의 김사립이 항상 허리춤에 차고 다니던 마상총(기병들이 쓰던 총신이 짧은 총)으로 화제를 돌렸다.

“이보게 젊은이. 오늘은 어디 자네 얘기나 한번 들어봄세. 대체 마상총을 다루는 법은 누구에게 배웠는가?”

오늘 밤에도 다른 이들과 어울리지 않고 홀로 피리를 불며 앉아 있는 김사립을 보며 배명장이 슬쩍 물었다. 조선 팔도에서 조총을 다룰 줄 아는 이는 관군이나 포수를 제외하면 아주 드물었다. 그래도 마상총과 비교하자면 조총이 월등히 많을 정도로 마상총을 다룰 줄 아는 이는 극히 일부였다. 마상총이라는 게 조총보다 비싼 데다 구하기도 힘들고 기병들이나 쓰는 총이기에 무과에 도전하려는 양반가의 젊은 자제가 아니고서는 마상총을 만질 일도, 볼 일도 없었다. 그런데 김사림은 이런 마상총을 들고 모병소에 나타나서는 오십 보 밖에 떨어진 표적을 정확히 명중시키며 신류와 병사들을 모두 놀라게 하였다.

김사림은 남들이 자신에 관해 물어볼 적마다 늘 묵묵부답이었다. 하다못해 총병관인 신류가 말을 걸어도 결코 입을 열지 않았다. 그럴 적마다 이를 지켜보던 군관들이 무례하다며 그를 벌해야 한다고 길길이 날뛰었다. 그러나 신류는 그리하지 않았다.

"뭔가 사연이 있는 듯하니 더는 묻지 않겠다. 대신 그 좋은 솜씨를 반드시 동료들과 나라를 해하려는 적들에게 발휘하도록 하여라."

신류는 김사림의 과거를 불문에 부치고 그를 휘하로 받아들였다. 이러다 보니 병사들은 계속 그의 과거를 놓고 이러쿵저러쿵 말들이 많았다.

"이리 꿀 먹은 벙어리처럼 있으니 정녕 풍문대로 방포거사인가 보오?"

방포거사란 삼 년 전부터 도성을 비롯한 경기도 일대에 출몰한 도둑을 말하였다. 그는 다른 도둑들과 달리 허리춤에 달린 주머니에 쏙 들어가는 자그마한 총을 다루었다. 그의 방포 솜씨는 무척이나 뛰어나 그를 쫓았던 포졸들은 모조리 허벅지에 총을 맞고 절뚝

거렸다. 이런 흉악한 도둑을 백성들이 거사라고 떠받드는 까닭은 그가 부정한 방법으로 돈을 축적한 권세가나 부잣집 양반들만을 골라 재물을 털어서였다. 게다가 이렇게 턴 재물들은 몰래 밤중에 가난한 백성들에게 골고루 나누어 주거나 억울하게 노비가 된 자들을 면천하여 주는 데 사용되었다. 조정의 관리들은 어떡하든 이 방포거사를 잡아들이려 하였고 반대로 백성들은 영원히 잡히지 않고 계속 못된 관리들이나 양반들을 혼내 주면서 자신들을 구휼해 주기를 바랐다.

방포거사의 명성이 점점 대단해지다 보니 전국 각지에서 그의 이름을 모르는 자가 없었다. 또한, 이를 빙자하여 총을 들고 설치는 가짜들이 팔도에서 판을 쳤다. 그럴수록 관리들의 수색과 탄압은 나날이 심해졌다. 이로 인해 억울하게 방포거사라는 누명을 쓰고 옥중에서 목숨을 잃는 이도 부지기수로 속출하였다. 그러자 진짜 방포거사는 작년 겨울에 좌의정 이시백(李時白) 대감의 집을 마지막으로 털고 나서 도성 곳곳에 방문을 붙이고 백성들에게 작별을 고하였다. 그의 방문은 방각본에도 실려 후일 많은 이들이 접할 수 있었다.

그동안 의라 여기고 한 나의 행동들이 오히려 죄 없는 백성들을 힘들게 하였던지라 인제 그만 세상을 떠나 초야에 묻혀 지내고자 한다. 허나 아직도 나의 날카로운 눈과 밝은 귀는 여전히 살아 있는바 불의를 저지르고 백성들을 괴롭히는 놈들이 있다면 언제든 다시 나타나 그들을 혼내 주리라.

방포거사의 퇴장을 알리는 방문을 보고 울지 않는 백성들이 없었다. 그래도 그를 잡으려는 관리들의 노력은 계속되었다. 이후 팔도에서 방포거사와 나졸들의 추격전을 보았다는 풍문이 심심치 않게 나돌았다. 올 초에는 부령에서도 방포거사로 보이는 자가 나타나 부령 부사가 이끄는 관군과 한바탕 추격전을 벌였다는 풍문이 종성 행영에까지 흘러들었다.

　　그럴 즈음 김사림이 부대에 자원하였다. 그는 방포거사처럼 자그마한 총을 능수능란하게 잘 다루었다. 게다가 그와 동향인 다른 병사들은 고향에서 한 번도 그를 본 적이 없다고 하였다. 병사들은 이런 정황들로 미루어 그를 방포거사라고 의심하였다. 하지만 그가 듣는 데서는 아무도 입 밖에 꺼내지 않았다. 혹시 그가 신분을 감추고자 쥐도 새도 모르게 자신에게 해를 가할까 봐 두려워서였다. 그런데 오늘 밤에 배명장이 마침내 용기를 내어 단도직입적으로 그에게 물어보고야 말았다. 다른 이들이 모두 김사림의 대답을 듣고자 눈과 귀를 쫑긋 세웠다.

　　김사림은 불던 피리를 멈추었다. 그는 잠시 배명장을 지그시 바라본 다음 드디어 처음으로 자신에 관하여 입을 열었다.

　　"이 몸은 지난해까지 설악산 자락의 백담사에서 무과를 준비하였소이다. 잠시 가세가 기울어 돈을 마련코자 이번 북정에 자원하였지만, 무사히 마치고 돌아오면 다시 무과에 도전해 볼 생각이오. 마상총을 다루는 법은 백담사의 주지이신 사부님께서 저에게 전수해 주신 것이올시다. 그분이 출가하시기 전에는 함경도 병마절도사 휘하의 군관이셨는데 마상총 방포술에 특히 능하셨소. 어떻소? 이만하면 저에 대한 궁금증이 조금 풀리셨소이까?"

김사림이 부대에 들어오면서 가장 길게 한 말이었다. 그가 너무도 당당히 자신을 변호하자 지금까지 그를 방포거사로 의심한 병사들은 저마다 민망한 표정을 감추지 못하였다. 배명장 역시 마찬가지였다. 그들은 일제히 둘러대는 말들을 지껄였다.

"이보시게 배 초관. 아무리 그래도 이자가 방포거사라는 말은 너무 허황되었네그려."

"나도 들은 풍문을 그대로 말한 것일 뿐 애당초 그렇다고 생각하지는 않았다네."

"이 친구, 그럼 진작 아니라고 속 시원히 밝힐 것이지."

"하긴 방포거사가 군적에 이름을 올릴 까닭이 없지."

"헌데 사부의 속세에서의 존명은 어찌 되시느냐?"

신류가 불쑥 튀어나와 김사림에게 이리 물어보았다. 화톳불에 모여 앉은 무리 중에 신류가 자리하고 있으리라고는 전혀 생각지도 못한 그는 무척이나 당황해하는 얼굴이었다. 하지만 이내 침착함을 되찾고 신류에게 대답을 들려주었다.

"그건 사부님께서 알려 주시지 않아 잘 모릅니다. 허나 정축년에는 청나라 대군과 안변에서 맞서 싸우신 적도 있으셨던 역전의 용사이신 것은 틀림없사옵니다."

"무어라? 그분께서 안변 전투에 참전하셨단 말이더냐?"

김사림은 자신의 얘기를 듣고 놀라는 신류를 영문을 모르겠다는 표정으로 바라보았다.

"나도 정축년에 함경도 병마절도사 휘하에 계셨던 송심 장군 밑에서 청군과 싸웠다네. 낙오만 되지 않았더라면 필경 안변에서 자네 사부와 어깨를 나란히 하고 싸웠을 것이야."

이 말을 들은 김사림의 얼굴이 순간 굳어지며 손에 들고 있던 피리를 떨어트렸다.

"장군께 그러한 사연이 있는 줄 몰랐습니다. 사부님께서는 그 일만 떠올리시면 자신만 홀로 살아남으셨다고 매우 부끄러워하셨는데……."

"그건 나도 마찬가지일세. 헌데 살아남은 자가 또 있었다니. 북정을 마치고 돌아오면 기필코 기회를 보아 백담사로 찾아가 자네 사부를 뵈어야 하겠네."

출정에 나서면서 신류는 처음으로 환한 웃음을 지었다. 자신 말고도 격전의 와중에서 살아남은 동료가 있다는 소식에 지난날의 죄책감을 다소나마 덜게 된 때문이었다. 그러나 신류를 바라보는 김사림의 안색은 창백하기만 하였다.

다음 날 병사들은 평소보다 일찍 기상하여 다시 영고탑을 향해 지루한 행군을 계속하였다. 서둘러 도착해야 한다고 곁에서 계속 성화를 부리는 통역관에게 신류가 두 손 두 발을 다 든 까닭이었다. 해가 중천에 뜨기도 전에 부대는 백자령에서 오십여 리나 떨어진 말고리마을을 지났다. 오후에는 그곳에서 또 삼십여 리쯤 떨어진 목단강을 건넜으며 어두컴컴한 저녁에도 어느 작은 강기슭에 도착할 때까지 걷기를 계속하였다. 통역관은 이제 이 강만 건너면 영고탑에 도달한다고 일러주었다. 신류는 이곳에서 하루 더 머물기로 하고 병사들에게 명을 내렸다. 드디어 길고도 험난했던 행군의 끝이 보였다.

26. 재회(再會)

부대는 출병한 지 일주일 만에 목적지인 영고탑에 도착하였다. 성루에서 피어오르는 봉화 연기가 저만치서 보이자 통역관은 다시 근심 어린 얼굴로 신류에게 투덜거렸다.

"도원수께서 말씀하신 일자보다 사흘이나 늦었으니 이제 어찌하실 것입니까? 분명 그분께서는 총병관을 가만두지 않을 것이옵니다."

걱정을 가장하였으나 실은 겁박에 가까운 말이었다. 신류는 눈 하나 깜짝하지 않았다. 오히려 사흘밖에 늦지 않은 게 신기할 따름이었다. 종성 행영에서 영고탑까지는 무려 육백 리 길에 달하였다. 계산해 보면 그 머나먼 길을 병사들은 무거운 군장에 조총까지 짊어지고도 하루에 백 리씩은 걸은 셈이었다. 이건 칭찬을 받아 마땅할 일이지 절대 꾸지람을 들을 일이 아니었다. 신류는 툭하면 비바람이 몰아치고 사나운 여울과 질퍽거리는 진흙길이 앞을 가로막았던 지난 일주일간의 험난한 여정을 한 명의 낙오자도 없이 무사히 마친 병사들이 대견스러웠다.

해가 저물어서야 부대는 영고탑 성에 이르렀다. 성문을 통과하니 사이호달이 보낸 수하 하나가 총병군을 맞이하였다. 신류는 말에서 내려 그에게 예를 올렸다. 그는 신류의 인사를 받는 둥 마는 둥 하며 거만한 목소리로 말하였다.

"도원수께서 먼 길까지 온 총병관의 노고를 위로하시고자 잔치를 마련하시고는 기다리고 계시오. 서둘러 참석해야 하니 속히 나를 따라오시오."

"우선 소관의 병사들이 쉴 곳과 먹을 것을 좀 마련해 주시구려. 며칠간을 꼭두새벽부터 일어나 제대로 쉬지도 못하면서 밤 늦게까지 행군하기를 반복한 통에 다들 몰골이 말이 아니오."

"그건 내 부하들이 알아서 처리할 것이오. 총병관께서는 더는 도원수 어른을 기다리게 하지 마시고 서두르시오."

수하는 귀찮은 듯 건성으로 말하며 앞서 걸어 나갔다. 신류는 그의 오만불손한 태도가 심히 불쾌하였지만 남의 진중에서 이를 표출해 봐야 부하들에게 득이 될 게 없다고 여기고는 꾹 참았다. 신류는 유복을 제외한 군관들을 대동하고 그의 뒤를 따랐다.

영고탑 관아에 들어서니 사이호달이 좌우에 거느린 어여쁜 시녀들의 시중을 받으며 높다란 의자에 앉아 있었다. 그 아래로는 장검을 옆에 찬 부하 장수들이 모두 번뜩이는 눈빛으로 신류를 쳐다보며 양옆으로 도열해 있었다. 두 군관은 이들로 인해 기가 죽었는지 몸을 움츠렸지만 신류는 그러지 아니하였다. 초반에 기선을 제압하려는 사이호달의 얄팍한 속셈이 훤히 들여다보이는 까닭이었다. 그는 짐짓 태연한 얼굴로 그들을 지나 사이호달에게 다가갔다.

백발을 자랑하는 노장수가 앞으로 나와 신류를 가로막으며 고함을 질렀다.

"총병관은 얼른 도원수께 예를 올리지 않고 뭐하느냐?"

신류는 처음으로 대면하는 손님에게 호통부터 치는 그가 못마땅하여 잠시 노려보았지만 일단 참았다. 그리고 그의 말을 따라 사이호달을 향해 고개를 숙이고 인사를 올렸다.

"소관은 이번에 조선에서 파견한 총병군의 수장을 맡은 함경도 북병마우후 신류라고 하옵니다."

그의 인사를 받은 사이호달의 안색이 좋지 않았다. 그건 그의 부하 장수들 또한 마찬가지였다. 노장수가 다시 신류를 향해 목청을 높였다.

"무엄하도다. 그딴 식으로 예를 올리다니. 얼른 고두례(무릎을 꿇고 두 손을 땅에 붙이고 이마가 땅에 닿도록 절하는 청나라 예법)를 올리지 못할까?"

고두례를 올리라는 말에 신류는 기가 막힐 따름이었다. 그건 신하가 주군에게나 올리는 예였다. 그는 단 한 번도 자신이 사이호달의 부하라고 생각해 본 적이 없었다. 그는 지지 않고 맞받아쳤다.

"그리할 수는 없소이다."

"무어라?"

"소관은 조청 연합군의 수장으로서 이곳을 찾아온 것인데 어찌하여 이치에 맞지 않게 부하의 예를 올리라 말씀하시는 것이오?"

"그럼 감히 소국의 장수가 도원수 어른과 어깨를 나란히 하겠다는 것이냐?"

성이 가득 난 노장수의 목소리는 더욱 크고 거칠어졌다.

"소관은 결코 조정으로부터 도원수의 수하가 되어 싸우라는 명을 받지 않았소이다."

"네 이놈! 끝까지 주둥아리를 나불대는구나!"

분을 못 이긴 노장수가 마침내 장검을 뽑아 신류의 목에 겨누었다. 이에 질세라 신류가 대동한 두 군관들도 차고 있던 환도를 뽑아 노장수의 가슴에 겨누었다. 그러자 청군의 다른 장수들이 일제히 그들에게 검을 들이밀었다. 자칫 잘못하면 나선과 붙기도 전에 아군끼리 피바람이 날 수도 있는 일촉즉발의 상황이었다.

"냉큼 도원수께 고두례를 올려라."

"그리할 수는 없다고 신 우후께서 말씀하시지 않았느냐?"

한동안 노장수를 위시한 사이호달의 장수들과 신류의 두 군관들 사이에서 팽팽한 대치가 이어졌다. 마침내 잠자코 지켜보던 사이호달이 부하들에게 추상같은 호령을 내렸다.

"칼을 거두어라! 멀리서 우리를 돕고자 찾아온 손님에게 이 무슨 해괴망측한 짓이냐?"

예상치 못한 상관의 호통에 사이호달의 부하들은 난처한 얼굴로 검을 거두어야만 하였다. 사이호달은 자리에서 일어나 천천히 신류에게로 다가갔다. 그리고 그에게 고개를 숙이며 인사를 올렸다. 부하들이 경악스러운 얼굴로 상관을 바라보았으나 사이호달은 개의치 않았다.

"소관은 이번에 황명을 받아 귀관과 함께 나선을 토벌하게 된 영고탑의 앙방장경이자 이곳에 주둔 중인 대청 제국 군사들의 도원수 사이호달이라고 하오이다."

부하들과는 달리 상관이 공손하게 나오자 신류도 그의 지위와 추후의 관계를 생각해서 정중히 예를 갖추었다.

"이렇게 만나 뵙게 되어 영광입니다, 도원수."

"소관에게 고두례를 거부한 건 총병관이 처음이오. 과연 병부상서의 말처럼 담력이 크신 데다 기개가 아주 뛰어나시구려."

사이호달은 칭찬인지 겁박인지 모를 소리를 하여 신류를 헷갈리게 했다.

"허니 정축년에는 선제의 군사와도 당당히 맞서 싸우셨겠지요? 사실은 소관도 정축년에 선제를 따라 조선에 출병했었소. 어쩌면 그때 이미 인연이 있었을지도 모르겠소."

사이호달은 호탕한 웃음을 터트렸다. 이 말에 신류는 찬찬히 그의 얼굴을 살펴보았다. 순간 그는 다리에 힘이 풀려 그만 주저앉을 뻔하였다. 그의 얼굴은 점점 흙빛으로 변해갔다.

사이호달의 말마따나 신류는 이번에 처음으로 그를 대면한 게 아니었다. 이십여 년 전 개성에서 그와 조우한 적이 있었다. 심지어 그와 일대일로 겨루기도 하였으며 그의 왼뺨에 지울 수 없는 상처를 남기기도 하였다. 지금도 그 상처가 왼뺨에 선명하게 보였다. 어찌하여 이자와 자꾸 이런 악연을 맺게 되는지 신류는 불운한 자신의 운명에 속으로 연신 탄식만 터져 나올 뿐이었다.

27. 악연(惡緣)

신류는 본디 무인이 되고 싶은 마음은 없었다. 어릴 적부터 문장에 관심과 소질이 많았던지라 나이가 차면 문과에 응시하여 출사하고자 하였다. 그러자 그의 부친이 훌륭한 스승님을 소개해 주셨다. 바로 장현광이었다. 부친과는 어릴 적부터 친분이 두터운 사이셨다.

장현광은 당대에 이미 학덕이 높은 유생으로 명망이 자자하였다. 해서 인조는 대사헌, 이조참판, 지중추부사 등의 고관대작으로 회유하며 그를 조정으로 불러들이려 하였다. 하지만 그는 이를 모두 거절하고 초야에 묻혀 학문에만 전념하였다. 신류는 부친의 뜻을 따라 장현광이 기거하고 있던 개성 만수산의 별장으로 찾아가 문하로 받아줄 것을 청하였다. 장현광은 여러 가지 까다로운 과제들을 내주었지만 그가 모두 순탄하게 풀어내자 결국 자신의 문하로 받아들였다.

신류는 기묘년(1639년)에 치러지는 식년시를 목표로 장현광의 밑에서 열심히 학문을 갈고닦았다. 운명의 소용돌이가 불어닥치지 않았더라면 그는 무난히 식년시에 급제하여 이후로 평범한 문신으로서의 삶을 살았을지도 모른다.

병자년에 접어들자 장현광은 도성으로의 출입이 잦아지며 자주 별장을 비우곤 하였다. 그리고 더는 신류에게 유교 경전이나 문장 등을 가르치지 않았다. 대신 각종 무예를 전수해 주었다.

"무과에 뜻이 없사온데 스승님께서는 어찌하여 제게 무예를 가르쳐 주시나이까?"

"세월이 하 수상하여 이 나라에는 어쩌면 책상물림보다 무예에 능한 군사가 더 필요할는지 모른다. 너는 문무를 가리지 말고 모두 익히어 무엇이 된다 한들 나라와 백성을 위해 쓸모 있는 사람이 되도록 하여라."

스승의 말인지라 신류는 고분고분 따를 수밖에 없었다. 이후 그는 검술, 창술, 궁술은 물론 방포술까지 두루 익혔다. 무예를 배울 때마다 그는 스승의 또 다른 면모에 놀라곤 하였다. 그저 서재에서 독서하기를 좋아하는 선비로만 알았는데 능히 자신의 몸은 물론 자신의 고을, 더 나아가 자신의 나라도 지킬 수 있는 늠름한 전사였던 것이다. 신류도 어느새 스승처럼 문무를 두루 겸비한 선비가 되고자 하는 열망이 커졌다. 그리하여 군말 없이 수련을 수행해 나갔다. 특히 방포술은 얼마 지나지 않아 청출어람 할 정도였다. 장현광은 신류의 괄목할 만한 방포술에 감탄을 금하지 못하였다.

그해 십이월에 청나라 숭덕제가 직접 이끄는 십이만 명의 대군이 정묘년에 이어 다시 조선을 침공하였다. 청군이 압록강을 건너 의주부윤 임경업 장군이 지키는 백마산성으로 향한다는 소식이 만수산의 별장에 전해졌다.

"류야, 너는 지금 당장 함경도 병영으로 출발하여라. 그곳에서 송심이라는 장수를 찾아 나의 서한을 보여 주어라. 그럼 그는 분명 병마절도사를 설득하여 일군을 이끌고 백마산성으로 향할 것이니라. 너는 지금껏 나에게서 익힌 무예들을 발휘하여 송 장군 밑에서 여러모로 보탬이 되도록 하여라."

"스승님께서는 이러한 변고가 있을 줄 애초부터 짐작하신 것이옵니까?"

"그렇다. 내 짐작이 틀리기를 바랐건만. 전에도 말했듯이 이 나라엔 적과 당당히 맞서 싸울 수 있는 군사가 더 필요한 실정이다. 하니 너는 우선 무인이 되어라. 나라가 태평한 뒤에야 너의 학식도 쓰일 데가 있을 것이니라."

스승의 분부대로 그는 곧장 함경도 병영으로 길을 잡았다. 그러나 미처 송심 장군을 만나기도 전에 청군은 도성 근방까지 들이닥쳤다. 임경업 장군이 백마산성에서 워낙 군건하게 방어 태세를 갖추고 있었던지라 숭덕제는 계획을 바꿔 그곳을 우회하여 다른 길을 골라잡은 까닭이었다. 예상 밖의 진로에 인조를 비롯한 조정의 문무백관들은 모두 당황하여 어쩔 줄 몰라 하였다. 그저 다들 보신을 위해 도성을 버리고 피난을 떠날 궁리만 하였다. 결국 소현세자와 봉림대군은 강화도로 피했고, 인조는 그곳으로 가는 길이 청군에게 막히면서 하는 수 없이 남한산성으로 몸을 피하였다.

조정이 이 모양 이 꼴로 백성들을 내팽개치고 도망을 쳤던지라 청군이 지나는 관아의 백성들은 모두 속절없이 그들에게 죽임을 당하거나 포로가 되었다. 개성도 마찬가지였다. 부지런히 함경도 병영으로 가던 도중에 개성이 함락되었다는 소식을 접한 신류는 스승님의 안부가 걱정되어 황급히 발길을 돌렸다. 이미 개성은 적들에게 유린을 당한 뒤였다. 별장은 한 줌의 재로 변하였고 장현광의 행방은 묘연하였다. 신류는 영락없이 스승이 돌아가신 줄로만 여겼다. 스승의 성정으로 보아서는 적들에게 사로잡혀 욕을 보느니 차라리 깨끗하게 죽음을 택하실 분이라는 걸 잘 알아서였다. 그는 재만 남은 별장 앞에서 스승을 잃은 슬픔에 하룻밤을 꼬박 울며 지새웠다.

장현광의 명이 없었으나 송심 장군은 전하를 구하고자 군사를 이끌고 도성으로 향하였다. 돌아가신 스승님에 대한 복수를 결행하기 위해 신류는 곧장 그를 찾아가 스승의 서한을 보이고는 휘하로 들어갔다. 그다음부터는 신류가 지난달에 침전에서 효종에게 고한 그대로였다. 철군하는 청군을 개성 근교에서 야습하던 도중 신류는 아군 대열에서 떨어져 홀로 청군의 진지를 헤매었다. 그러다가 우연히 볼모가 되어 청나라로 끌려가던 봉림대군을 만나게 되었고, 그에게 명을 받았다.

신류는 그가 알려 준 방향으로 똑바로 나아갔다. 무수히 많은 적병이 앞을 가로막았지만 총검으로 그들을 모조리 쓰러트렸다. 마침내 그는 다수의 조선 백성들이 갇혀 있는 목책을 발견하였다. 그곳에는 봉림대군이 말한 것처럼 박연도 잡혀 있었다. 그는 재빨리 목책을 깨고 포로들을 구해 내었다.

"나리께서는 백성들을 데리고 이곳을 빠져나가십시오."

"자네는 어찌하려고 그러는가? 그러지 말고 우리와 함께 몸을 피하세."

"저는 이대로 물러날 수 없습니다. 오랑캐를 한 놈이라도 더 죽여 돌아가신 스승님의 원수를 갚아야 하옵니다. 하오니 백성들은 나리께 맡기겠습니다."

박연이 만류하였지만 신류는 그들을 먼저 보낸 다음 기어이 다시 적진 속으로 뛰어들었다. 그러다 밖에서 들려오는 시끌벅적한 소리에 잠이 깨어 막사 밖으로 뛰쳐나온 사이호달과 운명적으로 마주쳤다. 워낙 허둥지둥 나온지라 그는 갑주를 걸치지 못한 채 장검 하나만을 손에 쥐었을 뿐이었다.

누가 먼저라 할 것 없이 신류와 사이호달은 서로를 향해 총검과 장검을 휘둘렀다. 이후 한 치의 양보도 없는 대결이 한동안 이어졌다. 수십 합을 주고받았지만 둘은 서로를 털끝만치도 건드리지 못하였다. 신류는 난데없는 강적을 만나 불안하고 초조한 마음을 감추지 못하였다. 사이호달 역시 마찬가지였다. 검술만큼은 청군 무장들 사이에서도 그 실력을 인정받을 정도로 발군이어서 숭덕제의 총애를 받고 있는 몸이었다. 그런데 그런 자신이 일개 적병 하나를 단숨에 쓰러트리지 못하고 여태껏 대치 중이었다. 예상치 못한 호적수의 등장에 그는 화가 잔뜩 난 얼굴로 숨을 고르며 신류를 노려보았다.

이후로도 둘은 한참 더 합을 주고받았다. 그러다 마침내 신류는 사이호달에게서 빈틈을 발견하였다. 신류는 그 기회를 놓치지 않고 기합과 함께 총검을 사이호달의 면상을 향해 휘둘렀다. 이를 미처 피하지 못한 사이호달은 왼쪽 뺨을 총검에 깊게 베이고 말았다. 그는 두 손으로 얼굴을 감싸며 외마디 비명을 질렀다. 이제 한 번만 더 총검을 휘두르면 충분히 그의 목숨을 거두고도 남을 상황이었다. 그러나 아쉽게도 사이호달의 운수는 거기서 끝나지 않았다.

어느새 나타난 사이호달의 부하들이 원을 그리며 신류의 주위를 에워쌌다. 부하 중에서 가장 빛나는 갑옷을 입은 자가 무어라 소리치자 일부는 얼굴에서 피를 잔뜩 흘리는 사이호달에게 달려가 부축하더니 어디론가 데려갔고 나머지는 신류를 향해 일제히 덤벼들었다.

홀로 여기까지 오면서 쓰러트린 적들만 수십 명에 달하지만 지금 덤비는 놈들은 지금까지 상대했던 조무래기 병사들과는 차원이 달랐다. 전부 사이호달의 곁에서 그를 호종하는 부관들이었다. 더구나 수적으로도 불리하여 그들을 제압한다는 건 애당초 무리였다. 곧 신류는 왼팔과 오른쪽 다리에 큰 상처를 입었다. 이윽고 오른편 가슴마저 검에 찔리자 그의 의식은 점점 희미해져 갔다. 놈들의 한칼이면 그의 넋도 저세상으로 떠나 스승님과 재회할 상황이었다.

하지만 천만다행으로 하늘은 아직 신류의 목숨을 거두려 하지 않았다. 어느새 나타난 박연이 현란한 방포술로 그를 둘러싼 부하들을 차례로 사살하였다. 그런 다음 박연은 신류를 데리고 황급히 그곳을 빠져나왔다. 신류가 다시 정신을 차렸을 적에는 이미 청의 숙영지에서 삼십 리나 떨어진 어느 외진 산속이었다. 그곳은 송심의 군사들이 야습을 감행한 곳과는 정반대에 자리하였다. 신류가 그들과 합류하려면 다시 적진을 뚫거나 멀리 우회하여만 하였다. 성치도 않은 그의 몸으로는 어림없는 소리였다.

하는 수 없이 신류는 일단 박연과 함께 백성들을 데리고 도성으로 향했다. 그곳에서 잠시 몸을 추스르고는 송심의 군사들이 주둔하는 곳을 수소문하였다. 신류는 그들이 안변으로 진군 중이라는 소식을 접하자 곧장 그리로 향하였다. 하지만 거기서 그를 기다리던 것은 싸늘한 주검으로 변한 송심과 병사들의 시신들이었다. 청군은 이들을 물리치고 이미 압록강을 건넌 뒤였다. 신류는 스승의 복수도 하지 못한 채 전우를 잃은 슬픔만 맛보아야 하였다.

안변을 떠나 고향으로 돌아오니 뜻밖의 기쁜 소식이 신류를 반겼다. 장현광이 살아 있다는 것이었다. 서둘러 그는 스승이 기거한다는 입암산으로 향했다. 그러나 장현광은 병석에 누워서 다가올 임종을 기다리는 중이었다.

"전하께서는 어찌하여 오랑캐에게 항복을 하시었단 말이더냐? 조금만 참으셨더라면 이 몸이 근왕의 군사를 이끌고 구하러 왔을 터인데. 참으로 애달프도다."

장현광은 신류를 함경도로 보낸 뒤 자신도 개성을 떠나 전국 각지를 돌며 근왕의 군사들을 모으고 있었다. 하지만 인조가 다음 해에 너무도 일찍 청에게 항복하면서 그러한 노력은 무위로 돌아가 버렸다. 인조가 한때는 오랑캐라 폄하하던 놈들에게 무릎을 꿇고 절을 하였다는 소식에 망연자실함을 감추지 못하던 장현광은 그만 덜컥 병이 들고 말았다.

임종하는 순간에 장현광은 아직 일개 한량인 수제자에게 나라의 안위를 부탁하였다. 신류가 미력하나마 스승의 유언을 지키는 방법은 나라를 지키는 무인이 되는 것이었다. 이후 그는 고향에서 홀로 스승에게서 배운 무예를 더욱 연마하여 팔 년 후의 식년시 무과에 당당히 급제하였다. 시험장에서 신류의 방포술을 눈여겨본 이완은 곧바로 그를 훈련도감의 포수병 교관으로 임명하였다.

28. 환향녀(還鄕女)

사이호달의 정체를 알아 버린 순간부터 신류는 그를 마주 대하기
가 불편해졌다. 혹시나 그가 왼뺨에 상처를 남긴 장본인이 자신이라
는 걸 눈치채고는 무슨 사달을 내지 않을까 염려스러운 까닭이었다.
다행히 그는 이러한 사실을 여전히 모르고 있었다. 그저 신류를 우군
의 수장으로 대하며 잔칫상을 마련해 놓았다는 방으로 데리고 갔다.

모두가 좌정하자 장수들이 각기 앞에 놓인 술잔을 채운 다음 높
이 치켜들었다. 사이호달이 좌중을 돌아보며 말하였다.

"그동안 훌륭한 장수들과 병사들을 거느리고도 소관에서 부족한
점이 많아 나선 오랑캐에게 고전을 면치 못했던 게 사실이다. 이제
우방인 조선에서 우리와 뜻을 함께하는 훌륭한 군사들이 먼길을 무
릅쓰고 이리 찾아왔으니 다시 한번 분기탱천하여 이번에는 기필코
나선을 몰아내도록 하자. 황제 폐하 만세, 대청제국 만세!"

좌중의 장수들이 사이호달을 따라 일제히 구호를 외쳤다.

"황제 폐하 만세, 대청제국 만세!"

신류는 이들과 함께하지 않았다. 그는 조선인이었다. 대신 속으로
'주상 전하 천세'와 '조선 천세 천천세!'를 외쳤다. 그와 함께 온 두 군
관 역시 입을 열지 않았다. 그들도 역시 속으로 신류와 똑같이 외치
고 있었다.

사이호달과 그의 부하들은 단숨에 잔을 비웠다. 그러나 신류는 입

에 대지도 않은 채 잔을 내려놓았다.

"왜 들지 않으시오? 혹여 잔치가 맘에 들지 않으신 게요?"

"그럴 리가 있겠습니까? 다만 여독이 풀리지 않아 그러는 것뿐입니다."

"그럴수록 여기 놓인 술과 고기들을 맘껏 즐긴 다음 푹 쉬셔야 하지 않겠소?"

이러면서 사이호달은 신류에게 잔을 내밀었다. 하는 수 없이 신류는 사이호달과 잔을 부딪친 다음 쭉 들이켰다. 영고탑 근방에서는 독하기로 이름난 술을 따라 주었는데도 신류가 단숨에 마시자 사이호달도 지지 않으려는 듯 그가 보는 앞에서 잔을 남김없이 비웠다. 신류는 이십여 년 전의 불편한 기억으로 인해 되도록 사이호달과 말을 섞으려 하지 않았다. 그러나 취기가 오르면서 그에게 호감이 생긴 사이호달은 계속 이것저것을 물어보며 말을 붙여 그를 난감하게 만들었다.

"귀관의 부대는 어찌하여 소관이 말한 집결일자보다 늦었소이까?"

"통역관으로부터 도원수의 명을 너무 늦게 받았소이다. 그래도 약속을 지키기 위해 하루 백리 길을 쉬지 않고 달려왔으니 그 점을 십분 양해해 주시기 바라나이다."

"너무 개의치 마시오. 어차피 양국의 병사들을 흑룡강까지 실어나를 군선이 아직 도착하지 않았소이다. 하여 며칠간은 이곳에서 꼼짝없이 발이 묶여야 하오."

신류는 사이호달이 영고탑에 늦게 도착한 것을 더는 문제 삼지 않자 안심이 되었다.

"귀국 조정이 보낸 공문에 의하면 그대는 조선에서 감히 대적할 자가 없는 뛰어난 사수라 하였소이다. 그게 정녕 사실이오?"

"과찬의 말씀이시옵니다. 저보다 능한 이가 조선 땅에서 그 수를 셀 수 없을 정도로 수두룩하나이다."

신류는 여전히 사이호달에 대해 긴장의 끈을 놓지 못하여 목소리에 떨림이 가득하였다.

"겸양할 필요 없소이다. 공문에 적힌 내용이 사실이기에 귀국의 조정에서도 그대를 총병관으로 삼은 게 아니겠소이까?"

"여러모로 부족한 소관이 어쩌다 보니 이토록 막중한 직책에 앉게 되었습니다."

"귀관이 방포술에 능하다면 응당 부하들도 그 솜씨가 장난이 아니겠소이다."

"제 부하들은 모두 도원수와 천군에 누가 되지 않도록 각고의 조련을 받았습니다."

사이호달이 계속 말을 붙이는 바람에 본의 아니게 신류도 말을 많이 하게 되었다. 그럴수록 그의 얼굴에는 수심이 가득하였다.

"소관도 이번에는 기필코 나선을 뿌리 뽑고자 폐하께 특별히 주청을 드려 중원 각지에서 방포에 능하다는 자들을 전부 불렀소이다. 양국에서 이렇듯 정예의 병사들이 모였으니 이번에도 사 년 전처럼 나선에게 대승을 거둘 수 있을 듯하오."

사이호달은 이리 말하며 한바탕 너털웃음을 터트렸다. 신류도 그의 맞장구를 쳐주기 위해 억지로 입가에 미소를 띠었다. 잔치는 이후로 두 시진이나 시끌벅적하게 계속되었다. 무려 삼십 년간이나 사이호달을 곁에서 모셨다는 초로의 물헌장이 청군의 영채 한 곳을 총병군에게 내주었다. 흑룡강으로 출발하기 전까진 신류의 병사들이 그곳에서 기거하게 되었다. 병사들도 그곳에 여장을 풀자마자 청군이 마련해 준 잔치에 모두 참석하였다. 그래서 군관들을 남겨 두고 홀로 잔치를 빠져나와 영채로 돌아왔을 적에는 신류 혼자만이 자리하게 되었다.

잔치에 참석한 병사들이 아직 돌아오지 않아서 영채는 스산하기 그지없었다. 신류는 잠시 적적한 영채 안을 거닐었다. 영채 위의 밤하늘에는 마치 깨를 뿌려놓은 듯 별들이 촘촘하게 박혀 있었다.

신류가 서 있는 곳에서 그리 멀지 않은 곳에 자리한 정문에서 인기척이 들렸다. 그는 병사들이 잔치를 파하고 돌아오는 줄로만 여겼다. 그래서 제 귀를 간지럽히는 인기척에도 별로 대수롭지 않게 여기며 거처로 발걸음을 돌렸다. 그런데 등 뒤에서 누군가가 나지막하게 그의 이름을 불렀다. 영채에서는 도저히 들으려야 들을 수가 없는 가녀린 여인의 목소리였다. 귀신인가? 신류는 황급히 걸음을 멈추고 고개를 돌렸다.

청나라의 복색을 하였지만 조선의 장옷을 걸친 여인이 초롱을 든 남자 하인의 호종을 받으며 천천히 그에게로 다가왔다. 그녀가 신류의 코앞에까지 이르자 하인은 멀찌감치 뒤로 물러섰다. 둘만 자리하게 되자 그녀는 장옷을 벗어 모습을 드러내었다. 눈가와 이마에 가느다란 세월의 흔적들이 있었으나 이외에는 어디에 내놓아도 손색이 없는 고운 용모였다.

"도련님… 아니 나리께서는 소인을 알아보시겠습니까?"

신류는 잠시 뚫어져라 그녀를 바라보았다. 하지만 어디서 보았는지 선뜻 기억해 내기가 어려웠다.

"소관은 오랜 세월을 군적에 있었던 몸인지라 여인을 별로 접하지 못했습니다. 해서 인연이 있었다면 금방 기억해 냈을 터인데 부인은 딱히 떠오르지가 않습니다. 대체 부인은 소관을 어디서 뵈었는지요?"

"역시 나리께서 저를 알아보시지 못할 정도로 속절없이 세월이 흘렀군요."

이리 말하는 그녀의 얼굴엔 슬픔이 가득 배어 있었다. 그런 그녀를 보자 신류는 왠지 모를 미안함이 찾아와 몸 둘 바를 몰랐다.

"죄송합니다. 하오니 부인은 누구이시며 야심한 시각에 어인 일로 저를 찾아오셨는지 말씀해 주시지요."

"나리… 정녕 저를 기억하시지 못하시나이까? 소인 정연이옵니다. 나리께서 정축년에 개성에서 구해 주신……."

신류는 그제야 모든 게 또렷이 떠올랐다.

정축년에 그는 그녀와 서로 인연을 맺었었다. 정축년에 그는 개성 근교에서 야영 중인 청군을 급습하여 박연과 함께 사로잡혀 있던 조선인 백여 명을 함께 구해 내었다. 그들 속에 정연도 있었다.

정연은 당시 황해도 관찰사의 하나뿐인 여식으로 그의 가문은 세종대왕 적부터 작금에 이르기까지 선조들이 모두 당상관에 올랐던 유명한 양반가였다. 그런 가문의 여식이 병자년 난리 때 황해도로 쳐들어온 청군에게 사로잡혀 포로가 되고 말았다. 부친은 제 살길만 찾고자 자기 관할의 백성들은 물론 식솔들까지 모두 팽개치고 저 멀리 남쪽으로 홀로 피난을 떠나 버렸다.

박연이 갇혀 있던 옥사는 대개 가난에 찌든 백성들이나 노비들이 갇혀 있었다. 그래서 얼굴과 피부는 시커먼 데다 옷은 잔뜩 해졌으며 여기저기 잔뜩 때가 묻어 있었다. 그래서 백옥 같은 얼굴에 고운 비단 저고리와 치마를 입었으며 화려한 무늬가 수놓인 가죽신을 신은 정연이 단연 도드라져 보일 수밖에 없었다. 신류는 어째서 양반 가문의 여식이 이들과 함께 갇혀 있는지 궁금하였다. 청군들도 보는 눈이 있었다면 속환가를 두둑이 받아 낼 수 있는 그녀를 함부로 대하지는 않았을 터인데 말이다. 그는 조심스레 그간의 사정을 물어보았다.

"소녀는 사로잡힌 후 물헌장이 아끼는 부장에게 보내졌습니다. 영락없이 소녀는 그자의 밤 수발을 들어야 하였지요. 그게 죽기보다 싫어 마구 대들다가 그만 그자의 얼굴을 할퀴고 말았습니다. 화가 잔뜩 난 그자가 저를 심양의 노비 시장에 팔아 버리겠다고 길길이 날뛰면서 소녀를 그곳에 가두어 놓았지요. 그때까지만 해도 소녀의 앞날은 아득했사온데 지금 와서 생각해 보니 도련님을 만나려고 그리 된 모양입니다."

정연은 수줍어하며 말하였다. 그녀는 청군의 손아귀에서 벗어난 뒤 신류와 함께 도성으로 향하였다. 그녀는 심한 상처를 입은 그를 옆에서 극진히 간호해 주었다. 그러는 사이 신류는 정연을 사모하는 마음을 품게 되었다. 도성으로 향하는 짧은 여정 동안 그는 정연과 자주 오붓한 시간을 보내며 그녀에 대한 연정을 키워 나갔다. 마침내 도성에 당도하여 송심이 이끄는 부대의 행방을 알아낸 그는 그곳으로 떠나기 전에 큰 결심을 하고는 그녀를 찾아갔다.

"낭자를 부인으로 맞이하고 싶습니다. 비록 지금은 제가 보잘것없는 한량에 불과하나 조만간 출사하여 낭자를 호강시켜 드릴 터이니 부디 제 청혼을 받아 주십시오."

"도련님, 우선 몸조심부터 하십시오. 소녀, 도련님께서 무사히 돌아오시면 그 청을 받아들이겠나이다."

정연은 신류와 헤어지기가 아쉬운 듯 그의 앞에서 연신 눈물을 흘렸다. 그런 그녀를 보자 신류는 그냥 도성에 남고 싶은 마음이 굴뚝같았다. 그러나 그건 스승님에 대한 복수를 저버리는 짓이라 고개를 가로저었다.

"얼른 놈들을 물리치고 돌아올 터이니 조금만 기다려 주시오."

정연은 양 볼에 연신 굵은 눈물을 흘리며 고개를 끄덕였다. 신류는 잠시 정연을 품에 안은 뒤 냉정하게 뒤돌아서서 북쪽으로 향하였다. 계속 그녀를 바라보면 도저히 발걸음이 떨어지지 않을 것 같아서였다. 하지만 그것이 신류에겐 정연의 마지막 모습이었다. 안변에서 자신만 살아서 돌아온 후 함께 낙향하기 위해 도성에서 그녀의 행방을 수소문해 보았지만 어디에도 보이지 않았다. 결국 그는 삼 년 뒤에 다른 여인과 혼례를 치렀다.

"그동안 어디에 계셨다가 이제야 제 앞에 나타나신 것입니까?"

신류는 무례한 줄 알면서도 덥석 그녀의 손을 잡았다.

"정축년에 나으리와 헤어진 후 줄곧 여기에 머물렀나이다."

"어찌하여 저와의 약속을 저버리고 홀로 이 머나먼 북방까지 오시었단 말입니까?"

"소녀는 이제 이곳 물헌장의 안사람이옵니다."

정연의 눈가에는 눈물이 가득 고였다. 신류는 너무 놀라 그만 털썩 주저앉았다. 세월이 유수와 같이 흘렀으니 그녀도 어디에선가 자신을 잊고 다른 사내를 맞이하여 일가를 이루었을 거라고 예견하였다. 정연이 명망 있는 양반가의 여식이었으니 부군은 이에 걸맞게 어느 지체 높은 양반가의 자제일 거라고 확신하였다. 그래서 자신과 혼례를 치르지 않은 게 어쩌면 그녀에게는 잘된 일이라고 오랜 세월 스스로를 달래곤 하였다. 그런데 그녀의 남편이 이곳의 물헌장이라니? 지금이야 대청제국의 고관으로 그 위세가 당당하겠지만 불과 이십 년 전만 하더라도 그는 그저 야만스러운 북방의 오랑캐에 불과하였다. 그런 그와 정연이 어찌 혼례를 올리게 되었는지 신류는 도무지 이해가 가지 않았다.

"나리와 헤어지고 나서 얼마 지나지 않아 부친과 다시 재회하였으나 그분은 절 받아 주지 않으셨습니다."

"하나뿐인 여식이 무사히 돌아왔는데 어찌 매몰차게 문전박대를 하셨단 말입니까?"

"오랑캐에게 몸을 더럽힌 년이니 가문의 수치라며 그만 집을 나가라 하셨습니다."

말도 안 되는 소리에 신류는 하늘을 쳐다보며 한숨을 쉬었다. 하나뿐인 여식을 나 몰라라 하며 내팽개친 비정한 아비가 무슨 자격으로 어쩔 수 없이 놈들에게 몸을 더럽힌 딸을 부정하며 내쫓을 수가 있단 말인가?

"그래서 이리되신 것입니까? 설령 댁에서 쫓겨났다 한들 도성에서 조금만 기다리셨다면 제가……."

정연은 집에서 내쫓기고 얼마 뒤 자신이 원치 않는 아이를 가졌음을 알게 되었다. 그 아이의 아비는 지난달에 청군에 사로잡히었을 적에 자신의 몸을 더럽힌 물헌장의 부장임을 그녀는 깨달았다. 차마 그런 아이를 뱃속에 잉태하고서 신류를 기다릴 수는 없었다. 그녀는 인적이 없는 곳에서 조용히 이승에서의 생을 마감할까도 고민해 보았다. 하지만 그건 태중에 있는 아이에게 죄를 짓는 일인지라 그럴 수 없었다.

결국 그녀는 천 리가 넘는 먼 길을 걸어 심양에 당도하였다. 그곳에서 물헌장의 부장을 찾아가 사실을 고하고는 자신을 받아 줄 것을 사정하였다. 조선에 있어 봐야 개나 돼지만도 못한 취급을 받을 태중의 아이를 위해서 그녀는 모든 걸 체념하고 자신의 몸을 범한 사내를 남편으로 모시며 살아가기로 결심한 것이었다.

부장은 정연의 말을 진심으로 여기고는 그녀를 소실로 받아들였다. 곧 부장의 본처가 지병으로 세상을 떠나고 정연이 사내아이를 낳으면서 부장의 가솔들은 모두 그녀를 정실부인으로 대접해 주었다.

정연이 낳은 아이는 부장의 유일한 핏줄이었다. 이후 정연을 대하는 부장의 정분은 한층 두터워졌다. 그녀가 조선인이라는 걸 전혀 문제 삼지 않았다. 그 부장이 작금에 영고탑의 물헌장이었다.

"조선과 나리에 대한 기억은 모두 지워 버리려 하였나이다. 허나 그게 뜻대로 되지는 않더이다."

이후 정연은 이십 년 동안이나 좋게 말하면 영고탑 물헌장의 마님으로, 나쁘게 말하면 오랑캐 장수의 후처로 살아 왔다. 그러다 그녀는 얼마 전 영고탑으로 신류가 이끄는 조선군이 당도한다는 소식을 접하였다. 그녀는 그를 만날까 말까를 고심하며 며칠 밤을 지새우다가 마지막으로 한 번만 보고는 깨끗이 잊겠노라 결심하며 이리 어려운 발걸음을 하였다고 알려 주었다.

신류는 끝내 울화를 참지 못하고 주먹으로 가슴을 연신 세차게 내리쳤다.

"정축년 겨울에 도성에서… 도성에서… 낭자를 놔두고 떠나지 말았어야 했습니다. 그랬더라면 낭자가 이리되지는 않았을 것을."

"설령 나리께서 떠나지 않으셨어도 전 곁에 있을 수 없었을 것입니다. 소녀는 이미 더럽혀진 몸이었습니다. 하오니 너무 슬퍼하지 마십시오. 비록 오랑캐를 남편으로 맞이하였으나 그분은 저를 아주 살갑게 대해 주십니다. 어폐로 들리실지 모르나 저는 그분과 함께 살면서 행복하였나이다."

"그걸 어찌 행복이라 말할 수 있겠소?"

"혹시나 나리께서 지난날 소녀에 대한 감정이 아직 남아 있다면 이젠 모두 잊으십시오. 그리하시어 하시는 일마다 대업을 이루시고 나리의 크신 이름을 널리 조선 땅에 빛내시옵소서. 나리를 만나서 이 말씀을 드리고자 이리 찾아왔나이다."

"어찌 그대의 말 한마디로 낭자를 완전히 잊을 수 있겠소이까? 그러기엔 지난 세월 낭자에게 품었던 연정이 너무도 컸소이다."

"나리께서 알고 계시던 정축년의 소녀는 이제 이 세상에 없나이다."

정연은 매정히 돌아서 영채를 떠났다. 신류는 차마 그런 그녀를 붙잡을 수 없었다. 그녀도 아주 힘들게 자신을 남기고 돌아섰음이 분명하다는 걸 잘 알아서였다. 그날 밤 신류는 먼 길을 와서 피로한 데다 술까지 취했었지만 정연에 대한 생각으로 잠을 이루지 못하였다.

신류는 다시 한번 총병관에 제수된 자신의 운명을 원망하였다. 그리되지만 않았더라면 그는 이곳에 올 일도 없었고 아직도 정연에 대한 아름다운 추억만 간직하고 있을 터였다. 더불어 그는 몸을 더럽혔다는 연유만으로 정연을 집안에서 내쫓은 황해도 관찰사를 욕하였다. 만약 그가 여식을 따뜻하게 맞아 주었더라면 정연은 환향녀라는 손가락질을 받지 않은 채 머나먼 이국땅까지 흘러오는 일은 없었을 것이다. 그리고 어쩌면 자신의 부인이 되었을지도 모른다. 환하게 웃을 적이면 분홍 입술 사이로 살며시 드러나는 호치(희고 깨끗한 이)가 특히 아름다운…….

정연의 바람이 아니더라도 신류는 이제 그녀를 잊어야 하였다. 이제부터는 부하들의 안위와 전투에서의 승리만을 염두에 두어야 하였다.

29. 왈가(日可)

유월 이튿날 저녁에 군선이 도착하였다. 부대가 영고탑에 도착한 지 무려 이십 일쯤이 지나서였다. 군선이 도착했다는 소식에 신류는 친히 포구로 나가 정박 중인 배들을 꼼꼼히 살펴보았다. 조선의 판옥선과 생김새가 비슷하긴 하였지만 판옥이 없다는 게 결정적인 차이였다. 급하게 만든 것 치고는 상당히 견고해 보여 당장에 수전을 벌여도 안심이 된다는 게 군선을 관찰하고 난 결론이었다.

나선과의 교전을 위해 금년에 새로이 군선들을 건조한 이들은 바로 화북 지방에서 끌려온 한족들이었다. 바로 김대충의 동포들이었다. 그들은 배를 만든 것도 모자라 이곳까지 노를 젓는 노역도 치렀고 그건 앞으로 나선과 맞붙게 될 전장에서도 마찬가지였다. 그들을 바라보는 김대충의 안색은 어두웠다.

사이호달은 다음 날 열벌마을로 출전한다는 명을 전군에 내렸다. 그곳이 조선과 청나라의 연합군이 나선을 정벌할 동안 머물게 될 주둔지였다. 사이호달이 후방에서 너무 쓸데없이 시간을 지체하는 것 같아 불만이 컸던 신류는 일순 기분이 풀리면서 부하들에게도 이와 동일한 명을 하달하였다. 군관들의 지휘 아래 이백여 명의 병사들은 일사불란하게 출전 준비를 마쳤다.

다음 날 조청 연합군을 태운 군선은 영고탑을 출발하여 송화강을 거슬러 올라갔다. 흑룡강에 들어선 뒤 나선과의 최전선에 자리한 강어귀의 열벌마을에 주둔하였다가 출몰하는 나선을 발견하면 요격하고 그게 성공하면 그들의 요새마저 들이친다는 게 사이호달의 작전이었다. 영고탑에서 열벌마을까지의 길은 종성 행영에서 영고탑에 이르는 거리와 엇비슷할 정도로 멀었다.

이토록 먼 거리를 진군하는데도 도중에 마을이라고는 눈을 씻고 찾아봐도 볼 수가 없었다. 물론 불에 타 쓰러진 가옥들이나 여기저기 널브러진 동물들의 사체들이 한때는 그곳에 마을이 자리했음을 알려 주긴 하였다. 하지만 지금은 황폐하기 그지없는 황무지에 불과하였다.

닷새 뒤에 연합군은 목적지에 도착하였다. 사이호달이 주둔지로 내정한 곳이기에 신류와 그가 이끄는 총병군은 모두 인력과 물자가 풍부한 고을인 줄로만 알았다. 하지만 하선하자마자 그들은 적잖이 실망하였다. 마을이라 부르기에는 민망할 정도로 인적이 드물었으며 그나마 있는 백성들은 다들 피골이 상접하기 이를 데 없었다. 논과 밭은 황폐하였으며 집들은 후하고 입김만 불어도 쉬이 쓰러질 정도로 낡아 빠졌다. 신류는 사이호달이 왜 이러한 곳을 주둔지로 삼았는지 무척 궁금하였다.

연합군을 마중 나온 주둔 병사들의 몰골도 말이 아니었다. 여기저기에 크고 작은 상처를 입어 피가 잔뜩 묻은 천을 둘둘 감은 병사들이 상당수였다. 이를 본 사이호달의 얼굴에 노기가 가득하였다.

"대체 어찌 된 일이냐? 병사들이 다들 왜 이 모양들이야?"

사이호달이 격앙된 목소리로 주둔군의 고산(청의 지휘관 관직)에게 물었다.

"어젯밤에 나선이 마을을 급습하였습니다. 마을 안에서도 그들과 내응한 배신 왈가들이 병기고와 군량고에 불을 지르는 통에 미처 성으로 피신할 틈도 없이 안팎으로 놈들에게 크게 당하였습니다. 면목 없나이다, 도원수. 그래도 다행히 나선을 마을에서 쫓아내는 데는 성공하였고 배신 왈가도 몇 명을 붙잡아 현재 문초 중입니다."

"지금 그따위 말로 패전의 책임을 면하고자 하였더냐? 여봐라, 이놈을 끌어다가 당장 목을 쳐라."

사이호달의 추상같은 호령이 떨어지자 어느새 고산의 좌우에 나타난 병사들이 그를 무릎 꿇리었다. 뒤에 서 있던 병사는 긴 검을 꺼내 그의 목에 갖다 대었다.

"멈추십시오, 도원수. 전장에서 이기고 지는 것은 병가지상사라 했사온데 한 번 실수로 귀한 부하의 목숨을 어찌 이리 쉽게 거두시려 하나이까? 살려 두시었다가 나선과 본격적으로 맞붙게 되었을 때 지난날의 죄과를 씻게 하시옵소서."

괜히 초전부터 아군끼리 피를 보고 싶지 않은 신류가 직접 나서서 고산을 구명하였다. 그럼에도 사이호달의 분노는 쉬이 풀리지 않았다.

"저런 놈을 그대로 살려 두었다간 군의 기강이 바로 서지 않을 것이오. 총병관께서는 이만 묵과하시구려."

신류는 괜히 심기를 건드려 봐야 좋을 것이 없다고 여기고 더는 변호하지 않았다. 고산의 목이 즉각 땅바닥에 나뒹굴었다. 전장에서

사람들이 피를 흘리며 죽어 가는 광경을 숱하게 지켜본 신류도 그만
질끈 눈을 감았다.

조선군은 마을 동편에 버려진 오십 칸짜리 넓은 기와집을 병영으
로, 그 주변에 방치된 백여 호의 집들을 병사들의 거처로 삼았다. 사
이호달의 부대는 마을 중앙에 웅장하게 자리한 성으로 들어가 그곳
에 기거하였다. 서른 척 높이의 성벽을 자랑하였으며 그 주위를 해자
가 빙 둘러싸고 있어 성문이 뚫리기 전까지는 입성이 불가능한 난공
불락의 요새였다. 청군은 이곳을 이양성이라 불렀다.

사이호달의 초대로 이양성을 방문한 신류는 성안의 면모를 살펴
보고는 절로 눈이 휘둥그레졌다. 성의 외양이 중원의 것과 사뭇 달랐
다. 벽은 흙이 아니라 네모반듯하게 자른 돌을 차곡차곡 쌓아 놓은
것이었으며 지붕은 뾰족한 대신 전부 반원이었다. 기둥도 나무가 아
닌 둥그런 석재를 사용하였으며 창문은 위아래 모두 볼록한 곡선을
이루었다. 벽 곳곳에는 머리가 둘 달린 독수리의 그림이 잔뜩 그려
져 있었다. 머리에는 모두 왕관을 쓰고 있었으며 각기 좌우를 바라
보았다. 독수리의 가슴에는 긴 창으로 용을 찌르고 있는 어느 장수
가 새겨져 있었다. 물헌장은 이를 나선이 떠받드는 왕가의 문장이라
고 신류에게 알려 주었다.

이처럼 이양성은 원래 나선이 쌓은 것이었다. 사이호달이 중원에서
대군을 이끌고 이곳으로 진군하기 전까지 나선의 군대가 이곳을 거
점으로 삼았다. 워낙 견고한 곳이라 청군의 병영과 막사를 비롯하여
군기고와 군량고, 사이호달과 휘하 장수들의 저택은 물론 마구간과

대장간, 시장과 객주 등이 모두 성안에 자리하였다. 설령 마을이 적들의 공격을 받아도 성안에 틀어박혀 있으면 족히 몇 달은 버틸 수 있었다. 신류는 이양성을 둘러보며 갑오년에 변급이 끝내 나선의 요새를 함락시키지 못한 연유를 깨닫게 되었다. 나선에게는 확실히 성을 견고하게 쌓는 재주가 있는 듯 보였다.

그런데 정작 이들이 보호해야 할 왈가 백성들의 집과 시설들은 성안 그 어디에도 찾아볼 수 없었다. 전부 성 밖에 자리하였고 청군과 달리 이들을 지켜 주는 건 높고 단단한 성벽이 아니라 마을 주위로 있으나 마나 하게 세워 놓은 다 쓰러져 가는 목책들뿐이었다. 적들에게 마을 백성들이 무참히 살해되어도 자신들만 안위하면 그만이라는 것인가? 그런 생각이라면 청군은 마을에 주둔할 까닭이 없다. 마을 사람들도 지켜 주지 못하면서 무슨 명분으로 턱하니 마을의 가장 알짜배기 땅을 차지하고 있단 말인가?

신류의 머릿속으로 이런 의문들이 꼬리에 꼬리를 물고 이어졌다.

"이곳이 도원수의 고향이라 합니다."

마을에 도착하자마자 이곳저곳을 탐문하던 윤계인은 신류와 독대한 자리에서 자신이 알아낸 바들을 낱낱이 들려주었다. 이곳에서 태어난 사이호달은 열다섯이 되던 해에 마을을 떠나 건주위로 가서 천명제(누루하치)가 아직 일개 변방의 장수일 적부터 그를 주군으로 모셨다. 그리고 그를 따라 여러 전장을 누비면서 혁혁한 공을 세웠다. 그리하여 병자년 호란 때에는 마침내 물헌장의 직위에까지 오르게 되었다.

명나라를 몰아내고 중원을 차지하는 데에 일조한 사이호달은 충분히 북경의 황궁에서 공신의 대접을 받으며 유유자적한 나날을 보낼 수 있었다. 그러나 그는 미련 없이 북경을 떠나 변방이라 할 수 있는 영고탑으로 부임하였다. 열벌마을에 나선 오랑캐가 출몰하자 그들을 몰아내고 고향을 지키겠다며 황제께 주청을 올렸던 것이다. 무려 삼대를 모신 개국공신의 청을 순치제는 차마 거절할 수 없었다. 동북쪽 변방에서 소란이나 피우는 별종에 신경 쓰기보다는 아직 강남에 은거하고 있는 명나라의 부흥 세력을 몰아내는 데 힘을 써야 한다는 중신들의 여론도 물리치고 순치제는 많은 군사를 내어 주며 그를 영고탑의 양방장경으로 삼았다. 그게 지금으로부터 칠 년 전의 일이었다.

"하온데 도원수의 고향인데도 이곳 백성들은 청군이 주둔하는 것을 몹시 싫어하는 듯합니다."

"아니 어째서 그러한가?"

"원래 이곳 백성들은 야생 여우와 담비를 사냥하여 그 가죽을 내다팔며 생활하였습니다. 그러다 십여 년 전부터 나선들이 마을에 나타나서는 그들로부터 가죽을 사들였습니다. 마을 사람들은 이들과 활발히 교역하였사온데 영고탑에서 나온 청나라 관원들이 이를 엄금했던 모양입니다."

신류는 어렵지 않게 윤계인이 설명하는 정황의 속사정을 간파하였다.

"청나라에서 여우와 담비 가죽은 최상품의 털옷에 쓰이는 옷감이

지. 헌데 이곳 백성들이 나선하고만 교역하게 되면 중원으로 흘러들어오는 가죽이 현저히 줄어들지 않겠는가? 그럼 중원에서 피의 값은 천정부지로 오를 터이고. 그걸 막고자 함이었겠지."

"제 생각도 마찬가지이옵니다. 해서 청나라에 대한 백성들의 감정이 좋지를 못합니다."

"헌데 마을 백성들과 평화롭게 교역을 하던 나선은 왜 갑자기 변심하여 마을을 침략하였을까?"

"그게 저도 이상합니다. 나선으로서는 많은 물량의 가죽을 대주는 백성들과 적대시하는 건 결코 바람직하지 못할 터인데 말입니다."

"교역이고 뭐고 그냥 점령해 버린 다음 몽땅 차지하겠다는 속셈인가?"

신류는 아무래도 마을을 둘러싸고 청나라와 나선 사이에 뭔가 흑막이 있다는 느낌을 지울 수 없었다. 그는 윤계인에게 마을의 실정을 좀 더 소상히 살피라고 지시하였다.

30. 실정(實情)

　다음 날 신류는 급히 이응생을 불렀다. 갑오년에 이곳으로 출정한 경험이 있으니 왈가의 실정에 대해서 뭔가 알고 있으리라는 생각이 들어서였다. 그는 이응생을 통해 좀 더 많은 사실들을 알아낼 순 있었으나 명쾌하게 궁금증이 해소되지는 못하였다.

　"왈가가 사는 마을은 남에서 북으로 무려 사백 리에 걸쳐 점점이 흩어져 있사옵니다. 그중 강 상류와 중류의 마을은 작금에 나선이 점거 중이며 하류의 열벌마을부터는 청군이 차지하고 있습지요. 갑오년에는 열벌마을 아래에도 여러 마을들이 즐비하게 자리하고 있었습니다. 헌데 금년에 그곳들은 전부 폐허로 변해 있었나이다. 나선이 이곳을 지나쳐 그곳을 습격하였다고 보기에는 어렵고 소인으로서는 도무지 어찌 된 영문인지 모르겠습니다."

　왈가는 수백 년 동안 흑룡강을 젖줄 삼아 평화롭게 마을을 이루며 살아가던 부족이었다. 그런데 나선이 출몰하고 이를 물리치고자 중원에서 청군이 밀어닥치면서 지난 십여 년 동안 왈가는 자신들의 터전을 송두리째 이들에게 빼앗기고 말았다. 즐비했던 마을들은 폐허로 변하였고 각기 다른 민족들에게 점령된 땅은 왕래조차 불가능하다. 이게 모두 여우와 담비 가죽을 차지하려는 두 이민족들의 물욕이 빚어낸 참상이었다. 신류는 왈가의 비극이 남의 일처럼 느껴지지 않았다. 정축년의 조선인도 왈가 못지않은 참혹함을 당하지 않았는가?

이후 여러 군관과 병사들이 신류에게 전해 주는 왈가의 실상은 참으로 안쓰럽기 짝이 없었다.

"청군은 나선 오랑캐들의 침략으로부터 안위를 보장받는 것이 다 자신들 덕분이므로 주둔에 필요한 물자와 경비는 마땅히 왈가들이 지급해야 한다며 그들에게 높은 조세를 거두어들이고 있나이다."

"청군 병사들은 툭하면 민가로 와서 부녀자들을 희롱하며 이를 말리는 자들은 주먹질도 서슴지 않는다고 합니다. 고산들은 자신의 부하들이 이리 행패를 부리는데도 모르는 척 눈감아 준다고 합니다."

"청군과 결탁한 북경 상단의 행수들이 고작 몇 푼어치로 인근 숲을 몽땅 사들이고는 그곳에서 나오는 여우와 담비 가죽들을 몽땅 독식하고 있나이다. 그것들로 의식을 해결하던 백성들이 졸지에 헐벗음과 굶주림에 허덕이고 있습니다."

"청군들이 함부로 버린 폐기물로 인해 강물이 썩어 물고기는 씨가 말랐고 백성들은 마실 수 없으며 들판에는 악취가 풍기고 초목이 자라지 않아 가축들이 죽어 나가기 일쑤라 합니다."

"이를 따지고자 백성들이 삼삼오오 모여 이양성 앞에서 거칠게 항의라도 하면 다들 배신 왈가라고 간주하고는 마구 잡아가서 물고를 내고 있나이다."

속속 들어오는 보고를 듣던 군관 박대영은 마침내 분을 삭이지 못하고 한마디 하였다.

"이게 어디 시정잡배들이나 하는 짓거리이지 어찌 일국의 군사들의 행동거지라 할 수 있나이까?”

“힘없는 나라의 백성들이 겪는 설움이 바로 이런 것일세. 우리도 임진년(1592년)과 병자년에 일이 잘못되었다면 왈가와 다를 바 없었네.”

“저희가 과연 이런 놈들과 어깨를 나란히 하며 싸워야 하는 것입니까? 백성을 위하는 것을 으뜸으로 삼아야 하는 관리의 한 사람으로서 차마 못 할 노릇이옵니다.”

총병군에 동행한 군관들 중 가장 나이가 어린 박대영이 고고한 서책에나 나올 법한 말들을 하며 울분을 토했다. 그가 부르짖는 위민을 등한시하는 관리들은 비단 열벌마을의 청군들만이 아니었다. 조선에도 팔도의 도처에 널려 있었으며 조정의 고관들이 자리한 도성 또한 마찬가지였다. 머지않아 박대영도 조금 전에 청군들에게 냈던 역성을 필경 조선의 벼슬아치들에게도 할 날이 찾아올 것이었다. 그럴 적에 그는 자신과 똑같은 관모를 쓴 그들을 어떻게 바라볼 것인지 신류는 참으로 궁금하였다.

신류에게 전해지는 보고들은 하나같이 마을에 주둔 중인 청군이 이곳 백성들에게 학정을 가한다는 내용이었다. 그랬기에 이를 벗어나고자 마을 백성들 중에 나선과 내통하는 자가 나오는 것일지도 모른다고 여겼다. 청군은 그들을 배신 왈가라 칭하였다. 청군에게는 우선 눈앞의 나선을 물리칠 궁리보다 백성들의 마음을 추스르는 게 급선무였지만 사이호달은 이를 알지도 못했고 관심도 없었다.

열벌마을 백성들이 확실히 청군에게 등을 돌렸음은 다음 날 오후에 벌어진 사건에 의해서 여실히 드러났다. 세 명의 고산이 이끄는 오백여 명의 청군 병사들이 물헌장의 명을 받아 총병군과 함께 방포 조련을 하기 위해 이양성을 나섰다. 그리고 마을 왼편에 자리한 조련 장으로 향하였다. 한참 조련장으로 행군하던 이들에게 불길에 휩싸인 마른 짚이 잔뜩 쌓인 마차가 돌진하였다. 이를 몰던 왈가 사내는 바로 이들의 코앞에서 마차를 멈춰 세웠다. 그리고 얼마 있어 천지를 가득 울리는 굉음과 함께 큰 폭발이 일어났다. 순식간에 사방은 불길에 휩싸였고 팔이나 다리가 잘려 나간 채 피를 흘리며 괴로워하는 병사들의 신음이 넘쳐 났다. 소리 한번 지르지 못하고 두 눈을 치켜 뜬 채 그대로 저세상으로 떠난 이들도 부지기수였다. 온몸이 검게 그을려 형체를 알아볼 수 없는 자가 수두룩하였다. 말에 올라 으스대며 병사들을 이끌고 가던 세 명의 고산은 모두 저승사자에게로 인도되었다.

총병군은 간발의 차로 이 참화를 면하였다. 부대는 초행길이었던지라 폭발이 일어난 곳에서 그리 멀지 않은 장소에서 이들을 만나 함께 조련장으로 향하기로 약속이 되어 있었다. 만약 그들과 조금만 일찍 합류하였더라면 총병군의 운명도 청군과 다를 바 없을 터였다. 이날의 사건으로 청군은 졸지에 삼백팔십 명의 장병을 적들과 싸워 보기도 전에 허무하게 잃었다. 이후 마을은 사건의 배후를 밝히겠다는 청군 병사들의 수색으로 한바탕 큰 몸살을 앓았다.

이때까지만 하더라도 신류는 배신 왈가가 노리는 목표가 오로지 청군인 줄로만 알았다. 하지만 이는 그의 오산이었다. 그들은 신류의 부하들도 마땅히 제거해야 할 대상으로 여겼다. 어찌 보면 당연하였다. 총병군은 청나라의 연합군으로서 이곳에 왔으니 그들이 보기에는 청군과 마찬가지로 증오의 대상이었다.

머지않아 왈가들은 총병군을 노리는 공격도 속속 자행하였다.

31. 민폐(民弊)

첫 번째는 차마 공격이라고 부르기 민망할 정도로 어설펐다. 그래도 총병군을 향한 왈가의 분노를 여실히 느끼기에는 충분하였다. 청군이 마련해 준 방포 조련장에서 사건이 벌어졌다. 총병군이 쓰라고 청군이 내어 준 조련장은 마을 남쪽에 드넓게 펼쳐진 들판을 아무렇게나 차지하여 네모반듯하게 목책을 두르고는 그 안에 표적 몇 개를 세워 놓은 것에 불과하였다. 그저 구색만 갖추었기에 서쪽으로 터 놓은 입구에 '調練場'이라고 적힌 팻말을 박아 두지 않았다면 영락없이 군마를 기르는 마구간이나 가축의 우리쯤으로 여겼을 것이다. 그도 그럴 것이 조련장 바닥은 양 떼들이 뜯어먹기 좋은 풀들로 덮여 있었다.

"사방이 탁 트여 있어 멀리서 돌진해 오는 적들을 방포하는 조련을 하기에 더없이 안성맞춤이옵니다."

조련장을 둘러본 배명장이 흡족한 표정을 지으며 말하였다. 종성에서는 사방이 험준한 산세로 둘러싸여 있어 이만한 들판을 구경하기가 쉽지 않았다. 조련장의 시설들은 미흡하기 짝이 없었으나 그래도 병사들이 방포 조련을 하기에 이보다 더 좋은 곳은 인근에서 찾기 어려웠다. 신류는 조련장을 친히 안내한 물헌장에게 감사의 말을 전하고는 곧바로 병사들의 조련을 시작하였다.

이후 병사들은 내리 사흘 동안 아침부터 저녁까지 줄곧 조련장에서 살다시피 하며 방포 조련만을 거듭하였다. 아직 열벌마을 인근의 지형에 익숙지 아니하여 함부로 발을 들여놓았다가는 숨어 있던 나선이나 배신 왈가의 공격에 속수무책으로 당할 위험이 있었다. 그래서 종성 행영에서 했던 기동 조련이나 공방전 등은 전혀 할 수가 없었다.

병사들은 이제 열 발이면 열 발 다 표적에 맞출 정도로 명포수가 다 되어 있었다. 이러다 보니 병사들은 이런 불평들을 늘어놓았다.

"이거 허구한 날 땅에 붙어 있는 과녁만 맞히려니까 따분하구면."

"그러게 말일세. 종성에서처럼 공방전이나 벌이면 재미있을 텐데."

"배 초관의 말을 듣자 하니 주변 숲에는 가죽으로 팔면 몇백 냥씩 받을 수 있는 야생 여우들이 넘쳐난다는데 돈도 벌고 기동 조련도 할 겸 사냥이라도 내보내 주면 좋겠어."

모든 게 방포 실력이 일취월장하면서 생긴 자신감과 여유에서 비롯되었다. 그들을 보면서 승리의 자신감을 얻은 신류는 차라리 서둘러 나선과 교전을 벌이고 일찍 귀국하면 어떨까라는 낙관적인 생각도 품게 되었다. 이미 그에겐 출정에 나서면 부하들과 함께 속절없이 죽을지도 모른다는 두려움 따위는 사라지고 없었다.

지난날과 다를 바 없이 조련장에서 온종일 따분히 표적을 향해 방포만 일삼던 병사들에게 놀라운 일이 벌어진 건 나흘째 되는 날 오후였다. 어디선가 한 무리의 양 떼들이 나타나 조련장 안을 마구 휘저으면서 바닥에 놓인 풀들을 마구 뜯어 먹었다. 북쪽에 미처 보수를 하지 않아 목책이 뻥 뚫린 곳이 있었는데 그리로 들어온 것이었다. 순조롭게 진행되던 조련을 양 떼들이 방해하는데도 병사들은 신경질을 내기보다는 좋은 구경거리가 생겼다는 듯 재미난 얼굴로 쳐다보았다.

"이보게, 정 초관. 간만에 내기 한번 해 보지 않겠나? 어느 초가 가장 많이 양들을 쓰러트리는가 말이야."

배명장은 이 말이 떨어지자마자 가장 왼편에 자리한 표적 바로 아래의 풀을 뜯어 먹던 양을 향해 방포하였다. 양은 외마디 울음소리와 함께 풀썩 그 자리에 쓰러졌다. 배명장이 솜씨를 보이자 정계룡도 가만히 있을 수 없었다. 보란 듯이 그도 양 한 마리를 보기 좋게 쓰러트렸다. 이러자 윤계인, 김대충이 지휘하는 초원들도 너나 할 것 없이 표적으로 삼은 양들에게 방포를 가하였다. 방포 소리에 놀라 양들이 울부짖으며 정신없이 조련장 안을 돌아다녔는데도 병사들은 대부분 어렵지 않게 그것들을 쓰러트렸다.

신류도 병사들의 행동을 제지하지 않았다. 예기치 못한 사태이긴 하였지만 사냥대회와 비슷한 조련 효과를 얻을 수 있겠다는 계산이 들었고 무엇보다 병사들이 간만에 너무도 즐거워하기에 이를 망치고 싶지가 않았다. 이럴 적에 겨우 열 살이 될까 말까 한 어린 왈가 소년이 멀리서 조련장을 향해 달려왔다. 소년은 철환이 빗발치는데도 목책을 가볍게 뛰어넘더니 조련장 안으로 들어섰다. 자칫 잘못하면 총병군이 쏜 철환에 소년이 맞을 수도 있는 위험천만한 상황이었다.

"멈춰라, 모두 방포를 멈추어라."

하지만 신류의 고함은 방포 소리에 묻혀 병사들에게 들리지 않았다. 방포를 중지할 적에 휘두르는 붉은 기를 박대영과 유응천이 휘두르는 것을 보고 나서야 병사들은 방포를 멈추었다. 그 와중에도 소년은 조련장 안을 돌아다니며 쓰러진 양들을 살펴보고 있었다. 그러더니 이내 울음을 터트렸다. 소년의 대성통곡이 온 조련장 안에 가득 울려 퍼졌다.

"얘야, 어찌 된 영문인지 소상히 말해 보아라."

신류는 왈가 말에 능통한 통역관을 대동하고 소년에게 다가가 물었다. 소년은 주먹으로 눈물을 닦다가 이내 그의 정강이를 힘차게 걸어찼다. 신류는 무척 아팠으나 내색하지 않고 얼굴만 살짝 찡그렸다. 박대영이 환도를 꺼내 소년의 목에 들이대었다.

"네 이놈, 방금 네가 무슨 짓을 저질렀는지 아느냐? 죽음을 면치 못하리라."

소년은 박대영이 무슨 말을 하는지는 알아듣지 못하였지만 자신이 지금 무슨 짓을 저질렀는지 깨닫고는 털썩 무릎을 꿇고 다시 엉엉 울어 대었다.

"영감, 당장 이놈을 끌고 가서 따끔한 벌을 내리겠나이다."

소년은 엄연히 한 부대의 지휘관을 상해하였기에 군율에 따라 처벌을 받는 것이 마땅하였다. 그러나 신류는 굳이 그러고 싶지 않았다. 일종의 측은지심이었다.

"그만두게. 아직 미혹한 어린애가 한 짓을 어찌 벌한단 말인가? 그대는 이 아이를 잘 달래어 집으로 돌려보내고 대신 양친을 모시고 오게. 무슨 영문으로 이 아이가 이리 슬퍼하고 나에게 발길질까지 하였는지 자초지종을 들어야겠네."

박대영은 신류의 명을 따라 소년을 달래어 집으로 돌려보내고 대신 그의 양친을 군영으로 불러들였다. 신류는 단순히 부른 것이지만 끌려온 것이라 여긴 소년의 양친은 그를 보자마자 땅바닥에 엎드려 두 손을 싹싹 빌었다.

"소인의 자식이 감히 장군님의 귀하신 몸에 상처를 입혔나이다. 그 죄 백번 죽어도 마땅하나 아직 아무것도 모르는 어린애가 한 짓이니 부디 그 애는 용서하시고 대신 저희를 벌하여 주시옵소서."

"나는 그대들을 벌할 생각이 추호도 없다. 다만 어찌하여 양 떼들과 소년이 조련장에 들어와서 소란을 피웠는지를 알고 싶을 뿐이다. 그러니 나에게 소상히 말하여라."

소년의 양친은 저간의 사정을 말하기 꺼려 하며 한참을 머뭇거렸다. 마지못해 신류가 온화한 얼굴을 거두고 호통을 쳐서야 그들은 겨우 입을 열었다.

"지난해 겨울에 물헌장은 마을 백성들이 양과 염소들에게 풀을 먹이던 목초지를 함부로 점거하고는 그곳에 방포 조련장을 만들어 놓았습니다. 워낙 갑작스레 이루어진 일이라 영문을 모르는 양과 염소들은 저희가 잠시 한눈만 팔아도 그곳으로 넘어가 풀을 뜯어 먹곤 하였습니다. 그러다 보니 병사들이 쏜 총에 맞아 죽는 가축들이 툭하면 발생하였습지요."

오늘도 마찬가지로 소년이 애지중지 키우던 양들은 소년이 잠깐 낮잠을 자는 사이에 예전과 다름없이 조련장으로 와서는 풀을 뜯어

먹다 변을 당하였다. 소년이 뒤늦게야 이를 알아차리고 황급히 달려왔지만 이미 손쓸 도리가 없었고 이에 대한 화풀이를 신류에게 했던 것이었다. 신류는 배명장이 맨 처음에 양을 쏠 때 말리지 않은 걸 후회하였다. 본의 아니게 그는 마을 백성들에게 민폐를 끼친 셈이었다. 그건 얼마 전 박대영이 했던 말마따나 위민을 가장 우선시해야 하는 관리의 덕목에 어긋나는 짓이었다. 그는 이제라도 아끼던 양들을 잃어 슬픔에 빠져 있는 소년을 위로해 주어야겠다는 생각이 들었다.

"청군들은 얼마의 값으로 변상하였느냐? 우리도 그에 걸맞게 지급하겠다."

"그들은 단 한 번도 변상해 준 적이 없사옵니다."

신류는 청군이 백성들의 재산을 손상하였으면서도 어찌하여 일체의 변상을 하지 않았는지 도무지 이해가 되지 않았다. 이 또한 왈가가 청나라에 등을 돌릴 수밖에 없는 결정적인 연유였다. 신류는 총병군마저 그리해서는 안 된다고 다짐하였다.

"저잣거리로 사람을 보내어 양의 값을 알아내고는 지급할 터이니 그리 알고 돌아가거라. 그리고… 무엇보다 그 아이에게 내가 진심으로 사과한다고 전하여라. 그래도 분이 풀리지 않는다면 오른편 정강이도 내어 줄 터이니 와서 차라고 하여라. 이건 정녕 내가 실없이 하는 소리가 아니다."

소년의 양친은 한바탕 큰 곤욕을 치를 각오를 하고 왔다가 오히려 예기치 못한 변상을 받게 되자 마치 횡재라도 한 듯 신류에게 연신 허리를 굽혀 인사를 하고는 돌아갔다. 신류는 조련장에 죽은 양들을

모두 수거하여 구운 다음 저녁에 병사들의 찬거리로 내어놓으라고
지시하였다.

　이것이 총병군을 향해 왈가가 자행한 첫 번째 공격이었다. 다행히
이 사건은 신류의 왼편 정강이에 살짝 멍이 든 것으로 마무리되었
다. 왈가의 두 번째 공격은 바로 다음 날 저녁에 벌어졌다. 열벌마을
에 머문 지 엿새째 되던 날, 윤계인이 그만 정체를 알 수 없는 왈가
들에게 사로잡히고 말았다.

32. 납치(拉致)

청군이 형식적으로나마 마을을 둘러싼 목책에 수비병을 배치하면서 마을의 경계가 어느 정도 이루어졌다. 그래서 신류는 병사들이 저녁을 들고 나면 통금 전까지 마을 안을 자유로이 돌아다니도록 허락하였다.

병사들은 대부분 이양성 안에 길게 자리한 유곽에서 시간을 보내었다. 행영에서 오랫동안 사내들 틈에 부대낀 데다 출정에 나서서도 여인을 품에 안을 기회가 없었던 그들은 고작 몇 푼의 돈으로 수많은 여인의 몸을 탐하였다. 동포의 여인들이 몸을 파는 것에 거부감을 가졌던 김대충과 아직도 갑오년에 자신의 눈앞에서 죽은 말년이를 잊지 못하는 이응생, 과묵하게 홀로 있기를 좋아하는 김사림만이 유곽을 드나들지 않았다.

유곽에는 다양한 민족의 여인들이 존재하였다. 망국의 설움을 안고 이곳까지 끌려온 한족이 가장 많았고 왈가가 그다음을 차지하였다. 청군과의 교전 중에 붙잡혀 유곽으로 오게 된 나선 여인들도 있었다. 그들이 유곽의 여인들 중에서 가장 인기가 많아 합궁하려면 많은 비용을 치러야 하였다.

신류도 그동안 말로만 들었던 나선을 직접 볼 수 있다는 생각에 곧장 그곳으로 달려갔다. 그들은 여인이었지만 웬만한 사내 못지않은 큰 키에 떡 벌어진 어깨를 자랑하였다. 금색이나 갈색 머리에 가슴은 크고 다리는 길었으며 팔뚝과 허벅지는 무척이나 굵었다. 신류는 나선에 대해 뭔가를 캐내고자 이것저것 물어보았지만, 그들은 전혀 그의 얘기를 알아듣지 못하였다. 마찬가지로 신류도 그들이 하는 말을 전혀 알아들을 수 없었다. 그들은 매일 밤 말이 통하지 않는 사내들을 연신 받아들이고 있었다.

"예전에는 이곳에 조선 여인들도 많이 있었습지요."

유곽에 동행한 유응천이 신류에게 억지로 들여보낸 한족 여인은 능숙한 조선말로 이런 얘기를 늘어놓았다.

"그런데 어찌 지금은 통 보이지 않느냐?"

"한 칠팔 년 전쯤엔가 삿갓을 쓴 한 사내가 이곳에 나타나 그들을 모조리 구했지요. 손에 꼭 들어가는 총을 아주 잘 다루었사온데 조선인들만 구해 낸 걸 보면 아마 조선 사람이었나 봅니다. 조그마한 나라에서도 그렇게 의인이 나타나는데 어찌 드넓은 중원에서는 한 명도 없을까 가끔 한탄스럽기도 하옵니다."

여인이 말한 의인은 생김새나 행동이나 마치 지난해에 조선 팔도를 떠들썩하게 했던 방포거사와 다를 바 없었다. 방포거사가 머나먼 북녘땅까지 가서 그리하였을 리는 없고 다만 행색과 무예가 비슷한 자의 소행일 터인데 아무리 그래도 어찌 그리 똑같을 수 있는지 신류는 참으로 의문이었다.

유곽 다음으로 병사들이 많이 찾았던 곳은 이양성 중앙부에 자리한 시장이었다. 시장은 조선과 비슷하면서 달랐다. 좁은 통로의 양쪽에 똑같은 크기의 가게나 공방이 들어선 것은 비슷하였지만 통로의 위쪽을 둥근 지붕으로 덮어씌운 점은 달랐다. 지붕 곳곳에는 채광이나 통풍을 위해 마차 바퀴만 한 구멍을 군데군데 뚫어 놓았다. 이 역시 나선이 만든 것으로 이양성에 상주하는 상인들이 그대로 물려받아 사용하였다.

시장은 조선에서는 좀처럼 보기 드문 진귀한 물건들을 잔뜩 팔고 있었다. 심양이나 북경을 드나들던 상인들을 통해서 말로만 전해 듣던 천리경이나 안경, 구라파와 왜국의 동편에 자리한 대양 너머의 대륙을 상세히 그려 놓은 지도며 금으로 장식된 나침반 등을 그곳에서 모조리 볼 수 있었다. 유복은 상단의 행수답게 장사 수완을 발휘하여 매년 일정 물량의 나침반과 천리경을 사들이기로 그곳 상인들과 거래를 텄다. 군적에 이름을 올리기 전에는 대부분 논밭을 매던 농민들이었던 병사들은 자신이 원하는 시간에 소리를 내어 알려 준다는 자명종을 마련하고자 가지고 온 돈을 몽땅 털었다. 신류도 교전 중에 혹시 도움이 될까 하여 가장 성능이 좋다는 덕국의 천리경을 하나 마련하였다. 이양성의 바깥, 열벌마을의 스산한 풍경과는 달리 이양성의 시장은 마치 도성의 운종가처럼 사람과 물자로 넘쳐 나며 활기를 띠었다.

윤계인이 납치된 날도 그곳은 마찬가지였다. 정계룡과 함께 이양성의 시장을 방문한 그는 시장에서 하나뿐인 세책가에서 오랜 시간 구라파의 천문서를 들여다보고 있었다. 정계룡은 바로 맞은편에 자리한 객주에서 술로 목을 축였다. 어디선가 굉음과 함께 큰 폭발이 일어났다. 그러자 객주 바로 옆에 자리한 비단 가게의 지붕이 흔적도 없이 날아가 버렸다. 이내 가게는 화염에 휩싸였다. 이와 동시에 복면을 쓴 괴한들의 무리가 나타나 총을 공중을 향해 방포하며 사람들을 위협하였다. 일순 시장 안은 아비규환으로 변하였다. 사람들은 마구 비명을 지르며 괴한을 피해 도망을 다녔다. 위험을 감지한 윤계인과 정계룡은 황급히 몸을 피하고자 하였다.

그런데 괴한들은 애초부터 윤계인을 노렸던 듯 출몰하자마자 곧장 세책가로 향하여 그에게 달려들었다. 워낙 상대하는 적수가 많았던 윤계인은 꼼짝없이 그들에게 포박을 당했다. 윤계인을 구하고자 정계룡이 나서 보았지만 괴한들이 그에게 위협 방포를 가하여서 도무지 접근할 수가 없었다. 그는 괴한들이 몰고 온 마차에 윤계인이 실려 가는 것을 속수무책으로 바라볼 수밖에 없었다.

어디선가 총성이 들리며 괴한 하나가 가슴에 피를 흘리고 쓰러졌다. 정계룡이 소리가 난 곳으로 고개를 돌리자 김사림이 한 손으로는 고삐를 잡으며 말을 몰면서 다른 한 손으로는 괴한들에게 마상총을 방포하였다. 그 솜씨가 워낙 뛰어나 이후 연거푸 괴한 셋이 그가 쏜 총을 맞고 죽었다. 불의의 일격을 당한 괴한들은 황급히 마차를 몰며 그곳을 빠져나갔다.

"나는 계속 저들을 추격할 터이니 자네는 속히 군영으로 돌아가 장군님과 동료들에게 이 사실을 알리게."

김사림은 말을 마치자 다시 고삐를 휘두르며 괴한들의 마차를 뒤쫓았다. 그는 북쪽으로 난 성문을 향하였다. 정계룡은 그의 말대로 부리나케 군영으로 달려가 이러한 사실을 신류에게 고하였다. 신류는 전군의 모든 병사에게 출전 준비를 하라는 명을 내렸다. 곧 전 장병들이 무장을 갖추고는 군영으로 모였다.

"아무래도 그들은 마을을 벗어나 강줄기를 따라 상류로 거슬러 올라간 듯하옵니다."

탐망에 나갔던 병사들이 돌아와 이같이 보고하자 신류는 즉각 전군을 이끌고 그곳으로 향하기로 결정하였다. 하지만 마을 입구에서 물헌장이 이끌고 온 군사들에게 제지되었다.

"총병관, 일단 흥분을 가라앉히십시오."

"소관의 부하가 정체불명의 적들에게 잡혀갔소이다. 서둘러 구하지 않으면 그자의 운명이 어찌 될지 장담할 수 없소."

"섣불리 마을을 벗어났다간 적들의 함정에 빠지기 쉽소이다. 우선은 군사를 물렸다가 노원수와 차후를 논의한 후 다시 군사를 움직여도 늦지 않소."

흥분한 가운데서도 신류는 물헌장의 말이 옳다고 여겼다. 하는 수 없이 그는 일단 병사들을 군영으로 돌려보내고는 사이호달을 찾아갔다.

"도원수께서 안전하다고 호언장담하신 이양성 내에서 소관의 부하가 적들에게 사로잡혔소이다. 서둘러 대책을 마련하시지 않으면 그는 필시 큰 곤경에 처할 것이외다."

사이호달이 너무도 태평스럽게 말하며 신류의 화를 돋우었다.

"아마 그자는 살아서 돌아오기 어려울 것이오. 공연히 부하 하나를 구하겠다고 전군을 위험에 빠트리지 마시고 그만 자중하시구려."

"도원수, 그게 말이 되는 소리이십니까? 하루아침에 부하를 잃었는데 자중하라니요?"

신류는 하마터면 청나라의 고관이라는 신분도 잊고 그에게 달려가 멱살이라도 잡을 뻔하였다. 하지만 이를 눈치챈 유응천이 고개를 가로저으며 말리어 겨우 참았다. 그래도 그는 사이호달에게 한마디 아니하고 물러날 수는 없었다.

"장군께서는 부하들의 목숨을 어찌 여기시는지는 몰라도 소관은 부하 한 사람 한 사람이 모두 소중하오이다. 아무리 장군께서 말리셔도 부하가 잡혀 있는 곳을 알아내면 소관의 군사들만이라도 움직일 터이니 그리 알고 계십시오."

그러고는 냉랭히 돌아서 청군 군영을 나왔다. 사이호달은 그런 그의 뒷모습을 보면서 연신 혀를 끌끌 찼다.

33. 포로(捕虜)

　이리나는 열벌마을에서 그리 머지않은 인근 산속에 자리한 산채를 방문하였다. 그곳은 열벌마을에 주둔 중인 청군을 공격하기 위해 암약 중인 배신 왈가들의 근거지 중 하나였다. 배신 왈가들은 스테파노프 장군이 지휘하는 쿠마르스크의 러시아 주둔군과 손을 잡고는 그들로부터 화포와 식량을 공급받았다. 대신 그들은 열벌마을에서 입수한 청군에 대한 정보를 가져다주었다. 이양성 안에서 은밀히 거래되고 있는 담비 가죽을 몰래 빼돌려 그들에게 팔면서 군자금을 충당하기도 하였다.

　배신 왈가들은 이곳을 약사마을이라 지칭하였다. 마을이라 불러도 결코 손색이 없을 정도로 산채는 청군의 학정을 못 이기고 흘러들어온 왈가들로 넘쳐 났다. 워낙 험준한 산중의 깊숙한 곳에 자리한지라 청군은 불과 오십 리 밖에서 적들이 둥지를 틀고 있음에도 이를 전혀 눈치채지 못하였다.

　이리나는 매달 그랬던 것처럼 자신의 직속 부하들과 함께 은밀히 화포와 식량을 싣고 와서는 마을 사람들이 장로라고 부르는 수장에게 건넸다. 그리고 그간 들어온 청군 진영의 소식을 전해 들으려는 찰나, 장로는 평소와는 다르게 의미심장한 미소를 지으며 통역관으로 삼은 수하를 통해 말을 전달하였다.

　"며칠 전에 열벌마을에서 활동 중인 동지들로부터 대두인 하나를 넘겨받았소. 한 번 만나보시겠소이까?"

대두인의 참전 소식을 접한 뒤부터 스테파노프는 묘한 흥분과 함께 긴장한 기색을 역력히 드러내어 이리나의 걱정을 샀다. 장군의 근심은 대두인들에 대해 무지하다는 데서 비롯되었다. 그저 사년 전에 그들과의 싸움에서 패배하고 물러난 전임 사령관의 전투일지를 통하여 간략하게 청군과는 다르게 방포술에 매우 뛰어난 민족으로만 파악할 뿐이었다. 그들에 대한 소상한 정보가 절실하였는데 때마침 대두인 하나를 사로잡았다고 하니 이리나로서는 여간 희소식이 아닐 수 없었다.

"소관이 그자를 데려갔으면 합니다만……."

"그건 곤란하오이다. 저희도 그자를 이용해서 열벌마을에 붙잡혀 있는 동지들을 구하려고 생각 중이오."

허나 이리나는 장로의 표정에서 그가 그럴 뜻이 별로 없음을 간파하였다. 재빠르게 장로의 의중을 파악한 그녀가 새로운 제안을 내놓았다.

"어차피 사르후다 그자가 그대의 동지들을 순순히 풀어 줄 거라 보십니까? 그러지 마시고 대두인을 저희에게 넘기십시오. 그럼 일전에 탈취한 청나라의 군수품 중에서 대조총을 모두 드리도록 하겠습니다."

뜻밖의 엄청난 제안에 장로는 별다른 고민 없이 손짓으로 곁에서 시립 중인 부하를 가까이 불러들였다. 그런 다음 잠깐 그자와 귓속 말을 나누었다. 이윽고 부하가 나가자 장로는 호쾌한 목소리로 답하였다.

"좋소이다. 내 지시해 두었으니 이따 돌아가시는 길에 대두인을 데려가도록 하시오."

이러한 제안을 내걸면 분명 장로가 받아들일 거라 자신하였으나 너무나 쉽게 받아들이자 이리나는 다소 당혹스러웠다.

"열벌마을에 억류 중인 동료들은 괜찮겠습니까?"

"그 점은 염려하지 않으셔도 되오. 우리에게도 나름대로 복안이 있으니까. 당신 말대로 사르후다가 순순히 포로 교환에 응하지도 않을 터이고. 약속한 대조총이나 확실히 넘겨주도록 하시구려."

이리나는 장로의 음흉한 의중을 도통 알 수가 없었다.

이리하여 윤계인은 약사마을로 끌려온 지 이틀 만에 다시 복면을 눌러쓴 채 사방이 두꺼운 합판으로 둘러싸인 마차에 실려 쿠마르스크 요새로 끌려갔다. 대부분이 스테파노프 장군을 따라 광활한 시베리아를 횡단하여 그곳에 배치되었기에 대두인을 접하기는 이번이 처음이었다. 그런 까닭에 요새에 도착한 윤계인이 마차에서 내리자 다들 그를 보기 위해 우르르 주위로 몰려들었다. 복면을 벗은 윤계인도 휘둥그레진 눈으로 그들을 바라보았다. 서책으로만 접했을 뿐 구라파인들이 그의 눈앞에서 자신과 똑같은 표정으로 자신을 바라보며 서 있는 게 무척이나 신기할 따름이었다.

윤계인을 에워싼 병사들 사이에서 약간의 웅성거림이 일더니 일순 양옆으로 물러나면서 길을 열어 주었다. 그러자 그곳에서 위아래 모두 군청색으로 물들인 제복에 검은 군화와 장갑, 그리고 황금색 쌍

두 독수리 문장이 새겨진 망토를 휘날리며 스테파노프가 천천히 걸어 나왔다. 그가 허리춤에 찬, 루비와 호박이 박힌 검집에서 빛나는 붉은 섬광은 사령관으로서의 그의 위엄을 한층 돋보여 주었다.

이를 통해 적의 수장임을 단번에 알아차린 윤계인이 재빨리 표정을 고치고는 그를 노려보았다. 다만 자신을 이곳까지 끌고 온 것에 대한 적개심에서 비롯된 것은 아니었다. 괜히 초면에 약한 모습을 보여 그에게 대두인에 대한 비굴한 인상을 심어 주고 싶지 않은 까닭이었다. 뒤에서 누군가 양어깨를 짓누르며 그를 주저앉혔다. 그가 고개를 돌려보니 금발머리에 백옥 같은 피부를 자랑하는 여성이 스테파노프와 똑같은 제복을 입고서는 굳은 얼굴로 그를 쳐다보았다. 바로 이리나였다.

장기현을 드나드는 왜관 상인을 통해 구한 여러 서책에서 구라파의 몇몇 왕국들은 여인이 왕이었던 적도 있다는 사실을 알고 있었다. 허나 여자가 군인이었다는 얘기는 접하지 못했었다. 단번에 윤계인의 관심은 이리나로 옮겨졌다.

"혹시 당신도 이곳에 주둔 중인 군인이시오?"

윤계인은 그저 단순한 호기심을 주체하지 못하고 내뱉은 질문이었지만 이리나를 비롯하여 그곳에 자리한 모든 러시아 병사가 놀란 표정을 감추지 못했다. 비록 그가 무슨 말을 하는지는 이해하지 못했지만 분명 또박또박한 발음으로 네덜란드어를 구사하였다는 걸 알았다. 스테파노프 역시 동방의 이민족이 러시아와 인접한 나라의 말을 자유스럽게 구사하는 데 놀라움과 호기심이 잔뜩 일었다.

"이리나, 방금 이자가 너에게 뭐라고 지껄인 것이냐?"

이리나는 요새 주둔군 병사 중에서 유일하게 네덜란드어를 할 줄 알았다. 어머니가 아버지와 혼인하기 전까지는 그곳의 수도인 암스테르담에서 기거하였던 탓에 어머니로부터 배울 수 있었다.

"제가 군인인지를 물어보았습니다."

"저자와 어떻게 소통해야 되나 고심했었는데 네가 네덜란드 말을 할 줄 아니 참으로 다행이군. 네가 저자를 심문하여 나에게 보고토록 하여라."

스테파노프는 윤계인의 주변을 맴돌면서 찬찬히 훑어보고는 자리에서 물러났다. 병사들도 이에 맞추어 각기 제 위치로 돌아가기 위해 분주히 움직였다. 어느새 윤계인의 주변에는 이리나와 그가 부리는 수하 두 명만이 자리하였다.

"저자를 집무실로 끌고 오너라."

수하들에 의해 이리나의 집무실로 끌려온 윤계인은 박달나무로 만든 직사각형의 탁자를 사이에 두고는 그녀와 마주 앉았다. 이리나의 손짓에 양옆에서 윤계인을 지키고 서 있던 수하들이 물러났다. 그러자 윤계인은 한결 밝아진 표정으로 밧줄로 묶인 두 손을 내밀며 그녀에게 악수를 청하였다.

"반갑소이다. 이 몸은 조선에서 온 윤계인이라고 하오이다. 이번에 그대들과 대적하기 위한 총병군에 자원하였소이다. 그 전까지는 길주에서 아이들을 가르치며 틈틈이 소설을 집필하기도 하였소."

붙잡힌 신세인데도 넉살 좋게 적에게 자기를 소개하며 인사를 건네는 그가 이리나는 어이가 없었다. 하지만 강경한 태도로 일관해서는 심문에 그다지 도움이 되지 않겠다고 여겨 표정을 풀고는 그의 악수를 받았다. 말투도 다소 공손하고 예의 바르게 바꾸었다.

"소관은 이곳을 지휘하는 스테파노프 장군의 부장으로 있는 이리나 소령이라고 합니다."

"소령이라는 게 높은 관직이오? 남녀의 유별이 엄격한 조선에서는 감히 있을 수 없는 일이라 소인은 그저 낭자가 신기할 따름이오."

"이번에 출병한 대두인의 규모와 목표는 어찌 되는지 말씀해 주시지요."

"그것보다 낭자는 무예에 출중하시오? 하긴 그러하니 무관이 되었겠지요. 그럼 구라파의 여인들은 모두 당신처럼 무예에 능한 것이오? 혹시 여인 중에 장군이나 고관대작도 있는 것인지요?"

심문하려고 그를 앞에 데려다 놓았는데 오히려 거꾸로 받게 되자 이리나는 속으로 화가 끓어올랐다. 그러나 윤계인은 자신의 처지도 잊고 능글맞은 웃음을 지으며 이리나를 계속 빤히 바라보았다.

"그럼 이렇게 합시다. 서로가 궁금한 것들이 많은 듯하니 각자 알고 싶은 것들을 서로에게 물어보고 답해 주기로 하지요. 어떻소이까, 낭자?"

실랑이를 벌이며 시간을 끌어 봤자 별 도움이 되지 않으리라 여긴 이리나는 하는 수 없이 그의 제안을 받아들였다. 그리하여 한동안 그녀의 집무실에서는 네덜란드어로 수많은 얘기가 오갔다. 그 사이 윤계인은 구라파인들이 즐겨 마신다는 커피라는 음료도 얻어 마셨다. 윤계인이 군의 기밀과 같은 곤란한 질문을 하지 않아서 이리나는 비교적 편안하게 답해 줄 수 있었다. 마찬가지로 윤계인도 이리나의 질문에 대부분 아는 바대로 솔직하게 말해 주었다. 어차피 이양성 깊숙한 곳까지 이들과 손잡은 배신 왈가들이 준동한 마당이니 총병군에 관한 웬만한 정보는 이미 넘어갔으리라 판단한 그는 일부러 뻗대지 않았다.

윤계인은 이리나와 대화하면서 나선에 대해 많은 걸 알게 되었다. 일단 구라파에서도 여인이 왕위에 오르거나 장수가 되거나 벼슬길에 오르는 건 아주 특별한 경우라는 것. 자세한 내막을 알려 주지는 않았으나 그녀도 우연한 계기로 군문에 들어섰다고 알려 주었다. 현재 나선의 왕국은 구라파 대륙 북동부에서 초원길 위에 자리한, 눈으로 뒤덮인 광대한 지역을 그들이 '차르'라고 부르는 황제가 다스리고 있으며 총병군이 예견한 것처럼 야생 여우와 담비 가죽의 수급을 위해 구라파에서부터 점진적으로 동진한 것은 맞았지만 그게 주된 이유는 아니라는 것도 알게 되었다.

"부동항이 필요하다?"

나선의 왕국은 지리적인 단점으로 인해 겨울에는 항구를 에워싼 바다가 얼어붙어 상선의 운항이나 함대의 배치에 많은 어려움을 겪고 있었다. 스테파노프의 전임 사령관이 조사한 보고에 따르면 그들이 아무르강이라 부르는 흑룡강의 지류를 따라 군선을 타고 남쪽으로 이틀 정도로 내려가면 바다로 이어지는데 하류와 바다가 만나는 지점에다 항구를 건설할 계획이라고 알려 주었다. 윤계인의 머릿속에 담긴 만주 일대의 지도에서 이리나가 말한 항구의 지점은 두만강에서 그리 멀지 않은 곳에 자리하였다. 만약 나선의 장대한 계획이 성공을 거둔다면 머지않은 후일에는 두만강 인근을 어지럽혔던 우매하고 난폭한 오랑캐들과 달리 앞선 문명을 자랑하는 강대한 이민족과 국경을 맞대야 할지 몰랐다. 이게 장래 조선에 있어 호재가 될지 악재가 될지는 지금으로서는 가늠할 수 없었다.

여기에까지 생각이 미치자 조금 전까지 적군이지만 아리따운 구라파의 낭자와 정겨운 대화를 나누며 들떴던 그의 기분은 일순 가라앉았다.

"정녕 그대들은 그 이유로 인하여 이곳으로 출전하였다 그 말입니까?"

"그렇소이다."

어느새 그의 목소리마저 낮고 어둡게 깔리었다. 이리나는 그가 피곤해서 그렇다고 짐작하였다.

"오늘은 이쯤하고 내일 다시 얘기를 나누도록 하지요."

"가만……."

윤계인은 자신을 남겨두고 그만 자리에서 물러나려는 그녀를 붙잡았다.

"본시 조선은 그대들과 아무런 원한이 없었소이다. 단지 우리들 사이에 청나라가 끼어 있어서 그리된 것일 뿐이니……."

윤계인은 별안간 머릿속으로 기막힌 계책이 스쳐 지나가자 이를 놓치지 않기 위해 그녀를 붙들어 두긴 하였지만, 과연 지금 자신이 하려는 것이 옳은 일인지에 대해서는 분간할 수 없었다. 그러기엔 자신은 그저 힘없고 이름 없는 선비이자 병사일 뿐이었다. 하지만 급작스러웠으나 웅대하기 이를 데 없는 윤계인의 계책은 충분히 이리나를 붙잡아 두기에 충분하였다. 그녀는 어느새 그의 손에 묶인 밧줄도 풀어 주고 의자를 탁자에 바짝 붙이며 그의 말을 경청하였다.

34. 협상(協商)

 윤계인이 약사마을을 떠나고 하루 뒤에 새로운 대두인이 그곳으로 끌려왔다. 바로 김사림이었다. 윤계인을 잡아간 배신 왈가의 행적을 뒤쫓다 약사마을이 자리한 산 아래에 이르렀을 무렵 그곳에 잠복 중이던 장창을 든 사내들에게 그만 붙잡히고 말았다. 사실 김사림은 이들을 충분히 제압할 자신이 있었다. 그러나 순순히 그들에게 붙들리는 쪽을 택하였다. 그는 윤계인을 구출하는 것보다 우선인 목적을 마음속에 품고 있었다.

 사내들은 그를 산채로 데려가 장로 앞에 내놓았다. 이윽고 장로가 유창한 청나라 말을 구사하며 그를 심문하였다.

 "그대는 어찌하여 대두인의 진중에서 벗어나 이곳에서 홀로 사로 잡히게 되었는가?"

 "그것보다 그대들이 잡아 두고 있는 대두인은 무사한가?"

 "일전에 붙잡힌 젊은 선비를 말하는가?"

 "그렇다."

 "일단 그자를 풀어 줘라. 그럼 내가 그대들을 찾은 연유를 밝히겠다."

 "우리한테 붙잡힌 것이 아니라 우리를 찾아왔다?"

 "중원에 있을 적에는 이보다 더한 곤경에서도 헤쳐 나왔다. 그런 내가 너희 같은 조무래기들을 제압하지 못할 터냐!"

장로는 김사림의 근거 없는 자신감에 어이가 없었지만 꾹 참고 그가 하는 양을 계속 지켜보았다.

"보아하니 그대들은 열벌마을에 주둔 중인 청군들에게 적개심이 있는 듯한데 그건 나 또한 마찬가지이다. 특히 그들의 수장 사이호달은 이 손으로 없앨 생각이니 뜻이 있으면 나에게 힘을 보태어라."

장로에게는 귀가 솔깃한 뜻밖의 제안이었지만 김사림의 말을 전적으로 믿을 순 없었다.

"내가 너의 말을 어찌 믿겠느냐?"

순간 그는 현란한 발차기로 양옆의 사내들을 단숨에 제압하였다. 그런 다음 재빨리 벽으로 달려가 그곳에 걸려 있던 창날로 단숨에 양손을 묶은 밧줄을 끊었다. 그리고 발목에 숨겨둔 마상총을 꺼내어 장로의 관자놀이에 갖다 대었다. 안에서 웅성거림을 느낀 다른 활가 사내들이 조총과 장검으로 무장하고 장로의 방에 들어섰지만 인질로 잡힌 장로로 인해 꼼짝할 수가 없었다.

"그대들과 협상할 마음이 없었다면 당장에라도 이 총으로 자네의 머리통을 날리고는 곧장 뒷문으로 달아났을 것이다. 어떤가? 잠시 이 험악한 분위기는 걷어 내고 내 계획을 찬찬히 들어볼 터인가? 사이호달을 암살할."

장로로서는 그를 믿고 안 믿고를 떠나 일단 자신의 머리를 겨냥하는 마상총을 치우는 것부터가 우선이었다. 서둘러 손짓으로 주위를 에워싼 수하들의 무장을 풀게 하였다. 그제야 마상총을 거둔 김사림이 다시 그의 앞에 마주 앉으며 얘기를 시작하였다.

"이번 일을 통해 이양성 내에 그대들의 일당과 비밀 통로가 있다는 걸 알았으니⋯⋯."

장로는 잠자코 그의 말을 들었다. 그런데 다 듣고 나니 꽤 괜찮은 계책이었다. 그의 말에 일말의 거짓이 없다면 이번 기회에 큰 골칫덩어리를 손쉽게 해결할 수도 있는 노릇이었다.

한편 쿠마르스크의 요새에서는 윤계인과의 심문을 끝낸 이리나가 스테파노프의 집무실 문을 두들기며 뵙기를 청하였다. 야심한 시각이었지만 아직 잠이 들지 않은 그는 들어오라고 한 뒤 술 한 잔을 건넸다. 그리고 달빛이 새어 들어오는 창문으로 다가가 창턱에 아무렇게나 걸터앉았다. 이리나는 다소 멀찍한 곳에서 그를 바라보며 섰다.

"알아낸 게 좀 있나?"

"네, 비교적 순순히 답해 주었습니다."

이리나는 조금 전까지 윤계인에게 들은 바를 소상하게 들려주었다.

"음, 대두인들이 사는 나라는 아무르강 하류에서도 한참이나 더 내려간 곳에 자리한 조선이라? 예전부터 청나라의 속국은 아니었고 몇십 년 전의 전투에서 대패한 대가로 그들과 조약을 맺은 탓에 어쩔 수 없이 출병하였다? 사 년 전이나 지금이나 우리와 대치 중인 조선의 총병들은 실은 청나라를 무찌르기 위해 대두인의 왕이 기른 병사들이고?"

"예, 그렇습니다."

이리나는 잠시 망설이다가 윤계인이 꺼낸 계책도 스테파노프에게 들려주었다. 그는 호기심 어린 눈으로 간간이 술잔을 입에 가져간 채 끝까지 그녀의 얘기를 들었다.

"그자가 대두인과 우리 사이에 협정을 맺고 공동으로 청나라를 몰아내길 원한다?"

"함께 힘을 합쳐 만주에서 그들을 몰아내면 조선은 청나라에 대한 지난날의 원한을 갚을 수 있고 우리는 손쉽게 남하하여 우리가 목표로 했던 부동항을 손에 넣을 수 있을 거라 했습니다. 차후에도 조선과 우리와의 우호 관계를 돈독히 하면 감히 청나라가 우리를 넘보지 못할 거라 전망했습니다."

"그거 괜찮은 생각이군. 아무래도 왈가들만 이용해서는 황제 폐하의 크나큰 뜻을 받들기가 어려울 듯한데 대두인과도 손을 잡으면 가능할 듯도 싶구나."

"하오나 대두인들과 자웅을 겨뤄보고 싶다는 장군님의 바람은 어쩌시렵니까?"

"뭐, 그건 차후에 기회가 주어지겠지. 헌데 그자가 허튼수작을 부리려는 건 아니겠지?"

"그건 아닌 듯하나 그자의 계책을 따르자면 일단 출병한 대두인의 수장을 설득하는 게 급선무입니다."

"듣고 보니 그렇군. 근데 그자를 어떻게 설득한다?"

"소관에게 한 가지 계책이 있긴 하온데……."

순간 스테파노프는 이리나가 뜸을 들이는 게 내심 불안하였다. 예전에도 아주 무모한 작전을 세우고 이를 본인이 실행하려 할 적에 자주 보였던 반응이었다. 그는 내색은 하지 않았지만 그녀를 부하 이상으로 무척이나 아꼈다. 일부 병사들의 수군거림처럼 그녀를 흠모해서 그러는 것인지는 본인도 알 수 없었다. 다만 그저 아무 탈 없이 그녀가 계속 자신의 곁을 지켜 줬으면 하는 바람이 강했다. 이게 만약 그녀에 대한 사랑이라고 정의한다면 그는 분명 그녀를 사랑하는 것이었다.

"제가 포로가 되어 이양성 내에 들어간 뒤 기회를 보아 대두인의 수장과 직접 얘기해 보도록 하겠습니다."

스테파노프는 이를 단칼에 거절하였다. 그녀가 무사히 빠져나오는 것을 장담할 수 없는 무모한 계책이었다. 그러한 일에 그녀를 잃을 위험을 일부러 만들고 싶지 않았다.

한편 같은 시각, 이충인은 이양성 내에 유일하게 자리한 포목점 근처를 아까부터 계속 서성거렸다. 며칠 전에 벌어진 배신 왈가들의 준동으로 인하여 이양성 내의 경비가 삼엄해진 탓에 손에 횃불을 든 청군 병사들이 포목점 주변을 계속 순찰 중이었다. 하지만 그는 용케도 그들의 눈을 잘도 피하면서 누군가를 애타게 기다렸다.

얼마 뒤 복면으로 겨우 눈만 드러낸 사내가 달빛에 가리어 짙게 드리워진 어둠 속에서 모습을 드러내었다. 그는 몰래 이충인의 곁으로 다가가 그의 어깨를 친 뒤 손짓으로 자신을 따라오라는 시늉을 보였다. 미지의 사내는 조용히 포목점 옆으로 난 쪽문을 두들겼다. 이윽고 다른 사내가 문을 열어 준 뒤 그를 위아래로 훑어보고는 이내 들어오라는 신호를 보냈다. 앞서 들어간 사내를 따라 이충인도 쪽문 안으로 들어섰다.

포목점답게 베와 무명이 잔뜩 쌓인 창고를 지나 이충인은 안쪽 깊숙이 자리한 방으로 들어섰다. 그곳은 조금 전 지나쳤던 창고와 다르게 조총과 화약들이 사방에 즐비하게 놓여 있었다. 진작부터 이충인을 기다리던 무리 중 하나가 앞에 나서며 그에게 말을 걸었다. 그는 다소 서투르나마 조선말을 구사할 줄 알았다.

"사이호달의 끄나풀은 아니겠지?"

"걱정하지 마시오. 그것보다 나선이 쓰는 조총이나 보여 주시오."

조선말을 하는 사내는 잠깐 뒤에 자리한 동료들과 눈빛을 교환한 뒤 고개를 끄덕였다. 그러자 무리 중의 다른 사내가 기다랗게 둘둘 말린 천을 들고 와 이충인에게 건넸다. 그는 급한 마음에 아무렇게나 천을 풀어 헤쳤다. 그 속에서 황갈색의 개머리판과 은색의 총열이 강렬한 인상을 심어 주는 머스킷총이 모습을 드러내었다. 그는 그렇게 염원하던 나선 조총을 손에 넣자 벌써 내년에 있을 경연에서 박연의 코를 납작하게 누를 생각에 절로 환한 웃음이 터져 나왔다.

"약속한 돈은?"

사내의 입에서 돈 얘기가 나오자 이충인은 그만 웃음을 거두고 허리춤에 달린 주머니를 떼어 그에게 건넸다. 그 속에서는 두툼한 황금 덩어리가 빛을 발하고 있었다.

황금을 받은 사내가 갑자기 히죽거리는 웃음을 보였다.

"근데 말이야. 이곳에 들어오고도 무사히 빠져나갈 수 있으리라 여기고 이런 협상을 벌인 건가?"

순간 주위를 둘러싼 사내들이 일제히 육중한 칼을 꺼내어 이충인에게 겨누었다. 급작스러운 상황에 놀랄 법도 하였건만 의외로 이충인은 침착하게 사내의 말에 답하였다.

"아니지. 이럴 줄 왜 몰랐겠나? 해서 나도 사람들 좀 불러들였지."

이와 동시에 갑자기 창고로 통하던 문이 박살 나면서 그곳에서 한 무리의 총병군이 튀어나왔다. 그러고는 이충인을 둘러싸던 사내들을 에워싸며 그들에게 조총을 겨누었다. 순식간에 전세가 역전된 그들은 칼을 바닥에 던지고는 두 손을 머리 위로 올리며 항복하였다. 이충인은 다시 그들에게서 황금 덩어리가 든 주머니를 뺏어서는 포목점 밖으로 나왔다. 그곳에서 유복이 초조한 얼굴로 그를 맞이하였다.

"이보게, 정녕 배신 왈가들이 확실한가?"

"못 믿겠으면 들어가서 눈으로 직접 확인해 보게. 자네와 약속한 대로 이 황금과 조총은 내가 갖겠네."

이충인은 굴비가 두릅에 엮이듯 포승줄에 묶여 끌려 나오는 배신 왈가들을 지켜본 뒤 휘파람까지 불며 유유히 자리를 떠났다. 어찌 되었든 간만에 군관의 직책에 어울리게 공을 세우게 된 유복은 어깨를 으쓱거리며 목청껏 높여 이들을 서둘러 압송하라 명하였다.

35. 요구(要求)

신류는 윤계인뿐만이 아니라 그를 구하겠다며 홀로 추격에 나선
김사림의 안부도 걱정되었다. 그 역시도 아무런 기별이 없이 여태껏
군영으로 돌아오지 않았다. 괴한을 추격하던 도중 무슨 사달이 난
것이 분명하다고 여겼다. 그런데도 그의 행방을 알 길이 없어 그저
군영에서 발만 동동 굴러야 하는 처지인지라 신류의 심정은 답답하
기 이를 데 없었다.

예전부터 마을에는 이러한 일이 비일비재하였다. 대개는 청군의 고
위 장수나 아니면 그들에게 빌붙은 열벌마을의 백성들이 괴한들에
게 붙잡혔다. 그러나 조선인이 납치된 것은 이번이 처음이었다. 괴한
들은 납치를 자행한 다음 자신들의 요구를 들어주지 않으면 붙잡은
자들의 목숨을 빼앗겠노라고 위협하였다. 괴한들의 요구는 대부분
마을에서 청군이 철수하는 것이었다. 마을에서 암약 중에 붙들린 동
료들이나 나선과 내통했다는 혐의를 받아 억울하게 투옥된 마을 백
성들을 풀어 주라는 게 그다음이었다.

청군은 단 한 번도 이를 들어준 적이 없었다. 청군으로서는 도저히
들어줄 수 없는 요구였다. 그럼 괴한들은 우뚝 솟은 나무 기둥에 납
치한 자들을 묶어 놓고는 그 아래에 쌓아 둔 마른 덤불에 불을 붙
여 태워 죽였다. 아니면 세로로 놓은 널빤지에 구멍을 뚫어 그곳에
처형할 자들의 목을 집어넣은 다음 큰 칼로 내리쳤다. 이 모두 구라

파의 처형 방식을 괴한들이 따라 한 것이었다.

윤계인을 납치한 약사마을의 배신 왈가들은 그를 나선에게 넘겼으면서도 늘 그러했던 것처럼 겁박을 주기 위하여 적진에 서한을 보냈다. 전서구를 이용하였다. 총병군의 군영 상공을 온종일 맴돌던 비둘기를 잡아 보니 다리에 괴한의 요구조건이 적혀 있는 서한이 묶여 있었다.

대두인들은 보아라.

어리석게도 너희들은 중원의 침략자인 여진족들과 함께 평화로운 이 땅을 마구 짓밟고 있다. 그리하여 온 천지신명들과 왈가들의 노여움을 사고 있는바 장차 그 화를 어찌 피할 수 있을는지 염려스러울 따름이다. 이에 우리는 너희들의 우매함을 깨닫게 해 주고자 대두인 하나를 붙잡아 그 본보기를 보이려고 한다.

이제라도 너희들의 잘못을 깨닫고 사흘 안까지 군사를 물린다면 붙잡힌 대두인과 더불어 너희들은 모두 안위를 보장받을 수 있을 것이다. 허나 끝까지 어리석음을 고집한다면 불구덩이 속에 던져질 전우처럼 너희들도 조만간 같은 운명에 처하리라. 그러니 깊이 생각하고 처신하도록 하라.

서력 일천육백오십팔년 칠월 이일

왈가의 자유와 독립을 꾀하고자 모인 협객의 수장이 대두인들에게 보냄

장문 아래에는 불길에 휩싸인 나무 기둥에 한 남자가 묶여 있는 모습을 그려 놓았다. 복색과 얼굴을 보니 영락없는 윤계인이었다. 수

틀리면 윤계인도 돌아오지 못한 청군 장수나 열벌마을의 백성들처럼 불에 타 죽는다는 것을 암시한 것이다.

"이를 어찌하면 좋겠습니까?"

유응천이 상심에 잠긴 얼굴로 말하였다.

"아무래도 도원수를 만나 봐야겠네. 그와 함께 윤 선비를 구해 낼 방도를 찾아내야지."

신류는 유응천을 안심시키고는 서둘러 청군 군영으로 향하였다.

"배신 왈가들에게서 서한이 왔다 들었는데 그 일 때문에 오시었소?"

사이호달은 그가 올 줄 알았다는 듯이 미리 선수를 치며 물었다.

"그렇소이다. 부하의 목숨을 구하는 일이 급선무인지라 일단 저들의 요구대로 소관의 군사를 물리고자 합니다."

신류는 군영으로 오면서 떠올린 생각을 돌리지 않고 바로 말하였다. 그의 말에 사이호달의 안색은 일순간에 어두워졌다. 싫다는 뜻을 여실히 드러낸 것이었다.

"그 후 기회를 다시 보아 소관의 부대가 이곳으로 출정하면 별문제가 없을 듯합니다."

"장수가 전장에 나가면 부하들을 잃는 건 다반지사이오. 하온데 총병관께서는 어찌하여 자그마한 소실에 연연하여 큰 뜻을 도모하기를 저버리시오."

"무릇 장수는 무엇보다 부하들의 안위를 가장 우선으로 해야 한다고 배웠소이다. 설령 부하들을 모두 잃고 적들을 섬멸한들 그게 무슨 소용이 있겠소이까? 지금 병사 한 명의 목숨을 하찮게 여긴다면 장차 큰 교전에서는 더 많은 병사의 목숨을 가벼이 여길 것이외다. 소관은 절대 그리할 수 없소이다."

"총병관께서 군사를 물린다 하더라도 저들이 순순히 귀관의 부하를 풀어 준다는 보장이 없소이다. 더구나 그건 나선과 결탁한 배신 왈가들의 음모이오. 총병관이 군사를 물리는 순간 그들은 나선의 대군을 대동하고 나타나서 이곳을 쑥대밭으로 만들 것이외다. 그럼 장차 흑룡강은 물론 만주 일대, 더 나아가 조선의 국경도 이들의 말발굽에 짓밟힌다는 점을 유념해 두시구려."

사이호달은 자꾸 장황하게 그럴듯한 말들을 늘어놓으며 절대로 총병군의 철군은 불가하다고 밝혔다. 신류는 좀 더 강하게 사이호달을 밀어붙여 자신의 뜻을 반드시 관철시키고 싶었다. 하지만 한편으로 그랬다가는 자신은 물론 부하들 모두가 사이호달에게 험악한 꼴을 당할 것만 같아 불안하였다. 그리하여 그는 또 하릴없이 그의 면전에서 물러나야만 하였다. 그래도 이리 가만히 있을 수만은 없다는 생각에 그는 군영으로 돌아와 모든 장병과 머리를 맞대고는 윤계인을 구할 방도를 모색하였다.

"소인이 알아낸 게 있긴 합니다만……."

초관들을 모두 불러 모은 회의 석상에서 유복은 자신 있게 앞에 나서며 지난밤의 성과를 그들에게 보고하였다. 이양성 내의 포목점이 배신 왈가들의 은신처임을 입수한 자신이 한 무리의 군사를 이끌고 그곳을 들이쳐 다섯 명을 사로잡았으며 그중 한 놈으로부터 마을

밖에 산재한 배신 왈가들의 근거지 중 하나를 알아냈다는 것이었다. 이 같은 보고를 하는 동안 유복의 얼굴은 벌겋게 상기되었다. 남들이 해내지 못한 전과를 올렸다는 뿌듯함에서 비롯되었다.

"그 같은 일이 있었다면 왜 군사를 부리기 전에 내게 미리 알리지 않았는가?"

신류로부터 칭찬을 기대했었는데 그건 고사하고 역정을 듣자 유복은 당혹스러움을 감추지 못하였다. 신류는 자신의 재가도 받지 아니하고 멋대로 군사를 움직인 것은 괘씸하였지만 그렇다고 공을 세운 그를 함부로 몰아붙일 수도 없었다. 이내 화를 누그러뜨리고는 그에게 채근하였다.

"그래, 알아낸 바가 뭐였느냐?"

유복은 다소 시무룩해진 목소리로 지난밤 배신 왈가를 심문하여 얻어 낸 정보를 알려 주었다. 붙잡힌 배신 왈가들은 동료들을 밀고하지 않으려고 완강히 저항하는 통에 두 놈의 다리를 눈앞에서 잘라야 했으며 한 놈은 두 눈을 뽑았으며 다른 하나는 목숨을 잃을 정도로 매타작을 가하였다. 이를 눈앞에서 목격하고 미치기 일보 직전의 나머지 왈가 하나가 순순히 아는 바를 실토하여 얻어 낸 것이었다.

"그들은 배를 타고 강을 한 시진 정도 거슬러 올라가면 자리하는 산중에서 마을을 이루며 기거하고 있습니다. 그들은 나선의 비호를 받사온데 그 수가 무려 천여 명에 이른다고 합니다. 그들은 툭 하면 이곳으로 몰래 잠입하여 백성들을 회유하곤 하는데 이미 그들에게 넘어간 자들이 부지기수라고 합니다. 윤 선비의 납치는 물론 저번

마을의 야습도 모두 이들의 준동이라 하옵니다."

"정녕 그 마을에 가면 윤 선비를 찾을 수 있다는 것이냐?"

"아무래도 그런 것 같사옵니다."

"좋다. 전군 그리로 향한다."

"도원수가 가만히 있겠습니까?"

박대영이 염려되어 물었다.

"만일 막는다면 그를 베고서라도 나아갈 것이다. 그러니 그대는 군사들에게 명을 내려 일다경 동안 모든 무장을 갖추고 모이라 하여라."

박대영은 신류의 굳은 결심을 확인하고는 그의 면전에서 물러났다.

36. 구출(救出)

예상대로 청군은 출정하기 위해 군선에 오르던 총병군의 앞길을 막았다.

"적의 군세를 어찌 가늠하시고 이리 섣불리 움직이신단 말입니까? 분명 전멸을 면치 못할 것이오리다."

물헌장이 위협인지 회유인지 모를 말을 늘어놓았다. 그런다고 신류의 결심을 돌릴 수는 없었다.

"정녕 걱정되시거든 붙잡으려고만 하지 마시고 일군을 이끌고 와 저희를 호응해 주시구려. 그럼 물헌장께 값진 승리를 선사하겠소이다."

신류는 기필코 떠나겠노라고 물헌장에게 잘라 말하고는 병사들이 모두 승선하자 마지막으로 군선에 올랐다. 물헌장은 낭패라는 표정을 지으며 더는 말리지 않고 총병군을 가득 실은 군선이 포구를 떠나는 걸 말없이 지켜보았다.

총병군은 반 시진 만에 하선하였다. 유복이 일러 준 마을이 자리한 산에 이르려면 아직 멀었지만 적들의 눈에 띄지 않게 멀찌감치 떨어진 곳에서부터 몰래 다가가려는 계획이었다. 숨소리와 발소리를 죽여 가며 한 시진을 더 행군하니 유복의 말마따나 이삼백여 호의 가옥들이 즐비하게 늘어선 산채가 나왔다.

"다행히 목책이나 방벽이 마을을 두르지 않아 접근하기는 용이할 듯하옵니다. 허나 문제는 곳곳에 세워 놓은 망루이옵니다. 모든 망루에 대조총이 놓여 있어 자칫 발각이라도 되면 많은 군사가 살상될 것이옵니다."

배신 왈가들은 얼마 전 윤계인을 넘기고 받은 대조총을 마을의 경계를 위해 망루에 배치해 놓고 있었다. 지난해 경연에서 이충인이 선보인 대조총에 비하면 구형이었지만 화력은 화포에 버금가는 강력한 것이었다. 유응천의 보고처럼 그대로 진격했다가는 대조총에서 무수히 쏟아지는 철환에 순식간에 많은 병사가 저세상으로 떠날 것은 자명하였다. 이를 막기 위해선 몰래 망루에 접근해야 했는데 그러기가 쉽지 않아 보였다.

신류는 한참 동안 망루를 무사히 돌파할 방법을 모색하였다. 하지만 도무지 마땅한 계책이 떠오르지 않았다. 이럴 적에 김대충이 찾아와 그의 고민을 해결해 주었다.

"성동격서라는 병법이 있지 않습니까? 망루를 점거할 이들만 남겨놓고는 모든 병사가 우회하여 다른 방향에서 마을을 공격하는 것이옵니다. 아니 공격하는 척만 하는 것이지요."

왈가들은 자연스럽게 망루에 대한 방비를 소홀히 한 채 그쪽으로 모든 병력을 돌릴 것이다. 그때 남아 있던 아군들이 단숨에 망루를 점거한다. 이후 대조총의 총구를 마을 안으로 돌리고 들이친다면 필경 적들은 머리와 꼬리를 서로 돌볼 틈 없이 자중지란에 빠지다가 아군의 협공에 무너진다. 이게 바로 김대충이 내놓은 계책이었다.

꽤 그럴듯하다고 여긴 신류는 일말의 망설임도 없이 이에 따랐다. 그는 곧바로 아군을 둘로 나눈 다음 적들의 시선을 돌리는 일은 유응천과 박대영이 맡게 하였다. 남아서 망루를 점거하는 일은 자신이 직접 지휘하는 병사들이 맡았다. 김대충의 계책대로 한 시진 뒤 마을을 빙 돌아 망루와 정반대 방향에서 급습을 가한 박대영과 유응천의 군사들은 일부러 소란을 피우며 적들을 자신들에게로 유인하였다. 그러자 망루 주위에 파놓은 참호에서 매복하던 병사들이 죄다 그곳으로 향하고 망루에 배치된 병사들밖에 남지 않았다. 이들을 정계룡, 배명장, 김대충, 이응생 같은 명포수들이 제압하는 건 누워서 떡 먹기보다 쉬웠다. 이들은 백 보 안팎에서 저격을 통해 병사들을 쓰러트리고는 각기 서너 개씩의 망루를 점거하였다.

이제 총병군이 일제히 머리와 꼬리에서 함께 적을 들이칠 차례였다. 신류는 박대영과 유응천의 군사들이 볼 수 있게끔 허공에 신포(신호를 보내기 위해 쏘던 화포)를 발사하였다. 적의 뒤를 들이칠 터이니 그쪽에서도 전력을 다해 적들과 대항하라는 약속이었다. 적들이 워낙 후방의 방비를 등한시한 덕분에 신류가 이끄는 병사들은 고작 이삼십 명에 불과했는데도 단숨에 마을 한복판까지 들이치는 데 성공하였다. 난데없는 곳에서 튀어나와 공격을 가하는 총병군 앞에 마을의 백성들은 모두 칼과 총을 꺼내 들며 덤벼들었다. 하지만 가히 상대되지는 못하였다. 곧 그들이 이루는 시체가 산을 이루고 그 피는 강을 이루었다.

총병군은 적들을 베어 넘기면서도 저마다 윤계인의 행방을 찾아보았지만 도무지 그의 모습이 보이지 않았다. 그러는 사이 박대영과 유응천의 군사들을 상대하다 마을의 위기를 알고 돌아온 왈가들이 속속 몰려들어 총병군을 공격하였다.

"아무래도 적들도 무리를 둘로 나누어 하나는 저희를, 다른 하나는 군관 나리들의 군사를 상대하는 것 같습니다."

정계룡이 적의 군세를 확인하고는 다급히 보고하였다. 신류는 난처한 기색을 감추지 못하였다. 붙잡은 배신 왈가들의 실토에 의하면 적들의 수는 아군의 다섯 배에 달하였다. 그런 그들이 평정심을 되찾고 적절히 군사를 나누어 아군과 맞상대를 벌인다면 수적으로 열세인 총병군은 고전을 면치 못하다 몰살당할 것이 분명하였다.

"하나 초는 적들에게서 빼앗은 대조총으로 몰려오는 놈들을 응수한다. 둘 초와 세 초는 나와 함께 환도로 근접한 적들을 제압하며 아군이 구원하러 올 때까지 버틴다."

신류는 우선 병사들을 세 개의 초로 나누고는 이같이 명을 내렸으나 잘되리라고는 장담하지 못하였다. 유응천과 박대영의 군사들이 구원해 주지 않으면 꼼짝없이 이곳에서 모두 목숨을 잃을 판이었다. 병사들은 죽음이 문턱에까지 이르렀는데도 의외로 침착하게 몰려오는 적들을 쓰러트렸다. 얼핏 보아도 족히 백 명은 넘어 보이는 적들의 시신이 전방에 아무렇게나 널브러져 있었다. 그런데도 적들은 전우의 시체를 넘어 계속 진군해 왔다. 이제 신류가 이끄는 군사는 철환도 모두 소진하여 더는 조총으로 그들을 제압할 수 없었다. 아직까지 두 군관이 지휘하는 군사들의 움직임은 보이지 않았다.

그래도 모든 병사가 낙심하지 않고 굳은 얼굴로 환도를 비껴 잡고는 괴성을 지르며 다가오는 적들을 노려보았다. 신류도 그들 사이에서 칼을 높이 치켜들었다.

"살고자 하는 이는 죽을 것이오, 죽고자 하는 이는 살 것이다."

주제넘다는 걸 잘 알았지만 신류는 명량해전에서 충무공 이순신이 했던 말을 써먹었다. 비록 자신은 감히 충무공과 비교할 순 없겠으나 적어도 지금의 자신과 부하들의 처지는 당시 명량 앞바다에서의 삼도수군과 다를 바 없었다. 신류는 이를 악물고 맨 처음 마주한 어느 젊은 왈가를 어깨에서 허리까지 환도로 크게 베었다. 그는 외마디 비명도 지르지 못한 채 그 자리에서 쓰러졌다. 그러나 잠시 숨을 고르기도 전에 조금 전에 죽은 젊은 적병과 동년배로 보이는 자가 긴 창을 신류에게 휘둘렀다. 그는 간신히 이를 받아내긴 하였으나 자칫 잘못했으면 정수리에 창이 정통으로 관통될 뻔하였다. 신류는 그자마저 단 세 합에 제압하고는 주위를 둘러보았다. 모든 아군 병사가 배가 넘는 적병들을 상대로 악전고투를 벌이고 있었다. 다행히 아직 적의 칼날에 숨을 거둔 이는 없어 보였다. 그러나 그것도 언제까지일지는 알 수 없었다.

신류가 열 번째 적병을 쓰러트릴 때쯤 어디선가 요란한 총성이 울려 퍼졌다. 그는 드디어 기다리던 유웅천과 박대영의 군사들이 왔다고 여겼다. 그러나 총성은 그들이 진군해 올 방향과 정반대에서 울렸다. 뒤를 살펴보니 물헌장이 이끄는 수백여 명의 청군이 방포를 가하며 총병군에게 다가오는 중이었다.

"저희를 구원하고자 이리 와 주시어 참으로 고맙소이다."

"그 얘기는 나중에 하기로 하고 일단 놈들을 모조리 섬멸합시다."

신류는 처음으로 진심을 가득 담아 물헌장에게 고마움을 표하였다. 그러나 그는 별로 대수롭지 않다는 듯 넘기고는 그의 장검을 적들에게 마구 휘둘렀다. 물헌장의 검술이 가히 예사롭지 않았다. 청군의 가세로 전세는 단숨에 뒤집혔다. 적들은 죽거나 도망치거나 무조건 양자택일이었다. 어느새 유웅천과 박대영의 군사들도 상대하던 적들을 전멸시키고는 아군과 합류하였다.

"장군, 무사하셨습니까?"

군관들은 신류의 안위를 물었으나 그는 오히려 그들을 따라나선 병사들의 안위가 더 걱정스러웠다.

"병사들은 다들 어떠한가?"

"크고 작은 상처를 입은 자들이 더러 있지만 전사한 자는 단 한 명도 없습니다."

"나도 마찬가지일세. 이리 아무도 희생 없이 대승을 거두었으니 참으로 하늘이 우리를 도우셨네."

약사마을의 남자들은 모두 무기를 들고 덤벼들었다가 죽임을 당하였기에 살아남은 마을 백성들이라고는 어린애들과 부녀자들에 불과하였다. 이들은 모두 겁에 질린 얼굴로 줄줄이 포승줄에 묶여서는 군선에 실렸다. 이제 그들을 기다리고 있는 곳은 영고탑의 노예시장이었다. 얼굴이 반반한 자는 고산의 애첩이 될지도 몰랐다. 어찌 되었든 가혹하고 비참한 것은 매한가지였다.

이러다 보니 반나절 전까지만 하더라도 수백 명의 백성들이 살았던 마을은 원한에 사무쳐 이승을 떠도는 귀신들만이 나올 듯한 폐허로 변하였다. 열벌마을에 당도하기 전까지 보았던 잿더미로 변한 마을들도 다들 이러한 참화를 겪었던 것일까? 어쩌면 마을 백성들은 윤계인의 납치에 아무런 일조를 하지 않았을 수도 있는데 이에 대한 덤터기를 모조리 뒤집어쓰고 화를 당한 것 같아 신류는 안타까운 마음을 금할 길이 없었다.

유응천이 장로를 잡아 와 문초를 하였다. 연로한 몸인 데다 신류에게 끌려오기 전 이미 무수히 얻어맞아 몰골이 말이 아니었다. 신류는 그런 그에게 문초를 가한다는 것이 마음에 걸렸지만 윤계인과 김사림의 행방을 알아내기 위해서는 어쩔 도리가 없었다. 장로는 입을 굳게 다물었다. 하지만 함께 끌려온 그의 어린 여식이 아버지가 겪는 고초를 더는 두고 볼 수 없어 모든 걸 실토하였다.

"닷새 전에 잡혀 온 젊은 선비는 아버님께서 이곳을 매달 들르는 나선에게 넘기셨나이다. 그보다 하루 뒤에 붙들린 마상총을 쓰는 무관은 저희들이 조나 수수를 보관하는 토굴에 가둬 놓았사옵니다."

읍소하며 말하는 그녀에게서 거짓은 찾아볼 수 없었다.

"유 군관은 서둘러 토굴로 향하여 김사림이 무사한지 살펴보도록 하게."

명을 받은 유응천이 서둘러 군사 몇 명을 대동하고는 장로의 여식이 손가락으로 가리키는 방향으로 향하였다.

"이 일을 어쩌면 좋습니까? 저년의 말대로라면 윤 선비는 나선의 요새로 끌려간 게 아닙니까? 그들을 구하고자 죽음도 불사하고 이곳까지 왔사온데 허탕을 치게 되었으니 애석할 따름입니다."

박대영이 분통을 터뜨리며 말하였다. 비단 그런 심정은 그뿐만이 아니라 모든 병사가 마찬가지일 터였다. 이와 달리 청군은 물헌장을 비롯하여 모든 병사가 기쁨에 넘쳐 있었다.

"역시 명불허전이라더니 총병군의 위용은 실로 대단했소이다. 앞으로의 교전에서 총병군의 활약을 다시 한번 기대하는 바이오."

물헌장에게 잘 보이고자 한 일이 아니었기에 칭찬을 받아도 신류는 전혀 기쁘지가 않았다. 물헌장은 연신 흐뭇한 미소를 지으며 약사마을에서 거두어들인 재물을 부하들에게 골고루 나누어 주었다. 분배한 것 중에는 용모가 빼어난 마을의 여인들도 포함되어 있었다. 장로의 여식은 그녀를 간절히 원했던 어느 늙은 고산에게 넘겨졌다. 그는 그녀의 가슴과 엉덩이를 마구 주무르며 헤벌레 웃었다.

토굴로 향했던 유응천은 그곳에서 여식의 말대로 김사림을 발견할 수 있었다. 피골이 상접해 있을 것이라는 예상과 달리 그는 건장한 몸이었다. 그는 의연하게 토굴 문을 열어 주는 유응천에게 안부 인사를 건네기도 하였다.

"이곳까지 오시는 동안 무탈하셨습니까?"

"지금 남 걱정할 때인가? 그래 자네는 어디 몸 상한데 없이 무사하고?"

김사림은 대답 대신 서둘러 화제를 돌렸다.

"안타깝게도 윤 선비는 이곳에 있지 않은 듯합니다."

"그건 장로의 딸년을 통해 이미 들었네. 일단은 돌아가서 대책을 강구해 봐야지."

그날 저녁에 총병군과 물헌장이 인솔하는 청군을 태운 군선은 약사마을을 떠나 열벌마을에 당도하였다. 포구에 내리니 뜻밖에도 영고탑에 있어야 할 정연이 그의 아들과 함께 마중을 나와 있었다. 신류는 반가운 마음에 낭자에게로 달려갔다. 하지만 그녀는 그에게 눈길도 주지 않은 채 물헌장에게 다가가 안기었다. 물헌장도 그녀를 꼭 안아 주었다. 신류는 그제야 정연이 물헌장의 안사람이라는 사실을 자각하였다. 겉으로 보기엔 정연과 물헌장의 금슬은 참으로 좋아 보였다. 신류는 그 모습을 보니 그나마 다행이라는 생각이 들었다. 그래도 마음 한구석에 밀려오는 허전함을 감출 길은 없었다. 신류는 그들을 뒤로하고 군영을 향해 쓸쓸한 발걸음을 옮겼다.

　한편 신류와 마찬가지의 심정으로 군영으로 향하는 이가 또 있었다. 바로 김사림이었다. 그는 총병군이 약사마을을 들이닥쳤을 적에 장로와 한 약속을 계속 머릿속으로 상기시켰다.

37. 잔치(殘置)

열벌마을로 도착한 날 밤에 이양성 내에서는 승전 잔치가 펼쳐졌다. 다만 총병군과 청군이 동석하지는 않았다. 아직 두 군사들은 전장에서는 몰라도 평시에는 어깨를 나란히 할 만큼 살갑지 못하였다.

총병군은 나선이 식량 창고로 사용했던 거로 추정되는 2층 가옥에서 잔치를 즐겼다. 가옥 아래에 드넓게 자리한 지하실에는 나선이 두고 간 포도주들이 사람 가슴 높이만 한 키를 자랑하는 술통 수백여 개에 가득 담겨 있었다. 때문에 잔치에서 총병군들이 술 걱정할 일은 없었다. 청군들은 그걸 너무 시큼하다며 질색하고는 내팽개쳐 두었지만 이상하게도 총병군들은 색깔만 다를 뿐 고향에서 고된 일을 마치고 돌아오면 한 잔씩 들이켜는 탁주와 다를 바 없다며 다들 거리낌 없이 들이켰다.

처음에는 같은 초원들끼리 기다란 탁자를 중심으로 둘러앉아 술을 마셨다. 하지만 차츰 시간이 지나면서 그들은 다른 초원들과도 어울리며 고향에서 즐겨 부르던 노래를 흥얼거리거나 아직 못다 한 잡담을 나누었다. 불과 며칠 전까지만 하더라도 느닷없이 자행된 배신 왈가들의 준동에 상당수의 청군 병사들이 눈앞에서 목숨을 잃고 동료들이 납치되는 일들을 겪으면서 이들은 연일 울적한 나날들을 보냈었다. 비록 객지에서 허망하게 죽을 수도 있다는 각오를 다지고 참전한 것이긴 하였으나 갑작스레 찾아온 죽음의 공포를 쉬이 극복하기는 어려웠다. 그런데 오늘의 승전보로 이들은 다시 용기를 얻었다. 이를 잔치에서 맘껏 표출하는 중이었다.

다들 술에 거나하게 취하면서 이곳저곳으로 흩어지는 바람에 본의 아니게 배명장의 초원들이 자리했던 탁자에는 그와 이응생, 단둘만이 남게 되었다. 서로 불편한 기색은 역력하였지만 그렇다고 누군가 먼저 자리를 피하지도 않았다. 한동안 둘 사이에서는 흥겨운 잔치에 어울리지 않는 적막감이 유유히 흘렀다. 그러나 내심 이러한 분위기가 못마땅했던 배명장이 먼저 입을 열었다.

"오늘 전투에서 자네 전과는 어찌 되는가?"

이응생은 시선을 손에 든 술잔에 고정한 채 웃옷 안쪽에서 작은 주머니를 꺼내 배명장의 눈앞에 던졌다. 주머니가 탁자와 부딪치면서 둔탁한 소리를 냈다. 배명장은 주머니를 자기 쪽으로 가져와 천천히 열어 보았다. 안에는 피 묻은 철환들이 이삼십여 개쯤 들어 있었다.

"배 초관은 얼마나 되시오?"

배명장도 허리춤을 잠시 매만지더니 철환을 새끼줄로 엮은 목걸이를 이응생에게 꺼내 보였다. 역시 철환에는 모두 딱딱하게 굳은 피들이 묻어 있었다. 대충 보아도 자신이 내놓은 철환보다 뒤지지 않는 개수였다. 총병군들은 이번 전투에서 살상한 적들의 심장이나 관자놀이에 박힌 철환을 도려내어 자신들의 전과를 기록하였다.

"몸은 녹슬었어도 실력은 어디 가지 않았습니다요."

이응생이 비록 비꼬면서 얘기하긴 하였지만 배명장의 전과를 인정해 주었다.

"자네야말로 갑오년의 참전용사라는 명성이 헛되지 않구먼."

배명장도 역시 이응생의 칭찬에 화답하는 말을 건넸다.

"다음번엔 이보다 더한 철환으로 나선의 심장을 꿰뚫어 보일 터이니 기대하시구려."

"나라고 가만있겠는가? 어디 다음번엔 결판을 내보세."

이러면서 배명장은 포도주가 담긴 사발을 이응생에게 내밀었다. 이응생은 말없이 술병을 들어 그가 내민 사발과 부딪치고는 단숨에 비웠다. 둘은 아직 서로에 대하여 고리타분한 늙은이와 철부지 애송이라는 인식을 지우진 못했다. 하지만 이번의 전투를 통하여 든든한 전우라는 사실을 깨닫게 되었다. 친근하지만 무능한 아군보다는 백배 나은 존재였다.

신류는 유복을 비롯하여 박대영, 유응천 두 군관과 함께 따로 자리를 마련하였다. 그 자리에서 신류는 출정 전과는 달리 유복에게 친히 술을 따라주며 배신 왈가들의 근거지를 알아낸 공을 치하해 주었다.

"일전에는 내가 감정이 좀 격하여 심하게 나무라긴 하였네만 그래도 이번 전투에서는 자네 공이 적다고 할 수 없네. 자네가 이양성 내에 암약 중인 배신 왈가들을 발본색원하지 않았다면 어찌 이 같은 전과를 얻을 기회를 얻을 수 있었겠는가?"

"아닙니다. 소관 부족한 몸이나마 장군에게 도움이 되었다면 그것으로 큰 영광이옵니다."

"내 솔직히 얘기하여 자네를 그저 돈이나 다룰 줄 아는 천한 장사

치로밖에 여기지 않았던 게 사실이네. 허나 지금껏 이리 훌륭하게 총병군의 살림을 관장해 주었으며 이렇듯 전공까지 세워 주니 이제야 자넬 군관으로 제수한 내가 좀 체면이 서는 듯하네."

신류는 지금 자신이 할 수 있는 최대한의 찬사를 유복에게 늘어놓았다. 유복은 그동안 서운했던 감정을 깡그리 잊고 그에게 감읍하였다. 반면 자신들을 누르고 상관에게 대접받는 모습을 눈앞에서 지켜보아야 하는 두 군관의 심기는 불편하기 그지없었다. 그래서 신류가 피곤하다며 먼저 자리에서 일어서자 이들도 유복에게 눈길 한번 주지 않고는 뒤따라 나가 버렸다. 홀로 남게 된 유복은 연달아 잔을 비우고는 답답한 마음을 달래기 위해 밤공기를 쐬고자 밖으로 나섰다.

잡화점에서 은거 중인 왈가 사내 넷을 사살하고 마을에 잠복 중인 배신 왈가들의 수색을 끝낸 청군은 이제 더는 왈가들의 준동이 없을 것이라 여기고 경계를 다소 느슨히 풀었다. 그래서 야심한 시각에 홀로 총병군의 군영으로 향하는데도 유복이 마주친 순찰병들은 하나도 없었다. 대신 다른 길로 군영에 들어서는 정계룡과 정문 앞에서 조우하였다.

"요새 왜 이리 나에게 냉랭한가? 내게 무슨 서운한 감정이라도 있는 건가? 있으면 허심탄회하게 얘기해 보게."

정계룡은 우연히 유복과 단둘이 얘기할 기회가 주어지자 주저 없이 그에게 말을 걸었다. 유복은 역정이 가득 담긴 표정으로 그에게 고함을 질렀다.

"어디서 한낱 초관 따위가 군관에게 함부로 하대를 하는가? 자네는 부하로서의 예의와 법도를 모르는가? 한 번만 더 나에게 이리 대하였다간 자넬 군법으로 다스리겠네."

정계룡은 화를 내며 돌아서는 유복을 그저 말없이 바라볼 수밖에 없었다. 이제 친구가 되었으니 사석에 있을 적에는 직책을 떠나 편하게 말을 트자고 먼저 제안한 이는 바로 그였다. 자신에게 단단히 감정이 상한 것이 있어 저러는 것이라 이해는 하였지만 도무지 그게 무언지 알 수 없는 유복의 심정은 답답하기만 하였다.

한편 잔치 자리에서 몰래 빠져나와 홀로 군영으로 돌아온 이들은 정계룡과 유복 말고도 또 있었다. 김대충은 포구 옆에 군선의 노잡이로 부리는 한족 노예들을 가둬놓은 목책 안으로 몰래 잠입하였다. 이들을 감시할 약 이십여 명의 병사들이 사방에 배치되어 있긴 하였지만 시각이 야심해지면서 졸거나 딴짓을 하느라 단신으로 목책 안에 들어서는 데에는 별 어려움이 없었다.

목책 안에는 노예들이 묵는 천막들이 즐비하게 자리하였다. 그가 가슴에 품고 온 손거울로 빛을 반사시키며 전방에 신호를 보냈다. 그러자 그곳에서도 마찬가지로 똑같은 신호가 전달되었다. 김대충은 조심스레 발소리를 죽여 가며 그곳으로 향했다. 어느새 나타난 한 무리의 사내들이 일제히 그를 둘러쌌다. 다들 누더기 같은 옷에 뼈만 앙상한 몰골을 지녔다. 무리 중의 하나가 앞에 나서며 말하였다.

"당신이 산해관에서 조대수 대장을 모시었던 김대충 장군이 맞으십니까?"

"그렇소. 일전에 나에게로 병부의 인장이 찍힌 서찰을 보낸 이가 대체 누구시오?"

"바로 저입니다."

김대충에게 말을 걸었던 자가 주저 없이 대답하였다.

"하면 당신도 이곳으로 붙들려 오기 전까지는 무관이셨소?"

"그렇습니다. 경오년에 원숭환 대장군께서 억울하게 무고를 당하셨을 적엔 그분의 휘하에 있던 요서성의 성주를 지냈으며 오랑캐들에게 중원을 빼앗기고 난 후에는 화북 일대에서 의병들을 이끌기도 하였습니다."

"그러신 분이 어인 일로 저를 이리 은밀히 보자고 하신 겁니까?"

"무슨 우여곡절을 겪으시고 작금에는 조선인이 되시어 총병군에 들어가셨는지는 모르겠으나 엄연히 대명 제국의 장수이자 신하가 아니시옵니까? 저희와 뜻을 같이해 주시길 청하고자 무례함을 무릅쓰고 이 자리로 불렀나이다."

"뜻이오?"

"소관을 비롯하여 이곳에 붙들린 이백여 한인들은 기회를 보아 탈출을 감행하려 하나이다. 그럴 적에 장군께서도 저희에게 힘을 보태 주시면 감사하겠나이다."

너무나 엄청난 얘기를 전해 들은 김대충은 한동안 정신이 아득해져 옴을 느꼈다. 적진의 한복판에서, 그것도 다른 적들과 대치한 이 판국에 탈출을 시도하다니 그건 불구덩이로 뛰어드는 불나방처럼 죽으러 가는 거나 다름없었다. 그런 무모한 짓거리에 이들은 자신을 끌어들이려 하였다. 이국땅에서 한때는 오랑캐라 업신여겼던 자들에게 매일매일 고통을 받는 동족의 처지를 모르는 바가 아니었기에 마땅히 힘이 된다면 보태 주는 게 옳은 일이었다. 하지만 앞뒤 분간도 하지 않은 채 감정에 동요되어 이들과 동조하다 길주에 두고 온 처자식을 버려둔 채 허망하게 목숨을 잃을 순 없었다.

"너무 위험천만한 일이오. 탈출도 불가능하거니와 설령 성공한다 한들 어디로 몸을 피할 생각이시오? 중원이나 만주나 조선은 모두 당신들을 받아들이지 않을 것이오?"

"그건 너무 걱정하지 마십시오. 이곳을 빠져나갈 묘책을 다 마련해 두었습니다. 장군께서는 그저 저희와 목적지까지 동행해 주시기만 하면 됩니다."

"대체 그곳이 어디란 말이오?"

"대만입니다. 이곳에서 군선을 탈취하여 그대로 흑룡강으로 흘러드는 여러 지류를 따라 남하하여 만주 벌판을 가로지른 뒤 요동에 당도할 것입니다. 그곳에서 배를 구하여 황해를 건너 대만에 당도한다는 게 저희의 생각입니다."

얼핏 말만 들어도 족히 사오천 리 길이 넘는 대원정이었다. 그 머나먼 길을 이 많은 인원이 무사히 주파할 수 있을지 참으로 의문이었다.

"굳이 나를 끌어들이려는 연유는 무엇이오?"

김대충은 그제야 이들이 자신을 찾는 진짜 목적을 전해 들을 수 있었다.

"정성공이라는 장군이 대만에서 대명 제국의 부흥을 기치로 내걸고 청나라에 대항하고 있사옵니다. 그분의 오른팔이 한때 조대수 장군을 모신 적도 있는 자이온데 필경 저희가 장군을 대동하고 나타난다면 여진족들의 간자라는 의심도 피하는 데다 수하로 들어가기도 용이할 것이옵니다."

한마디로 대만의 대명 부흥군에게 이들의 보증인이 되어 달라는 소리였다.

"본디 이곳에 온 나의 목적은 총병군의 일원으로 나선을 무찌르는 데 있소이다. 이제 이 몸은 조선인인 데다 나만 바라보는 처자식들도 있소이다. 그대들과 뜻을 같이할 수는 없겠소이다."

"정녕 동족들의 고통을 외면하시려는 겁니까? 아무리 이젠 몸이 조선에 가 있다 하더라도 장군에게는 오천 년 동안 중원 대륙을 다스린 자랑스러운 한인의 피가 흐르지 않사옵니까? 그건 고사하고 장군은 한때 온 백성이 영웅으로 추앙하던 원숭환 장군의 부하로서 당당히 최전선에 나가 오랑캐들과 맞서 싸우지 않으셨습니까? 그 긍지는 어디 가고 이젠 그들의 개가 되어 그들이 부리는 대로 움직이려 하십니까?"

그건 외동딸의 약값 때문이었다. 그 약값을 대준 신류 때문이었고 그가 몸담은 조선 조정이 청나라와 굴욕적인 조약을 맺은 탓이었다. 이러한 사정을 이들에게 세세히 들려주기엔 너무 구차한 변명처럼 들릴지도 몰랐다. 그는 이 일을 발설하지는 않겠으나 자신은 가담하기 어렵다는 말만 전하고는 곧 그 자리에서 물러났다. 등 뒤에서 오래간만에 듣는 북경어로 자신을 욕하는 소리가 들려왔지만 무시하였다.

김대충은 군영으로 발걸음을 옮기는 도중에도 동족들이 조만간 치르겠다는 거사에 자신은 어떠한 태도를 취해야 되는지 고민이 되어 연신 한숨을 내쉬었다. 그러다 우연히 마을 사람들이 쓰지 않아버려 둔 우물가를 서성이는 김사림을 목격하였다. 하지만 눈앞에 닥친 고민거리로 인해 별다른 신경은 쓰지 않았다.

38. 회유(懷柔)

　잔치가 벌어지고 이튿날 윤계인이 열벌마을로 돌아왔다. 몰골이 말이 아니었으나 다행히 몸은 성하였다. 그는 나선 여자 하나를 포승줄에 묶어 데리고 왔다. 그녀는 바로 이리나였다.

　"배신 왈가들이 소인을 나선에게 넘겨 북쪽에 자리한 그들의 요새로 끌려가던 중 용케 틈을 보아 도망칠 수 있었나이다."

　이와 함께 길잡이로 삼고자 이곳의 지리를 잘 아는 나선 여인을 하나 붙잡았다고 신류와 사이호달을 대면하는 자리에서 설명하였다. 윤계인은 이외에는 다른 말을 하지 않았다. 신류는 그에게서 괴한들에게 붙잡히고 탈출하기까지의 사정을 상세히 듣고 싶었다. 하지만 그의 심신 회복이 우선이다 여기고는 일단 군영으로 돌아가 쉬게 하였다. 이리나는 관례대로 유곽에 팔리거나 고산이 여종이나 애첩으로 삼기 위해 그들에게 넘겨져야 했지만 그녀의 미모에 동한 사이호달은 자신이 품기 위하여 그녀를 자신의 저택으로 데리고 갔다.

　윤계인은 그녀와 헤어지기 전 아무도 모르게 눈짓으로 신호를 보냈다. 적장의 수청을 들기 위해 끌려가는 처지임에도 이리나는 태연한 표정으로 살짝 미소를 지으며 그를 안심시켰다. 허나 그런다 한들 윤계인의 마음이 놓일 순 없었다. 괜히 이러한 계책을 꾸민 게 아닌가 하고 내심 후회가 들기도 하였다.

　윤계인은 이리나가 자신이 포로가 되어 이양성에 들어간 뒤 틈을 보아 총병군의 수장 신류를 만나 그를 설득한다는 계책에 동의는 하였으나 막상 결행하고 보니 시작부터 꼬이는 게 한둘이 아녔다. 일단 이리나와 함께 다시 찾은 약사마을은 이미 마을이라 부를 수 없을 정도로 황폐해져 있었다. 여기저기 아무렇게나 널브러져 악취를 풍기는 왈가들의 시신은 전장을 오래 누빈 이리나마저 구토를 일으키며 고개를 돌리게 했다. 그들로부터 열벌마을에서 암약 중인 동료들이 비밀리에 사용하는 통로를 알아내어 신류와의 비밀 회동을 마친 뒤 그곳을 통해 빠져나올 길을 모색하려 하였던 이리나의 계획이 난관에 부딪히고 말았다. 게다가 유곽이나 고산의 개인 사저가 아닌 이양성 내에서도 경계가 가장 삼엄하다는 도원수의 대저택으로 끌려갔다. 이양성을 탈출하기는커녕 본디 잠입의 목적이었던 신류와의 회동마저 과연 가능할 수 있을지 불투명하였다.

이런 까닭에 윤계인도 쉽사리 이리나를 만나는 자리에 신류를 불러들이는 계책을 도모할 수 없었다. 그렇게 하루 이틀 시간은 점점 흐르고 있었다. 윤계인은 이리나가 사이호달로부터 무슨 수치를 겪고 있을지 도통 알 수가 없어 불안하였지만 어떻게 손쓸 도리가 없어 답답하였다.

저번의 약사마을 전투에서 청군은 고작 수십 명의 사상자만 나왔고 총병군은 일절 나오지 않는 대승을 거두었다. 전투 직후 물헌장의 보고를 받은 사이호달은 무척이나 흡족한 표정을 지었다. 갑오년에 변급이 출정한 이후 청군은 열벌마을 북쪽으로는 단 한 뼘의 땅도 넓히지 못하였다. 그런데 이번의 전투로 약사마을을 취한 뒤 그곳을 새로운 전선 기지로 삼을 수 있게 되면서 단숨에 북쪽으로 백오십여 리의 영토를 늘리게 되었다. 그로서는 오랜만에 맛보는 크나큰 쾌거였다.

윤계인이 마을로 복귀하고 일주일 뒤, 사이호달은 자신의 저택으로 신류를 초대하며 그 기쁨을 마음껏 발산하였다. 아직은 직속부관인 자신 이외에는 어떠한 장수도 이곳을 드나든 적이 없으니 영광으로 여기라며 그를 안내하는 젊은 고산이 신류에게 살짝 귀띔해 주었다. 하지만 그는 그리 대수롭지 않게 여겼다. 그에게는 그저 마주 대하기 싫은 자와 불편한 만찬을 나누는 것에 불과하였다.

사이호달의 저택도 역시 나선이 지어 놓은 것이라 기이하기 짝이 없었다. 이양성 내의 가옥 중 가장 크고 웅장한 성낭을 그가 덥석 사신의 거처로 삼았다. 성과 마찬가지로 저택의 지붕은 둥글었으며 저택 꼭대기에는 우람한 종이 걸린 종루가 있었다. 나선들은 제사의식의 시작과 끝을 알릴 때 이 종을 울렸으나 지금은 도원수가 기분이 내킬 적마다 친다고도 고산은 귀띔해 주었다. 벽과 바닥에는 이상한 그림들이 잔뜩 그려진 터라 현란하기 그지없었는데 뒤에서 후광을 발하는 구라파 여자가 아기를 안고 있는 모습과 십자 기둥에 묶여 괴로워하는 구라파 사내의 모습이 가장 많았다.

고산은 안채에 은밀히 마련된 내실로 신류를 안내하였다. 그곳에는 상다리가 부러질 듯 푸짐하게 차려진 진수성찬이 놓여 있었다. 그리고 늘씬한 키에 뚜렷한 이목구비를 자랑하는 구라파 여인이 치파오를 입고는 단아하게 앉아 있었다. 신류는 그녀가 일주일 전에 윤

264

계인이 데리고 온 나선임을 대번에 알아차렸다.

"모처럼 총병관과 오붓하게 술잔을 기울이고자 이리 자리를 마련하였소이다. 오늘 밤은 지난번 총병관의 전공을 함께 축하하며 맘껏 술에 취해 봅시다."

"헌데 이 여인은 이곳에 어인 일로?"

"아, 사내들끼리만 있으면 너무 적적할 것 같아 소관이 불렀소이다. 뭐하느냐? 얼른 총병관께 인사 올리지 않고."

"처음 뵙겠사옵니다. 소녀 이리나라 하옵니다."

그녀의 입에서 너무나 자연스러운 북경어가 흘러나오자 신류는 깜짝 놀랐다. 사이호달이 호탕하게 웃으며 말하였다.

"총병관이 놀라는 것도 무리는 아닐 것이오. 나선 계집이 북경말을 이리 잘하니. 비록 나선이나 그 용모와 자태가 빼어나고 이렇듯 말도 통하여 소관이 소실로 삼아 귀여워해 주고 있소이다."

"그렇사옵니까?"

"소관에게 이리 귀한 물건을 바친 그대의 수하에게 내 감사하다고 전해 주시오."

자고로 나라끼리 전쟁이 벌어지면 가장 불쌍한 자들이 바로 힘없고 여린 여인들이었다. 게다가 특출 난 미모를 가진 여인이라면 그녀의 앞날은 더욱 비참하였다. 무례하기 이를 데 없는 장수들과 병사들에게 속절없이 몸을 빼앗기고는 하는 수 없이 그들의 첩이나 노리개가 되어야 하였다. 조선의 환향녀들이 그랬고 정연이 그러하였다. 이양성의 유곽에서 몸을 파는 여인들도, 고산들이 애첩으로 삼은 왈가 여인들도 마찬가지였다. 신류는 이리나를 보면서 이런 오만 가지 생각이 다 들었다.

이리나는 신류와 사이호달이 서로 주거니 받거니 하며 술잔을 나누는 동안 계속 애교스러운 몸짓과 교태로 이들의 시중을 들었다. 신류에게도 자꾸 요사스러운 눈웃음을 흘리곤 하였다. 신류는 애초부터 원치 않던 자리여서 흥이 날 까닭이 없었다. 그러기에 잔을 입에 가져가는 시늉만 하며 술을 거의 마시지 아니하였다. 그러나 사이호달은 뭐가 그리 즐거운지 그녀가 따라 주는 술을 넙죽넙죽 받아 마셨다. 그는 불과 두 시진 만에 대취하여 그 자리에 쓰러졌다.

신류는 그가 술에 취해 잠든 것을 확인하고는 그만 자리에서 일어서려고 하였다. 그러자 이리나가 어느새 신류의 옆에 바싹 다가와 앉으며 그의 술잔을 채웠다.

"도원수께서 많이 취하신 듯하니 그만 침실로 뫼시어라. 나는 이만 돌아가겠다."

"그러지 마시고 소녀가 따라주는 술 한 잔 받으시지요."

"어허, 무릇 장수는 큰일을 앞두고 여인을 가까이하는 법이 아니다. 그만 수작 부리고 얼른 도원수를 안으로 뫼시어라."

"역시 그자의 말대로 대두인의 수장께서는 그릇이 다른 분처럼 보이는군요."

이리나는 애교 섞인 미소를 그만 거두고는 차가운 표정에다 진중한 어조로 돌변하였다. 그녀의 태도에 신류는 목 뒷덜미에서부터 묘한 긴장감이 전해져 왔다.

"제 소개를 다시 올리겠습니다. 소관은 쿠마르스크 요새에 주둔 중인 러시아 시베리아 원정군의 부사령관을 맡고 있는 이리나 소령이라고 합니다."

신류는 순식간에 눈앞에서 그녀가 사이호달의 애첩에서 나선의 고위 장수로 변모한 광경이 믿기지를 않았다. 무언가 일이 잘못되어 가고 있음을 느꼈으나 이에 기죽지 아니하고 당당한 표정으로 이리나와 맞섰다.

"대체 무슨 목적으로 너의 정체를 숨기고 이곳에 잠입하였느냐? 도원수의 목숨을 해하려는 것이냐?"

"소관은 군인이지 암살자가 아닙니다."

"그럼 대체 무슨 연유냐? 그리고 왜 나에게 이리 당당히 자신을 밝히는 것이냐?"

"바로 장군님을 만나기 위해서입니다."

"나를?"

비록 끓아떨어지긴 했지만 적의 수장 사이호달이 있는 자리에서 이리나는 태연히 윤계인이 구상했던 원대한 계획을 들려주었다. 자신의 상관인 스테파노프 사령관은 얼마든지 신류와 손을 잡고 북만주 일대에서 학정을 펼치는 청군을 몰아낼 의향이 있으며 차후에 고국으로 돌아가 황제 폐하께 아뢰어 조선과 우호 관계를 맺을 수 있도록 힘쓰겠노라고 밝혔다.

"귀국의 국왕께서도 청나라에 원한이 있는 까닭에 저희와 손잡는 것을 충분히 고려해 볼 수 있다고 알고 있습니다. 어떻습니까, 장군?

저희와 손을 잡을 의향이 있으십니까?"

신류는 난데없는 제안을 받고 크나큰 고민에 빠져들었다. 그녀의 말인즉슨 이이제이를 권한 것이었다. 귀가 솔깃한 제안이기는 하였으나 실현 여부를 장담하기 어려워 선뜻 결정을 내릴 수 없었다.

"내 그대들에게 궁금한 것이 많으나 몇 가지만 물어보겠다."

신류는 이러한 제안을 하는 나선의 의중을 더욱 소상히 알고 싶어 질문을 청하였다.

"너희들은 왈가 땅에서 나는 여우와 담비 가죽을 원한다고 들었다. 해서 그걸 몽땅 차지하고자 무단으로 점령하고는 청나라와 대치하는 것이냐?"

"그건 장군께서 잘못 아시는 바입니다. 나선은 한 번도 왈가의 영토를 탐한 적이 없습니다. 오히려 청나라가 그러하였지요."

그녀는 신류가 여태껏 들은 것과는 전혀 다른 얘기들을 늘어놓아 그를 적잖이 혼란에 빠트렸다.

"저희는 왈가와 원만하게 교역을 하였사옵니다. 구라파의 진기한 물건들과 많은 은화를 가지고 내왕하는 저희를 왈가는 기쁘게 맞이하였지요. 덕분에 추운 겨울을 날 수 있는 요새도 마을 안에 만들 수 있었습니다. 지금의 이 성도 그리해서 만들어진 것이지요. 아무르 강 서편의 알바진, 쿠마르스크, 네르친스크나 동편의 아찬스크에 세워진 요새들도 마찬가지이옵니다."

신류는 자세한 정황을 알고 싶어 이리나에게 계속 질문을 건넸다. 그럴 적마다 청나라와 나선 사이에서 벌어진 실상들을 상세히 접할 수 있었다.

"청나라는 왈가가 저희하고만 교역하려고 하자 왈가의 영토로 군사를 보냈사옵니다. 그러자 왈가들은 저희에게 도움을 청하였지요. 저희도 가죽을 꾸준히 얻을 수 있는 왈가의 땅을 청나라에 빼앗기고 싶지 않아 선뜻 그들에게 조총과 화포를 건네주었지요."

나선의 도움을 받아 구라파 조총으로 무장을 갖추게 된 왈가들은 청군에 대항하였다. 중원에서 온 사이호달의 청군은 이들을 무자비하게 토벌하였다. 그뿐만 아니라 이들을 뒤에서 후원하는 나선에게도 막대한 공격을 가하였다. 나선은 속수무책으로 당하고만 있지는 않았다. 구라파에서 온 병력과 함께 청군과 수차례 회전을 벌였고 변급에게서 들은 것처럼 호제총보다 방포 속도가 두 배나 빠른 조총의 위력을 앞세워 그들을 계속 격파해나갔다. 다만 갑오년에 대두인의 힘을 빌린 청군에게만 딱 한 차례 졌을 뿐이었다. 그래서 왈가와 나선들은 모두 대두인, 즉 조선인들을 두려워하였다. 갑오년 전투 이후, 청군은 열벌마을을 경계로 나선과 계속 지루한 교전을 펼쳤지만 대부분 크게 패하면서 전선이 교착상태에 빠졌다. 이것이 신류가 이리나에게서 전해 들은 답변의 전부였다.

청나라의 사신이나 병부상서 그리고 사이호달이 한 말과는 완전히 천양지차였다. 그들은 나선이 대량의 살상 무기를 앞세워 왈가의 땅을 점령하고 더 나아가 만주 일대를 차지하려는 검은 음모가 있다며 늘 떠들어 대었다. 조정에 파병을 청할 적에도 단순히 정축년의 화약만을 들먹인 게 아니라 청군이 만주를 속수무책으로 나선에게 내주면 조선의 국경도 위험하다며 겁을 주었다. 이리나의 말을 몽땅 신뢰할 수는 없겠으나 그녀의 말에 따르자면 침략자는 나선이 아니라 오히려 청나라였다.

"장군께서는 제 말을 믿지 못하시나 봅니다."

"그렇소. 어찌 적의 말을 다 곧이곧대로 믿을 수 있겠소?"

"믿으시고 안 믿으시고는 전적으로 장군의 몫이옵니다. 저희는 장군님의 결정만 기다리겠습니다."

신류는 속이 탄 나머지 이리나가 따라준 술을 단숨에 들이켰다. 그러자 조금 살 것 같았다.

"한 가지 확실하게 말씀드릴 수 있는 건 저희와 청나라와의 전쟁이 단시일 내에 쉽사리 끝나지는 않는다는 것입니다. 이럴 적에 가장 피해를 보는 이들이 누구인지를 곰곰이 생각해 보십시오."

이리나는 말을 마치자 창가로 다가가서는 치파오를 벗어 던졌다. 그러자 군청색의 나선 제복이 모습을 드러내었다.

"소관의 대답은 어찌 들을 생각이시오?"

"장군님의 수하인 윤계인이라는 자를 좀 알게 되었습니다. 그를 통하시면 될 듯합니다."

"비록 무관이라고는 하나 가녀린 여인의 몸으로 철통같은 이곳을 무사히 빠져나갈 수 있겠소이까?"

이리나는 대답 대신 창가에서 아래로 훌쩍 뛰어내렸다. 이에 놀란 신류가 서둘러 창가로 다가가 아래를 살펴보았다. 그녀는 창틀에 묶은 밧줄을 타고 유유히 아래로 내려간 다음 경계병의 눈을 피해 담장을 가볍게 넘고는 사라졌다.

　신류도 서둘러 자리를 벗어났다. 아직 그녀의 제안을 받아들일지 말지는 결정하지 못하였지만, 어찌 되었든 눈앞에서 수수방관하며 적을 놓아 준 것은 틀림없었다. 이를 사이호달이나 청군이 눈치채어 총병군을 곤란하게 만들고 싶지는 않았다.

39. 암살(暗殺)

신류가 저택을 나섰는데도 입구를 지키는 경비병들은 모두 그를 모른 척하였다. 하도 이상하여 그가 가까이 다가가 보니 서 있기는 하였어도 모두 고개를 연신 위아래로 끄덕이며 졸고 있었다. 풀썩 주저앉지 않고 버티는 게 신기할 따름이었다. 저택을 길게 두른 담벼락에 드문드문 서 있던 경비병들도 이들처럼 맡은 소임을 소홀히 하기는 마찬가지였다. 잡담을 나누거나 딴청을 피우는 등 난리였다. 이러하다면 조금 전 저택을 빠져나간 이리나의 안위를 그리 염려하지 않아도 될 듯 보였다.

열벌마을 내에서 가장 안전하다는 이양성 안이었다. 이양성은 다시 내성과 외성으로 나뉘었는데 시장과 유곽과 청군의 병영이 자리한 외성과 달리 사이호달의 저택과 군영이 자리한 내성은 다시 한번 튼튼한 성벽이 주위를 둘렀다. 그 내성 안에서도 가장 안쪽에 사이호달의 저택이 자리하였기에 경비병들이 저리 딴짓을 부리는 걸지도 몰랐다.

문득 불순한 생각이 신류의 머릿속을 스치고 지나갔다.

'내가 마음만 먹으면 도원수의 목숨을 취하기는 어렵지 않은 일 아닌가?'

경비병들이 저 모양이니 설령 그가 음험한 목적을 띠고 사이호달에게 다가간들 이를 제지할 자는 아무도 없었다. 그는 대취해 잠들었으니 심장에 칼을 꽂기는 어려운 일이 아니었다. 신류는 이내 고개를 가로저었다. 이리나와 마찬가지로 자신은 군인이지 암살자가 아니었다. 그리고 인제 와서 그의 목숨을 취하고자 아군을 위험에 빠트릴 필요는 없었다. 정축년의 악연과 그의 성품으로 인해 그를 대하기가 거북스러울 뿐 죽일 만큼의 원한이 자리하진 않았다.

신류가 고개를 들어 밤하늘을 바라보니 보름달이 두둥실 떴다. 종성에 있을 적에도 자주 홀로 밤마실을 나서면서 보름달을 많이 봤었다. 그러다 보니 이역만리 타국에 있음에도 왠지 조선에 자리한 기분이었다. 달빛이 주변을 환하게 밝히어서 들고 온 초롱이 참으로 무색해질 지경이었다. 귀찮기도 하여 그는 졸고 있는 경비병의 발 앞에 내려놓고는 군영으로 발걸음을 옮겼다.

몇 걸음 못 가 누군가의 발걸음 소리가 또렷이 들렸다. 눈에 보이지는 않았지만 분명 누군가가 저택으로 다가오는 소리였다. 이 야심한 시각에 사이호달의 저택을 찾아올 이는 아무도 없었다. 불길함을 직감한 신류는 근처의 풀숲으로 몸을 숨겼다. 아나나 다를까 복면을 쓴 괴한이 입구의 경비들을 단숨에 쓰러트리고는 저택 안으로 향하였다.

'윤계인을 잡아간 왈가 패거리들인가? 아니면 이리나라는 여인의 일당들인가?'

신류는 황급히 그자를 쫓아 다시 저택으로 들어섰다. 그리고 곧장 사이호달의 침실로 향하였다. 침실에 들어서니 아직도 세상모르고 자는 사이호달을 향해 괴한이 마상총을 겨누고 있었다. 마상총? 신류는 방포 직전에 마침 근처에 있던 긴 촛대를 괴한에게 던졌다. 그건 똑바로 날아가 괴한의 손등을 맞추었다. 그로 인해 철환의 궤적은 사이호달의 가슴에서 한참이나 비껴갔다.

사이호달은 방포 소리에 놀라 잠에서 깨어났다. 그는 눈을 뜨자 눈 앞에 펼쳐진 상황에 놀라 어쩔 줄을 몰라 하였다.

"네… 네놈은 누구냐? 총병관, 이게 대체 어찌 된 일이오?"

"보시다시피 정체불명의 괴한이 난입했습니다. 도원수께서는 어서 몸을 피하시지요. 소관이 저자를 상대해 보겠습니다."

그러나 정작 신류에게는 괴한과 대적할 마땅한 무기가 없었다. 당황한 괴한은 재빨리 칼을 꺼내어 사이호달을 향해 휘둘렀다. 워낙 거리가 있었던지라 신류로서는 미처 손 쓸 도리가 없었다. 하지만 다행히 그는 목숨을 건졌다. 근처에 나뒹굴고 있던 술병을 집어 괴한의 얼굴을 향해 던졌다. 괴한은 날렵한 칼솜씨로 허공에서 술병을 두 동강이 내버렸다.

그 사이 신류는 주위를 두리번거리며 그를 제압할 만한 무기를 찾아보았다. 몇 발자국 걸음을 옮기면 자리한 벽에 조총 두 자루가 서로 엇갈리며 걸려 있는 걸 발견하였다. 경황이 없는 와중에서도 신류는 그게 호제총보다 빠르다는 나선 조총임을 발견하였다. 호제총과는 그 생김새가 확연히 달랐던 까닭이었다. 그는 일말의 주저함 없이 그 총을 집어 들었다.

사이호달이 잠시 발악해 보았지만 그의 목숨은 경각에 달려 있었다. 괴한은 재차 칼을 사이호달에게 휘두르려 하였다. 술에 취했다가 이제 막 잠에서 깬 사이호달로서는 도저히 그를 막을 수 없었다. 괴한의 칼이 그의 목을 치려던 찰나였다. 단숨에 괴한의 앞까지 당도한 신류는 가까스로 총열로 괴한의 칼을 맞받아 내었다. 이후 한동안 신류는 괴한과 서로 합을 주고받았다. 괴한은 총을 창처럼 쓰는 신류의 기이한 무술에 당황한 듯 검술이 굼뜨기 그지없었다. 얼마 못 가 개머리판에 머리와 가슴을 세차게 두들겨 맞고는 나가떨어졌다.

어느새 무장을 갖춘 경비병들이 속속 침실로 모여들었다. 괴한의 처지에서는 사면초가의 위기였다. 괴한은 갑자기 신류에게 들고 있던 칼을 던졌다. 그가 그걸 피하는 사이 그는 유리로 된 창문을 뚫고 침실을 빠져나갔다. 신류는 그자를 잡아 정체를 밝히고자 하는 욕심에 바로 그를 뒤쫓았다.

"뭣들 하느냐? 너희들도 총병관과 함께 놈을 뒤쫓아라."

병사들에게 고래고래 고함을 지르는 사이호달의 목소리가 신류의 등 뒤에서 쩌렁쩌렁하게 울려 퍼졌다. 괴한은 자신의 키만 한 담벼락을 단숨에 넘어서는 저택 앞으로 난 길을 곧장 내달렸다. 신류도 전력을 다해 괴한을 쫓았으나 좀처럼 거리를 좁히진 못하였다.

괴한이 골목 모퉁이를 돌아서고 나서였다. 신류도 그 길을 그대로 밟았는데 모퉁이를 돌아서니 그의 모습을 전혀 찾아볼 수 없었다. 신류와 사이호달이 보낸 병사들은 모두 당황해할 수밖에 없었다.

신류는 손짓으로 근방을 샅샅이 뒤지라는 명을 내리고는 자신도 괴한이 은신할 만한 곳을 둘러보았다. 그러나 쉽사리 괴한의 행방을 알아내기는 어려웠다. 계속 어둠이 짙게 깔린 주위만을 맴돌 뿐이었다. 그러다 저만치에 놓인 우물이 눈길을 끌었다. 사람들이 사용하지 않아 그대로 내버려 진 우물 같은데 아무래도 수상쩍었다. 신류는 황급히 그리로 달려가 우물 안을 들여다보았다. 분명 우물 안은 어두컴컴해야 할 터인데 의외로 환하여 안이 전부 들여다보였다. 우물 아래에서 뭔가가 불을 밝히고 있는 게 틀림없었다.

신류는 병사들에게 이리로 모이라 소리치고는 곧장 우물 아래로 뛰어들었다. 무턱대고 뛰어들었지만, 다행히 깊지 않아 발목에 살짝 통증만 왔을 뿐 별 무리는 없었다. 예상대로 우물 아래에는 횃불로 안을 밝힌 통로가 길게 자리하였다. 신류는 사이호달의 침실에서 들고 온 나선 조총을 비껴 잡고 잠시 심호흡을 가다듬은 다음 곧장 그리로 달려갔다.

신류는 금방 괴한의 뒤를 잡을 수 있었다. 이곳을 모를 줄 알고 안심하다가 그에게 뒤를 잡힌 괴한은 다시 전력으로 도주하기 시작하였다. 한참 동안 우물 안의 좁은 통로에서 신류와 괴한의 추격전이 벌어졌다.

전방에 쇠창살로 된 문이 보였다. 그러자 괴한은 갑자기 뒤돌아서 신류에게 마상총을 방포하였다. 갑자기 괴한이 그러한 행동을 취하리라고는 전혀 예상치 못했기에 신류는 미처 피하지 못하였다. 다행히 괴한은 쫓기는 와중에 방포하여 그런지 그를 충분히 맞출 수 있는 거리였음에도 그러질 못하였다. 그가 쏜 철환은 허무하게 신류의 머리 위를 스치고 지나갔다. 하지만 이에 놀란 그는 그만 발목이 접질리면서 넘어졌다.

　신류는 오른발에 상당한 통증이 밀려와 더는 그자를 쫓는 게 불가능하였다. 분한 마음에 그는 점점 멀어지는 데다 어두운 통로임에도 불구하고 들고 온 조총을 괴한에게 겨눈 다음 그대로 방포하였다. 괴한은 왼쪽 어깨에 총을 맞고 외마디 신음과 함께 그 자리에 쓰러졌다. 하지만 이내 다시 일어나 피를 흘리면서도 기어이 쇠창살문에 다다른 다음 문을 열고 나갔다.

　한참 뒤에야 그곳에 당도한 병사들이 쇠창살문을 열고 괴한을 추격하려 하였다. 그렇지만 이미 밖에서 문을 걸어 잠근 터라 더는 추격하기가 불가능했다. 신류는 이들의 부축을 받으며 우물 밖으로 나와 군영으로 향했다. 다행히 발목은 하루 만에 말끔히 나았다. 하지만 괴한을 붙잡아 그의 정체를 밝혀내지 못했다는 아쉬움이 두고두고 남았다.

40. 은신(隱身)

　이양성 내의 우물에서 발견된 비밀 통로는 청군이 마을을 점거하기 전에 이곳의 부족장을 지냈다는 노인의 곡물 창고와 연결되어 있었다. 물헌장은 즉각 부족장과 그들의 식솔들을 모두 잡아들였다. 한때 마을의 최고 어른으로서 마을 사람들로부터 인망이 높은 그를 함부로 잡아서는 곤란하다는 의견이 고산들 사이에서 흘러나왔으나 물헌장은 귀 기울이지 않았다. 이게 모두 사이호달의 엄명에 의해서였다.

　줄지에 불귀의 객이 될 뻔한 그는 연일 불같이 화를 내면서 자신에게 암살을 자행한 괴한을 당장에 찾아내라고 물헌장을 닦달하였다. 그러니 물헌장으로서는 조금이라도 괴한과 연관이 있어 보인다 싶은 자들은 무조건 잡아다 문초를 가할 수밖에 없었다. 하지만 무고하게 잡힌 그들이 뾰족한 대답을 할 리 만무하였다. 부족장의 젊은 아들과 그의 며느리는 다음 날 시체가 되어서 나왔고, 부족장 역시 반송장이 된 채 옥사에 갇혔다.

　신류는 부족장이 괴한의 암살에 가담했다거나 괴한과 한패라고 보지 않았다. 그가 정녕 사이호달의 목숨을 노렸었다면 이양성 내성의 우물과 연결된 창고의 통로를 어찌해서든 감추었을 것이다. 그래야만 높다란 성벽과 수비병으로 둘러싸인 이양성 안을 언제든 다시 잠입할 수 있을 터이니 말이다. 그런데 물헌장의 수색에 쉬이 발견된 정도면 애초에 창고가 우물과 연결되어 있다는 것조차 몰랐음이 분명하였다. 게다가 여러 정황상 부족장이 도원수를 죽여 봐야 득이 될 건 아무것도 없었다.

"분명 많은 재물과 벼슬을 약속한 나선이나 그들에 빌붙은 배신 왈가들의 사주를 받았을 것이오. 아직 굳게 입을 다물곤 있으나 명일부터는 불에 달군 인두로 문초를 가할 것이니 슬슬 실토할 것이외다."

신류는 무고한 자를 잡아들인 게 아니냐며 물헌장에게 충고를 해 보았지만 이를 전혀 귀담아듣지 않았다. 결국, 부족장은 다음 날 옥중에서 쓸쓸히 숨을 거두었다. 그러자 물헌장은 이번엔 부족장과 친분이 있는 자들을 모조리 연행해 왔다. 괴한의 정체를 어서 말하라는 물헌장의 고함과 그들의 비명이 연일 옥사를 가득 메웠다. 불과 사나흘 만에 죄 없는 마을 백성 백여 명이 청군 군영으로 끌려갔다가 성치 않은 몸이 되어서 나왔다.

백성들 사이에서 그 어느 때보다 청군에 대한 불만이 고조되었다. 총병군에 대한 시선 역시 곱지를 못하였다. 청군의 우군이었으니 당연할 수밖에 없었다. 신류는 당분간 병사들에게 군영 바깥의 출입을 삼가라 명하였다. 언제 어디서 또다시 누군가가 윤계인과 같은 고초를 겪을지 모를 일이었다.

신류는 사이호달에 대한 암살이 거행되던 날 밤에 만났던 나선 군대의 부장이라는 여인의 제안을 곰곰이 생각해 보다가 혹시 그녀가 괴한의 정체에 대한 답을 들려줄지 모른다고 여겼다. 그는 그 나선의 여인과 깊숙한 연관이 있을 거라 추측되는 윤계인을 자신의 방으로 은밀히 불러들였다. 신류의 호출이 무엇을 의미하는지를 잘 아는 윤계인은 심호흡을 크게 하고는 신류가 집무를 보는 방으로 들어섰다.

"자네가 데려온 나선의 여인을 도원수의 암살 기도가 있던 날 그의 방에서 만났네. 그저 일개 여염집의 처자인 줄로만 알았는데 알고 보니 나선군의 부장이라 하더군. 그녀가 조선이 나선과 동맹을 맺고 함께 청나라를 치는 것을 제안했네."

"어떤 답을 내리셨습니까?"

"그것보다 어떻게 그런 여인이 자네에게 붙들렸는가 하는 걸세. 게다가 자신의 제안에 대한 답을 자네에게 들려주라고 말하고는 유유히 그곳을 빠져나갔네. 마치 치밀한 계획을 세웠던 것처럼. 이제 자네가 내 궁금증을 풀어 주겠는가?"

윤계인은 전혀 흔들림 없는 눈빛으로 침착하게 신류를 바라보며 말하였다.

"조선과 나선이 동맹을 맺자는 계책은 제가 낸 것이옵니다. 이를 나선의 사령관이 받아들였고 장군을 설득할 자로 그자가 아끼는 수하를 내주었습니다. 저는 장군께서도 아시다시피 그녀를 탈출 도중에 붙잡은 것처럼 위장하여 이곳으로 데리고 왔으며 재색이 뛰어난 여인이기에 도원수의 애첩이 되어 장군과 면담하는 기회를 엿볼 수 있었던 것입니다."

이와 같은 사실을 어느 정도 예견하였지만, 막상 윤계인의 입에서 술술 튀어나오자 신류는 당혹스러움을 감추지 못하였다.

"자네가 한 짓이 얼마나 무모한 이적 행위인지 알고 있나?"

"잘 알고 있습니다."

"그런 자가 왜 이토록 무모한 계획을 획책하였는가?"

"관찰자가 아닌 주연이 되고자 싶었나이다."

신류는 이 말의 의미를 도통 이해할 수 없었다.

"장군께서도 아시다시피 본디 저는 장래에 집필할 소설의 소재를 얻고자 총병군에 자원하였습니다. 저는 나선과의 전쟁에서 그저 병사 된 도리로서 전장에 나가 미지의 이민족들을 쓰러트리고 이를 일련의 소설로 남기려 했나이다. 헌데 소인이 그들에게 붙잡히면서 생각이 달라졌습니다. 제가 아무리 무오년에 펼쳐진 조선과 나선과의 전쟁을 기록한들 무슨 의미가 있겠는가라고 말입니다. 앞으로도 계속 나선과 대청 제국 사이에서는 끊임없이 전쟁은 펼쳐질 것이고 조선은 이 사이에 끼여 애꿎은 피해만 볼 것이옵니다. 그럴 바에는 조선이 주도적으로 이들을 이용하자. 그리하여 세 세력 간에 힘의 균형을 이루어 주상전하의 묵은 원한도 풀어 드리고 조선의 백성들이 춥고 얼어붙은 땅으로 끌려오는 것을 막자. 그런 원대한 일들에 이 몸이 주연이 되어 보자. 그러한 심산이었사옵니다."

윤계인이 목청을 높여 가며 구구절절하게 늘어놓은 설명을 신류는 잠자코 들었다. 모두 옳은 얘기였고 이해가 가는 바였지만 함부로 도모할 수 있는 일이 결코 아니었다. 게다가 만약 이 같은 사실을 사이호달이 알았다간 총병군의 안위는 물론 조선의 장래도 장담할 수 없었다. 당장은 윤계인이 나선의 부장을 끌어들인 일과 자신이 그녀에게 은밀한 제안을 받았다는 사실을 숨겨야 하였고, 이후 윤계인이 도모한 실로 거대한 전략의 실현 여부를 찬찬히 따져 보아야 하였다.

"사이호달을 암살하려 한 괴한과 나선과는 연관이 있는 건가?"

"그건 아닌 듯하옵니다. 이를 물었을 적에 금시초문이라는 반응을 보였습니다."

"그래! 그렇다면 나선과는 따로 움직이는 비밀 세력이 아직 이 마을에 자리한다는 얘기인데. 그럼 정녕 마을 백성 중에 아직 배신 왈가들과 한패인 자들이 자리한단 말인가?"

신류는 나지막한 목소리로 이리 중얼거리다가 문득 윤계인의 대답에서 이상한 점을 발견하였다.

"가만 듣자 하니 나선 여인이 자넬 다시 찾은 듯한데 어찌 되었나? 마을을 무사히 빠져나간 건가?"

"그게……."

윤계인은 난처한 표정을 지으며 사이호달의 암살 기도일 다음 날에 있었던 일들을 그에게 들려주었다.

사이호달의 추상같은 명령으로 감히 쥐새끼조차 마을 밖으로 빠져나갈 수 없을 듯한 수색이 펼쳐져 이리나는 퇴로로 생각해 두었던 곳까지 당도하지 못하고 그만 청군 병사들에게 발각되고 말았다. 웬만한 적들은 격투나 방포로 쓰러트리며 도주하였지만, 워낙 추격하는 청군 병사들의 수가 많아 곤궁함을 면하기는 어려웠다. 결국, 오른쪽 가슴에 총을 맞고는 사경을 헤매며 간신히 일전에 윤계인이 일러 준 식량 창고의 지하에 숨어들고는 그대로 의식을 잃었다.

윤계인이 조금만 늦게 그곳에 당도하였다면 그녀는 아마 목숨을 잃었을지도 몰랐다. 일전에 그는 그녀와 열벌마을로 들어서기 전 만약 곤란한 일이 생겨 몸을 피해야 하는 상황에 놓이면 그곳으로 오라고 자세한 위치를 알려 주며 신신당부를 하였었다. 목숨이 경각에 달린 상황에서 그녀는 용케도 그곳을 기억해 내었던 것이다. 혹시나 하는 마음에 그곳을 찾은 윤계인이 서둘러 조처를 하여 그녀의 목숨을 구하였다.

문제는 이들이 이전까지는 외딴곳에 버려졌던 식량 창고가 승전 잔치를 벌이면서 총병군에게 개방되었다는 사실을 까마득히 몰랐다는 점이었다. 창고의 포도주는 잔치에 쓰이고도 아직 반이나 넘게 남아서 맛에 취한 총병군들은 이곳에서 수시로 포도주를 가져다 즐겼다. 윤계인은 이리나를 보살피다 곧 그곳에 들이닥친 다른 총병군에게 들키고 말았다. 그나마 불행 중 다행이었던 것은 창고에 들른 이가 김대충이었다. 만약 나선에게 좋지 못한 감정을 지녔던 이응생이었다면 이들의 운명은 어찌 되었을지 알 수 없었다.

김대충도 눈 앞에 펼쳐진 뜻밖의 광경에 처음엔 무척이나 당황하였다. 그렇지만 이내 사건의 전말을 어렴풋이 파악하고는 이리나가 무사히 은신할 수 있도록 도와주었다.

"날 따라오게. 이곳보다는 훨씬 안전한 곳을 내 알고 있으니."

김대충은 이리나를 한족 노예들이 구금된 목책으로 데리고 갔다. 사이호달의 목숨을 노린 괴한을 잡는 일에 목책을 경계 중인 병사들까지 동원되어 쉽사리 다른 이들의 눈을 피해 들어갈 수 있었다.

"당분간 이 여인을 이곳에 은신시켜 주시구려. 비록 민족은 달라도 자네들과 마찬가지로 이곳을 빠져나가고자 하는 똑같은 처지이니 서로 의지가 될 것이오."

김대충은 이리 이들을 달래고는 이리나를 남겨 두고 윤계인과 그곳을 빠져나왔다.

"과연 괜찮겠습니까?"

윤계인이 불안한 얼굴을 감추지 못하며 말하였다.

"걱정하지 마시구려, 윤 선비. 등잔 밑이 어두운 법이라고 노예들 속에 나선이 숨어 있을 거라곤 꿈에도 생각지 못할 것이오."

"하오나 저들이 만약 발설이라도 하면……."

"그런 염려는 놓으시오. 저들도 작금에 도모하고자 하는 거사가 있으니 괜히 쓸데없는 분란을 만들려 하지는 않을 게요."

김대충의 자신 있는 대답에 윤계인은 한시름 놓았지만, 아직 불안감을 완전히 떨치지 못한 것은 사실이었다.

열벌마을 백성들의 원성이 하늘을 찌를 듯 드높았지만 사이호달은 저택에 틀어박혀 나올 줄을 몰랐다. 몸이 불편해서 요양 중이라고는 말하였으나 추후에 다시 괴한이 출몰하여 자신을 죽일까 봐 두려워서 그러는 중이었다. 그로 인해 신류를 비롯한 총병군은 차후의 군사 행동을 위한 논의를 하지 못하고 마을에서 허송세월을 보내야만 하였다. 병사들은 그저 방포 조련장과 군영을 오가며 방포술만 가다듬을 뿐이었다.

그런데 며칠 후 신류는 조련장에서 이상한 낌새를 발견하였다. 참호에 엎드려 전방에 놓인 표적에 방포하는 김사림의 자세가 예전과 달리 영 부자유스러웠던 까닭이다. 마치 어딘가 아픈 사람처럼 보였다. 걱정스러운 마음에 신류는 한달음에 달려가 그의 상태를 확인하였다.

"어디 아픈 데라도 있느냐? 오늘따라 왜 이리 방포하는 모습이 힘겨워 보이느냐?"

"아무것도 아닙니다. 너무 괘념치 마시옵소서."

"아무것도 아닌 게 아닌 듯하구나. 이만 조련을 마치고 속히 의원을 찾아가 보도록 하여라."

김사림은 계속 괜찮다며 고집을 부렸지만, 그의 얼굴은 편치 않음을 여실히 드러내었다. 신류는 박대영에게 김사림을 데리고 의원에게 다녀올 것을 명하였다.

"그래 상태가 좀 어떻던가? 출전이 불가능한 것은 아닌가?"

저녁에 군영으로 돌아온 박대영에게 신류는 김사림의 상태를 물어보았다.

"총상을 입었사온데 사나흘 정도 치유하면 완쾌될 것이라 합니다. 허니 너무 심려하지 마십시오."

"다행이군. 헌데 어쩌다 자상을 입었다고 하던가?"

"마상총을 다루다 부주의하여 그만 어깨에 철환을 맞았다고 하는데 쉬이 이해가 되지는 않습니다. 허나 거짓을 고할 까닭이 없으니 그의 말이 맞겠지요."

신류도 김사림의 말이 이해되지를 않았다. 특히 그가 왼쪽 어깨를 다쳤음에 주목하였다. 며칠 전 우물 안 통로의 추격전에서 괴한도 자신이 쏜 총을 맞고 왼쪽 어깨를 다쳤다. 그는 갑자기 머릿속으로 불길한 상상을 떠올렸다. 그는 이를 확인하고자 김사림을 은밀히 거처로 불러들였다.

"마상총을 다루다 어깨를 다쳤다고? 그래 그게 언제이냐?"

"한 사나흘쯤 되었습니다."

"왜 여태껏 숨겼느냐?"

"괜히 군관 나리와 장군께 심려를 끼쳐 드리고 싶지 않았습니다."

신류의 물음에 김사림은 별 막힘없이 순순히 답하였다. 물어보기를 마친 신류는 그에게 칼을 건넸다.

"갑자기 소인에게 어찌 칼을……."

김사림의 말이 끝나기도 전에 신류는 다른 손에 쥐었던 칼을 그에게 휘둘렀다. 김사림은 당황해하였지만 이내 침착하게 신류가 건넨 칼로 이를 받아 내었다. 신류는 멈추지 않고 그에게 계속 칼을 휘둘렀다. 영문도 모르는 채 김사림은 연신 신류의 칼을 받아 내야만 하였다.

"장군, 고정하십시오. 어찌 소인에게 이러십니까?"

신류는 김사림과 두세 합을 더 맞춘 뒤에야 칼을 거두었다. 이제야 모든 게 확실해졌다.

"대체 네놈의 정체가 무엇이냐? 어찌하여 도원수의 목숨을 노렸느냐?"

"그게 무슨 말씀이시옵니까?"

"시치미 떼지 마라. 며칠 전에 도원수의 침실에 난입했던 자가 너와 똑같은 검술을 부렸느니라. 게다가 그는 마상총을 능히 다루었으며 너처럼 왼쪽 어깨에 총상을 입었다. 이래도 나에게 바른말을 고하지 않을 테냐?"

그제야 김사림은 망연자실한 얼굴로 모든 걸 그에게 이실직고하였다.

"소인이 사이호달의 암살을 노렸던 괴한이 맞습니다."

"어찌 그런 것이냐? 나선이나 배신 왈가들의 사주를 받았느냐? 높은 벼슬이나 막대한 재물을 받기로 하면서 말이다."

"아닙니다. 도원수를 죽이는 대가로 이양성의 비밀 통로를 알아내기는 하였사오나 그들과는 전혀 무관하옵니다."

"그럼 대체 무슨 연유로 그와 같은 짓을 저질렀던 말이냐?"

"소인의 개인적인 원한 때문이옵니다."

"원한?"

"돌아가신 스승님의 원수를 갚기 위해서입니다."

"그분은 살아계신 것이 아니었더냐? 그럼 전에 백자령에서 한 말은 무엇이냐?"

신류의 다그침에 김사림은 모든 실상을 그에게 낱낱이 들려주었다. 그의 얘기는 정축년으로 거슬러 올라갔다.

41. 노립대인(蘆笠大人)

　김사림의 사부는 안변의 전투에서 그의 상관인 송심 장군과 함께 수적 열세에도 불구하고 청나라 대군과 맞서 싸웠지만 참패를 당하였다. 휘하의 병사들은 모조리 전사하였고 그도 가까스로 목숨을 건지긴 하였으나 다리와 오른쪽 가슴에 큰 상처를 입었다. 그는 청군에 사로잡히어 심양으로 끌려가는 다른 조선인 백성들처럼 속환가를 받아야만 풀려나는 노예로 전락하였다.

　심양의 수용소에 함께 억류되었던 수십만의 동포들처럼 그도 조정이 청나라에 조치를 취하거나 그들이 원하는 속환가를 지급해 주어 조선으로 돌아가게 해 주기를 학수고대하였다. 그러나 이러한 바람도 헛되어 조정이 잠시나마 속환도감(인조 때 청으로 끌려간 조선인 포로들의 속환을 전담하였던 기구)을 설치하며 이들을 구제하려는 시늉을 보였으나 얼마 못 가 이들을 완전히 외면하였다. 돈 많은 양반가의 자제나 처자들만 고가의 속환가를 지급하여 풀려났고 끼니도 잇기 어려웠던 가난한 백성들은 노예 수용소에서 굶주림과 풍토병에 쓸쓸히 목숨을 잃거나 아니면 청나라 고관들이나 장수들의 노비로 팔려 나갔다.

　이를 분개한 김사림의 사부는 와신상담하며 기회를 엿보다가 명나라가 지방 농민 반란군의 말발굽에 짓밟혀 역사에서 그 자취를 감추던 해(1644년)에 마침내 수용소를 탈출하였다. 그러나 그는 조선으로 돌아가지 않고 중원과 만주 각지를 떠돌았다. 그러면서 조선인들이 간힌 수용소를 마상총 한 자루에만 의지한 채 혈혈단신 습격하여 그들을 구해 내었다. 이미 노비로 팔려나간 조선인들은 그들의 주인을 협박하거나 암살하여 역시 자유롭게 해 주었다.

그의 활약으로 속환가를 내지 못하였어도 조선으로 돌아올 수 있었던 포로들이 상당수 되었다. 조선으로 귀환한 포로들은 모두 그를 '노립대인'이라 부르며 입이 닳도록 칭찬하였다. 김사림의 사부가 자신의 정체를 감추기 위하여 늘 큰 삿갓을 쓴 까닭이었다.

김사림이 사부를 만난 것은 서안 근방의 어느 이름 모를 외딴 마을에서였다. 홀어머니와 함께 그곳 대지주의 노비로 팔려 간 그들을 사부가 나타나 구해 주었다. 그러나 김사림의 모친은 관군들에게 쫓기던 도중 노립대인을 대신하여 그들의 칼을 맞고 죽었다. 모친은 숨을 거두기 전에 노립대인에게 한 가지 부탁을 하였다.

"대인이 아니었다면 저희 모자는 낯선 땅에서 개나 돼지만도 못한 인생을 살았을 것입니다. 허나 이리 대인을 만나 구제를 받았으니 비록 죽는다 한들 여한이 없습니다. 다만 염려스러운 것은 홀로 남겨질 제 자식 놈이옵니다. 조선으로 돌아가도 딱히 의지할 이 없으니 염치 불고하고 대인께서 거두어 주시길 바라나이다."

사부는 모친의 유언을 받아들여 당시 스물셋의 혈기왕성한 젊은이였던 김사림을 자신의 제자로 받아들였다. 그리고 그에게 마상총을 다루는 법을 가르쳤다. 머지않아 그는 청출어람의 실력을 갖추게 되었다. 사부는 제자와 함께 중원 각지에서 조선인들을 구해 내는 일을 계속하였다.

그러다 연전에 심양에서 멀지 않은 자그마한 시골에서 사부는 비장한 최후를 맞이하였다. 흑룡강에 출몰하는 나선을 토벌하라는 황명을 받고 부임지인 영고탑으로 향하던 도원수 사이호달에게는 무려 십 년 넘게 수족으로 부리던 조선인 노비 부자가 있었다. 그들을 구해 내다가 사부는 그만 김사림이 보는 앞에서 사이호달이 휘두른 칼을 맞고 쓰러졌다. 사이호달의 부하들이 몰려드는 바람에 그는 미처 사부의 시신을 수습하지 못하고 황급히 그곳을 빠져나와야만 하였다. 그는 몇 날 며칠을 사부를 잃은 슬픔에 잠기어 정처 없는 방황을 하였다.

마침내 김사림은 사이호달을 제 손으로 죽여 사부의 원수를 갚기로 결심하였다. 때마침 그는 함경도 일대에서 무술년에 청군과 연합하여 나선을 정벌할 군사를 모은다는 소식을 들었다. 그는 이를 호기로 여겼다. 총병군에 속해 있으면 사이호달을 죽일 기회를 쉽사리 얻을 수 있으리라는 계산이 들었던 것이다. 그는 포로로 끌려간 지 이십여 년 만에 다시 조선 땅을 밟았다. 그는 곧장 행영으로 달려와 총병군에 자원하였다. 그리고 마침내 지난밤 사이호달의 목숨을 거두려 하였다. 이를 위해 약사마을의 부족장과 손잡고는 그로부터 이양성 내에서 준동하던 배신 왈가들의 근거지와 비밀 통로들을 알아내었다. 그러나 의외의 변수였던 신류로 인해 상처만 입고는 모든 게 수포가 되고 말았다.

김사림의 사연을 모두 들은 신류는 김사림을 어찌 처리해야 할지

고민에 빠졌다. 적과 대치하는 상황에서 연합군 수장의 암살을 기도한 것은 군사들을 혼란을 빠트려 전의를 상실시킬 수 있었다는 점에서 마땅히 죽음으로 다스려야 옳았다.

하지만 사부의 원수를 갚겠다는 그의 뜻이 너무도 갸륵하였다. 게다가 조선군의 안위가 걱정되었다. 만약 사이호달이 자신의 목숨을 노린 자가 총병군이었다는 사실을 알게 된다면 이후 그는 자신을 비롯한 모든 총병군을 불신할 것이 분명하였다. 그건 내부의 반목을 불러와 자중지란(自中之亂)만 일으킬 뿐이었다. 신중에 신중을 거듭하지 않을 수 없는 일이었다.

"소인, 장군의 손에 죽는 건 두렵지 않사옵니다. 허나 사부의 원수도 못 갚고 이리 속절없이 저세상으로 떠나는 게 원통할 따름입니다. 그곳에 가면 무슨 낯으로 사부를 대하나이까."

김사림은 이미 죽기를 각오했다는 듯 비장한 눈빛에 전혀 흔들림 없는 목소리였다. 마침내 결단을 내린 신류는 짧은 한숨과 함께 그를 노려보며 말하였다.

"네가 만약 도원수의 목숨을 거두었다 한들 저승에 계신 사부께서 그런 너의 행동을 과연 기뻐하였겠느냐?"

김사림은 아무런 대답이 없었다. 사실 그에게 대답을 바라고 한 물음은 아니었기에 신류는 개의치 않았다.

"네가 한 짓은 자칫 동료들의 목숨을 위태롭게 할 수도 있었다. 그러니 네 죄를 묻지 않을 수 없다. 허나 네 목숨을 지금 당장 취하지는 않겠다. 대신 앞으로 벌어질 교전에서 최선을 다해 싸워라. 그게

네 죗값을 치르는 길이다."

김사림으로서는 전혀 예상치 못한 결과에 눈을 동그랗게 뜨며 놀란 입을 다물지 못하였다.

"사부의 원수는 주상전하께서 북벌을 행하시거든 그때 갚도록 하여라. 그럼 쥐새끼처럼 몰래 숨어서 할 필요 없이 아주 당당하게 도원수의 가슴에 너의 총을 겨눌 수 있을 것이다. 네 사부도 분명 그걸 바랄 것이니라. 그러자면 우선은 이번 교전에서 살아남아 전공을 세워야 한다. 내 말이 무슨 뜻인지 알겠느냐?"

"소인, 장군의 은혜에 그저 감읍할 따름이옵니다."

그는 신류의 발밑에 엎드려 한동안 크게 통곡하였다. 신류는 그를 잘 위로하고는 영채로 돌려보냈다.

신류는 잠자리를 뒤척여 가며 자신이 이리 결정한 게 옳은 짓인가를 곰곰이 따져 보았다. 하지만 아무리 생각해 보아도 다른 방도가 없었다. 그것만이 김사림의 숭고한 의지를 더럽히지 않으면서도 부하들의 안위를 위협하지 않는 절충안이었다. 순간 그는 자신이 만약 김사림이었다면 어찌했을까라는 상상을 잠깐 해 보았다.

다행히 신류의 스승은 청군의 손에 돌아가시지 않았다. 그러나 불에 타 재만 남은 별장에서 신류도 스승님이 영락없이 적들에게 목숨을 잃은 줄로만 알고는 모두 죽여 없애겠다는 독한 마음을 품었었다. 그게 개성의 야습으로 이어져 숱한 청군들의 목숨을 빼앗았다. 비록 조선을 침범한 흉악한 오랑캐를 무찌른다는 명분이 있었으나 작금에 생각해 보면 너무 야차 같은 짓이었다. 적병들도 대부분은 황명에 의해 억지로 조선 땅에 끌려온 불쌍한 젊은이들이었을 텐데 말이다. 조만간 상대하게 될 나선들도 마찬가지일 터이고.

그나저나 사이호달이 김사림의 정체를 눈치채지 못하게 하는 것이 중요하였다. 조만간 저택에서 나와 김사림의 다친 팔을 보면 사이호달은 십중팔구 그를 암살범이라 단정 짓고는 잡아다 물고를 낼 것이 분명하였다. 반드시 무슨 조처를 해두어야 하였다. 한참을 전전긍긍하다 그는 마침내 좋은 계책을 떠올렸다. 그는 밤이 깊었지만 즉시 이충인과 김사림을 부른 다음 그들과 입을 맞췄다.

다음 날 신류는 병사들이 아침을 들자마자 바로 방포 조련을 명하였다. 그가 예정도 없는 방포 조련을 그것도 이른 아침부터 명하자 병사들은 모두 어리둥절해하였다. 하지만 모두 군소리 없이 이를 행하였다. 한참 병사들이 조련이 몰두하던 도중 어디선가 요란한 굉음이 울려 퍼졌다. 이와 동시에 괴로운 비명이 이어졌다. 병사들이 모두 놀라 소리가 난 곳으로 달려갔다. 김사림이 자신의 왼쪽 어깨에 피를 잔뜩 흘리며 쓰러져 있었다. 옆으로는 박살 난 조총이 덩그러니 놓여 있었다.

"장… 장군. 아무래도 제가 만든 총이 불량이었던지 화약이 점화하던 도중 그만 폭발을 일으킨 것 같사옵니다."

이충인은 병사들이 보는 앞에서 쩔쩔매며 이리 고하였다. 신류는 크게 노하여 그에게 고함을 질렀다. 그게 인근의 산천초목을 울리고도 남았다.

"아니 어찌 만들었기에 적과 싸우기도 전에 벌써 아군을 상하게 한단 말이냐? 네 죄가 크니 응당 이를 물어야겠다. 여봐라, 이자를 당장 옥에 가두고 앞으로 사흘간 일체 물과 음식을 들여보내지 마라."

이충인은 순순히 병사들에게 끌려갔다. 사실 이는 모두 어젯밤 신류가 꾸민 일이었다. 김사림의 상처를 조총의 점화불량에 의한 사고로 위장하기 위함이었다. 신류가 이충인에게 호통을 치고 벌을 내리던 자리에는 물헌장과 고산들도 자리하였다. 그들은 분명 자신이 보고 들은 바를 상관에게 전할 것이고 그럼 사이호달도 김사림의 부상을 보고는 감히 암살범으로 의심하지는 않을 거라는 판단이었다. 신류는 옥을 지키는 간수들에게 몰래 물과 음식을 넣으라고 명하였다. 때문에 이충인은 사흘 후에 별 탈 없이 옥에서 풀려나왔다.

이충인은 신류의 계책을 받아들이면서 자연스레 김사림이 사이호달의 암살에 관련이 있음을 알게 되었다. 그는 순순히 이를 따르면서 대신 신류와 모종의 거래를 하였다. 몰래 배신 왈가들과 접선하여 나선의 조총을 구매한 사실을 덮어 달라는 것과 이를 압수하지 말아 달라는 것이었다. 신류는 이러한 사실을 숨긴 그에게 분노를 느꼈지만 일단 급한 불부터 꺼야 하였다. 그에게 이달 보름까지 나선의 조총을 모조해 내지 못하면 엄벌에 처하겠다는 단서를 붙이고는 일단 용서해 주었다.

김사림의 사부가 살아 있는 줄로만 알았던 신류는 이제 그를 만날 수 없다는 사실에 마음이 착잡해졌다. 결국 안변의 전투에서 살아남은 이는 다시 한번 자신뿐임이 드러났다. 이십여 년 전과 변함없이.

김사림의 일을 계기로 신류는 다시 나선과의 동맹을 진지하게 고려하게 되었다. 청나라와 조선 사이에는 아무래도 아군이 되어 같은 전장을 누비며 공동의 적을 무찌르기에는 감정의 골이 너무 깊었다. 서로 뜻이 맞아 합심한 것이 아니기에, 노예들과 다를 바 없이 끌려온 것이기에 당연한 것인지도 몰랐다. 신류는 이젠 그만 결판을 내야 한다는 생각을 하게 되었다. 며칠 뒤에 닥친 일을 통해 이를 더욱 굳히게 되었다.

42. 승부(勝負)

사이호달은 사흘 만에 밖으로 모습을 드러내었다. 물헌장의 지시로 그의 주위를 수십 명의 호위병이 겹겹이 둘러쌌다. 추후 다시 벌어질지도 모를 사이호달의 암살 기도에 대비한 인간 방패들이었다.

이틀 후 그는 신류에게 조용히 사람을 보내어 중대하게 할 얘기가 있으니 자신의 처소로 오라는 전갈을 보냈다. 신류는 왠지 등골이 오싹해지면서 서늘한 기운을 느꼈다. 그런 얘기들은 낮에 군영 회의 석상에서 하는 게 옳았으며 그는 여태껏 그리하였다. 그러던 그가 느닷없이 단둘만의 자리를 마련한 연유가 궁금하였다.

'혹시 김사림의 일을 눈치챈 것인가?'

이런 생각이 제일 먼저 들었으며 현재로서는 그게 가장 유력해 보였다.

'만약 그렇다면 날 어찌하려고 그러나? 조용히 김사림의 신병을 요구하려는 것인가? 아니면 김사림을 숨겨 주었다고 나도 함께 벌하려는 것인가?'

별의별 추측들이 난무하였고 이에 대처방안을 생각해 보았지만 무엇 하나 속 시원한 해결책이 마련되지는 못하였다. 결국, 신류는 아무런 대비 없이 그가 은밀히 마련한 자리에 나아갔다.

"총병관 덕분에 소관이 목숨을 건졌소이다. 뭐라 감사의 말씀을 드려야 할지 모르겠소."

일단 사이호달은 지난날 신류가 자신의 목숨을 구해 준 것에 대한 고마움을 표하였다. 그의 말과 행동을 곧이곧대로 받아들일 수 없는 신류는 그저 어색한 웃음을 지으며 그만하길 다행이라는 공허한 말만 내뱉었다.

"헌데 조선에는 총을 마치 창처럼 쓰는 무예가 있소이까?"

신류는 염려했던 바는 아니었지만 그에게 선뜻 대답하기 곤란한 질문을 받고야 말았다. 신류가 김사림의 암살을 막고자 그의 앞에서 어쩔 수 없이 선보인 총검술을 보고는 사이호달이 정축년의 일을 떠올렸던 것이다.

"그건……"

신류는 이를 둘러댈 말을 전혀 염두에 두지 않은 터라 선뜻 대답할 수 없었다.

"유응천 군관에게 물어보니 관무재에서 조선의 국왕과 대신들을 모두 놀라게 한 총병관만의 특출난 무예라 하더이다."

"별… 별것 아니옵니다."

신류는 말을 흐렸다. 언제 쥐도 새도 모르게 유응천에게 그러한 것까지 물어보았는지 간담이 서늘하였다. 전후 사정을 모르는 유응천은 사이호달의 질문에 순순히 답하였고 이에 사이호달은 정축년에 자신의 뺨에 상처를 낸 장본인이 바로 신류라는 걸 알아차렸다.

"정축년에 선제께서 이끄시던 천병들이 조선 국왕의 항복을 받고 철군하던 길이었소. 도중에 천병들은 개성에서 하룻밤 숙영을 하였지요. 그곳에서 조선군의 불의의 습격을 받았소이다. 난데없는 기습에 천병들은 예기치 못한 피해를 보았고 소관도 겨우 목숨을 건졌으나 보시다시피 왼쪽 뺨에 이렇게 큰 칼자국이 남아 버렸소. 나는 내 얼굴을 이리 만든 자가 안변에서 벌어진 전투에서 그만 죽은 줄 알았소이다. 그곳에서 조선군은 단 한 명도 살아남지 않을 때까지 천병들을 공격하였으니까요. 그래서 소관은 무척 애석해하였소. 그자와 다시 한번 합을 겨루어 보고 싶었으니까 말이오. 소관이 비록 그자에게 불의의 일격을 당하긴 했으나 승부를 가렸던 것은 아니었으니 미련이 남았던 게지요."

신류는 눈앞이 아득해져 옴을 느꼈다. 그가 이미 모든 걸 알고 있다는 걸 확실한 까닭이었다. 그는 곧 지난날의 원한을 갚고자 부하들을 시켜 자신을 해코지하려 들 것이라고 여겼다. 그건 두렵지 않았으나 남은 이백 명 장병들의 안위가 걱정되었다. 설마 사이호달이 자신으로도 분함을 삭이지 못해 그들의 목숨마저 거두려 한다면 큰일이었다.

"헌데 정체불명의 괴한에게 목숨을 잃을 뻔한 날 나는 오히려 기뻤소이다. 죽은 줄로만 알았던 지난날의 적수가 살아 있음을 확인하였으니까요. 어떻소이까, 총병관? 나선과 싸우기 전에 정축년에 가리지 못한 둘만의 승부를 결판내야 하지 않겠소?"

천만뜻밖에도 사이호달은 신류의 목숨을 거두려 하기보다는 대결을 원하였다.

"도원수, 지난날의 일은 심히 미안하게 되었소이다. 허나 당시에는 서로가 적이 되어 만날 수밖에 없는 인연이지 않았소이까? 나선이라는 공통된 적을 앞두고 벌써부터 안에서 이리 다툴 필요는 없다고 봅니다. 소관이 도원수의 목숨을 구해 준 게 왼뺨의 흉터에 대한 보상이라고 여겨 주시면 고맙겠소."

신류는 결국 모든 걸 실토하고 그에게 자비를 구하였다. 발밑에 꿇어 엎드리며 읍소하는 짓까지도 염두에 두었으나 이를 실행에 옮기지는 않았다. 사이호달에게 말한 바처럼 당시에는 당연히 서로의 목숨을 뺏어야 했던 적이었다. 일이 이 지경에 이르렀다고 당시엔 명분도 분명했던 자신의 행동에 그딴 식으로 용서를 빌고 싶지는 않았다.

"나는 총병관의 사죄를 받고자 하는 게 아니오. 조금 전에도 말했다시피 귀관과의 재대결을 원할 뿐."

이리 말하는 사이호달의 눈빛은 매서웠다. 신류는 자신이 아무리 거절해 보아야 소용이 없음을 파악하였다. 그렇다면 도리 없이 그가 원하는 대로 해 주는 수밖에 없었다.

"정 그리 원하신다면 따르겠소이다. 장소와 시간은 어찌 되옵니까?"

"역시 그리 나오셔야지요. 그건 다음에 수하를 시켜 알려드리겠소이다."

신류는 그동안 사이호달을 잘못 알고 있었다. 이전엔 그저 그를 물욕에 눈이 어두워 회피할 수도 있는 전쟁을 굳이 해가며 막대한 부를 쌓으려는 속물로만 여겼다. 하지만 그는 명예욕도 강했다. 그는 병부상서도 쥐락펴락하는 청나라의 개국공신인 데다 만주에서는 왕과 다름없는 권세를 누리고 있었다. 그런 그가 조선에서 적국의 일개 병사에게 받은 상처는 지금껏 살아오면서 자신에게 얼굴뿐만이 아니라 마음에도 큰 흉으로 남았다. 마침내 신류의 정체를 알게 되면서 그에게는 이 흉을 지울 기회가 주어졌다. 그는 이를 놓치려 하지 않았다.

사이호달은 바로 다음 날 수하를 시켜 대결 일자와 장소를 알려주었다. 대결일은 이틀 후였고 장소는 마을에 들어서면 바로 자리하는 넓은 공터였다.

43. 대결(對決)

사이호달은 신류와의 대결을 연합군에게 모두 알렸다. 곧 양군의 병사들은 틈만 나면 대결의 승자가 누가 될지를 놓고 수군거리기에 바빴다. 그러나 장병들 모두 자신들의 수장이 이길 것으로 확신하였다.

"도원수 어른이 어떤 분이신가? 화려한 검술로 사방 오천 리의 적을 모조리 쓰러트리셨네. 그리시기에 천명제께서 자신의 오른팔로 삼으신 게 아닌가? 그런 분에게 조선이라는 조그만 나라의 장수가 어찌 감히 상대가 되겠나?"

"내가 군관 나리께 어렵게 들은 얘기이니 아무에게나 함부로 발설하지 말게. 글쎄, 도원수의 왼쪽 뺨에 난 흉터가 바로 우리 장군님께서 남기신 것이라는구먼. 그걸 앙갚음하고자 도원수가 장군님께 도전장을 내민 것이라네. 근데 그때나 지금이나 어디 상대가 되겠나? 공연히 오른쪽 뺨에도 화나 입지 않으면 다행이지."

사이호달은 어떠한지 몰라도 신류는 부하들의 기대와 달리 다시 맞붙어 싸워 이길 자신이 없었다. 정축년에 그에게 일격을 가할 수 있었던 건 작금에 와서 생각해 보면 그저 천운이라고 여겼다. 게다가 그로부터 이십여 년의 세월이 흘렀다. 몸과 마음이 모두 늙어 정축년과 같을 수 없었다.

이리 의기소침하고 있을 적에 김대충이 홀로 신류의 처소를 찾았다. 그의 손에는 보자기에 둘둘 말린 기다란 무언가가 들려 있었다.

"이 시간에 어인 일인가?"

"드디어 며칠 뒤면 도원수와 대결이십니다."

"자네 역시 다른 병사들처럼 들떴는가? 이건 자네들이 생각하는 것처럼 일종의 시합이 아닐세."

"그렇지요. 어찌 단순한 시합일 수 있겠습니까? 조선과 대청 제국의 자존심이 걸린 한판 승부이지요."

"조선의 자존심을 세우는 것도 중요하다만 적을 눈앞에 둔 마당에 그러고 싶지는 않네."

"비록 장군의 마음이 그러하고 설령 그게 옳다 한들 결코 도원수와 허투루 맞붙지 마십시오. 오히려 그분의 화만 돋우어 장군의 신상에 좋지 못할 것입니다."

"어찌 그리 생각하느냐?"

"고작 장군의 목숨만 노렸다면 무슨 죄라도 덮어씌워 곧장 형장으로 보냈지 이리 수고를 할 까닭이 없습니다. 도원수는 고향 사람들과 부하들이 모두 보는 앞에서 자신의 진가를 보여 주고자 함입니다. 이럴지언대 허투루 덤벼 보십시오. 그가 어찌 흥이 나겠으며 또 진정한 승리라 만족하겠나이까? 그러니 최선을 다해 싸우시고 반드시 이기십시오. 그럼 도원수는 장군을 살려 두고 다시 추후를 노릴 것입니다. 그게 장군도 저희도 모두 다 안돈하는 길이옵니다."

신류가 듣기에는 김대충의 말이 과연 그럴듯하였다. 형편없이 졌다가는 오히려 사이호달의 역성만 나게 할지도 몰랐다. 죽기 살기로 덤벼 그가 이기든 지든 만족스러운 대결로 만들어 주는 게 맞았다.

"잘 알아들었네. 내 자신은 없으나 최선을 다하겠네."

"그리고 이걸 받아 주십시오."

그는 들고 온 보자기를 풀어 신류에게 건넸다. 그 안에서 나온 것은 바로 총이었다. 그러나 철포상이나 병기고에서 볼 수 있는 흔한 총이 아니었다. 총열과 개머리판은 튼튼하지만 고가여서 일반 조총에서는 엄두도 내지 못하는 전나무를 사용하였고 가늠자와 방아쇠는 금으로 되어 있었다. 심지도 값싼 목화실이 아닌 비싼 명주실을 썼으며 총구 끝에는 옥으로 만든 작은 노리개가 매달려 있었다. 한눈에 보아도 궁중에서 만들어진 진귀한 물건이었다. 신류는 하도 신기하여 총을 이리저리 살펴보았다. 그러다 개머리판 바닥에서 자그마한 글귀를 발견하였다.

짐은 병부시랑 원숭환의 공을 높이 사 이를 하사하노라.

— 천계(天啓) 7년(1627년) —

신류는 직인을 확인하고 깜짝 놀랐다. 그가 들고 있는 총은 다름 아닌 명황제의 하사품이었다. 그것도 청나라 대군을 두 차례나 크게 격파하여 조선에서도 그 명망이 드높은 명장 원숭환 장군에게 내린 것이었다.

"이걸 자네가 어찌 가지고 있는 건가? 또 그걸 어찌 내게 넘기려고 하는 것이고?"

"원숭환 장군께서 북경으로 압송되시기 전에 저의 상관께서 제게 주신 것입니다. 여태껏 보관하고 있었사온데 이번 나선정벌에서 명군의 저력을 보여 주고자 이리 가지고 왔습니다. 헌데 이 총이 장군께로 간다면 더욱 귀하게 쓰일 것 같아 이리 바치고자 합니다. 당장 며칠 뒤에 명나라의 원수 사이호달을 겨누는 데 쓰이지 않사옵니까?"

"나는 받을 수 없네. 이 총은 단순히 적을 방포하여 쓰러트리는 무기가 아니라 명나라의 긍지가 담긴 물건일세. 이러한 것을 조선인인 내가 사용한다는 건 어불성설이야. 당연히 명나라의 충직한 신하이자 백성이었던 자가 물려받아 사용함이 옳네. 원숭환 장군이 그렇고 자네의 상관이 그렇고 이 두 분이 모두 돌아가 버린 지금은 자네가 그렇네. 그러니 이건 앞으로도 자네가 잘 보관하고 있다가 망국을 되찾을 적에 보탬이 되도록 요긴하게 쓰도록 하여라."

"소인의 생각이 짧았사옵니다. 장군의 말씀 명심하겠나이다."

김대충은 신류에게 바쳤던 조총을 다시 거두어들였다.

"노잡이들의 목채에 은거 중인 나선 여인은 어찌 지내고 있는가?"

"상처는 다 나았으나 아직 청군들의 경계가 철통같아 운신할 수가 없는 처지이옵니다."

"여인의 몸으로 사내들 사이에서 지내기가 여간 불편하지 않을 터인데."

"안 그래도 그 여인에게 해코지하려는 자들을 윤 선비가 나서서 막아 주었으며 저도 따끔하게 야단을 쳐 두었습니다. 그렇긴 하오나 역시 이른 시일 내로 돌려보냄이 좋을 듯하옵니다."

"그래서 윤 선비가 내놓은 계책을 구사해 보려 하네만. 일이 잘되면 자네의 동족들도 뜻을 이룰 수도 있을 듯싶네."

신류는 지난밤 윤계인이 몰래 찾아와 들려주었던 이리나와 한족 노예들을 탈출시킬 방도를 김대충에게도 전했다. 듣고 보니 꽤 괜찮은 계책이었다. 그는 즉각 한족 노예들과 이를 상의하기 위해 은밀히 목책으로 향하였다.

다음 날부터 청군 군영에는 풍문이 나돌기 시작하였다. 총병관이 사이호달과의 대결에서 승리를 자신하여 병사들을 모두 시합장으로 불러 들었으며 이긴 뒤 크게 잔치를 벌일 거라는 내용이었다. 이 풍문은 고산들과 물헌장을 거쳐 사이호달의 귀에까지 들어갔다. 정작 사이호달은 태연하였으나 풍문을 그에게 보고하는 물헌장의 목소리에는 분노와 역정이 가득 담겨 있었다.

"총병관 그자가 어찌 이리 무례할 수 있습니까? 감히 승리를 자신하는 언사를 함부로 일삼다니."

"자신이 있으니까 그러는 게 아니겠느냐? 대결에서 내가 그자를 이기면 그뿐일 터."

말은 이렇게 하였으나 사이호달은 신류의 도발이 불쾌하긴 매한가지였다.

"대결일에 모두 대결장으로 모이라고 병사들에게 명하여라. 나도 이기면 풍성한 축하 잔치를 벌인다고도 일러 주고. 배신 왈가들의 준동으로 그동안 고생했던 부하들에게 신명 나는 놀이 한판 벌여 주어야 하겠구나."

사이호달도 신류에게 기필코 이길 자신이 있었다. 모든 이들이 보는 앞에서 그를 욕보여 주리라 단단히 각오를 다졌다. 하지만 이 모든 게 윤계인의 농간에 놀아나는 것임을 그는 모르고 있었다.

양군의 두 수장이 진검승부를 펼치기로 한 시각이 다가오자 양군의 병사들은 마을 입구에 자리한 공터로 삼삼오오 모여들었다. 신류가 그곳에 이르니 수많은 병사가 벌써 둥그렇게 원을 그리며 자리하였다. 원 안에서는 일찍부터 그곳에 도착한 사이호달이 격하게 몸을 푸는 중이었다. 그는 신류를 보자 마치 시위라도 하듯 더욱 힘차게 칼솜씨를 뽐내었다.

"정축년의 연장이라고 생각하고 덤빌 터이니 허투루 맞설 생각은 하지 마시구려."

사이호달은 따사로운 봄 햇살을 받아 더욱 번쩍이는 칼날을 휘두르며 눈을 번뜩였다. 신류도 이미 각오한 일이었기에 표정에 전혀 미동이 없었다.

"일이 이리되었으니 제 칼끝이 도원수를 겨누더라도 부디 용서하십시오."

물헌장이 대결의 시작을 알리는 나팔을 불었다. 신류와 사이호달은 모두 힘찬 기합과 함께 상대에게 달려들었다. 사이호달은 자신의 키에 절반이나 되는 큰 장검을 사용하였다. 신류는 정축년처럼 총구 끝에 단검을 매달은 조총으로 그와 대적하였다. 사이호달은 마치 신류의 총을 쪼갤 기세로 수차례 검을 휘둘렀다. 하지만 튼튼한 강도를 자랑하는 강원도 영월에서 채굴한 철광석으로 만든 신류의 총열은 이를 가볍게 받아 내었다. 이와 동시에 그는 총구 끝에 매달린 검으로 사이호달의 얼굴을 위협하였다. 그가 흠칫 놀라 잠시 물러서는 사이 순식간에 앞으로 나아가 개머리판으로 그의 복부를 가격하였다. 사이호달은 배를 움켜잡고 뒷걸음질을 쳤다. 주위의 병사들이 일제히 탄성을 질렀다. 신류는 능숙한 동작으로 총을 머리 위에서 몇 바퀴 돌린 다음 앞으로 쭉 내밀었다.

뜻하지 않은 일격을 당한 사이호달은 잔뜩 인상을 쓰며 다시 검을 세차게 휘둘렀다. 그때마다 신류는 날렵한 몸놀림으로 이를 피하거나 총으로 되받아쳤다. 그러면서 기회를 엿보아 계속 총구의 단검을 사이호달의 면전으로 찔렀다. 그가 전부 막아내기는 하였으나 몇 차례는 아주 위험할 정도로 아슬아슬하게 그의 몸을 비껴갔다.

신류와 사이호달은 무려 한 시진 동안 지루하게 합을 주고받았다. 그러나 쉽사리 승부를 가리진 못하였다. 둘의 이마엔 어느새 굵은 땀방울이 맺혔다. 숨소리도 거칠어졌다. 사이호달의 압승을 예상하였던 고산들과 청군 병사들은 당황한 기색이 역력한 얼굴로 여기저기서 수군거렸다.

"내 삼십여 년을 군적에 이름을 올렸건만 방금과 같은 무예는 처음일세. 총을 마치 당파창처럼 사용하고 있지 않나."

"총병관이 방포술에만 일가견이 있는 줄 알았더니 그게 아니었네 그려."

그들이 수군거리는 소리를 들은 사이호달은 불쾌한 나머지 더욱 그의 인상을 구겼다. 그는 지친 몸을 잊고 눈에 불을 켜며 신류에게 달려들었다. 그러나 침착함을 잃은 그의 검술은 전보다 훨씬 눈에 띄게 무디어졌다. 이를 놓치지 않은 신류는 가볍게 총열과 개머리판으로 그의 공격을 막아낸 다음 회심의 발차기로 검을 그의 손에서 떨어뜨렸다. 사이호달은 서둘러 검을 집으려다가 신류가 휘두른 총을 피하지 못하고 정강이를 단검에 찔리고 말았다. 그는 외마디 비명과 함께 그 자리에 주저앉았다. 신류는 발길질로 사이호달의 검을 저만치에 치웠다. 그리고 총구를 그의 목으로 가져갔다. 단검이 그의 목젖에 닿을락 말락 하였다. 물헌장과 고산들이 경악한 얼굴로 자신들의 칼집에 손을 가져갔다. 신류가 사이호달의 목숨을 거두려 하는 줄로 여겼던 탓이었다. 신류는 전혀 그럴 마음이 없었다.

"아무래도 소관이 이긴 듯합니다. 그러니 이제 그만하시지요."

사이호달은 자신의 패배를 인정한다는 듯 고개를 떨어뜨렸다.

"뭣들 하는 건가? 어서 도원수의 상처를 살피지 아니하고?"

신류는 주위의 고산들을 향해 큰소리를 질렀다. 놀란 고산들이 서둘러 사이호달을 일으켜 세웠다.

"도원수, 부디 다시 한번 청하건대 정축년의 일은 그만 묻어 두십시오. 어찌 되었든 지금은 한배를 탄 처지이지 않습니까?"

신류의 말을 들은 사이호달은 갑자기 너털웃음을 터뜨렸다.

"이제야 내 묵은 체증이 싹 풀리는 듯하오. 역시 내 무예는 아직 총병관에게 못 미치는 듯하오이다. 패자가 무슨 할 말이 있으며 악감정이 있겠소. 다 소관이 못난 탓임을. 그대가 적이 아닌 게 참으로 다행이오."

사이호달은 부하들의 부축을 받으며 공터를 빠져나갔다. 그러자 물헌장과 고산들, 청군 병사들도 차례로 그의 뒤를 따랐다. 드넓은 공터엔 어느새 신류와 그의 부하들만이 자리하였다. 그러자 그들이 일제히 신류를 연호하며 환호성을 질렀다. 그는 그다지 감격스러운 일을 해낸 게 아닌지라 덤덤한 표정으로 사이호달이 사라진 곳을 바라보았다. 사이호달은 사리사욕에 눈이 먼 장수이기는 하였으나 무인으로서의 예의를 버리진 않았다. 뒤끝 없이 자신의 패배를 깨끗이 인정하고 순순히 물러나는 모습이 참으로 보기 좋았다.

하도 오랜만에 격한 무예를 선보였던지라 신류는 온몸에서 힘이 쭉 빠져나가는 것을 느꼈다. 팔과 다리는 쑤시지 않는 곳이 없었다. 그 와중에서도 윤계인의 계책이 성공리에 이루어졌는지 궁금하였다. 그건 곧 알게 될 터였다.

얼마 후 피를 잔뜩 뒤집어쓴 청군 병사 하나가 거친 숨을 몰아쉬며 달려와 물헌장 앞에서 쓰러졌다.

"무슨 일이냐?"

무언가 일이 잘못되었음을 직감한 물헌장이 병사의 양어깨를 붙잡고는 세차게 흔들었다.

"노잡이 노예들이 폭동을 일으켜 목책을 빠져나가서는 군선으로 향하고 있나이다."

물헌장에게 이 같은 사실을 전하며 소임을 다한 병사는 몇 번 숨을 헐떡이다가 이내 숨을 거두고 말았다. 물헌장의 표정이 심하게 일그러지고 말았다.

"모든 병사는 서둘러 무장을 갖추고 포구로 향하도록 하라."

그는 이리 명한 다음 신류에게도 다급하게 알렸다. 물헌장의 보고를 받고는 윤계인의 계책이 나름 순조롭게 진행되고 있음을 파악한 신류는 총병군에게도 천연덕스럽게 명을 하달하였다.

"총병군도 서둘러 포구로 향하도록 하라."

44. 탈출(脫出)

　사실 신류는 사이호달과의 대결에서 일찌감치 승부를 결정지을 수 있었다. 예상했던 것과는 달리 사이호달의 검술은 무디고 굼떴다. 그저 의욕만 앞세우며 검을 휘두를 뿐이어서 신류는 이를 막아내거나 피하기에 충분하였다. 여러 차례 그를 제압할 수 있는 빈틈을 찾긴 하였으나 쉽게 공격에 들어가진 않았다.

　둘의 검술 대결을 지켜보던 박대영과 유응천은 대번에 이를 눈치채고는 자신의 상관이 도원수를 조롱하는 줄로만 여겼다. 허나 실은 윤계인의 계책을 충실히 따랐기 때문이었다. 계책의 성공을 위하여 적어도 한 시진 정도는 대결을 끌어 주어 이를 지켜보기 위해 몰려든 연합군의 시선을 붙잡아 두어야만 하였다.

　대결이 펼쳐지기 전에 청군에 나돌았던 소문도 다 계책의 일환이었다. 신류가 사이호달을 얕보는 듯한 소문을 퍼트리면 도발에 넘어간 그가 위신을 세우기 위해 휘하의 모든 병사 앞에서 자신이 총병관을 꺾는 모습을 반드시 보여 주려 할 터이다. 그럼 마을에 주둔 중인 상당수의 병사가 시합장으로 몰려들 것이고 당연히 목책과 군선의 경계가 허술해진다. 이 틈을 노려 한족 노예들이 목책의 경계병들을 제압하고 그대로 포구로 나아가 군선을 탈취한 다음 그걸 타고 유유히 마을을 빠져나간다. 이상이 윤계인이 세운 계책의 진행 과정이었다.

윤계인은 대결이 펼쳐지기 전날 밤, 목책에 몰래 잠입하여 한족 노예들에게 자신의 계책을 설명하였다. 괜찮다고 여긴 그들은 자신들이 수립한 거사 일정과 계획을 수정하여 이에 맞추고는 분주히 움직였다. 이리나는 일단 이들과 함께 마을을 빠져나간 다음 청군의 추격망을 벗어나는 시점에서 방향을 북쪽으로 돌려 요새로 돌아가기로 합의를 보았다.

"왜 이리 저에게 잘해 주시는 겁니까?"

이리나는 이토록 자신을 신경 써 주는 윤계인의 진의를 도무지 알 수 없었다.

"여러 가지가 있겠지요. 우선 가녀린 여인네이시니 선비 된 자로서 마땅히 배려해야 하는 게 도리이며 장차 양국의 관계를 고려하자면 일단은 당신에게 잘 보여야 하는 게 아니겠소이까."

"단지 그뿐입니까?"

이리나는 비단 그 이유 때문만이 아니라는 걸 파악하고는 재차 채근하였다. 윤계인은 잠시 망설이다가 다소 서툰 발음의 네덜란드어로 진심을 들려주었다.

"아무래도 당신에게 반해 버린 것 같소. 다른 더 큰 연유가 있어 그러는 것이라 따져 보아도 그걸 능가하는 게 없더이다."

난데없는 윤계인의 고백에 이리나는 당황한 나머지 할 말을 잃고 그저 멍하니 그를 쳐다보았다. 어색한 분위기를 무마하기 위해 윤계인이 서둘러 말을 돌렸다.

"우리 그 얘기는 당신이 이곳을 무사히 빠져나가고 난 뒤에 다시

하도록 합시다. 일단은……."

이리나가 그의 말을 자르고는 물어보았다.

"우리가 다시 만날 수 있으리라 보십니까?"

"총병관께서 제 계책을 받아들이시고 일을 꾸미실 요량이시라면 다시 보게 되지 않겠소? 일단은 서로 낙관적으로만 생각합시다."

이리나는 윤계인의 넉살 좋은 웃음에 다시 한번 할 말을 잃었다. 그런데 이상하게도 그와 함께할 적에는 마음이 편해지면서 말이 술술 나왔다. 이건 쿠마르스크의 요새에서 지낼 적에도 가능치 못했던 일이있다. 단지 그와 말이 통해서만은 아니면이 분명하였다. 요새의 장병들과는 모국어로 대화를 주고받았지만 상관과 부하라는 딱딱하고 거리감 있는 관계를 전혀 좁히지 못했었다. 유일한 예외라면 요새 내에서 그녀의 유일한 상관인 스테파노프 장군뿐이었다.

대결일이 되어 약속된 시각이 되자 윤계인의 생각대로 극히 일부의 경계병만 목책 주변에 남겨지고 대부분 대결이 펼쳐지는 공터로 향하였다. 한편 공터에서 동료들과 청군 병사들에게 눈도장을 찍어둔 윤계인과 김대충은 반 시진쯤 지나 신류와 사이호달의 대결이 무르익을 때쯤 조용히 그곳을 빠져나와 목책으로 향하였다.

복면을 둘러쓴 윤계인과 김대충이 입구에서 경계를 펼치던 청군 병사 한 명씩을 각기 쓰러트리는 것을 신호로 목책 안에서 대기 중인 한족 노예들이 일제히 움직였다. 이리나만 반달 모양처럼 날이 휜 검을 쥐었을 뿐 대부분의 노예는 이제 자신들의 수족과도 같은 노들을 들고는 일제히 눈앞의 청군 병사들을 제압하였다. 시합장으로 이

같은 소동이 전해지지 않도록 윤계인과 김대충은 매복하여 노예들의 손아귀에서 벗어나 그곳으로 향하려는 병사들을 방포로 사살하였다. 결국, 얼마 안 돼 한족 노예들이 목책을 점거하였다. 원래부터 목책의 주인이 그들이기는 하였다. 그들은 기껏 점거한 한 달 남짓의 터전을 미련 없이 버려두고 포구로 향하였다.

그곳을 지키던 청군 병사들의 저항은 다소 거칠었다. 이들은 울퉁불퉁한 돌들을 대충 쌓아 만든 진지에 엄폐하고는 대조총으로 밀려드는 노예들에게 마구 방포를 가하였다. 대조총의 총열에서 무수히 쏟아져 나오는 철환들은 이내 순식간에 수십 명의 노예를 살상하였다. 사격 거리 밖에서 노예들은 더 전진하지 못하고 전전긍긍 대었다. 윤계인과 김대충도 철환을 피해 몸을 숨기고는 진지를 돌파할 방법을 모색해 보았지만 뾰족한 수가 떠오르지 않아 난감할 따름이었다. 애타게도 시간은 점점 흐르고 있었다.

이런 진퇴양난의 상황이 펼쳐지고 있을 적에 삿갓을 쓴 사내 하나가 빠르게 말을 타고 그곳으로 나타났다. 그러고는 무수히 쏟아지는 철환을 뚫고 곧장 청군이 엄폐한 진지로 돌진하였다. 진지가 코앞에 이르자 그는 말에서 뛰어내리고는 양손의 마상총을 각기 발포하여 양옆의 적병들을 순식간에 사살하였다. 이윽고 자신에게 달려드는 다른 적병들마저 장전을 마치자마자 곧장 방포하여 차례로 쓰러트렸다. 삿갓을 쓴 사내는 바로 김사림이었다.

이러한 혼란 탓에 대조총의 방포가 뜸해지자 노예들은 일제히 함성을 올리고는 전방으로 돌진하였다. 애초부터 군선을 지키던 병사가 적었던 터라 거침없이 돌진하는 노예들을 막을 방법은 없었다. 대부분 노예가 휘두른 노에 맞아 죽거나 도망치다 강에 빠져 그대로 물고기 밥이 되었다. 그들은 마침내 군선을 탈취하는 데 성공하였다. 이들은 거사의 성공을 기뻐하며 여기저기서 크게 함성을 질렀다.

그러나 이는 곧 멀리서 들려오는 다른 함성에 묻혀 버리고 말았다. 이들은 자신들을 잡아들이기 위해 청군이 진군해 오고 있음을 대번에 알아차렸다. 재빨리 노예들은 군선에 승선하였다.

"정녕 장군께서는 저희와 함께하지 않으시렵니까?"

그동안 노예의 우두머리 노릇을 하였던 사내가 마지막으로 승선하기 전에 다시 한번 김대충의 의향을 물어보았다.

"나는 이제 지켜야 할 식솔이 있고 동료들이 있네. 그들을 무심히 버려두고 떠날 순 없다네. 나 대신 이걸 주며 자네들의 무운을 빌도록 하겠네."

김대충은 자신의 손에 들고 있던 조총을 사내에게 건넸다. 조대수 장군으로부터 받았던 천계제의 하사품이었다.

"무사히 그대들이 대만에 도착하여 한때 조대수 장군의 부관이었다고 하는 자를 찾아가 이것을 보이면 반드시 그대들을 믿어 주고 받아 줄 걸세. 이 총으로 부디 원숭환 장군의 숭고한 뜻을 받들어 나라를 되찾는 데 일조하도록 하게."

잠시 주저하던 사내는 점점 청군의 함성이 가까워지자 하는 수 없이 조총을 받아들고는 정중히 김대충에게 묵례를 올렸다. 그도 똑같이 묵례로 답하자 사내는 뒤돌아서 군선을 향해 뛰어갔다.

다른 군선에서는 윤계인과 이리나가 서로 작별의 인사를 나누는 중이었다.

"이곳을 빠져나가서도 요새에 이르기까지는 험난한 여정이 될 것이오. 낭자, 부디 무사하길 빌겠소."

"그동안 여러모로 고마웠습니다. 다시 만나길 기원하겠습니다."

"그때는 정말로 우리 둘 사이의 관계를 진지하게 얘기해 볼 수 있겠소?"

윤계인의 또 한 번의 고백에 이리나는 전날처럼 화제를 돌리며 무마하였다.

"제가 요리는 못하나 그래도 어머니께서 즐겨 해 주시던 피로슈키 (러시아의 전통음식으로 고기, 소시지, 야채, 과일 등 다양한 속재료가 들어가는 빵) 는 할 줄 압니다. 다음에 만나면 그걸 맛보여 드리도록 하겠습니다."

"기대하고 있겠습니다."

이리나가 승선하자 노예들을 태운 배들은 하나둘 포구를 벗어나기 시작하였다. 윤계인과 김대충, 김사림은 잠시 손을 들어 이들을 배웅한 다음 황급히 그 자리를 벗어났다. 군선이 시야에서 완전히 사라지고 나서야 물헌장이 이끄는 청군이 포구에 당도하였다. 그는 온데간데없이 사라진 군선을 바라보며 분한 마음에 검을 뽑아서는 괴성과 함께 그대로 땅에 내리꽂았다. 그러고는 뒤도 돌아보지 않고 그대로 말에 올라 군영을 향해 달렸다.

뒤늦게 도착한 신류는 말에서 내려 물헌장이 내리꽂은 검으로 다가갔다. 한바탕 힘을 주어 그걸 뽑은 다음 아무렇게나 내팽개쳤다.

어느덧 날이 저물어 강물엔 석양이 고스란히 담겼다. 신류는 붉게
물든 강물을 바라보며 희미한 미소를 지었다.

45. 결단(決斷)

　처소로 돌아가 신류와의 대결에서 입은 상처를 치료받던 사이호 달은 어두운 안색으로 돌아온 물헌장에게 한족 노예들과 군선들을 모조리 잃어버렸다는 보고를 받았다. 신류에게 진 것도 모자라 꽤나 큰 병력 손실까지 입은 사이호달은 그만 화를 참지 못하고 들고 있 던 술잔을 그대로 물헌장의 면전에 날렸다. 정통으로 맞은 물헌장의 이마에서 검붉은 피가 주르륵 흘러내렸지만, 그는 미동조차 하지 않 았다.

　"어서 빨리 추격하여 놈들을 데리고 오너라. 아니 모조리 죽여 버 리고 오너라."

　사이호달의 추상같은 호령에 물헌장은 서둘러 중무장을 한 기병 들을 대동하고는 밤이 깊었는데도 한족 노예들에 대한 추격을 개시 하였다. 포구에서 무사히 몸을 빼내어 은밀히 군영으로 돌아온 윤계 인과 김대충, 김사림은 요란한 말발굽 소리와 함께 마을을 빠져나가 는 청군을 바라보며 불안한 기색을 감추지 못하였다. 부디 무사히 노 예들이 저들의 추격을 피해 용케 도망치기를 기원할 뿐이었다.

　그로부터 보름이 지났는데도 물헌장이 이끄는 일군의 군사들은 마을로 돌아올 줄 몰랐다. 그들을 붙잡거나 죽이기 전까진 돌아올 생각은 추호도 하지 말라는 사이호달의 명이 떨어진 까닭에 아직 별 다른 소득이 없었던 그들은 발길을 돌릴 수 없었다.

졸지에 군선과 노잡이들을 잃은 연합군은 발이 묶인 채 꼼짝없이 마을에 틀어박혀 지내야 하였다. 그동안에 딱히 양군의 신경을 거스르는 배신 왈가들의 준동도 없었고 척후병들을 통해 전해지는 나선들의 움직임도 잠잠하였다. 그런 까닭에 무료한 나날들이 연일 지속되었다.

당시 사이호달은 자신에 대한 암살, 신류와의 대결에서 패배, 군선을 탈취한 한족 노예들의 도주와 같은 일련의 사건들로 인해 의기소침해진 나머지 처소에 틀어박혀 연일 술을 들이켜고 여자를 즐기며 시름을 달래는 중이었다. 이러다 보니 고산들도 다들 느슨해졌고 병사들에 대한 감독도 소홀해졌다. 얼마간 잠잠하였던 마을 백성들을 향한 병사들의 폭주가 다시 자행되었다.

총병군 또한 기강을 잃고는 차츰 백성들에게 민폐를 가하였다. 툭하면 술에 취해 백성들과 시비가 붙어 주먹다짐을 벌이거나 아니면 부녀자들을 희롱하였다. 몰래 사냥에 나서 야생 여우와 담비를 암시장에 내다 팔아서는 돈을 버는 이들도 있었고 고향에 두고 온 식솔들에 대한 그리움과 불현듯 찾아오는 죽음의 공포를 잊기 위해 환각제에 손을 대는 이들도 나타났다. 오랜 군중 생활로 인해 여인의 품이 그리운 이들은 허구한 날 유곽으로 달려가 민족을 가리지 아니하고 수많은 여인과 문란한 합궁을 나누었다.

신류가 몇 차례 군의 기강을 어지럽히는 이들을 색출하여 엄중한 벌을 내리기도 하였으나 그때일 뿐 조금도 나아지는 기색을 보이지 않았다. 총병군들은 조속히 나선과 교전을 치르거나 아니면 물러나는 것 중 하나를 택해 줄 것을 신류에게 강력히 요청하였다. 그들은 죽어서든 살아서든 어서 빨리 조선으로 돌아가기를 원하였다.

물헌장이 마을로 돌아오지 않은 지 스무날 가까이 되었을쯤 보급품을 실은 수레가 열벌마을에 당도하였다. 종성에서부터 만주 벌판을 가로질러 영고탑까지 도달한 다음 다시 그곳에서부터 강줄기를 따라 며칠을 거슬러 온 끝에 전해진 것들이었다. 보급품에는 총병군들이 앞으로 입고 먹을 쌀이나 피복 외에도 고향 친지들의 소식이 담긴 서찰들도 포함되어 있었다. 이들은 반가운 얼굴로 제각기 서찰을 받아들고는 그동안 궁금하였던 식솔들의 안부를 확인하였다. 환한 웃음을 짓는 이들도 있었고 눈물을 글썽이는 이들도 있었다. 어찌 되었든 다들 조선 땅이 그립기는 매한가지였다.

신류에게도 비단 두루마리로 된 서찰이 전해졌다. 훈련도감 대장의 낙관이 두루마리 끝에 찍혀 있었다. 이걸 학수고대하며 기다렸던 신류는 받자마자 곧장 처소로 들어가서 황급히 두루마리를 펼쳐 보았다. 이완의 서찰에는 전하께서 총병관의 뜻을 신중히 고심한 뒤 마침내 이에 따르겠다는 내용이 간략하게 적혀 있었다. 이와 더불어 이달 안에 오군영의 군사를 총동원하여 국경에 배치할 것인즉, 유사시에는 만주로 진군할 터이니 총병관도 기회를 보아 그곳에서 도모하고자 하는 바를 실행에 옮기라는 내용도 담겨 있었다.

신류는 이리나를 만난 날부터 나선과의 동맹을 진지하게 고민한 다음에 사이호달 몰래 이완에게 서한을 보내 효종의 의사를 타진케하였다. 이에 이완은 남몰래 효종을 알현한 자리에서 신류가 보낸 서

320

찰의 내용을 소상히 전했다. 그리고 그가 지금 전하의 결단을 애타게 기다린다는 사실도 밝혔다.

"그래, 총병관의 생각은 어떠하다고 하느냐?"

"그는 무조건 전하의 어심을 따르겠다고만 하였사옵니다."

"어허, 그래? 과인에게 골치 아픈 문제를 떠넘겼구먼."

한동안 효종도 수천 리 길을 사이에 두고 신류와 같은 고민에 잠겼다. 그러다 마침내 결단을 내리고는 보급품과 함께 전한 서찰을 통하여 자신의 의사를 전하였다. 이를 확인한 신류는 박대영과 유응천에게 서둘러 모든 초관들을 소집할 것을 명하였다.

느닷없는 소집령에 초관들은 영문도 모른 채 회의 석상에 속속 모여들었다. 모든 초관이 신류를 사이에 두고 좌우로 나뉘어 각기 정해진 자리에 앉자 그가 천천히 이들을 모은 이유를 설명하였다.

"얼마 전 나선의 사자가 은밀히 나를 찾아와 조선과의 동맹을 요청하였네."

맨 처음 이를 생각해 낸 윤계인을 비롯하여 나선의 사자로 온 이리나를 대면한 적이 있는 김대충을 제외하고는 모든 초관이 신류의 말에 다들 놀라는 기색을 감추지 못하였다. 곧 여기저기서 수군거리는 소리가 끊이질 않았다. 신류가 병부로 앞에 놓인 탁자를 내리치자 실내는 이내 다시 조용해졌다.

"해서 나는 이를 어찌할지 답변을 요구하는 서한을 조정에 보냈었네."

엄밀히 따지면 이완과 효종에게만 알린 것이었다. 조정 대신들에게 알렸다간 분명 그들은 자신들의 당리당략에 따라 판단한 다음 이를 주상전하께 설득하려 들 것이 자명하였다. 주상전하의 진정한 어심을 알고 싶었다. 그런 까닭에 아주 은밀하게 일을 추진하였다.

"전하께서는 장차 단행할 북벌을 위해서도 대청 제국을 공통된 적으로 삼고 있는 조선과 나선이 손잡는 것이 괜찮다는 소견을 밝히셨네."

이 말에 다시 한번 회의 석상은 초관들의 웅성거림으로 무척이나 시끄러워졌다. 이번에 신류는 잠자코 그들을 내버려 두었다. 수군거림이 사그라들자 그는 다시 입을 열었다.

"이런 연유로 인하여 나는 그대들의 의견을 들어 보고자 한다. 허심탄회하게 그대들이 생각하는 바를 말하도록 하라."

배명장이 손을 들어 신류에게 질문을 청하였다.

"전하의 명을 따르자면 저희는 어찌 움직여야 하는 것이옵니까?"

"일단 청나라와 나선의 전쟁에 우리 조선은 빠지는 것일세. 전선이 교착상태이니 이를 빌미로 일단 회군하겠노라고 도원수에게 말할 생각이네. 그리하여 총병군이 무사히 조선에 귀환하고 나면 조정에서는 나선에 사신을 보내어 그들과 동맹에 관한 교섭을 맺을 걸세. 만약에 일이 잘 성사된다면 조선은 새로운 우군과 함께 병자년의 치욕을 씻을 수 있을 뿐만 아니라 옛 고구려의 영토였던 만주에도 진출할 수 있을 것이네."

신류가 나선과의 동맹 시에 그려지게 될 향후 정국에 관하여 설명하자 초관들은 다시 한번 놀란 입을 다물지 못하였다.

"과연 도원수가 승낙하겠나이까?"

정계룡이 초관들을 대표하여 그들의 마음속에 자리하였으나 차마 하지 못했던 질문을 던졌다.

"받아들이도록 설득해야지. 허나 그리되지 못한다면……."

모든 초관이 귀를 쫑긋 세우며 신류의 말을 기다렸다.

"무력을 동원해서라도 그리하도록 만들겠네. 전하께서도 만약의 경우 그리하도록 이미 재가를 내리셨네."

회의 석상에 모인 초관들은 나선과의 동맹에 대해 크게 세 가지 태도를 보였다. 하나는 적극 찬성이었다. 동맹의 제안자인 윤계인을 비롯하여 모국을 점령한 청나라에게 좋은 감정이 있을 리 없는 옛 대명 제국의 신하 김대충 등이 이에 속했다. 다른 하나는 적극 반대였다. 배명장을 위시한 몇몇 초관들이 이에 해당하였다. 아무런 전공 없이 조선으로 귀국했다가는 출정 전에 노렸던 명예 회복이나 벼슬 등을 전혀 기대할 수 없었다.

하지만 대부분은 어떠한 결단도 내리지 못한 채 주저하는 쪽이었다. 그건 군관인 박대웅과 유응천도 마찬가지였다. 유복만 과연 어떠한 결단이 차후 상단의 운영과 자신의 출세에 이로울지 머릿속으로 연신 주판알을 튕길 뿐이었다. 정계룡이 이러한 부류의 대표로서 자진하여 앞에 나서며 신류에게 의견을 표하였다.

"저희는 주상전하를 받드는 백성이자 장군을 따르는 충직한 부하이옵니다. 그저 두 분의 명에 따를 뿐입니다."

정계룡이 속한 부류의 초관들 중 어느 누구도 그의 말에 이의를

달지 않았다. 지금 자신들의 처지에서 할 수 있는 가장 현명한 대답
이라는 걸 잘 알았기 때문이었다. 그리고 하루바삐 이 지긋지긋한
곳을 벗어나 조선으로 돌아갈 수만 있다면 무슨 짓이라도 할 수 있
을 것만 같은 의지가 불타올랐다.

"그대들의 의견을 충분히 수렴하였으니 이만 회의를 파하도록 하
세. 내일 당장 도원수를 찾아가 회군을 고하겠네. 일이 어그러졌을
적에 대한 조치는 후일 다시 논의하도록 하지."

신류는 당분간 이 일을 절대 초원들에게 발설하지 말라고 당부하
였다. 그러나 윤계인과 김대충은 회의가 끝나고 김사림을 만난 자리
에서 이 같은 일들을 바로 알렸고 유복은 병기창에 들려 이충인에
게, 배명장은 홀로 침통한 표정으로 식량 창고에서 포도주를 들이켜
다 마침 그곳을 들른 이응생에게 털어놓고 말았다. 눈앞의 화자를
통해 이 엄청난 소식을 접하게 된 이들은 신기하게도 화자들과 같은
심정을 보였다. 김사림은 찬성을, 이응생은 반대를, 이충인은 관망하
는 쪽을 택하였다.

46. 협박(脅迫)

　다음 날 신류는 날이 밝자마자 몸소 사이호달의 저택으로 발걸음을 옮겼다. 그날도 그곳은 그에 대한 암살 기도가 있은 이후부터 평소의 배가 넘는 병력이 철통같이 지키고 있다는 점을 제외하면 별다를 것이 없어 보였다. 그러나 그가 그곳에 도착할 때쯤 난데없이 굉음이 울리면서 어디선가 포탄이 날아와 곧장 종루를 직격하였다. 순식간에 세 명의 병사들이 무너진 종루에 깔리어 목숨을 잃었다.

　연이어 포탄이 저택의 주변으로 마구 쏟아지며 천지를 울리는 진동과 함께 엄청난 폭발을 일으켰다. 재수 없게 이를 피하지 못한 병사들은 사지가 절단된 채 피를 흘리며 절규하다 머잖아 이 세상을 떠났다. 간신히 살아남은 이들도 어찌해야 할지 몰라 허둥댈 뿐이었다. 포탄을 정통으로 맞은 사이호달의 저택은 외벽이 무너지고 여기저기서 맹렬한 화염을 내뿜었다. 병사 몇 명이 불길 속에서 간신히 사이호달을 부축해 저택을 빠져나와 황급히 그 자리를 피했다. 신류도 일단은 이 자리를 벗어나는 게 급선무라 여기고는 도무지 낙하지점을 가늠할 수 없는 포탄들을 잘도 피하며 사지를 벗어났다.

　뒤늦게 정열을 정비한 고산들이 부하들을 이끌고 포탄이 날아오는 지점을 추적하였다. 곧 그들은 두터운 이양석의 벽에 가로막히긴 하였으나 저택과는 가장 가까운 강기슭에 포가 방열된 참호들을 어렵지 않게 발견할 수 있었다. 홍이포가 아니라 사거리가 뛰어나기로 소문난 나선의 대포였다. 나선이 인근까지 진격해 온 줄로 여긴 고산들은 황급히 마을로 돌아가 방어 태세를 갖추었다.

동맹의 성사 여부에 대한 답을 들려주기 전까지는 총병군이 주둔 중인 마을에 대한 공격을 자제하겠다는 이리나의 약속을 받았던 신류는 그들의 소행이 아니라는 걸 직감하였다. 그렇지만 이를 청군이 눈치채지 않도록 그들과 함께 부산히 움직이는 척하였다. 역시나 나선의 그림자는 눈곱만큼도 찾아볼 수 없었고 이내 그들에 대한 경계 태세를 풀었다.

이런 우여곡절 끝에 신류는 오후 늦게야 청군 병영에서 안정을 취하는 사이호달과 대면할 수 있었다. 금일 오전에 이 같은 준동을 저지른 자들은 아직 남아 있는 배신 왈가라는 걸 신류는 확신하였다. 아직 총병군을 청군과 함께 무찔러야 하는 공통의 적으로 여길 그들에게 추후 부하들이 어떤 공격을 받을지 모르는 일이었다. 서둘러 사이호달과 회군에 관한 담판을 짓고 화를 면해야 하였다.

"이만 철군을 하시겠다?"

신류의 말을 들은 사이호달은 역시 예상했던 대로 떨떠름한 반응을 보였다.

"군선과 노잡이들을 잃어 이곳에 발이 묶인 데다 얼마 전 조선에서 보급품이 도달하였기는 하였지만, 워낙 약소하여 이번 달을 넘길 수 있을지 의문이외다. 더구나 아직 전투를 치르지 않았는데도 수차례 배신 왈가들의 공격을 받아 적지 않은 피해를 본바, 비록 총병군은 아직 무사하다 하더라도 언제 그 화가 미칠지 모릅니다. 해서 소관은 일단 물러난 뒤 차후 기회를 보아 다시 집결하여 나선을 섬멸하는 게 옳다고 보는 바입니다."

신류는 구구절절하게 사이호달에게 철군의 당위성을 설명하였으나 이를 그가 귀담아들을 거라고 여기진 않았다. 생각이 있는 장수였다면 저택에 틀어박히기만 하는 게 아니라 자신이 찾아와 이를 논하기 전에 먼저 무슨 대책을 내놓았을 터였다.

"소관은 생각이 다르오. 조만간 물헌장이 도망친 노예들과 군선들을 회수해 올 것이며 설령 그렇지 못하더라도 며칠 후면 영고탑에서 새로운 군선이 출발하여 이곳에 당도할 것이오. 부족한 물자와 식량은 마을 백성들에게 조달하면 해결될 터. 배신 왈가는 이제 거의 일망타진된 것이나 다름없으니 이제 배후에서의 준동은 더는 신경 쓰지 않아도 되오. 허니 총병관은 더는 쓸데없는 걱정일랑 접어 두시고 오로지 눈앞의 나선을 물리칠 궁리에만 몰두하시구려."

애써 점잖게 말하였지만 한마디로 신류의 의견을 무시하겠다는 뜻이었다. 평소에는 하릴없이 물러나던 신류도 이번에는 눈을 부릅뜨며 당당하게 맞섰다.

"소관은 도원수와 생각이 매우 다르옵니다. 무릇 장수 된 자라면 마땅히 물러나야 할 때도 잘 알아야 하는 법인데 소관이 생각하기엔 지금이 바로 그때라 여기옵니다. 도원수의 고집 때문에 순조롭게 물러나 후일을 도모할 좋은 기회를 놓치고는 큰 낭패를 보고 싶지 않사옵니다. 조정에서도 만약 일이 순탄치 못하면 물러나도 좋다는 재가가 내려왔으니 소관의 군사는 이만 철군할 채비를 갖추도록 하겠습니다."

사이호달은 더는 참지 못하고 검을 빼 들어 신류의 목에 겨누었다. 검 끝이 목젖에 닿을락 말락 하였지만, 신류는 눈 하나 깜짝하지 않고 사이호달을 노려보았다.

"한 번 더 그 같은 말을 지껄였다간 설령 내 목숨을 구해 준 은인이고 동맹군의 수장이라 할지라도 마땅히 자네 목숨을 거둘 것이다. 허니 이만 조용히 물러나라. 자네와 자네의 부하들이 험한 꼴을 당하고 싶지 않다면 말이야."

신류는 더는 대꾸하지 않고 그 자리에서 물러났다. 사이호달의 기세 좋은 협박에 눌려서는 아니었다. 이제는 좋은 말로 해서는 회군의 뜻을 성사시킬 수 없음을 확인하고는 후일을 기약한 까닭이었다. 병영으로 돌아온 그는 군관들을 불러들여 초원들에게 은밀히 수일내로 철군할 태세를 갖추라고 명하였다. 그러고는 윤계인을 불러 되도록 큰 충돌 없이 총병군이 열벌마을을 무사히 벗어날 수 있는 방법을 강구하라 지시하였다.

신류는 사이호달에게 총병군의 회군을 고한 지 사흘 뒤에 그의 허락 여부와 상관없이 이를 강행하려 하였다. 이리나가 무사히 쿠마르스크의 요새로 되돌아갔다면 사흘 뒤에 동맹에 관한 총병군의 의견을 전달할 전서구를 보내 주기로 약속이 되어 있었다. 이편을 통해 주상전하의 뜻과 총병군의 차후 행동을 전달한 뒤 움직일 계획이었다. 그러나 전서구보다 먼저 총병군을 찾아온 것이 있었다. 바로 조선 조정의, 아니 서인 당파의 사자로 찾아온 변급이었다.

느닷없이 열벌마을에 출현한 그로 인해 신류는 큰 혼란에 빠졌다. 그가 수천 리나 떨어진 이곳까지 나타난 연유를 알 수가 없어서였다. 갑오년의 전공으로 인하여 변급을 각별히 여긴 사이호달이 그가 당도했다는 소식에 친히 마을 입구까지 나와 반겨 주었다. 신류가 처음 그를 대면할 적과는 천양지차였다. 변급은 사이호달의 손에 이끌려 병영 내에 임시로 세운 자신의 군용 막사로 향하여서는 밤늦게 그와 술잔을 기울였다. 달이 중천에 뜨고 사이호달이 대취하여 잠에 곯아떨어진 한밤중이 되어서야 그는 신류와 대면할 수 있었다. 신류는 먼 길을 오느라 고생이 많았다는 겉치레 인사를 우선 건넨 다음 조용히 그가 수천 리 길이나 떨어진 북방의 열벌마을을 직접 찾은 연유를 물어보았다.

"야심한 시각이고 자네나 나나 피곤할 터이니 돌려 말하지 않겠네. 자네가 나선과 동맹을 획책한다는 게 과연 사실인가?"

그의 입에서 그가 절대 몰라야 할 중대한 비밀이 새어 나오자 신류의 입에서 절로 신음이 터져 나왔다. 일전에 허목이 자신을 찾아와 회유했던 사실부터 해서 정녕 구중궁궐에는 비밀이 없음을 다시 한번 뼈저리게 느꼈다. 자신의 일거수일투족을 감시하는 무시무시한 자들에게 둘러싸인 전하가 참으로 불쌍하게 느껴지기도 하였다.

"이를 확인하려고 먼 발걸음을 하신 건 아닌 줄로 아옵니다."

신류는 애써 침착하게 변급의 말을 받았다.

"맞네. 그럴 생각이라면 그만두라는 얘기를 전하려고 이리 온 것이라네."

"어심이시옵니까?"

"글쎄, 자네는 어떠하다고 보는가?"

모든 게 밝혀진 이상 회피하거나 소용없다는 걸 신류는 잘 알았다. 당당히 정면 돌파하기로 결심하였다.

"아니요. 송시열 대감을 위시한 서인 중신들의 뜻이겠지요."

변급은 능글맞은 미소를 지으며 고개를 끄덕였다.

"그렇네. 게다가 남인 대신들도 이번만큼은 우리와 뜻을 같이하기로 하였네."

결국, 효종을 제외한 모든 조정 대신이 나선과 손잡는 것에 대해 반대한다는 뜻이었다. 이래서는 효종이 아무리 북벌의 의지를 천명하며 동맹 체결을 강행하려 하여도 아무런 소용이 없었다. 오히려 그랬다간 그들의 심기를 불편하게 만들어 광해군처럼 오랑캐와 손을 잡고 나라와 백성을 어지럽혔다는 명분으로 반정을 당할 수도 있는 노릇이었다. 여기에까지 생각이 미치자 신류는 맥이 탁 풀리면서 그만 기운을 잃고 말았다.

"대신들은 그저 자네가 조선을 떠나올 적처럼 청나라의 요구대로 나선을 물리치고 돌아오기를 바라네. 그리한다면 지난 일들은 다 잊고 전공에 따라 포상을 내릴 걸세."

"만약 제가 거절한다면 어떡하시겠습니까?"

"대신들이 군이 날 지목하여 이곳으로 보낸 연유가 무엇이라 생각되는가?"

변급을 통해 전후 사정을 알게 된 신류는 그가 이곳까지 온 연유를 그가 말하지 않아도 깨닫게 되었다. 만약 자신이 대신들의 뜻을 거스르면 파직시키고는 그 자리에 변급을 앉힐 요량이었다. 애당초 사이호달은 자신보다 그에게 더 호감을 느끼고 있었으니 아무런 반대나 제지를 하지 않을 것이었다. 변급으로서도 다시 전장에 나선다는 게 부담스럽긴 하겠지만 그러지 않고서는 다시 벼슬길에 오르는 건 요원한 일일 터이니 받아들이지 않을 도리가 없었다.

신류는 변급을 돌려보내고 그날 밤 잠자리를 뒤척이며 뜬눈으로 밤을 지새웠다. 자신이 어떻게 처신해야 좋을지를 놓고 고민을 거듭한 까닭이었다. 대신들의 협박에 굴하지 않고 예정했던 일을 강행하여 그들로부터 미움을 받거나 고초를 받는 것은 아무런 문제가 되지 않았다. 문제는 자신이 이끄는 이백여 명의 장병들이었다. 자신은 이들의 앞날을 보살피고 책임져야 할 막중한 소임을 가지고 있었다.

답답한 마음에 밖으로 나가 나선의 버려진 식량 창고로 향하였다. 그곳에 비치된 포도주를 들이켜며 잠을 청해 볼까 하는 요량이었다. 그런데 그곳엔 이미 배명장과 이응생이 서로 사이좋게 술잔을 주고받으며 반쯤 얼큰하게 취해 있었다. 그들은 그 와중에도 자신들의 상관이 들이닥치자 예를 갖추어 인사를 올리는 것을 잊지 않았다. 평상시 같으면 무단으로 진중을 빠져나와 음주하는 이들을 벌해야 옳았지만, 오늘은 기분이 그런지라 눈감아 주고는 그들과 동석하였다.

"장군, 정말로 나선과 동맹을 맺고는 회군하려 하시옵니까?"

이응생이 불쾌해진 목소리로 물어보았다.

"자네는 반대겠지? 말년이의 원수를 아직 갚지 못했으니까."

신류가 배명장이 따라 주는 술을 받으며 답하였다.

"소인의 생각은 그렇사옵니다. 여진족이나 나선이나 다들 오랑캐이긴 마찬가지입니다. 그들도 머잖아 분명 조선의 국경을 어지럽힐 것이옵니다."

신류는 이를 반박할 수 없었다. 어쩌면 그의 말대로 장래 후손들은 청나라보다 나선으로 인해 더욱 골치를 썩일지도 몰랐다. 설령 그렇듯 경계를 늦추지 않아야 할 오랑캐임에도 이이제이로 북벌을 완성한다는 원대한 꿈을 접어야 할지도 모른다는 사실은 참으로 안타깝기 그지없는 노릇이었다.

47. 결렬(決裂)

다음 날, 아침 일찍부터 마을 입구가 무척이나 소란스러웠다. 스무 여 일 만에 물헌장이 귀환하였기 때문이었다. 사이호달은 예상했던 것보다 무척이나 늦게 돌아온 것에 심기가 불편하여 병영 안에서 심 드렁한 얼굴로 그의 보고를 받았다.

"그래 도망친 노예들은 어찌 되었느냐?"

"다행히 그들을 따라잡아 모조리 잡아들이려 하였으나 워낙 저항 이 거세었던지라 하는 수 없이 군선과 함께 모조리 없애 버리고 말 았습니다."

"그래? 그곳이 대체 어디냐?"

"흑룡강을 따라 하류로 이백 리쯤 내려간 벌판이옵니다."

"그렇다면 나선을 무찌르고 영고탑으로 돌아가기 전에 한번 들 려 보면 되겠구나. 까마귀밥이 되었을 그들의 시신이 참으로 장관 이겠군."

사이호달은 이와 같은 보고에 다소나마 분이 풀리는 듯하였다. 이 소식은 곧 총병군에게도 전해졌다. 목숨을 걸어 가며 그리 애를 썼는 데도 비참한 결과로 이어지자 김대충과 김사립은 허망함을 감출 길 이 없었다. 윤계인은 이리나의 안위가 걱정되었다. 나선을 도륙하였 다는 보고가 전해지지는 않았으나 도주 내내 그들과 함께하였던지 라 무슨 변고를 겪었을지 모르는 일이었다.

다들 착잡한 심정에 빠진 이들을 신류가 집무실로 불러들였다. 거기서 그는 가뜩이나 심경이 어두운 그들에게 더욱 짙은 그림자를 드리워 주었다.

"아무래도 나선과의 동맹은 없던 일이 될 듯하네."

청천벽력과도 같은 말에 그나마 일찍 안정을 찾은 김사림이 조심스레 물어보았다.

"역시 얼마 전에 당도한 전임 총병관과 연관이 있사옵니까?"

신류는 힘없이 고개를 끄덕였다.

"주상전하를 제외하고는 모든 대신이 나선과의 동맹을 반대한다고 하더군. 그런 까닭에 어심과 관계없이 동맹을 강행하려 한다면 자신이 나 대신 총병관에 앉겠다고 말하였네."

"이리 대신들의 겁박에 굴복하시는 겁니까?"

윤계인이 분개한 목소리로 목청을 드높였다.

"그리했다간 총병군은 물론 도성에 계시는 전하의 안위도 장담할수 없네."

어느새 신류의 목소리도 한껏 높아졌다. 이를 깨달은 그는 차분히 마음을 가라앉히고는 이들을 불러들인 진짜 연유를 들려주었다.

"윤 초관은 자신의 계책이 어그러졌고 김 초관 자네는 동족들이 청군의 손에 죽임을 당하였으니 더는 그들과 어깨를 나란히 하며 싸울마음이 없을 듯하네. 애당초 도원수의 목숨을 노렸던 김사림 자네는 말할 것도 없고. 해서 자네들을 이만 총병군에서 내보내려고 하네."

"장군!"

모두가 한목소리로 외치며 그를 바라보았다.

"아무래도 그게 옳을 듯하네. 내 뒤탈이 없도록 조치를 취해 줄 터이니 그리하도록 하게."

이들은 그의 결심이 군건함을 결연한 표정을 통해 충분히 읽을 수 있었다. 조용히 집무실에서 물러난 이들은 동료들 모르게 떠날 채비를 하였다. 김대충은 식솔들이 기다리는 길주로 돌아가기로 결정하였다. 김사림은 다시 노립대인이 되어 중원 각지에서 노예로 고초를 겪는 조선인들을 구해 내며 차후 사이호달을 없앨 기회를 다시 노린다는 계획을 세웠다. 윤계인도 일단은 김대충을 따라 길주로 돌아갈 결심을 하다 이리나가 약속한 전서구가 도착하자 그녀를 만나기 위해 호마 요새로 향하기로 생각을 고쳤다.

신류는 전서구를 통해 조선과 나선의 동맹이 결렬되었음을 알렸다. 이틀을 꼬박 날아간 전서구는 스테파노프와 이리나에게 신류가 고심 끝에 내린 결단을 전하였다.

"아무래도 대두인과의 일전이 불가피할 듯하구나. 조만간 버거운 적을 상대해야 할 것이니 너는 병사들에게 일러 만반의 준비를 하도록 하라."

이리나는 신류의 뜻을 네덜란드어로 적은 서찰을 몇 번이고 쳐다보았다. 정갈하지 못한 글씨체에서 이 같은 사실을 적으며 침통함에 빠졌을 윤계인의 모습이 눈앞에 절로 그려졌다. 이제 그와는 적으로 만나야 하였다. 이리나는 그와 그렇게 재회하고 싶지는 않았다. 그녀는 그에게 피로슈키를 만들어 주고 싶었다.

윤계인과 김대충은 열벌마을을 떠나기 전날, 그동안 동고동락했던 초원들과 작별의 술자리를 가졌다. 허나 자세한 내막을 모르는 초원들은 그저 대수롭지 않게 상관이 오랜만에 자신들을 불러 모아 한턱내는 정도로만 여겼다. 대외적으로 이들은 내일부터 며칠간 조선으로 귀환하는 변급 장군을 영고탑까지 호위하라는 명을 받은 것으로 되어 있었다. 이들이 영고탑까지 호위의 임무를 마치고 나면 다시 열벌마을로 귀환하는 것이 아니라 제각기 갈 길로 흩어지라는 것이 신류가 내린 진정한 명이었다.

　　윤계인과 김대충은 이들과 헤어지는 아쉬움을 내색하지 않으려 노력하면서 초원들에게 일일이 술잔을 따라 주고는 그들을 격려해 주었다. 초원들은 이들이 오늘따라 유별나다고만 여기고는 거리낌 없이 술잔을 주고받으며 마음껏 취했다. 다음 날 이들은 김사립과 함께 변급을 호종하여 마을을 떠났다.

　　떠나기 전 변급은 신류와 한 약속을 다시 한번 상기시켰다.

　　"현명한 처신이었네. 조정 대신들께는 잘 말해 둘 터이니 부디 나선과의 전투에서 공을 세우고 돌아올 궁리만 하게."

　　변급은 신류가 나선과의 동맹은 없었던 일로 하고 애당초 자신의 직분대로 나선과의 전투에 매진하겠다고 밝히자 옳다구나 여기고는 바로 떠날 준비를 하였다. 하루라도 빨리 한 치 앞을 알 수 없는 사지에서 벗어나고픈 마음이 간절했던 까닭이었다. 후일 그의 이런 처신은 비록 약삭빠르고 염치없는 짓으로 평가되었으나 상당히 현명한 처사였다. 곧 사이호달의 저택을 공격한 이후 잠잠했던 배신 왈가들의 준동이 절정에 이를 정도로 격렬하게 벌어졌기 때문이다.

그들이 강기슭에 몰래 엄폐하여 방포한 화포로 인해 조련장이 흔적도 없이 사라졌으며 영고탑에서 마을로 군량을 실어 나르던 군선도 한 척 침몰당하였다. 야간 순찰을 하던 고산들은 연이틀 배신 왈가가 은밀한 곳에서 쏜 총에 맞아 작금까지 사경을 헤매고, 이양성의 해자에는 사흘 전에 실종되었던 부족장이 정수리에 정통으로 칼을 맞고는 시체가 되어 떠올랐다.

죽은 부족장은 자신의 광산에서 채굴되는 금광석의 절반을 매달 사이호달에게 갖다 바치며 그의 환심을 얻은 덕분에 그 자리에 올랐었다. 하지만 허망하게도 고작 일주일 만에 죽을 줄은 꿈에도 몰랐을 것이다. 문초로 돌아간 전 부족장과 달리 그의 죽음에는 마을 백성들이 아무도 슬퍼하지 않았다.

배신 왈가들은 마을 곳곳에서 살인과 방화를 일삼으면서 한편으로는 사람들이 잘 드나드는 길목이나 상점에 청군이 대두인과 함께 마을에서 즉각 물러나라는 요구가 적힌 방문을 은밀히 붙여 놓았다. 사이호달은 언제나 그렇듯 이를 무시하였다.

총병군의 군영도 왈가들의 공격으로 군량고가 몽땅 전소되는 불상사가 벌어졌다. 그로 인해 총병군은 이제 고작 보름치의 식량밖에 남아나지 않게 되었다. 이것뿐만이 아니라 병사들의 사기도 문제였다. 여기저기서 다시 자행되는 왈가들의 준동으로 인하여 한동안 잠잠했던 그들에 대한 두려움과 공포가 다시 그들을 짓누르기 시작하였다. 청군과 함께 싸운다는 이유만으로 아무런 원한이 없는 왈가에게 총병군이 이대로 속수무책 계속 앉아서 당할 수만은 없는 노릇이었다. 신류는 철군을 하든 진격을 하든 조속히 결정하여 나선과의 전투를 하루바삐 매듭짓는 게 급선무라 판단하였다.

"조선군은 이제 군량이 없어서 여기서 무작정 더 머무를 수 없습니다. 당장에라도 무슨 수를 내지 않으면 가만히 앉아서 곤란함을 면치 못할 것이외다."

신류는 다시 한번 사이호달을 찾아가 총병군의 난감한 처지를 목청을 높여 가며 설명하였다.

"총병관은 너무 조바심 내지 말고 차분히 기다리시구려. 내 사람을 풀어 나선과 배신 왈가들의 움직임을 파악하는 중이니 말이오."

사이호달은 이를 주먹구구식으로 진행하고 있었다. 그저 배신 왈가들과 내통한다는 의심이 드는 자는 무조건 잡아다 문초를 가하는 짓만 반복하였다. 신류는 아무런 소용이 없는 짓을 되풀이하는 그가 답답하게만 느껴졌다. 하지만 천만뜻밖에도 문초를 받던 자들 중에서 진짜로 배신 왈가와 내통한 이가 있었다. 그의 밀고로 강기슭에 몰래 참호를 파고 숨어 있던 배신 왈가 세 명을 사로잡았다. 그들이 조련장을 날려 버리고 군선을 침몰시킨 장본인들이었다.

"앞으로 이틀 후면 동지들이 영고탑에서 대규모의 봉기를 일으킬 것이다. 그곳을 쑥대밭으로 만들고 나면 보급이 끊기는 네놈들은 하는 수 없이 물러날 수밖에 없겠지. 그럼 우린 나선을 데리고 와서 이곳을 되찾을 것이다. 네놈이 거기서 호의호식할 날도 며칠 안 남았으니 맘껏 웃고 떠들어라."

붙잡힌 배신 왈가의 우두머리는 물헌장이 문초를 가하는 자리에서 독설을 남기고 자결하였다. 물헌장은 죽은 왈가의 위협에도 눈 하나 깜짝하지 않았다. 대신 이와 같은 사실을 서둘러 신류와 사이호달에게 알렸다.

"놈의 말이 사실이면 정녕 큰일이오. 그곳은 이곳에서도 오백 리나 떨어진 후방에 자리한지라 병력이 그다지 많지 않소이다. 놈들이 기를 쓰고 준동하면 적지 않은 피해를 입을 것이 자명하오."

사이호달은 서둘러 군사를 재편하여 자신이 직접 이를 이끌고는 영고탑으로 향하였다. 당분간 열벌마을의 방위는 물헌장과 신류에게 일임하였다. 만만치 않은 수고와 피해를 볼 게 확실한 배신 왈가 소탕전에 끼어들고 싶지 않았던 신류는 이번만큼은 흔쾌히 사이호달의 명을 따랐다. 그러나 이는 신류의 악수(惡手)였다. 사이호달이 대다수의 병사들을 이끌고 마을을 떠난 다음 날, 총병군은 열벌마을의 점거를 노린 배신 왈가들의 대규모 공세를 고스란히 받아야 했다.

영고탑까지 변급을 호위한 윤계인, 김대충, 김사림은 헤어지기에 앞서 물헌장이 도망친 한족 노예를 도륙 내었다는 벌판에 잠시 들르기로 하였다. 아무래도 이들의 도주에 자신들도 깊이 관여한 만큼 찾아가서 넋이라도 달래 주는 게 도리일 듯하였다. 그러나 하루를 꼬박 걸어 도착한 그곳에는 버려진 시신들이 아무렇게나 버려져 있을 거라는 예상과는 달리 거대한 돌무덤들이 여기저기에 잔뜩 세워져 있었다. 그중 하나에는 일전에 김대충이 한족 노예 사내에게 건네준 천계제의 하사품이 총구가 무덤에 묻힌 채 꽂혀 있었다. 누군가가 수고로움을 마다하지 않고 일일이 시신들을 묻어 주었다는 증거였다. 김대충은 쓸쓸한 심경으로 그 총을 다시 거두어들였다.

이들은 금방 누구의 소행인지를 파악할 수 있었다. 곧 한 무리의 괴한들이 나타나 돌무덤에 절을 하는 이들을 둘러쌌다. 이들은 그들의 행색을 보고 단번에 무리들의 정체를 파악하였다. 그들은 바로 배신 왈가들이었다. 근데 뜻밖인 건 그들 사이에 물헌장의 손에 전부 죽은 줄로만 알았던 한족 노예들도 끼어 있었다는 점이었다.

노예 사내들이 김대충의 얼굴을 확인하자 이내 한족 말을 알아듣는 왈가 사내에게 무어라 지껄였다. 그러자 배신 왈가들은 일제히 무기를 거두고는 포위를 풀었다. 이들은 윤계인과 김대충, 김사림을 정중히 임시 거처로 쓰고 있는 작은 산채로 데리고 갔다.

48. 준동(蠢動)

얼마 전까지 왈가들과 교전을 벌였던 윤계인과 김대충, 김사림은 이들로부터 피살의 위협은커녕 융숭한 대접을 받자 적잖이 의아해하였다. 이 모든 게 이들과 함께한 한족 노예들의 중재 덕분이었다. 저녁 식사가 끝나고 나자 이들은 모든 일의 전말을 소상히 전해 들을 수 있었다.

군선을 타고 도주 중이던 노예들은 무서운 속도로 추격해 온 물헌장의 기병에게 곧 따라잡히고는 그들로부터 공격을 받았다. 황급히 배를 버리고 뭍으로 올라 죽을힘을 다해 도망쳤지만, 어느 이름 모를 벌판에서 그만 그들에게 포위되고 말았다. 애당초 이들을 다시 붙잡아 데려갈 생각이 없었던 물헌장은 부하들에게 이들을 모두 몰살하라고 지시하였다. 다만 윤계인과 김대충, 김사림에게 이 같은 사실을 전하는 몇몇 사내들만 운 좋게도 도주하던 무리에 이탈되어 그 참화를 면할 수 있었다. 간신히 죽음의 마수에서는 벗어났으나 굶주림과 도주 중에 입은 부상에 시달리던 노예들은 머잖아 인근에서 암약하던 배신 왈가들에게 사로잡혔다. 작금의 처지를 설명한 노예들은 왈가들로부터 다 같이 청군을 증오하는 동지로 대접받고는 이후로 이들과 함께 기거하게 되었다.

"그 보답으로 저희는 왈가들의 거사에 적극적으로 협조하기로 하였습니다. 그게 무고하게 죽어간 동료들에 대한 복수하는 길이기도 하고요."

 말미에 이들은 이틀 후에 열벌마을에서 벌일 준동에 대해 상세히 들려주었다. 조만간 영고탑에서 변고가 있을 것이라는 거짓 정보를 흘려 군사를 그리로 유인하고는 이 틈을 노려 다소 방위가 허술한 마을을 들이친다는 계책이었다. 마을의 사정이나 지리에 훤한 이들은 이미 마을에 잠복 중인 배신 왈가들과 함께 길잡이가 되어 일조하기로 약속하였다.

 "당장 그 계책을 멈추게. 그건 청군뿐만이 아니라 내 동료들을 공격하는 일이기도 하네."

 모든 전말을 전해 들은 김대충이 벌떡 자리에서 일어서며 소리쳤다. 윤계인과 김사림도 놀랍고 곤혹스럽기는 마찬가지였다.

 "그리할 수는 없습니다. 청군을 돕는다는 이유만으로 이미 총병군은 배신 왈가들의 적이옵니다. 게다가 얼마 전 약사마을의 동지들을 몰살하는 데 총병군의 활약이 컸다는 것도 이들은 잊지 않고 있습니다. 이번 기회에 왈가들은 청군과 더불어 총병군도 함께 응징하자고 굳게 결의를 다졌습니다. 하오니 여기 계신 분들은 거사가 끝날 때까지 잠자코 계셔 주시옵소서. 하오면 저희가 일을 마친 후 무사히 보내 드릴 것이옵니다."

 "동료들이 변고를 당한다는데 이리 가만히 있을 수 없네. 당장에 달려가 자네들의 거사를 막을 것이야."

 그러나 김대충은 그곳에서 단 한 발자국도 벗어날 수 없었다. 어느새 조총으로 무장한 왈가들이 그를 겨누며 말없이 가만있을 것을 명하였다. 그는 한바탕 일전을 벌여서라도 그곳을 빠져나가고 싶었지만 무장을 갖추지 못한 데다 수적으로도 너무 열세였다. 윤계인이 은밀히 눈짓으로 일단 잠자코 있으라는 신호를 보냈다.

하는 수 없이 세 사람은 왈가들이 내준 작은 천막 안에 꼼짝없이 갇히게 되었다. 이곳에서 마을까지는 부지런히 말을 달려야 겨우 거사 전에 도착할 수 있는 먼 거리였다. 한시바삐 무슨 수를 쓰지 않으면 자칫 소 잃고 외양간 고치는 격처럼 이미 참화를 겪은 총병군들과 조우해야 할지 몰랐다.

배신 왈가들이 거사를 치르기로 계획한 날은 사월 들어 유난히 맑고 화창하였다. 아침부터 마을 상공을 날아다니며 시끄럽게 울어 대는 까마귀 떼들만 아니었다면 총병군들은 모처럼 따사로이 내리쬐는 봄볕을 받으며 기분 좋게 조련에 임하였을 것이다.

"불길하게 오늘따라 왜 저렇게 까마귀들이 울어 대고 난리야?"

"어디서 또 고산의 변사체라도 발견된 게 아니겠는가?"

이젠 총병군들도 연일 사사로이 자행되는 왈가들의 준동에 무덤덤해진 상태였다. 군량고와 조련장이 놈들에 의해 전소되긴 하였지만 아직까지는 사상자가 청군에게만 집중되던 터라 다들 강 건너 불구경하는 식이었다. 신류마저 동맹이 결렬되어 장차 한바탕 큰 일전을 치르는 게 불가피한 나선에만 온 신경을 집중하였다.

한동안 총병군에게 질 좋은 포도주를 제공하였던 식량 창고가 어디선가 날아온 포탄들에 맞아 불길에 휩싸인 것을 계기로 배신 왈가들의 준동이 마침내 시작되었다. 신류는 총병군을 셋으로 나누어 박대영에게는 식량 창고의 소화 작업을, 유웅천에게는 포탄이 날아온 곳을 급습하라 명하고 나머지는 유복 군관에게 맡겨 군영을 지키게 하였다. 군관들은 황급히 병사들을 이끌고 각기 명을 받은 곳으로 달려갔다.

물헌장도 포탄에 맞아 전소 중인 식량 창고를 목격하고는 즉각 군사를 대동하고 그곳으로 향하였다. 그러나 이양성을 채 벗어나기도 전에 이들은 정체불명의 공격을 받아 더는 진군하지 못하였다. 이양성의 정문에 당도하기 전까지 길게 이어진 시장의 여러 상점에서 매복 중이었던 왈가들은 이들이 지나가기를 기다렸다가 마구 방포를 가하였다. 적들은 상점의 창문이나 지붕 혹은 쌓아 놓은 건초더미나 짐 등에 완벽히 엄폐한 까닭에 청군은 도대체 어디서 자신들을 향해 철환과 화살이 쏟아지는지도 가늠하기 어려웠다. 이내 이들은 보이지 않는 적들에 대한 공포에 속수무책으로 당한 채 왈가들의 좋은 먹잇감으로 전락하였다.

어떤 병사는 피를 잔뜩 흘린 채 부모와 자식의 이름을 부르며 서서히 죽음을 맞이하였다. 또 어떤 병사는 포탄에 다리가 절단되어 엉금엉금 기어가다가 어디선가 날아온 철환이 이마를 관통하고는 외마디 비명도 지르지 못한 채 그대로 숨을 거두었다. 포탄 파편에 실명한 병사는 두려움에 적과 아군을 가리지 않고 마구 방포하여 수많은 동료를 저승사자의 길동무로 만들었으며, 왈가들에게 포위된 병사는 두 손을 싹싹 빌며 살려 달라고 애원하였지만 그대로 목이 달아났다.

물헌장은 침통한 표정을 감추지 못한 채 남은 병사들을 수습하여 군영으로 후퇴하였다. 그리고 이양성 안에서 자행되는 왈가들의 난동을 알아차린 총병군이 서둘러 달려와 구원해 주기를 간절히 바랐다. 하지만 이는 헛된 바람에 불과하였다. 곤궁한 가운데서도 한 시진 가까이나 버텼지만 막심한 피해를 보고 이젠 수적으로도 열세에 몰렸던 이들은 물밀 듯이 군영으로 밀려들어 온 왈가들에 의해 먼저 저승으로 향한 전우들과 다를 바 없는 길을 걸었다. 물헌장은 준동 중인 왈가를 지휘하는 늙은 수장 때문에 목숨만은 건질 수 있었다. 그러나 마지막까지 저항하던 부하가 허리가 잘린 채 참혹하게 죽어가는 광경을 두 눈으로 똑똑히 지켜보아야만 하였다.

신류도 이양성 안에서 세차게 울려 퍼지는 방포 소리에 의해 진작 그곳에서 큰 난리가 일어났음을 알아차렸다. 얼른 총병군을 규합하여 그곳으로 향하였지만 그들도 청군과 마찬가지로 이양성으로 향하던 도중 마을 곳곳에서 매복해 있던 왈가들의 공격을 받았다. 이들은 사방팔방에서 날아오는 적들의 철환이나 포탄을 피해 가까운 민가의 담벼락이나 울타리 등에 몸을 숨겼다. 하지만 더는 진군하지 못하고 한 시진 넘게 같은 자리에서 발이 묶여야 하였다.

"놈들이 방포를 가하는 방향을 잘 가늠하여 그곳에다 공격을 집중하여라."

박대영이 병사들에게 이리 명을 내렸지만, 어리석었음을 깨닫는 데는 그리 오랜 시간이 걸리지 않았다. 왼편에서 적들의 철환이 날아와 그곳에다 대응 방포를 하면 어느새 오른편에서 포탄이 날아와 떨어져 사방을 진동시켰으며, 이에 일군을 쪼개어 그곳에 자리한 적들과 교전을 벌이면 후방에서도 한 무리의 적들이 긴 칼을 휘두르고 나타나는 통에 황급히 조총을 버리고 백병전을 전개해야만 하였다.

게다가 열벌마을의 백성들도 전부 왈가들의 편이었다. 배명장은 어느 낡은 초가집의 문을 박차고 들어가 그곳 담에 기대어 잠시 몸을 숨기다가 부엌에서 죽창을 들고 튀어나오는 노인의 공격을 재빨리 피하지 못하고 그만 어깨를 관통당하고 말았다. 그는 또래로 보이는 그 노인을 허리춤에 차고 있던 환도로 단칼에 어깨에서 허리까지 베고 말았다. 유응천은 등 뒤에서 어느 아낙이 던진 돌멩이에 머리를 맞고 이마에서 주르륵 검붉은 피를 흘렸다. 그 아낙도 곧 유응천의 곁에 자리한 총병군의 방포에 칠환을 가슴에 맞고는 숨을 거두었다. 신류도 엄폐하였던 작은 초가집의 사랑채에서 낫을 휘두르며 뛰어나오는 마을 사내에게 얼굴을 긁히고는 잠시 그와 심한 몸싸움을 벌이다가 겨우 때려눕혔다.

"장군, 이양성의 구원은 둘째 치고 일단 저희가 몸을 피해야 합니다."

유응천이 빗발치는 철환을 뚫고 신류가 엄폐한 곳까지 찾아와 고하였다. 그도 이와 같은 바를 모르는 게 아니었지만 무작정 철군을 위해 엄폐를 풀었다간 이를 기다린 왈가들에게 무참히 저격당할 것이 불 보듯 뻔하였다. 그렇다고 지리멸렬한 총격전을 계속할 수도 없는 노릇인지라 달리 뾰족한 방도가 떠오르지 않는 신류는 참으로 답답하기 그지없었다.

어디선가 대조총의 방포 소리가 요란하게 울려 퍼졌다. 거기서 무수히 쏟아져 나온 철환이 민가 몇 채를 순식간에 벌집으로 만들고는 그곳에 매복해 있던 왈가들을 사살시켰다. 연이어 다른 왈가들도 정체를 알 수 없는 방향에서 날아온 포탄에 몸이 공중으로 붕 떴다가 이내 바닥으로 추락하면서 저세상으로 떠났다. 또 다른 왈가들은 빠르게 말을 몰며 오면서도 마상총으로 정확하게 동료들의 관자놀이나 심장에 명중시키는 사내의 공격에 혼비백산하였다.

신류는 이들이 얼마 전 마을을 떠난 윤계인과 김대충, 김사림임을 단번에 눈치채었다. 그는 왈가들이 혼란을 겪고 있는 지금이 철군을 하기 위한 적기임을 파악하였다. 서둘러 모든 병사에게 황급히 마을 밖으로 벗어날 것을 명하였다. 그동안의 조련이 빛을 발하여 총병군들은 철군하는 과정에서도 군관들과 초관들의 지시를 받아 일사불란하게 움직였다.

반 시진 가까이 왈가들과 더 교전을 벌인 끝에 총병군은 무사히 철군을 마칠 수 있었다. 난데없는 공격을 받은 데다 본디 마을을 점거하는 게 목적이었던 왈가들은 총병군이 미련 없이 마을을 버리자 더는 추격하지 않았다. 신류가 군사를 점고해 보니 여기저기 크고 작은 부상자들이 즐비하였지만, 다행히 전사자는 발생하지 않았다. 유복이 다급하게 달려와 그에게 보고를 올렸다.

"이충인 관헌이 보이질 않습니다. 아무래도 미처 마을을 빠져나오지 못하고 놈들에게 붙들린 것 같습니다."

비보를 전해 들은 신류는 안색이 어두워지며 길게 한숨을 내쉬었다. 유복은 이런 신류의 기분은 고려하지 않은 채 잇달아 안 좋은 소식을 들려주었다.

"청군은 물헌장을 제외하고는 모조리 전사한 것 같습니다. 이양성에 기거하던 고산들의 식솔들도 죽거나 붙잡혀 빠져나온 이들은 없는 듯하옵니다."

유복의 보고에 그제야 신류는 잠시 잊고 있었던 정연의 안부가 염려되기 시작하였다. 그는 왈가들도 나름대로 생각이 있다면 고위 장수의 식솔을 함부로 대하여 장차 불러올 화근을 키우진 않을 거라고 자위하였다. 하지만 그건 신류의 오해였다. 오랜 청군의 만행에 분개한 왈가들은 그들도 똑같은 고통과 아픔을 겪기를 원하였다. 정연은 왈가의 처녀들과 아낙들이 그랬던 것처럼 사내들로부터 숱한 능욕을 당했다. 이를 저지하려던 정연의 외아들은 왈가 수장이 휘두른 칼에 어미가 보는 앞에서 아까운 목숨을 잃었다.

신류는 황급히 영고탑으로 사자를 보내어 열벌마을로 빨리 돌아올 것을 요청하였다. 그리고 그들이 돌아오기를 기다리는 동안 군관들과 초관들을 불러놓고 마을을 되찾을 방도를 강구하였다.

49. 피해(被害)

난데없이 나타난 윤계인과 김대충, 김사림의 도움으로 마을을 무사히 빠져나오게 되어 신류를 비롯한 모든 총병군이 고마워하였다. 하지만 정작 이들은 한발 늦게 도착한 것을 매우 안타까워하였다. 어떻게든 제시간 내에 총병군에게 왈가들의 준동 사실을 알리고자 죽음도 무릅쓰고 한바탕 일전을 치른 끝에 겨우 산채를 빠져나왔건만 청군의 궤멸도, 아군의 피해도 막지를 못하였다.

총병군이 전한 비보를 들은 사이호달은 부랴부랴 군사를 이끌고 이틀 만에 열벌마을에 모습을 드러내었다. 이양성의 망루에 이전까지 나부끼던 청나라 황실을 상징하는 여의주를 문 누런 용이 승천하는 문장 대신 조악하게 왈가어로 적어 놓은 깃발이 걸려 있자 그는 길길이 날뛰며 분노하였다.

"내 결단코 저놈들을 가만히 내버려 두지 않으리라."

그는 당장에라도 군사를 일으켜 마을로 진격하려 하였지만, 신류에 의해 저지당하였다.

"도원수께서 이르길 철옹성이라 일컫던 이양성이 아니옵니까? 그곳을 저들이 점거하였나이다."

신류가 여기까지만 얘기하였는데도 사이호달은 이내 주저할 수밖에 없었다. 총병관의 말대로 자신은 이양성을 되찾을 자신도, 방법도 가지고 있지를 못했다. 엎친 데 덮친 격으로 흑룡강 상류로 척후를 나갔던 병사가 돌아와 나선이 남하 중이라는 사실을 알렸다. 그들이 타고 오는 군선의 속도를 가늠해 볼 적에 늦어도 일주일 안에는 이곳에 당도할 거라는 견해도 덧붙였다.

"도원수, 일단은 영고탑까지 군사를 물리시는 게 어떻겠습니까? 자칫 잘못하면 머리와 꼬리 양쪽에서 공격을 받아 전군이 위태로워질 수 있습니다."

작금의 상황에서는 후퇴를 도모하는 게 당연하여 박대영이 사이호달의 눈치를 보며 잠자코 있는 신류를 대신하여 철군의 말을 꺼내었다.

"대체 지금 무슨 헛소리를 지껄이는 게냐? 나선이 이곳까지 오는 데 일주일이 걸린다 하니 그 전에 우선 이양성으로 숨어든 쥐새끼를 모조리 없애고 이후 칼끝을 북쪽으로 돌리면 되는 일이다. 한 번만 더 철군을 운운하는 말을 꺼낼 시에는 설령 동맹군의 장수라 할지라도 내 칼이 절대 용서치 않으리라."

서슬같이 퍼런 얼굴로 대노하는 사이호달에게 위축된 박대영은 더는 아무 말도 하지 못하고 그 자리에서 물러 나왔다. 이제 철군은 생각조차 할 수도 없게 되었으니 협공을 당하기 전에 각개격파를 할 방안을 모색해야 하였다.

다음 날 열벌마을의 민가로 때늦은 봄날의 우박처럼 포탄이 쏟아져 내렸다. 마을의 전경이 한눈에 내려다보이는 야트막한 언덕에 일렬로 배치한 청군의 홍이포에서 일제히 방포한 것들이었다. 포탄을 정통으로 맞은 민가들은 순식간에 흔적도 없이 사라져 버렸다. 이에 놀라 황급히 민가를 빠져나온 마을 백성들도 포탄의 우박을 벗어나지 못하기는 마찬가지였다. 상당수가 이양성에 당도하지 못하고 사지육신이 갈가리 찢긴 채 비참한 죽음을 맞이하였다. 언덕에서 이를 지켜보는 사이호달은 섬뜩한 미소를 지었다. 신류는 그의 무차별한 살육을 말리지 못하고 그저 어두운 얼굴로 곁에서 지켜보아야만 하였다.

졸지에 인적과 가옥이 사라진 마을로 연합군이 무혈입성하였다. 진군 도중 역겨운 피비린내를 풍기며 어지럽게 널린 시신들을 목격한 총병군은 그 처참한 광경에 시선을 외면하거나 구토를 하였다. 연합군은 성벽을 둘러싼 해자에서 고작 오 리밖에 떨어지지 않은 곳에다 진을 쳤다. 이후로 사나흘 간은 선뜻 누가 공격을 먼저 감행하지 못한 채 지루한 대치를 이어나갔다.

연합군은 애당초 수심이 깊은 해자와 두꺼운 성벽을 넘어 안으로 진격하는 게 불가능함을 잘 알았던지라 연일 공격의 시점을 잡지 못하고 주저하였다. 마찬가지로 왈가들도 기세 좋게 성을 점거하는 데는 성공하였으나 성을 에워싼 연합군을 물리칠 방도를 찾아내지 못하였다. 밖에서 호응해 주기로 약속한 왈가의 나머지 세력들은 산채의 위치가 발각되어 청군의 급습에 분쇄되거나 아니면 차마 덤빌 엄두를 내지 못하고 멀리서 차후의 경과를 지켜보며 숨죽이고 기다릴 뿐이었다.

차츰 성안의 식량과 물도 바닥나기 시작하여 왈가들의 사기는 말이 아니게 떨어졌다. 그러나 수장은 이틀만 더 견디라고 이들을 독려

하였다. 그도 나선이 마을을 향해 진군 중이라는 사실을 마을 밖의 동지가 전서구를 통해 알려 줘서 알고 있었다.

"소인이 나선을 찾아가 시간을 좀 벌어보도록 하겠습니다."

나선이 지척에 이르렀다는 소식을 접한 윤계인이 신류를 찾아가 이 같은 청을 올렸다.

"일이 성사된다면 우리로서는 여간 기쁜 일이 아닐 터이나 과연 자신할 수 있는 건가?"

"어차피 한 번은 나선을 찾아가려 하였습니다. 왈가들의 준동이 아니었다면 지금쯤 나선을 방문하고 있었을지도 모르니 이참에 다녀오려 합니다."

신류는 적진을 향하면서도 호탕한 표정을 짓는 그에게 대견함과 안쓰러움을 동시에 느꼈다. 나선의 진군 속도를 늦추기 위해선 꽤나 신중하고 치밀한 계책이 필요했다. 아무리 제갈공명이나 한신 같은 재주가 있는 윤계인으로서도 자못 힘든 일임에는 분명하였다.

윤계인이 떠나고 나서 김사림도 한 가지 계책을 들고 신류를 찾아왔다. 빠르고 날랜 병사들을 추려내어 일전에 자신이 사이호달을 암살하고자 이용하였던 우물 아래의 비밀 통로를 통해 성안으로 잠입한 다음 몰래 성문을 열고 도개교를 내리면 밖에서 대기하고 있던 군사들이 일제히 돌진하여 성안으로 진입한 뒤 왈가들을 몰아낸다는 생각이었다.

신류는 즉각 사이호달을 찾아가 이 같은 계책을 논의하였다. 여태껏 뾰족한 수를 찾지 못해 발을 동동 구르던 사이호달은 뛸 듯이 기뻐하며 당장 이를 실행에 옮겼다. 통로를 잘 아는 김사림을 필두로 각 초에서 엄선된 예닐곱 명의 병사들이 비밀 통로를 통하여 이양성 안의 우물로 잠입하는 데 성공하였다. 야심한 시각을 틈타 우물 밖으로 나온 이들은 즉각 성문을 지키고 있던 왈가들을 쓰러트린 뒤 조용히 성문을 열었다. 해자를 가로지르는 육중한 도개교가 완전히 내려앉는 걸 확인한 연합군은 성벽에서 쏘아 올린 김사림의 신포를 신호로 물밀 듯이 성안으로 돌진하였다.

사기가 이미 바닥난 데다 뜻밖의 야습을 받은 왈가들은 손 쓸 도리도 없이 청군에게 눈에 띄는 대로 죽임을 당하였다. 특히 식솔들이 모두 변고를 당했다는 사실을 접하고 분개한 고산들의 칼날은 무척이나 매서웠다. 일말의 자비도 없이 마주한 왈가의 목을 서슴없이 베거나 심장에 칼을 꽂았다. 이에 반해 총병군은 이성을 유지하고는 무차별한 살육을 금한 채 자신들에게 저항하는 자들만 방포로 쓰러트리고 순순히 투항하는 자들은 포로로 다루었다.

수하들을 모두 잃고 한동안 홀로 자신에게 밀려드는 청군을 장검으로 제압하던 왈가의 수장은 더는 견디지 못한 채 한때 사이호달이 저택으로 썼던 나선의 옛 성당으로 향하였다. 그곳으로도 곧 청군이 밀려들었다. 수장은 인질로 붙잡아 둔 물헌장을 대동한 채 도주하다 제일 꼭대기 층에서 그만 갈 곳을 잃고 청군에게 둘러싸이게 되었다. 수장은 단검으로 물헌장의 목을 겨누며 위협하였다. 고산 하나가 튀어나와 수장에게 큰소리를 질렀다.

"너희들의 음모는 이제 모두 끝났다. 순순히 물헌장 어른을 풀어드리고 항복해라."

수장은 궁지에 몰렸는데도 너털웃음을 터트려 주위 사람들을 당황하게 했다.

"너희들이 꾸민 음모야말로 머잖아 끝날 것이다. 한낱 여우와 담비 가죽에 눈이 멀어 조상 대대로 이 땅에 터전을 잡고 살아 온 우리 왈가를 짓밟은 너희들의 만행은 조만간 그 대가를 톡톡히 치르게 될 것이다."

말을 마친 수장은 부싯돌로 자신의 몸에 두르고 있던 화약통의 심지에 불을 붙였다. 화약통의 개수와 크기를 보아서는 저택을 잿더미로 만들기에 충분하였다. 순식간에 수장을 둘러싼 모든 병사가 비명을 지르며 황급히 그 자리에서 도망을 쳤다. 잠시 상관의 얼굴을 바라보며 주저하던 고산도 이내 부하들의 뒤를 따랐다. 하지만 얼마 못 가 이들은 큰 폭발과 함께 무너지는 저택 속으로 파묻히고 말았다. 저택이 주저앉으며 만들어 낸 굉음이 시장에서 적들과 교전 중이던 사이호달에게도, 청군 군영에서 잔존 왈가들과 막바지 대치를 벌이던 신류에게도 똑똑히 전해졌다.

이충인은 왈가들에게 붙잡힌 뒤로 군영 병기고에 갇혀 지내다 그곳을 들이닥친 이응생에 의해 구출되었다. 허나 여기저기에 심한 상처를 입은 채 정신을 잃고 있었다. 이양성 내에서 활동하던 동지들이 소탕되는 데 이충인이 적잖은 역할을 했다는 걸 알게 된 왈가들이 그가 죽지 않을 만큼 모진 고문을 가했던 탓이었다. 신류 역시 막사에서 반쯤 벌거벗긴 채 얼굴을 두들겨 맞고는 의식이 혼미한 정연

을 발견하였다. 그는 총병관으로서의 체통도 저버리고 그녀를 발견하
자마자 번쩍 안아서는 한달음에 성문 밖 총병군의 임시 진지에 자리
한 의원에게 데리고 갔다.

아침이 되어서야 최후까지 발악하던 왈가들이 일망타진되었다. 날
이 환하게 밝으면서 어둠 속에 묻혔던 지난밤의 참상이 적나라하게
드러났다. 한때 철옹성이라 불리던 이양성은 김사림의 계책에 의해
무사하지를 못하였다. 해자는 핏물로 붉게 물들었고 성문은 쪼개졌
으며 성벽은 곳곳이 무너진 데다 성벽 안의 가옥들은 성한 게 하나
도 남아나지 않았다. 지난번 마을을 공격했을 적과 마찬가지로 역겨
운 악취를 풍기는 시신들이 어지럽게 널린 건 말할 필요도 없었다.
총병군은 재빨리 시신을 수습하여 가까운 대지에 웅덩이를 파고는
묻어 주었다. 그렇지만 그들은 이내 한 사람을 더 추가해야만 하였
다. 이충인이 그날 밤을 넘기지 못하고 숨을 거두었던 까닭이었다.

이충인의 생명이 위태롭다는 소식을 전해 들은 신류는 정연이 잠
들어 있는 침상을 떠나 곧장 그에게로 향했다. 이충인은 신류를 보
자 안간힘을 쓰며 어쩌면 이승에서의 마지막이 될지도 모를 말들을
내뱉었다.

"박연… 그자를 이기려…고 왈가들을 이용해… 나선 조총을… 입
수하려…다 놈들에게… 보기 좋게 당했습니다."

"힘들 터이니 길게 말하지 말게."

"병기고의… 오른쪽 벽을 밀면 작은 방이 하나… 보일 것이옵니다.
그곳에 장군께 약속한 모조된… 나선 조총들이 들어 있습니다. 또한

작년 경연에서 아깝게… 박 군관에게 진 대조총도 들어 있을 것이옵니다. 소관이 만든 회심의 걸작이라… 자부하오니 부디 그걸로 장차 나선과 싸우는 데… 보탬이 되도록 하십시오."

여기까지 말을 마친 이충인은 제 할 일을 다 했다는 듯 스르르 눈을 감고는 영영 깨어나지 못하였다. 북정에 나서며 처음으로 부하를 잃은 슬픔에 신류는 쏟아져 나오는 눈물을 참고자 황급히 밖으로 뛰쳐나갔다. 그러고는 호종하는 부하들도 없이 홀로 멍하니 정처 없이 떠돌았다.

그는 청군 군영에 이르렀다가 전소되어 반쯤 무너진 석계에서 넋 나간 얼굴로 주저앉은 사이호달을 목격하였다. 그의 눈앞에는 입고 있는 제복이 아니었다면 결코 누구인지 분간할 수 없을 정도로 심하게 훼손된 물헌장의 시신이 놓여 있었다. 그도 아끼는 부하를 잃고 망연자실해하는 중이었다. 똑같은 슬픔에 아파하고 있다는 동질감을 느낀 신류는 사이호달의 허락도 구하지 않고 털썩 그의 옆자리에 앉았다. 그도 아무런 제지를 하지 않았다. 신류와 사이호달은 한동안 물끄러미 물헌장의 시신을 바라보았다.

"내일쯤이면 나선도 이곳에 출몰하겠지요?"

"윤 초관이 그들의 진군을 늦추겠다고 달려가긴 하였으나 큰 기대를 바랄 순 없겠지요."

"서둘러 시신을 수습하고는 그들을 맞이합시다. 그들을 물리치고 나면 흑룡강 유역에서 왈가들의 씨를 말려 버리고 말 것이오."

사이호달은 왈가를 향한 복수를 다짐하며 이에 힘을 얻어 부하를 잃은 슬픔을 이겨내고 자리에서 일어섰다. 그리고 그 어느 때보다도 매섭고 날카로운 눈빛으로 폐허가 된 이양성 내의 옛 군영을 나섰다. 신류는 그를 보면서 자신은 왜 왈가에 대한 복수심이 끓어오르지 않는지 궁금해하였다. 왈가가 만행을 저지를 수밖에 없는 연유를 잘 알기에 자신이 그렇다는 것을 금방 알 수 있었다. 그래도 신류는 이런 저 자신이 싫었다. 부하의 목숨을 앗아갔으니 지금 이 순간만큼은 사이호달처럼 분노에 치를 떨어야 마땅한 노릇이었다.

이튿날 모든 총병군이 지켜보는 가운데 이충인에 대한 장례가 엄숙하게 치러졌다. 다들 그가 총병군의 마지막 희생자이기를 간절히 바랐다. 그러나 한편으로는 헛된 바람이라는 것도 잘 알았다. 그들은 장례를 마치는 대로 곧장 군선에 올라 전장에 나서야 하였다. 계산에 의하면 금일 오후쯤 나선은 강 건너편에서 모습을 드러낼 터였다. 그들과의 교전에서 얼마나 더 많은 동료를 잃을지 알 수 없었다. 허나 이충인이 죽기 전에 마지막으로 남기고 간 나선 조총과 대조총으로 무장한 총병군은 반드시 살아남겠다는 굳은 결의를 다졌다.

이들은 계산과 달리 다음 날 정오가 되어서야 나선과 조우하게 되었다. 윤계인이 신류와 약속한 대로 나선의 진군 속도를 다소나마 늦춰 준 까닭이었다.

50. 교전 전야 1(交戰 前夜 一)

　출정하기 전날 밤에 사이호달의 막사에서 회의가 열렸다. 이 자리에 청군의 고산들과 총병군의 초관들이 모두 자리하였다. 고산들은 저마다 목청을 드높이며 나선을 물리칠 방안들을 잇달아 내놓았다. 그런데 한쪽이 계책을 내놓으면 다른 한쪽이 이를 반대하는 형국이 계속 이어졌다. 당장에 나선을 마을에서 맞이할 건지 아니면 나가서 요격할 것인지부터 고산들은 서로 의견의 합일을 보지 못하였다.

　신류는 답답한 마음으로 그들의 하는 양을 그저 물끄러미 지켜보았다. 초관들도 꿀 먹은 벙어리처럼 잠자코 있기는 상관과 마찬가지였다.

　"총병군에서는 무슨 계책이 없으시오?"

　사이호달도 부하들의 하는 꼴이 한심하였는지 고개를 돌리고는 신류에게 의견을 청하였다.

　"소관에겐 없사오나 제 부하들은 혹시 있을지 모르겠습니다. 그들의 얘기를 한번 들어 보지요."

　신류는 자리에서 일어나 초관들에게 나선을 물리칠 방법이 있으면 기탄없이 말하라고 명하였다. 그러자 배명장이 손을 들고는 자리에서 일어섰다.

　"비록 나선이 저희보다 우수한 화기로 무장하고 있기는 하나 병력에서 열세입니다. 그러니 구태여 마을에서 기다렸다가 저들이 저희를 상대할 채비를 갖추게 할 필요는 없다고 봅니다."

사이호달은 공감한다는 듯 고개를 끄덕이며 계속 배명장의 말에 경청하였다.

"적과 맞붙게 되었을 적에는 반드시 근접전으로 전투를 몰고 가야 합니다. 아무래도 방포술은 저들이 아군보다 한 수 위일 터이니 서로 멀찌감치 떨어져 화포를 주고받는 것은 나선에게 유리할지언정 결코 저희에겐 이롭지 못합니다. 그러니 수적 우위를 앞세워 일거에 적의 코앞에까지 이른 다음 백병전을 전개해야 합니다. 대청제국 병사들의 창검술은 그 솜씨가 온 중원을 떨치고도 남으며 조선도 이에 못지않으니 필경 그리만 된다면 승리는 아군의 손으로 들어올 것입니다."

사이호달은 배명장의 계책이 마음에 드는 듯 얼굴에 환한 미소를 띠었다. 신류도 그의 계책이 훌륭하다는 데에는 큰 이견이 없었다.

"다른 이들은 이에 대한 반대나 다른 계책들이 없는가?"

"군적에 이름을 올린 지 삼십 년이나 되신 백전노장께서 내놓은 계책입니다. 달리 무엇이 더 낫겠습니까?"

정계룡이 순순히 찬성의 뜻을 표하였다. 김대충을 비롯한 다른 초관들 역시 마찬가지였다. 일다경도 못 되어 총병군은 배명장의 계책으로 모두 의견의 일치를 보았다.

마침내 사이호달이 자리에서 일어나 명하였다.

"소관도 배 초관의 계책이 합당하다고 여긴다. 이에 따라 움직일 것인즉 좌중의 모인 장수들은 즉각 출정 태세를 갖추어라."

사이호달이 선뜻 배 초관의 의견을 받아 주어 신류는 참으로 다행이라 여겼다. 그렇지 않았더라면 지루한 회의는 밤새도록 계속되었을 것이고 나선은 점점 다가오는데 고산들의 제 잘난 목소리를 계속 듣고 있어야만 했을 것이다.

　살아 돌아올지 아니면 죽어 구천을 떠돌게 될지는 알 수 없으나 총병군은 드디어 내일 강력한 적수인 나선과 맞붙게 될 터였다. 신류는 일찍 잠자리에 들었으나 쉬이 잠이 오지를 않았다. 신류는 문득 사이호달은 지금 어떤 심정일지 궁금하였다. 그도 나처럼 잠자리를 뒤척이고 있을까? 그러나 패배를 밥 먹듯이 하였어도 그들과 숱하게 맞붙었으니 별다른 긴장 없이 자고 있을 거라고 단정 지었다.

　이응생도 쉽게 잠자리에 들지 못하기는 마찬가지였다. 홀로 막사 밖으로 나와 오늘따라 유난히 초롱초롱한 별들이 잔뜩 박힌 밤하늘을 바라보며 수심에 잠겼다.

　"안 자고 뭐하는 건가?"

　이응생이 고개를 돌려보니 배명장이 양손에 술잔을 들고는 자신에게 천천히 다가오고 있었다. 술잔에는 별들을 가득 담은 포도주가 들어 있었다.

　"여태 남아 있던 포도주가 있었습니까?"

　배명장이 이응생의 옆자리에 털썩 주저앉으며 대답하였다.

　"이게 마지막일세. 그러니 내일 교전에서의 결의를 다지며 쭉 들이켜자고."

　배명장과 이응생은 둔탁한 파열음을 내며 서로 술잔을 부딪쳤다.

이응생이 술잔을 단숨에 비운 다음 나지막한 목소리로 말하였다.

"이번 전투를 마치고 나면 이만 군복을 벗을까 합니다."

"자네 저번엔 북만주의 나선 놈들을 모조리 없애기 전까지는 군문을 나설 생각이 없다 하지 않았나?"

"그랬는데… 그리하여 갑오년에 죽은 말년이의 원한을 좀 달래 보려 했는데… 왠지 그게 말년이가 원하던 바가 아니라는 생각이 들어서 말이지요."

이응생은 배명장의 술잔까지 빼앗아 이마저도 비웠다.

"저번 이양성에서 준동하던 왈가들을 척결하는 중에 복면을 쓴 왈가 하나에게 총상을 입히고는 사로잡았습지요. 헌데 그를 구하려고 제 등 뒤에서 다른 이들보다 체격이 상당히 왜소한 왈가 하나가 칼을 휘두르고 달려오지 뭡니까? 워낙 칼 쓰는 솜씨가 서툴러 단 몇 합에 그자를 죽였습니다. 그랬더니 저에게 붙잡혔던 왈가 사내가 그자에게 다가가 얼싸안으며 전혀 알아듣지도 못하는 왈가어로 마구 울부짖는 게 아니겠습니까? 알고 보니 등 뒤에서 덤빈 왈가는 젊은 처자였습니다. 신원을 확인하고 나니 그만 다리에서 힘이 쭉 풀리는 게 초원들이 달려와 구해 주지 않았더라면 그 사내가 괴성을 지르며 휘두르는 장검에 그만……."

"죽은 왈가 처자를 보니 말년이가 떠올랐던 모양이구먼."

"정인인지 혹은 동생인지는 알 수 없으나 소중한 사람을 눈앞에서 잃고 원수를 향해 악귀처럼 덤벼드는 그 사내를 보니 영락없이 제 모습이었습니다."

이응생은 자신의 원한을 갚고자 다른 누군가에게 원한을 심어 주는 작금의 행태가 너무나 싫었다. 그는 그제야 복수는 복수로 되돌아온다는 사실을 뼈저리게 느끼게 되었다. 그러자 지금 자신이 들고 있는 총을 내팽개쳐 버리고 싶었고 자신이 입고 있는 군복도 훌훌 벗어 던지고 싶었다.

"정벌을 마치고 돌아가면 말년이와 함께 살려고 알아봐 둔 집에서 농사나 지으며 한가로이 여생을 보내려 합니다. 배 초관은 어찌실 생각이십니까?"

"나는 근 삼십 년 만에 다시 누리는 군 생활일세. 육신이 노회하여 그만 꺼져 달라 할 때까지는 악착같이 군적에 이름을 올려야지. 헌데 자네 같은 젊은이는 떠나는데 나 같은 노인네가 남는다는 게 과연 옳은 건지는 모르겠구먼."

둘은 잠깐 더 나선정벌을 마치고 난 뒤의 인생 여정에 대하여 온갖 재미난 상상을 하며 시간을 보냈다. 그들이 그리는 자신들의 미래는 소박하기 짝이 없으나 참으로 밝고 아름다웠다. 그게 과연 자신들을 찾아올지는 참으로 의문이었다.

신류는 예상했던 나선과의 교전 일자가 하루 늦어지자 이를 윤계인의 계책에 의한 것으로 여겼다. 허나 그는 나선의 발목을 붙잡기 위해 교묘한 술수 따위는 부리지 않았다. 아니 애당초 그럴 생각도 없었다. 그는 이양성의 왈가들이 모두 소탕되기 전날, 총병군의 군영을 나와서는 강을 따라 하루 정도 거슬러 올라가다가 위풍당당하게 강 하류로 내려오는 나선의 군선을 발견하였다. 그는 혈혈단신으로 그들 앞에 모습을 드러내고는 이리나를 만나길 청하였다.

　이젠 꼼짝없이 전장에서나 재회하게 될 줄로 여겼던 그가 불현듯 찾아왔다는 소식에 이리나는 반가운 마음을 가슴에 품으며 그에게 달려갔다.

　"이젠 대두인과 우리가 적으로 만날 일만 남았다고 여겼는데 여기까지는 어쩐 일인가? 설마 동맹에 대한 미련이 남아서 다시 논하고자 이리 온 것인가? 그렇다면 늦었으니 이만 돌아가게."

　스테파노프는 돌아갈 것을 명하며 윤계인을 박대하였다. 그는 가쁜 숨을 몰아쉬며 스테파노프의 집무실로 달려온 이리나를 보며 환한 미소를 지은 뒤 대답하였다.

　"당신들과 손잡겠다는 생각은 버렸습니다. 저희 총병군은 사령관의 군사들과 일전을 치를 준비가 되어 있사옵니다. 다만 그 전에 해야 할 일이 있어서 실례를 무릅쓰고 감히 찾아왔습니다."

　그러고는 성큼성큼 이리나의 코앞까지 다가가 그녀와 이를 지켜보는 스테파노프 모두를 긴장하게 했다.

　"이리 무사하시니 참으로 다행입니다. 일전에 저를 다시 만나면 만들어 주시기로 했던 거 있지 않소? 뭐라고 하였더라? 피노스기, 피로수기?"

　"피로슈키 말입니까?"

　"그걸 얻어먹고자 이리 왔습니다. 약속은 지키시겠지요?"

　윤계인은 이리나의 대답을 기다리지 않고 바로 스테파노프에게 물었다.

"혹시 사령관께서는 부장이 만들어 준 피로슈키를 드셔 본 적이 계십니까?"

스테파노프도 그녀가 만든 피로슈키를 먹어 본 적이 없었다. 여인의 몸이었지만 그녀는 한 번도 부엌에서 요리하는 모습을 보여 준 적이 없었다. 그녀는 부엌보다 전쟁터에서 더욱 빛을 발하는 여인이었다.

"혹시 없으시다면 이참에 다 함께 맛보도록 합시다. 언제 또 이리나 부장께서 사령관과 병사들에게 맛있는 요리를 선사할 수 있겠소이까?"

윤계인의 황당한 제안에 스테파노프는 그만 넘어가고 말았다. 무언가 그의 계책에 말려들고 있다는 기분은 들었지만 그녀가 앞치마를 두르고 장검 대신 식칼을 휘두르는 모습을 놓치고 싶지는 않았다. 결국, 나선의 군선은 그날따라 일찍 강기슭에 정박하여 숙영하였다. 덕분에 나선의 진군 거리를 이백여 리 정도 늦출 수 있었다.

이리나는 곤혹스러운 표정을 지우지 못하면서도 곧 윤계인과 스테파노프를 비롯하여 모든 장병에게 피로슈키를 만들어 선사하였다. 모스크바나 상트페테르부르크의 시장에서 파는 것과 비교해도 손색이 없는 맛에 병사들은 잠시 고향 땅에서 일과를 마치고 집으로 돌아와 어머니나 아내 혹은 여동생이 만들어 준 요리를 음미하는 착각에 빠져들었다.

어느 정도 병사들의 식사가 끝나고 한가한 틈을 타 이리나가 군선 난간에 홀로 기대어 서 있는 윤계인에게로 다가갔다.

"사 년 전과는 달리 이번에는 당신들에게 호락호락 당하지는 않을 것입니다."

이리나는 잔뜩 걱정되어 얘기하였으나 윤계인은 엉뚱한 말들을 늘 어놓았다.

"이번 전투가 끝나고 제가 무사히 살아남으면 조선으로 돌아가지 않고 미지의 구라파 대륙을 다녀올 생각입니다. 덕국, 불란서, 이태리, 화란…… 아, 물론 당신들의 조국 아라사도 빼놓아서는 안 되겠지요. 혹시 그곳에서 다시 당신과 재회하게 되면 그때도 맛난 음식 많이 만들어 주십시오. 그럼 저도 조선의 별미들을 맛보여 드리지요. 원래 양반의 법도상 부엌을 드나드는 게 아니긴 한데."

"조만간 저의 부하들이 당신과 동고동락한 전우들과 싸우게 가할 것입니다."

"조만간 저희도 당신이 아끼는 부하들에게 총을 쏘겠지요. 다만 그게 당신을 용케 피해 갔으면 좋겠습니다."

그는 갑자기 고개를 절레절레 저었다.

"모르겠습니다. 제가 왜 이러는지. 아무래도 진정 제가 당신을 사모하나 봅니다. 양반의 법도상 이민족의 여인에게 마음을 품어서는 아니 되는데."

이리나는 일전에 이어 다시 한번 그의 느닷없는 고백에 심장이 마구 쿵쾅거렸다. 전장에서 그것도 적군의 남자에게 사랑의 감정이 싹트게 될 줄은 몰랐기에 지금의 이 기분을 어떻게 주체해야 할지를 알지 못했다.

51. 교전 전야 2(交戰 前夜 二)

다음 날 윤계인은 이리나와 작별을 고하고 나선의 군선을 떠났다. 그녀는 그를 전장에서 만나고 싶지 않아 가지 말라는 말이 목구멍까지 올라왔지만 참았다.

"어련히 알아서 잘 하시겠지만, 저희를 마을까지 밀어붙이기보다는 강이나 벌판으로 불러내어 싸우시는 게 유리할 겁니다. 이양성이 철벽을 자랑함은 잘 아실 테니까요."

윤계인은 떠나기에 앞서 스테파노프에게 일종의 충고를 해 주었다. 이를 듣는 그의 기분은 매우 언짢았다.

"이 몸이 그깟 성 하나 점거하지 못할까 봐 그리하는 것이냐? 너희들이나 어떡해서든 우리 군의 포화를 피할 방법을 모색하거라."

말은 이렇게 하였지만 스테파노프는 윤계인의 충고를 귓등으로 흘려듣지 않았다. 두꺼운 성벽을 사이에 두고 지루한 대치를 이어 나가는 것은 아군에 아무런 도움이 되지 않는다는 걸 금방 깨달았던 탓이었다. 다행히 윤계인이 떠나고 얼마 되지 않아 정탐병으로부터 연합군이 군선을 타고 강을 거슬러 올라오고 있다는 첩보를 접하였다. 그는 차라리 이곳에서 군사를 대기하고 있다가 그들을 맞이하는 게 옳다는 판단을 내리곤 진군을 멈추었다.

윤계인이 스테파노프에게 한 충고 역시 지난밤처럼 책략이 들어가 있지는 않았다. 다만 이들과 싸울 바에는 확 트인 전장에서 웅장한 회전이나 수상전을 벌이고 싶었다. 이런 감상적인 생각이 아군에게는 얼마나 막대한 손해를 끼치게 될지 모르는 바는 아니었으나 가슴은 그의 머리를 배반하였다.

하지만 결과적으로는 아군을 크게 도운 결과가 되고 말았다. 열벌 마을에서 준동하던 왈가들을 모조리 소탕하였지만 이양성은 무사하지 못하였다. 작금의 상황에서는 아무런 방비도 없는 마을에서 나선과 시가전을 벌이는 것보다는 차라리 병력의 우세를 믿고 나와서 맞붙는 것이 아군에게 이익이었다. 마을에서 벌어졌던 왈가들의 소요 사태를 알지 못했던 스테파노프 역시 본의 아니게 윤계인의 충고를 따르지 않을 수밖에 없었다. 이런 까닭에 연합군은 날이 밝아서도 나선과 조우하지 못하였다.

그동안 신류는 사이호달과 군사 편제를 놓고 심한 언쟁을 벌였다. 그는 막무가내로 총병군을 각기 스물다섯 명씩 쪼개어 고산들의 휘하에 집어넣었다.

"소관의 부하들은 고산들과 말이 달라 그들의 지휘를 제대로 받을 수 없소이다. 헌데도 어찌하여 이 같은 편제를 구상하셨소이까?"

사이호달은 의외로 명쾌하게 답하였다.

"청군의 방포술이 아무래도 나선보다 뒤처지는 게 사실이오. 허니 총병군이 이를 보완해 주어야 할 듯싶소. 총병관에 대한 월권 행위가 아니라 능수능란하게 군사를 부리기 위함이니 기분 나쁘게 여기지는 마시구려."

틀린 말은 아니었으나 사전에 자신과 아무런 동의도 없이 이 같은 일을 자행한 것에 대해 신류는 심히 못마땅하였다. 하지만 출전 전부터 연합군의 수장들이 서로 얼굴을 붉히는 것은 좋지 못하다고 여겼다. 그리하여 신류는 그의 면전에서 화를 억누를 수밖에 없었다. 신류는 군관들과 함께 중군에 배치된 병사들을 지휘하기로 그와 합의하였다.

연합군은 뜻밖에 하루의 시간을 벌었지만 반대로 하루 더 길고 불안한 밤을 보내야 한다는 걸 의미하기도 하였다. 연합군은 나선이 진군을 멈추고 숙영을 하는 지점에서 얼마간의 거리를 두고 그들처럼 강기슭에 군선을 정박한 채 숙영을 하였다.

후위에서는 유복이 열심히 내일 교전에 쓰일 철환과 포탄 등의 병기를 점검하는 중이었다. 이러다 보니 오십 리 밖에서 늑대들이 울부짖는 소리까지 다 들리는 적막한 자정까지도 그는 잠이 들지를 못하였다. 그런 그에게로 정계룡이 찾아왔다.

"유 군관님, 요새 왜 이리 저에게 박대하게 대하십니까? 서운한 게 있으면 이 자리에서 다 털어놓으십시오. 내일의 전투에서 생사를 장담할 수 없는 처지 아닙니까?"

유복은 그를 한참이나 사나운 눈빛으로 쳐다보다 겨우 입을 열었다.

"난 자네와 내가 다를 게 없다고 여겼네. 재주가 있어도 미천하기 그지없는 신분이라 제대로 쓰이지 못하고 궁벽한 시골에서 인생을 허비하는 불운아로 말일세. 헌데 인제 보니 자네는 아니었어. 나와는 종자부터가 아주 다른 놈이었어."

"그게 대체 무슨 말이십니까?"

"집안이 몰락하기는 했어도 자넨 양반 가문의 출신이더군. 나처럼 돈으로 납속을 할 필요도 공명첩을 살 필요도 없는 양반 말일세."

"고작 그 때문이었습니까? 그래 봐야 작금엔 군관 나으리께서 양 반이시고 저는 천한 포수 아닙니까?"

"아니! 작금, 작금이 중요한데 모두 이미 흘러간 과거에 얽매여 자 네와 나를 잣대질한단 말일세. 내 안사람마저도 말이야."

이제야 유복이 자신에게 서운했던 이유를 알게 된 정계룡은 그의 노기가 섞인 말을 들어도 오히려 마음이 후련하였다. 하지만 다시 예 전처럼 우정을 돈독히 나누는 친구로 돌아가는 방법은 찾아내지 못 하여 난감할 따름이었다. 유복이 그토록 싫어하는, 자신과 그의 부인 과의 인연은 지우거나 부정한다고 해서 없어질 것은 아니었다. 그저 그가 화통하게 받아 주고 용서해 주면 고마우련만 아내에 대한 연정 으로 인해 죽음의 사자가 수시로 넘나드는 이곳까지 출전한 마당이 니 함부로 기대할 수는 없는 노릇이었다.

그날 밤 윤계인이 총병군의 진영에 당도하였다. 신류는 다소나마 나 선의 진군을 늦춰 준 그에게 고마움의 인사를 건넸다. 그가 이끄는 초원들도 다들 반가운 얼굴로 반겼다. 그러나 그는 묵묵히 처소로 돌 아와 자신의 조총을 매만졌다. 이충인이 만들어 놓고 저세상으로 떠 난 나선 조총이었다. 이 총이 부디 이리나를 향해 방포하는 일이 없 기를 그는 간절히 바랐다. 어느새 날이 점점 밝아 오려 하고 있었다.

52. 교전(交戰)

　연합군은 날이 밝는 대로 부지런히 군선을 움직여 마침내 정오 무렵에 나선과 조우하였다. 나선의 군선들은 강 한가운데서 닻을 내리고 대기하고 있다가 모습을 드러낸 연합군의 군선을 보고는 황급히 전투 태세에 들어갔다. 연합군도 바쁘게 군선의 갑판 위를 오가며 전투 준비에 돌입하였다.

　서로 상대를 향해 화포를 쏘아 대면서 공격을 개시하였다. 배명장의 계책대로 연합군의 군선들은 철환과 포탄이 빗발치는 가운데서도 빠르게 돌진하기를 멈추지 않았다. 단숨에 적들의 눈앞까지 이른 연합군의 군선은 수적 우위를 바탕으로 나선의 군선들을 둘러쌌다. 연합군 병사들이 갈고리로 적선을 끌어당기거나 아니면 밧줄을 타고 나선의 군선으로 넘어가면서 그들이 바라던 백병전을 전개하였다. 그런데 예상외로 승선한 나선들이 그다지 많지를 않았다. 이들은 재빨리 배를 버리고 물속으로 뛰어들면서 도망을 쳤다. 반 시진도 못 되어 연합군의 앞길을 가로막던 열 척 가까운 나선의 군선이 쉽사리 연합군의 수중으로 넘어왔다.

　곧 여기저기서 청군 병사들이 총칼을 높이 치켜들며 환호성을 질렀다. 이들과 뒤섞여 있던 총병군도 기쁘긴 매한가지여서 어느새 이들과 행동을 같이하였다. 총병군에서는 전혀 없었고 청군에서는 고작 십여 명 안팎의 사상자만 나온 대승이어서 신류도 이들과 기쁨을 맘껏 누리고 싶었다.

다만 뭔가 석연치 않은 점이 남아 그는 선뜻 그럴 수 없었다. 그동안 청군을 밥 먹듯이 패배시킨 나선이 이리 힘 한번 써 보지 못하고 패배를 할 리 없다고 여겼다. 윤계인도 신류와 마찬가지의 생각이었다. 일단 적의 수장 스테파노프 장군이 모습을 드러낸 적이 없었고 일전에 나선의 진영을 방문했을 적에 비해 군선의 수가 너무 적었다. 김대충도 이상한 낌새를 눈치채고는 서둘러 신류에게 찾아가 아뢰었다.

"아직 남아 있는 적병들이 곳곳에 숨어 있을지 모릅니다. 하오니 적선들을 빨리 불태우고는 강기슭을 수색해 봐야 할 것입니다."

"내 생각도 마찬가지일세, 김 초관."

신류는 김대충의 말에 따르는 게 옳다고 여기고는 속히 사이호달에게도 이같이 움직여 달라고 요청하였다. 그도 이에 동조하고는 서둘러 고산들에게 명을 내렸다. 그러나 태반이 그의 명을 듣지 않았다. 오히려 절대로 태워서는 안 된다고 극구 반대하였다. 어렵사리 얻은 적의 노획물을 쉬이 버리는 건 전력에 아무런 도움이 되지 않는다는 것이 그들이 내세운 이유였다. 신류와 사이호달은 그들이 왜 이리 극구 반대하는지 그 연유를 금방 알게 되었다.

갑판 여기저기에는 나선들이 버리고 간 여우 가죽이 한 아름 쌓여 있었다. 연합군의 전선으로 다 옮기지 못할 만큼 많았기에 적선에 선적된 그대로 마을로 가져가고 싶었던 것이다. 사이호달도 그걸 알고서는 고산들에게 불호령을 내릴 수 없었다. 그가 결단을 내리지 못하는 사이 고산의 명을 받은 청군 병사들은 어느새 무기를 내려놓고 가죽들의 수량을 파악한 다음 한 곳으로 모아 놓느라 정신이 없었다. 오직 총병군만이 경계를 풀지 말라는 초관들의 명에 따라 전방과 강기슭을 계속 주시하였다.

순식간이었다. 갑자기 배 아래에 숨어 있던 나선의 병사들이 갑판으로 뛰어 올라와 눈앞에 보이는 연합군의 병사들에게 닥치는 대로 방포하였다. 이와 동시에 강기슭에 매복해 있던 나선들도 일제히 배 위의 동료들과 행동을 같이하였다. 적들이 없는 줄로만 여겨 그저 가죽을 챙기기에 바빴던 청군 병사들은 빠른 속도로 방포되는 나선들의 조총을 맞고 부지기수로 그 자리에서 목숨을 잃었다. 그나마 다행히도 총병군은 당황하지 않고 침착하게 응수하여 눈앞의 적들을 제압하는 데 성공하였다. 그래도 완전히 무사할 수는 없었다. 팔과 다리에 철환을 맞고 신음하는 자들이 곳곳에서 속출하였다. 스테파노프가 고대 그리스 신화에 등장하는 트로이의 목마에서 영감을 얻은 계책이었다.

"도원수, 서둘러 명을 내리시어 저들을 구원하셔야 하옵니다."

고산의 다급한 외침이 있기 전부터 사이호달은 그리해야 한다는 걸 잘 알았지만 어떻게 구원해야 할지를 알지 못했다. 그저 놈들을 보이는 족족 공격하라는 우매한 명령만 목청을 드높이며 내릴 뿐이었다.

"후미의 군선에 승선한 병사들은 서둘러 상륙하여 기슭에 자리한 적들을 공격한다. 선두와 중앙의 군선들은 조금 전과 마찬가지로 적들이 방포가 불가능한 거리까지 빠르게 다가간 다음 칼과 창으로 놈들을 쓰러트려라."

신류는 경황이 없는 가운데서도 윤계인이 만들어 낸 계책을 재빨리 연합군의 모든 지휘관에게 알렸다. 그제야 고산들은 가죽에 대한 욕심을 버리고 명령대로 움직였다. 애당초 나선보다는 병력에서 우위였던지라 안정을 되찾은 연합군은 반격에 나서는 데 성공하였다. 멀리서 이 광경을 지켜보는 스테파노프의 표정이 심하게 일그러지기 시작하였다.

나선은 다시 여기저기서 전사자들이 속출하며 밀리기 시작하였다. 연합군은 기슭에 숨어 있던 적들도 소탕하기 일보 직전이었다. 나선은 다시 한번 갑판 위에서 죽음을 맞이하거나 불타는 함선을 버리고 강물 속으로 뛰어들어야만 하였다. 그래 봐야 이제 명포수가 다 되어 버린 총병군의 좋은 표적이 될 뿐이었다. 물속에서 허우적거리다가 정수리에 정통으로 철환을 맞은 적병들은 그대로 물밑으로 가라앉았다. 이제야말로 연합군의 완전한 승리가 눈앞에 보이는 듯하였다.

스테파노프가 손짓을 보내자 이리나가 지휘하는 나선의 정예 병사들이 함성을 지르며 전장으로 투입되었다. 그들의 매서운 기세에 강기슭은 병력이 우세한데도 연합군이 다시 나선에게 고전을 면치 못하였다. 이리나는 마치 검무를 추듯 유연하고 현란한 검술로 순식간에 십여 명의 적들을 베어 넘겼다.

이러한 혼전 속에 총병군의 가슴을 찢어지게 만드는 광경이 눈앞에 펼쳐졌다. 제일 선두에 자리한 군선에 승선해 있던 배명장이 한참 눈앞의 적병과 합을 겨루던 중 어디선가 날아온 철환에 허벅지를 맞고는 그 자리에 주저앉았다. 그러는 바람에 그는 조금 전까지 상대하던 적병이 휘두르는 칼을 미처 피하지 못하였다. 그의 목이 댕강 떨어져 나가면서 갑판 위를 나뒹굴었다.

이를 두 눈으로 똑똑히 목격한 정계룡이 분노가 가득 서린 고함을 지르며 들고 있던 조총을 쏘아 배명장의 목을 참수한 적의 머리통을 날려 버렸다. 그자는 고개가 뒤로 젖혀지며 그대로 쓰러졌다. 그가 이제 이 세상 사람이 아니면은 자명한 사실이었다. 배명장이 숨진 군선은 나선이 방포한 포탄을 정통으로 맞고 서서히 가라앉았다. 정계룡은 서둘러 그 배로 옮겨 탔다. 그리고 재빨리 배명장의 목을 수습하여 뒤따르던 다른 초원에게 넘겨주었다.

정계룡은 배명장의 목 없는 시신까지 수습해 보려다 그만 배가 가라앉으면서 원래 승선했던 군선에 오르지 못하고 가까운 강기슭에 상륙하였다. 그곳은 이리나가 이끄는 나선 병사들이 우글대는 곳이었다. 그를 발견한 나선 병사들이 그의 목숨을 노리고자 일제히 달려들었다. 그는 다급히 배명장의 시신을 수습하느라 조금 전 가라앉은 군선에 조총을 내버려 두어 그의 손에는 아무것도 들려 있지 않았다. 그래서 맨몸으로 다가오는 적병들을 상대해야만 하였다.

그는 집안이 몰락하기 전에 훈련원의 교관으로 복무한 적이 있는 부친으로부터 권법을 익힌 적이 있었다. 그는 이를 발휘하여 달려드는 적들을 제압하였다. 하지만 수십 명의 적을 모두 상대하기에는 무리였다. 처음 몇 놈은 가볍게 제압하였지만 이후 손등과 발목을 베이면서 적들에게 겹겹이 둘러싸이는 신세가 되었다. 그도 조금 전 시신을 수습한 배명장과 같은 운명에 놓일 처지가 된 것이다.

이때 어디선가 우렁찬 함성과 함께 잇따라 총성이 들렸다. 이응생이 초원들을 대동하고 나타나 정계룡을 에워싸던 적들을 모조리 쓰러트렸다. 정계룡은 그의 구원이 참으로 반갑고 고마웠다. 그러나 이 말을 끝내 그에게 전하지 못하였다.

"뒤를 조심하십시오."

정계룡이 이응생에게 고래고래 고함을 질렀다. 이응생이 재빨리 뒤를 돌아보니 그의 등 뒤에 나선 병사 하나가 대조총에 철환을 장전하고는 그를 겨누고 있었다. 그 역시 재빨리 조총을 겨누어 보았지만 한발 늦어 그자가 이미 방포를 마친 뒤였다. 저승사자가 이응생을 잡아가려고 철환이 되어 날아오고 있었다.

순간 정계룡이 달려들어 이응생을 감싸 안고는 그대로 땅바닥에 엎드렸다. 그는 이응생에게로 날아오던 철환을 고스란히 등에 맞았다. 다행히 즉사는 면했으나 등에서 피를 잔뜩 쏟으며 의식을 잃었다. 이응생은 순간 두려움이 온몸으로 밀려오는 걸 느꼈다. 어쩌면 정계룡이 총병군의 또 다른 희생자가 될지도 모른다는 사실이 믿기지 않았다. 또한 죄책감도 온몸을 감쌌다. 원래대로라면 자신이 이 자리에서 피를 흘리며 죽어 가야 맞았다. 그러자 다시금 분노가 치밀어 올랐다. 일전에 왈가 처자를 살해하고 사그라진 나선에 대한 적개심이 폭발하였다. 정계룡에게 대조총을 방포한 이는 곧 눈에 불을 켜고 달려드는 이응생에게 대조총을 빼앗기고는 벌집이 될 때까지 난사를 당하였다. 이리했음에도 분이 풀리지 않은 그는 강기슭에 상륙한 김대충에게 정계룡의 후송을 부탁하고는 다른 나선들을 도륙

하기 위해 기슭 안쪽 깊숙한 곳까지 진격하였다.

　여러모로 전황이 나선에게 불리하게만 돌아가고 있었다. 부관 하나가 조심스레 스테파노프에게 요새로 후퇴할 것을 청하였다. 그는 또 한 번 대두인에게 패배하였다는 게 분할 따름이었지만 그렇다고 사이호달처럼 부하의 의견을 무시하는 어리석은 장수는 아니었다. 곧바로 흩어진 병사들을 규합하여 아직 남은 군선에 승선해 후퇴하라는 명을 내렸다. 그런데 얼마 뒤 급보가 그에게 전해졌다. 이리나가 적들에게 둘러싸인 채 아직도 적진에 남아 있다는 것이었다.

　그는 부관들이 말렸지만 주위에서 자신을 호종하는 부하 몇 명만 데리고 즉각 이리나가 곤궁에 처해 있다는 곳으로 달려갔다. 수많은 적병을 헤치며 당도하니 이리나는 이응생의 매서운 공격을 막아 내느라 기진맥진해서는 생사가 오락가락하는 처지였다. 이응생이 그녀를 기절시키고는 막 심장에 날카로운 창을 내리꽂으려 할 적에 스테파노프가 달려들어 기합과 함께 그의 오른팔을 베어 버렸다.

　"내가 이놈을 상대할 터이니 너희들은 얼른 부사령관을 모시고 군선에 오르도록 해라. 만약 내가 한 시간 안에 도착하지 못하면 그대로 요새로 출발해도 좋다."

　"장군!"

　"어서 움직여라!"

　이응생은 갑작스러운 공격에 한쪽 팔을 잃고 괴로워하였지만 이내 독기를 가득 품은 눈빛으로 스테파노프와 서로 검을 주고받았다. 한동안 이들의 기합 소리가 인근을 쩌렁쩌렁하게 울렸다. 반 시진 뒤 윤계인이 그곳에 당도할 적까지 이들의 핏빛 대결은 멈출 줄 몰랐다.

한편 윤계인은 적진 깊숙한 곳까지 진격하였다가 이리나를 데리고 후방에 대기 중인 군선으로 향하던 나선의 부관들과 마주치게 되었다. 전혀 예상치 못한 곳에서 갑작스레 만난 터라 지척에서 양쪽의 병사들은 한동안 서로 상대에게 총구를 겨누며 옴짝달싹하지를 못하였다. 윤계인은 한눈에 어느 젊은 나선 부관의 등에 실린 이가 이리나라는 걸 눈치채었다. 더불어 그녀가 지금 목숨이 위태로운 지경이라는 것도 파악하였다.

그는 주저 없이 조준하고 있던 조총을 바닥에 내려놓았다. 뿐만 아니라 다른 초원들에게도 이처럼 할 것을 명하였다. 이에 초원들은 어찌할 줄 몰라 하며 적병과 윤계인을 번갈아 바라볼 뿐이었다.

"어서 버리지 못할까?"

윤계인이 다시 한번 고함을 지르자 그제야 초원들은 머뭇거리며 천천히 자신들의 조총을 바닥에 던지고는 두 손을 높이 치켜들었다. 윤계인은 나선에게 얼른 지나가라는 손짓을 보냈다. 그의 호의를 이해하지 못한 그들은 한동안 주저하다가 이내 다시 군선이 자리한 쪽을 향해 부지런히 도주하였다. 그는 떠나는 나선들을 보면서 다행히 그녀를 향해 방포하는 일은 없어 참으로 다행이라고 여기고는 안도의 미소를 지었다.

53. 전사(戰死)

이후 반나절 동안 이어진 전투는 연합군의 우세, 나선의 열세로 이어졌다. 그러나 나선이 연합군을 상대로 졸전을 펼쳤던 건 아니었다. 연합군 병력의 사 분의 일밖에 되지 않았는데도 반나절이나 버텼다는 것이 이를 입증하였다. 연합군이 병력에서 우위였기에 망정이었지 만일 대등하였더라면 승리를 장담할 수 없었던 전투였다. 전투가 끝난 후 양군의 시신을 수습해 보니 나선이 이백여 명이었는데 비해 청군은 배가 넘는 오백여 명에 달하였다. 청군 병사 세 명 중 한 명이 전사했다는 말이다. 총병군에서도 세 명의 전사자가 나왔다. 배명장과 함께 저승길의 길동무가 된 이는 바로 이웅생과 정계룡이었다.

이웅생의 최후에는 윤계인이 함께하였다. 이리나를 후송하는 나선들을 고이 보내 주고 아군에게로 되돌아가던 그는 얼마 못 가 양군의 전사자들로 가득한 벌판에서 황금색 쌍두 독수리 문장이 새겨진 망토에 덮여 있는 시신을 발견하고는 걸음을 멈추었다. 그런 망토를 두를 수 있는 자는 나선 중에서는 오직 한 사람밖에 없었다. 바로 나선의 최고 수장인 스테파노프였다.

윤계인은 시신으로 변한 스테파노프에게 다가가 전신을 덮은 망토를 걷어 보았다. 그는 마치 윤계인을 노려보는 듯 죽어서도 여전히 매서운 눈빛을 풀지 않았다. 윤계인이 침통한 표정을 지으며 그의 눈을 감겨 주었다. 어디선가 헐떡거리는 기침 소리와 함께 말소리가 들렸다. 윤계인은 황급히 그곳으로 시선을 돌렸다.

"망토를 보니까 보통 놈은 아닌 것 같아. 하긴 천하의 이응생에게 이 정도 상처를 입힐 정도라면 하찮은 말단 병사는 아니겠지."

윤계인이 시선을 멈춘 곳에는 이응생이 가슴에 칼을 맞은 채 허공을 바라보며 대자로 뻗어 있었다. 그는 입에서 연신 검붉은 피를 쏟아내면서도 말하기를 멈추지 않았다.

"어쩌면 내가 저 녀석의 연인을 건드려서 그러는 걸지도 몰라. 계집 병사 하나를 죽이려고 하니까 눈에 쌍심지를 켜고 달려들더라고. 내가 운이 나빴어. 그런 놈들은 건드리는 게 아니었는데."

이응생은 죽어 가는 중이었는데도 연신 허탈한 웃음을 터뜨리며 계속 지껄였다.

"교전이 끝나면 저 녀석 시신 잘 거두어서 그 계집에게 전해 줘. 그년도 죽은 연인의 시신도 찾지 못하고 이별하면 얼마나 애통해하겠는가? 내가 그 심정을 잘 알지. 그년 이름이 이리나인가 봐. 계속 그 이름만 부르더라고."

여기까지 말을 마친 이응생은 스르르 눈을 감았다. 그의 팔이 윤계인의 손에서 맥없이 떨어졌다. 윤계인은 침통한 얼굴로 그의 가슴에 박혀 있던 칼을 뽑아내고는 그의 시신을 들쳐 메었다. 그리고 묵묵히 아군 진영을 향해 계속 걸어갔다. 초원들이 망토에 둘둘 말린 스테파노프의 시신을 들고 그의 뒤를 따랐다.

정계룡이 숨을 거둔 건 이응생이 죽고 나서 얼마 지나지 않아서였다. 그는 무사히 전선의 후미에 자리한 군선으로 후송되었다. 그곳엔 이미 수많은 사상자가 몰려들어 아비규환을 이루고 있었다. 감당하기 어려울 정도로 많은 수에 그곳에서 아군을 치료하던 의원들은 곧 혹스러움을 감추지 못하였다. 교전이 시작되고 나서부터 계속 후방에 자리한지라 전선의 상황을 알지 못했던 그들은 사상자들의 끔찍한 모습에서 전투가 치열하게 전개되고 있음을 충분히 직감하였다.

부지런히 부상자들 사이를 오가며 의원들을 독려하던 유복은 기어들어 가는 목소리로 자신을 애타게 부르는 정계룡을 발견하였다. 목숨이 경각에 달려 있었지만 그래도 여유만만한 미소를 띠고 있었다.

"조심하지 못하여 좀 맞았습니다."

"내 곧 의원을 불러올 터이니 잠시 기다리게."

정계룡은 냉랭히 돌아서는 유복의 손목을 붙잡았다.

"마님께서는 곧 나으리의 진심을 깨닫고는 마음을 여실 것입니다. 그러니 부디 마님과 소인의 지난 일들은 모두 잊으십시오."

정계룡은 이 자리를 빌려 유복에게 진심을 건넨 것이었지만 유복은 가식적이고 위선적인 말로밖에는 들리지 않았다. 그러자 이내 억누르고 있던 그에 대한 분노가 다시금 치밀어 올랐다. 유복은 끝내 분노를 이기지 못하고 허리에 차고 있던 환도를 그의 가슴에 내리꽂았다. 정계룡은 외마디 비명과 함께 입가에 굵은 핏줄기를 쏟아내며 숨졌다.

화가 나 이러한 짓을 저지르긴 하였지만, 그의 죽어 가는 모습을 본 유복은 두려움에 온몸을 벌벌 떨었다. 황급히 피 묻은 환도를 닦아 내고는 비틀거리는 걸음으로 그 자리를 빠져나왔다. 유복이 정계룡을 살해하는 광경을 목격한 이가 아무도 없었기에 정계룡은 공식적으로 적들이 방포한 대조총을 맞고 전사한 것으로 기록되었다.

전투는 마무리되었지만 사이호달은 기함으로 삼은 군선으로 잇달아 전해지는 아군의 피해에 귀를 틀어막고 싶은 심정이었다. 너무도 심각한 병력 손실을 보아 이대로 나선의 요새까지 진격하여 공방전을 벌인다는 것은 꿈꿀 수도 없었다. 황폐해진 열벌마을에서는 더는 군량이나 병기의 보급이 불가능하였으며 적의 공격을 수비해 내기도 어려울 지경이었다. 작금의 상황은 누가 보더라도 모든 군사를 마을에서 완전히 철수하여 영고탑으로 물려야 할 판이었다. 그러나 그건 나선을 흑룡강 유역에서 완전히 몰아낸다는 자신의 원대한 계획을 수포로 만드는 짓이었다. 하지만 이쯤 해서 후일을 도모하지 않으면 정말로 큰 사달이 난다는 것을 사이호달도 모르는 바가 아니었다. 이런 까닭에 그는 결단을 내리지 못하고 계속 갈팡질팡할 따름이었다.

반면 이충인에 이어 총병군 내에서 또다시 전사자가 발생했다는 소식을 전해 들은 신류는 무조건 군사를 물려야 한다는 데 다른 생각을 품지 않았다. 그는 곧장 사이호달의 기함을 찾아가 주저 없이 이만 철군할 것을 주장하였다. 사이호달은 자신의 비참한 현실을 인정하려 들지를 않았다.

"마을과 성은 남아 있는 병사들이 수고한다면 충분히 복구할 수 있을 것이오. 군량과 병기는 아직 군선이 건재하니 비록 영고탑이 육백 리 길에 떨어져 있다 한들 쉬이 그곳에서 조달이 가능할 것이외다. 하니 이번에야말로 함께 나선의 본거지를 반드시 점령합시다. 그럼 귀관은 지난 총병관의 전공을 능가하게 될 것이오."

신류는 이제 사이호달의 권모술수에 휘말리며 아무런 원한도 없는 적들과 계속 싸우고 싶은 마음이 없었다. 소중한 부하들을 잃는 것은 이번 전투에서 네 명을 잃은 것으로 충분하였다. 그는 설령 사이호달의 반감을 사서 부하들과 조선 조정에 해가 미치더라도 명확하게 밝혀 두고 싶었다.

"아니요. 물리셔야 하옵니다. 도원수께서도 그게 말처럼 쉬운 일이 아니면을 잘 아시지 않소이까? 아쉽고 분한 마음이야 충분히 이해하지만 이쯤 해서 나선과 화의를 맺고 영고탑으로 돌아가심이 옳습니다."

"소관은 그리할 수 없소이다. 저들과 싸워 이겼는데 어찌 물러난단 말이오?"

"뼈를 내주고 살을 얻은 승리에 불과했소이다. 나선의 계략에 완벽히 말린 것이니 우리는 이겨도 이긴 게 아니외다. 만일 도원수께서 그리 고집을 피우시면 저희만이라도 돌아가도록 하겠소이다."

신류가 이리 강경하게 나서자 사이호달도 가만히 있지만은 않았다.

"이보시오, 총병관! 그대는 황명에 따라 움직여야 함을 명심하시오. 폐하께서는 분명 소관과 그대에게 국경을 어지럽히는 나선을 모두 물리치라 명하셨소."

"폐하께서도 그게 불가하여 하는 수 없이 군사를 물리셨다는 것을 아신다면 더는 도원수와 소관을 책망하지 않을 것이외다. 폐하께서도 귀한 백성들을 속절없이 잃는 건 바라지 않으실 터이니 말이오."

신류도 고집을 꺾지 않고 대드는 바람에 한동안 사이호달과의 관계가 냉랭해졌다. 그러거나 말거나 그는 군관들에게 언제든 철군할 채비를 갖추라 명하였다.

머지않아 연합군은 군량의 부족으로 굶주림에 시달려야 하였다. 게다가 적잖은 동료들을 잃었고 차후에는 더 잃을지도 모른다는 두려움에 사로잡힌 병사들의 사기는 말이 아니게 떨어졌다. 이런 와중에 척후병에게서는 니포초(네르친스크) 방면에서 호마 요새로 나선의 대군이 이동 중이라는 첩보를 전해 주었다. 그 규모가 실로 어마하여 족히 일만 명은 넘을 거라는 견해도 덧붙였다. 상황이 이리 다급해지자 사이호달은 자존심을 접고 친히 신류를 찾아가 도움을 청하였다.

"총병관, 적의 대군이 요새로 향하고 있다고 하오. 필경 우리를 노리는 군사인 게 분명할 터인데 이제 어쩌면 좋겠소이까?"

"적에게 사자를 보내십시오."

이런 날이 올 것에 대비하여 신류는 그동안 윤계인과 논의한 방안을 내놓았다.

"그리하여 수장들끼리 만나 담판을 짓는 것입니다. 분명 저들도 큰 패배를 입었으니 저희가 두려워 섣불리 덤비려고 들지는 않을 것입니다. 그러니 거래를 하면 서로에게 만족할 만한 결과를 얻으리라 봅니다."

달리 다른 방도가 없던 사이호달은 그의 말을 따르기로 하였다.

곧바로 그는 고산 하나를 사자로 삼아 호마 요새로 보냈다. 며칠 후 나선은 군사를 마을로 물린다면 회담에 응하겠다는 뜻을 전해 왔다. 이를 따르기로 한 연합군은 일단 열벌마을까지 철군하였다. 닷새 후에 열벌마을로 향하는 입구에 자리한 자그만 벌판에서 청나라와 조선, 나선의 수장이 모인 삼자 회담이 열렸다.

54. 정전(停戰)

이리나는 요새로 후송되고 나서 이틀 뒤에야 의식을 되찾았다. 그녀는 깨어나자마자 아군의 패배 소식과 스테파노프의 행방을 알 수 없다는 비보를 잇달아 전해 들었다.

"분명합니다. 부장님을 보내 준 적병이 일전에 대담하게도 저희 군선을 찾아와 부장님께 피로슈키를 만들어 달라고 한 그 젊은 사내였습니다."

윤계인을 알아본 부하의 보고로 인해 총병군에게 붙들릴 뻔했지만, 무사히 풀려난 게 그의 덕분이라는 것도 알게 되었다. 그녀는 서둘러 자리를 털고 일어나 장차 요새로 진격해 올 연합군을 맞이할 태세를 하였다. 그런데 먼저 요새로 다가온 이들은 연합군이 아니라 네르친스크에서 파견된 하바로프 장군의 친위대였다.

하바로프 장군은 크림반도에서 스테파노프 장군과 함께 투르크를 물리친 적이 있는 역전의 용사였다. 오 년 전에 아찬스크에서 사이호달의 대군을 크게 물리친 공을 인정받아 모스크바로 돌아가고 그가 아끼는 부장들만이 아직 네르친스크에 남아 청군과 대치 중이었다. 역시 북만주로 건너오기 전 크림반도에서 이리나와 일면식이 있었던 하바로프의 부장은 쿠마르스크 요새의 아군이 불리한 형국에 놓여 있다는 소식을 접하고는 즉각 군사를 이끌고 달려온 것이었다. 니포초에서 대치 중이던 청군 장수는 그가 호마로 향한다는 걸 잘 알았

지만 가만히 내버려 두었다. 그는 사이호달과 사이가 좋지를 못하였
다. 오히려 한동안 니포초에서 전투가 벌어질 일이 없다는 생각에 기
뻐하기까지 하였다.

연합군은 막대한 군사 대신 사자 한 명만을 요새로 보내왔다. 사
자를 통해 이리나는 사령관이 교전 중에 장렬히 전사했다는 소식을
접하였다. 그녀는 주체할 수 없는 슬픔을 겨우 억누르고 연합군이
제의하는 정전 회담의 참석 여부를 곰곰이 따져 보았다. 하바로프의
부장은 비록 직속상관은 아니었으나 스테파노프의 전사에 분개하여
자신이 이끄는 모든 병력을 동원하여 연합군을 들이칠 각오를 하였
다. 그러나 결단을 내린 이리나는 그의 행동을 제지하였다.

"쿠마르스크 요새의 주둔군은 정전하는 데 동의한다."

그리고 사자를 통해 군사를 마을까지 물리면 회담에 응할 뜻이 있
음을 밝혔다. 연합군이 이에 따르자 그녀도 약속을 지켜 닷새 후에
회담이 펼쳐진 장소에 모습을 드러내었다.

사이호달은 호마 요새의 임시 수장이라는 자가 일전에 자신이 애
첩으로 삼으려 했던 나선 여인임을 알고 깜짝 놀랐다. 신류도 사이호
달이 암살을 당할 뻔한 날에 그녀를 대할 적과는 사뭇 분위기가 다
른, 가녀린 여인의 몸에서 풍겨 나오는 장수의 기개에 감탄을 금치
못하였다.

"저희는 스테파노프 장군님의 시신을 돌려 줄 것을 정중히 요청하
는 바입니다. 또한, 당신들이 무단으로 점거했던 열벌마을에서도 철
군하여 왈가들에게 돌려주시기를 바랍니다."

이리나는 회담이 시작하자마자 나선의 요구를 거침없이 늘어놓았다. 전투에서 졌는데도 마치 승리자와 같은 당당한 태도였다. 사이호달은 아무런 대꾸도 하지를 못하였다. 그를 변호하고픈 마음은 없었으나 연합군의 빠른 철군을 위해서는 회담을 유리하게 전개해야만 하였다. 이에 신류는 지지 않고 맞받아쳤다.

"그렇다면 그대들도 점거하고 있는 요새에서 즉각 물러나시오. 원래 그곳도 왈가인들의 터전 아니었소? 그래야 이치에 맞고 공평한 게 아니겠소이까?"

"좋습니다. 우리는 왈가의 자유를 원합니다. 그러니 대청 제국이 왈가의 영토를 침범하지 않는다면 우리도 이들의 영토에 발을 들여놓지 않겠습니다."

이리나가 이리 대담하게 맞받아칠 수 있었던 이유는 왈가들이 대청 제국보다는 자신들에게 더 호의적이라는 믿음에서 비롯되었다. 양군이 모두 왈가들의 땅에서 철수하여도 자신들에 대한 그들의 호의를 바탕으로 계속 그들에게 영향력을 행사할 수 있다는 계산이 담겨 있었다. 신류도 이를 모르는 바가 아니었다. 그러나 당장엔 그러한 것까지 신경을 쓸 겨를이 없었다. 무엇보다 총병군이 안전하게 흑룡강을 벗어나는 게 급선무였다. 이리하여 이리나는 왈가 영토의 최북단에 자리한 아찬스크를 제외하고는 모든 왈가 마을에서 물러나기로 약속하였다.

"또한, 나선이 왈가에서 나는 여우와 담비 가죽을 독식하려고 하기에 이러한 사달이 벌어졌으니 이 역시 공평하게 반씩 나누어 분쟁의 근원을 잘라 버려야 할 것이오."

신류는 또한 청군과 나선의 전쟁 재발을 막기 위하여 고안한 생각을 밝혔다. 예견은 하였지만 역시 사이호달로부터 심한 반발에 부딪혔다.

"그동안 왈가와 아무런 문제 없이 가죽 교역을 하였는데 이제 와 그 절반을 조건 없이 내놓으라는 건 말이 되질 않소이다. 피의에 드는 가죽을 죄다 왈가에게서 수급하였는데 그리된다면 분명 중원에서 피의 값이 천정부지로 치솟을 것이오."

"허나 가죽을 전부 얻고자 나선과 교전을 벌이느라 드는 인명이나 물자 손실에 비하면 그리해서라도 가죽을 안정적으로 수급할 수 있으니 낫지 않겠소이까? 이건 또한 나선도 마찬가지일 터이니 잘 생각해 보면 오히려 마음에 들 것이오."

이건 순전히 신류의 견해였을 뿐 다들 마음에 들어 하지 않는 표정들이었다. 청나라는 그동안 헐값이나 강제로 왈가에서 가죽을 거두어들였고 나선은 왈가 땅에서 나는 모든 가죽을 거의 몽땅 사들이다시피 하였다. 그런데 조금 전 신류가 한 말은 양측 모두 이것들을 포기하라는 소리나 진배없었다. 그렇지만 모두 제 고집만을 부린다면 다시 기나긴 전쟁에 돌입하게 된다는 걸 회담에 모인 수장들은 모두 잘 알고 있었다. 울며 겨자 먹기로 그들은 이를 모두 수용하기로 다짐하였다.

마침내 청나라와 나선 사이에 화의가 이루어졌다. 신류는 이게 앞으로 얼마나 유지될지는 알 수 없었다. 하지만 적어도 당분간 조선이 파병의 부담을 덜 수 있다는 것만은 확실하였다. 회담이 끝나자 이리나는 조용히 신류에게 윤계인의 안부를 물어보았다. 그는 괜찮다고 짤막하게 답하였다. 그녀는 더 물어보지 않고 그대로 회담장을 빠져나갔다.

화의가 성사되자 연합군은 곧바로 전사자들의 장례와 철군 준비로 분주한 나날을 보냈다. 청군은 전사자들의 모든 시신을 한데 모아 마치 장작처럼 높이 쌓아 올렸다. 작업을 마치자 사이호달이 친히 그곳에 불을 붙였다. 그의 뒤로 모든 병사가 고개를 숙이고 만주어로 주문을 읊으며 죽은 동료들의 원혼을 달래 주었다. 시신들은 활활 타올라 검은 연기로 변하며 이승과의 인연을 끊었다.

반면 총병군은 마을에서 남쪽으로 조금 떨어진 곳에 자리한 야트막한 언덕에 전사자들의 시신을 묻어 주었다. 고향 땅에서 묻어 줄 생각을 해 보지 않았던 것은 아니었으나 지금은 단지 나선과의 전쟁이 중단될 것일 뿐 파병이 끝난 것은 아니었기에 언제 귀국할 수 있을지를 기약할 수 없었다. 총병군의 모든 장병이 그들의 시신이 하나하나 묻힐 때마다 안타까운 눈물을 쏟아 내었다.

연합군과 나선 사이에 화의가 성립되고 사흘 후 무장을 갖춘 왈가 군사들이 열벌마을에 입성하였다. 다들 빛나는 갑옷을 입은 데다 구라파의 총칼을 손에 들었다. 원래 저들의 영토였는데도 지금은 마치 점령군처럼 보였다. 이들에게 마을을 내주며 그들을 뒤로하고 남쪽으로 떠나는 배에 오르는 연합군이 오히려 이곳에 오랫동안 터를 잡고 생활한 백성들처럼 보였다. 군선은 노를 쓰지 않아도 빠르게 하

류로 흘러가는 유속으로 인해 사흘 만에 연합군을 모두 영고탑으로
데려다주었다.

55. 작별(作別)

   사이호달은 허탈한 심정으로 북경으로 보내는 장계에다 나선을 격파하긴 하였으나 그들의 근거지까지는 점거하지 못하고 부득이하게 저들과 화의를 맺을 수밖에 없었다는 내용을 소상히 적었다. 거기에 신류의 끈질긴 간청으로 함께 출전했던 총병군은 이만 조선으로 돌려보내도 좋겠냐고 여쭙는 글을 함께 올렸다. 황제가 들어줄지는 알 수 없었다. 그러나 윤계인이 내놓은 견해를 듣자 신류는 다소 안심이 놓였다.

   "작금에 명나라의 부흥 세력이 강남의 각지에서 궐기하고 있습니다. 이젠 모든 군사력을 그리로 돌려야 할 마당에 아무리 왈가 땅이 피의 가죽을 얻을 수 있는 귀한 영토라 한들 청나라는 이제 그곳에 군사력을 배치할 여력이 없을 것입니다. 하오니 화의가 이루어졌다는 장계를 받으면 황제는 아마 크게 기뻐하며 능히 총병군의 철군을 들어줄 것입니다."

   윤계인의 분석은 언제나 틀리지 않았기에 신류는 조만간 조선으로 돌아갈 날만 손꼽아 기다렸다. 총병군이 조선을 떠나온 지도 벌써 넉 달이 다 되어 가고 있었다.

   "귀관의 재주는 조선이라는 소국에서 쓰이기에는 그 크기가 너무나 크오. 폐하께 주청을 드릴 것이니 대청 제국의 신하가 되어 보실 생각은 없으시오?"

영고탑에서 보낸 장계가 언제쯤 북경에 도착하는지를 확인하러 간 자리에서 사이호달은 신류에게 대뜸 이런 제안을 하였다. 그는 놀라움을 떠나 다소 황당하기까지 하였다.

"그리하여 나와 함께 다시 한번 나선을 토벌하고 왈가의 영토를 차지하는 것이오. 그럼 내 그대를 그곳의 양방장경으로 앉힐 수도 있소이다. 그리만 된다면 귀관은 막대한 부와 권세를 손에 거머쥘 수 있을 것이외다. 어찌 조선의 작은 벼슬에 견주겠소이까?"

신류는 과연 자신이 그의 말에 덜컥 넘어갈 거라고 만만히 보아서 이러한 안을 쉽게 내어놓는 것인지 심히 불쾌할 따름이었다.

"조선에서 나고 자란 백성이 어찌 조선 땅을 떠나 살 수 있겠소? 만일 도원수께서는 조선에서 제아무리 높은 벼슬을 준다 한들 쉽사리 대청 제국을 떠나시겠소이까?"

그러나 신류는 곧 이 말이 사이호달에게는 아무런 의미가 없음을 깨달았다. 그는 자신의 고향인 열벌마을을 미련 없이 떠났다가 청나라의 장수가 되어 돌아와서는 그곳을 점령하고 착취함으로써 왈가라는 자신의 근본을 일찌감치 저버린 인물이었다. 지금의 작위보다 더 높은 벼슬을 조선이 제시한다면 능히 그럴 수도 있을 터였다. 사이호달은 신류의 말에 더는 아무런 대꾸도 하지를 못하였다.

화의가 이루어져 나선이나 왈가로부터의 위험이 사라지자 모처럼 평온한 분위기가 총병군을 찾아왔다. 영고탑에 도착한 이후로 이들은 따분한 일상을 이어나갔다. 다들 조련은 등한시한 채 모이기만 하면 조선에 두고 온 식솔들의 안부를 염려하거나 귀국하고 나서의 진로에 대하여 논하였다. 아니면 음주나 도박, 매춘 등의 유흥에 빠져 문란한 생활을 즐겼다. 신류는 이들을 나무라지도 않았고 나무랄 필요도 느끼지 않았다. 하루라도 빨리 조선으로 귀국하면 모든 게 해결되는 상황이라는 걸 잘 알았다. 그는 어서 빨리 청나라 황실에서 총병군의 귀국을 허하는 장계가 영고탑으로 도착하기만을 학수고대하였다.

이렇듯 별다른 문제가 없어 보이던 총병군은 한 달쯤 지났을 무렵 큰 변고를 맞이하였다. 바로 유복이 누군가가 쏜 조총에 관자놀이를 관통당한 채 저격당하는 사건이 벌어졌던 것이다. 나선과의 교전이 끝난 후부터 마치 무언가 괴로운 일을 잊으려는 듯 미친 듯이 음주와 도색에 빠졌던 그는 그날도 사창가에 딸린 술집에서 매춘부들을 양옆에 끼고 흠뻑 취했다가 지붕에서 그의 목숨을 노린 왈가 사내에게 허무하게 목숨을 잃었다. 왈가 사내는 저격을 마치고 나서 서투른 조선말로 열벌마을에서 유복에게 죽임을 당한 동료들의 복수를 이루었다는 말을 남기고 자결하였다.

이 같은 비보가 전해지자 한동안 연합군은 잠복해 있는 배신 왈가들을 색출해 내기 위해 영고탑 내를 사정없이 들쑤셨다. 이에 정말로 이들에게 가담하였는지 아닌지 진위를 파악하지 못하고 잡아들인 백성들이 숱하게 고문을 받고 처형되었다. 신류는 나선과의 전쟁이 끝난 마당에도 허무하게 부하를 잃은 분노와 슬픔에 열벌마을로 다시 출전해서 왈가들을 응징하겠다는 사이호달의 계획에 동참하고 싶은 마음이 간절하였으나 이를 억눌렀다. 그랬다가는 다시금 나선과 길고 지루한 교전을 되풀이할 것이 자명하였다. 이 틈바구니에서 또 조선의 많은 장병은 유복처럼 억울한 죽임을 당해야 할지도 몰랐다. 그런 까닭에 그는 오히려 사이호달의 출진을 강력히 말렸다.

신류는 영고탑 내에서 제일 양지바른 곳을 물색해 그곳에다 유복의 시신을 묻어 주었다. 그의 장례에는 총병군의 어느 누구도 진심으로 애도를 표하지 않았다. 애당초 정계룡 외에는 총병군에서 그를 따사로이 대해 준 전우가 없었다. 그는 끝내 돈으로 양반과 벼슬과 안사람을 산 천한 장사꾼이라는 평판을 벗어던지지 못하였다.

총병군이 이만 귀환해도 좋다는 내용의 황명이 북경을 출발하여 영고탑에 도착한 것은 팔월 초하루였다. 북경으로 장계를 보낸 지한 달이 다 되어서였다. 황명이 내려온지라 총병군을 계속 붙잡아 두려는 사이호달의 고집은 이제 통하지 않게 되었다. 신류는 팔월 넷째 날에 출발하기로 결정하고는 이를 알리고 작별인사를 나누고자 단출한 몸으로 사이호달의 처소를 찾았다.

"귀관을 이리 떠나보내게 되어 섭섭한 마음을 금할 길이 없구려."

사이호달은 신류와 대면한 자리에서 다시 한번 아쉬움에 찬 자신의 심중을 토로하였다.

"예전에 소관이 한 말을 허투루 듣지 말고 잘 생각해 보시구려. 전에도 말했다시피 이 몸은 이미 정축년의 일은 모두 잊었소이다."

그 말이 진심임을 신류는 잘 알았다. 그게 아니었다면 진작 앙갚음을 하였을 것이 분명하였다. 그러나 그가 아무리 삼고초려를 하여도 그자의 밑으로 들어갈 마음이 추호도 없음에는 변함이 없었다. 사대주의에 얽매여 오랑캐의 신하가 된다고 여겼거나 전하처럼 예전의 원한에 얽매여 원수의 부하가 된다는 생각에서 비롯된 것은 아니었다. 다만 그는 자신이 주군으로 모시기에는 여러모로 부족한 인물이었다. 그는 북만주 일대의 여우와 담비 가죽을 독점해 많은 이문을 남기고는 그걸로 호사스럽게 여생을 보내겠다는 계획 따위나 가지고 있는 한심한 인물이었다. 신류는 저번과 마찬가지로 옅은 미소로 대답을 회피하였다.

신류는 총병군이 기거하는 영채로 돌아가기에 앞서 잠시 다른 이들의 눈을 피해 몰래 영고탑의 중심부에서 한참이나 떨어진 외진 산속에 자리한 저택을 방문하였다. 정연이 그곳에서 처연한 얼굴로 신류를 맞이하였다. 그녀는 왈가의 준동으로 남편과 자식을 한순간에 모두 잃고는 철군하는 연합군을 따라 함께 영고탑으로 왔다. 신류는 유복에게 경제적 도움을 받아 식솔을 모두 잃고 마땅히 갈 곳 없는 그녀에게 작금에 머무는 곳을 마련해 주었다.

"소관은 조만간 이곳을 떠나려 하옵니다. 그 전에 마지막으로 작별 인사라도 올리고자 이리 내왕하였습니다."

"마침내 그리운 조선 땅으로 돌아가게 되시었군요. 감축드리옵니다."

정연은 마치 제 일처럼 환한 웃음을 지으며 기뻐해 주었다.

"조선 땅에는 정녕 돌아가지 않으시렵니까?"

신류는 한참을 주저한 끝에 이곳을 찾아온 본디 목적을 발설하였다. 이젠 아무런 연고도 없는 청나라 땅에 남아 고초를 겪게 하기보다는 조선으로 데리고 와서 그녀를 보살펴 주고 싶었다. 그녀에 대한 연정이 아직 남아서라기보다는 한때나마 연모의 마음을 가졌던 여인에 대한 의리를 지키고 싶었던 까닭이었다.

정연은 대답이 없었다. 대신 두 눈에서 한줄기 눈물이 흘러내렸다. 신류도 더는 답을 재촉하지 않고 가만히 바라만 보았다. 이제 정말 그녀와 아쉬운 작별을 해야 하는 순간이 된 것이다. 다시는 그녀를 볼 순 없을 것이다.

"부디 오래도록 강녕하시기를 빌겠습니다."

"장군님께서도 만수무강하시옵소서."

영채로 돌아가는 신류의 발걸음은 천근만근 무겁기만 하였다.

드디어 내일모레면 조선으로 돌아간다는 소식을 전해 들은 병사들은 서로 얼싸안으며 환호성을 질렀다. 나선을 무찌른 지 두 달이 다 되어서야 이루어진 늦은 귀환이었다. 그래서 병사들은 환송연을 열어 주겠다는 사이호달의 호의도 단박에 물리치고 서둘러 돌아갈 채비를 하였다.

그날 밤 윤계인과 김대충, 김사림이 몰래 신류의 처소를 찾아왔다. 갑작스러운 그들의 내왕에 신류는 적잖이 당황하였다. 잠시 그들은 서로의 눈치를 보며 머뭇거렸다. 그러다 김대충이 먼저 입을 열었다.

"소인들은 이쯤 해서 장군과 작별을 고하려 하나이다."

"일전에 내가 총병군을 떠나라는 말을 아직 담아 두고 있는 것인가? 그때야 자네들의 흐트러진 마음이 아군의 전력에 해가 될까 염려하여 그리했던 것이네만 왈가와 나선과의 교전에서 이를 딛고 아주 뛰어난 무훈을 세우지 않았나? 그러니 너무 괘념치 말고 다 같이 조선으로 돌아가도록 하세. 그곳에서 자네들을 기다리는 이들도 많지 않겠나?"

"저는 본시 명나라 사람이었으니 제가 돌아갈 곳은 조선이 아니라 중원입니다. 열벌마을에서 만난 동족들을 통해 대만에서 명나라를 부흥하려는 세력이 활동한다고 들었습니다. 이제 제 무예를 그들을 위해 써 볼까 하옵니다. 또한, 그것이 한때나마 원숭환 장군의 수하로 있었던 자의 마땅한 도리인 듯 여기옵니다."

김대충이 말을 마치자 김사림과 윤계인도 차례로 조선으로 돌아가지 않으려는 연유를 밝혔다.

"비록 스승의 원수를 갚지는 못하였으나 그분의 유지를 이어받아 중원에서 조선인 포로들과 노비들을 구하는 데 매진할 생각이옵니다."

"나선을 비롯하여 서방에 자리한 여러 이민족을 좀 더 소상히 살펴보아야겠다는 생각이 들었습니다. 해서 일단 중원으로 들어간 다음 만리장성을 넘고 몽골의 초원을 동에서 서로 가로질러 구라파를 방문해 볼까 합니다."

신류는 이러한 결심들로 가득 찬 이들을 붙잡을 수 없음을 알았다. 어차피 이들은 조선으로 돌아가 봤자 부귀와 명성이 기다리는 것도 아니었다. 게다가 청나라가 다시금 파병을 요구한다면 조정은 그들을 다시 흑룡강으로 내보낼 수도 있었다. 신류는 조선으로 돌아가는 내내 이들의 처우를 놓고 고심을 했었다. 그런데 이들이 이렇게 자신들이 갈 길을 밝혔으니 신류는 그저 승낙해 주는 수밖에 다른 도리가 없었다.

"나름 나와 조선을 위해 목숨을 바쳐 적들과 싸운 호걸들이건만 정작 나와 조선은 그대들에게 해 주는 것이 아무것도 없구나. 이제 이리 자네들을 허무히 떠나보내려 하니 섭섭한 마음을 금할 길이 없네."

이번엔 윤계인이 먼저 나서서 말하였다.

"아니옵니다. 이번 나선정벌에 참전하면서 저희는 앞으로 살아갈 방도와 자세를 배웠나이다. 장군과 함께한 소중한 시간이 아니었다면 결코 이러한 것들을 배울 수 없었을 것이옵니다. 그러니 너무 미안해하지 마시옵소서."

김사림도 옆에서 한마디 거들었다.

"중원이 비록 드넓고 외로운 땅이지만 대두인의 기개를 품으며 살아가겠나이다."

"대두인의 기개라……. 대두인… 그래 우리들은 청나라 군사도 두려워하던 나선을 물리친 자랑스러운 대두인이었지."

신류는 큰소리로 웃었다. 어차피 해야 할 작별이라면 호탕하게 그들을 보내는 게 낫다는 판단에서였다. 이들은 모두 어리둥절해하였지만 가만히 신류를 지켜보았다. 그는 이들을 지난 유월 열흘째 날의 나선과의 교전에서 장렬히 전사한 것으로 기록을 바꾸었다. 병사들에게도 철저히 입단속을 시켰다. 일기는 가만히 놔둘까 생각했지만, 그것 역시 고치기로 마음먹었다. 원래 일기는 솔직히 적어야 한다는 걸 알고 있었지만, 애초부터 일기를 작성한 목적이 후임 총병관에게 전하기 위함이었으니 어쩔 도리가 없었다.

이틀 후 총병군은 사이호달의 간단한 축송을 받으며 마침내 영고탑을 출발하였다. 사이호달이 내어 준 군선을 타고 강을 건넌 뒤 조선으로 돌아가는 길은 넉 달 전과 똑같은 여로였다. 그러기에 마찬가지로 힘들고 험난한 행군의 연속이었다. 목단강을 건너 말고리마을을 지나 백자령에 이르렀고 술가도군과 이마단, 승거평과 뿐지령, 궁굿동과 일래비라를 차례로 거쳤다. 여전히 사람과 말이 지나다니기에는 괴롭기 짝이 없는 진흙탕 길이 연거푸 나와 병사들을 맞이하였다. 그래도 병사들은 건가토강과 풍계강도 가볍게 건넜고 이제 법순과 고라이령을 지나 두만강만 건너면 그리운 고국 땅을 밟을 수 있게 되었다. 조선 땅이 점점 가까워질수록 병사들은 하루라도 일찍 도착하기 위해 젖 먹던 힘까지 쥐어짜 내어 걷고 또 걸었다. 그들의 얼굴에서 피로와 괴로움 따위는 전혀 찾아볼 수 없었다.

56. 약속(約束)

　이틀 뒤에 총병군은 종성에 도착하였다. 행영을 떠난 지 넉 달 만이었다. 이전에 병사 몇 명을 앞서 보낸 덕분에 총병군의 도착을 진작 알아차린 병마절도사가 행영 입구에서부터 성대한 잔치를 마련해 놓고는 이들을 기다리고 있었다. 이와 더불어 병사들의 식솔들과 벗들이 자리하여 하나같이 귀환하는 병사들을 얼싸안으며 감격의 눈물을 흘렸다.

　물론 돌아오지 못한 장병들의 사람들은 대신 비통함의 눈물을 흘렸다. 정계룡의 모친과 여동생이 그러하였고, 이충인의 안사람과 배명장의 옛 전우들 또한 마찬가지였다. 유복의 부인은 남편보다 정계룡의 전사 소식에 더 큰 눈물을 보여 이를 전하는 신류를 다소 당황하게 했다. 김대충의 아내와 여식에게는 은밀히 그의 행방을 알려 주고는 두툼한 돈 꾸러미를 건넸다. 강남까지 가는 여비로는 전혀 부족함이 없는 돈이었다.

　신류는 병사들이 식솔들과 반갑게 해후하는 광경을 지켜보며 긴 한숨을 내쉬었다. 이제 모든 게 끝났다는 안도감과 더 잘 해낼 수 있었는데 그러지 못했다는 허탈감이 미묘하게 섞인 한숨이었다. 신류의 귀환을 반겨 준 이가 있었다. 바로 이완 대장이었다. 오랜만에 다시 그를 대하는 기분이 참으로 남달랐다.

　"이곳까지 어인 일이십니까? 소관이 부리나케 도성으로 달려가 보고를 올릴 터인데 말입니다."

"나 같은 몸이 영웅이 당도하였는데 어찌 도성에서 편히 맞이할
수 있겠는가? 내 그래서 자네가 돌아온다는 소식을 듣고 한달음에
달려왔네."

"그런 말씀 마십시오. 소관은 영웅이 아닙니다. 부하들을 허망하게
잃고 돌아온 무능한 장수일 뿐이옵니다."

"부하 여덟을 잃었다는 소식은 들었네. 그들이 유명을 달리한 건
애석한 일이나 저들을 보게. 강성한 오랑캐들로부터 저들을 살리고
돌아와 이리 기쁨을 선사하지 않았나. 자네는 최선을 다했으니 너무
낙심하지 말게."

"위로해 주시니 감읍할 따름입니다."

"주상전하와 훈련도감의 무관들은 물론 자네를 못마땅해하던 대
신들마저 도성에서 자네를 기다리고 있네. 그러니 나와 함께 서둘러
떠나세."

이완의 재촉에 신류는 미처 여독도 풀지 못하고 곧장 도성으로 길
을 잡았다. 조정에서 성공적인 원정을 감축하는 연회가 마련되었다.
신류는 효종과 조정 문무백관들이 자리한 그 연회에 참석하였다.

"갑오년에 이어 또 한 번의 크나큰 전과이로다. 조선군의 용맹함을
청나라와 나선, 두 오랑캐에 선보인 아주 값진 결과였느니라. 이 모
든 게 다 신 우후의 공이로다."

효종은 연신 신류에게 어주를 따라 주며 그에 대한 찬사를 아낌없
이 늘어놓았다. 너무 낯간지러웠던지라 그는 몸 둘 바를 몰랐다. 효

종은 득의양양한 얼굴로 좌중을 바라보며 소리쳤다.

"자신들은 고전을 면치 못하던 나선을 우리는 두 번이나 격파하였으니 이제 청나라는 감히 조선을 얕잡아 보지 못할 것이다. 아니 두려워할 것이다. 마침내 선왕 전하와 형님께서 겪으신 치욕을 갚아 줄 날이 찾아오고야 말았다. 신 우후 그대는 이제 청나라를 토벌하는 데 앞장서서 나선을 정벌할 적의 역량을 유감없이 발휘해야 할 것이니라."

내일이라도 당장 심양을 거쳐 산해관을 지나 북경에라도 쳐들어갈 듯한 기세의 어조였다. 송시열을 위시한 서인 대신들의 안색이 일순 차갑게 변하였다. 그러나 이들은 효종과 시선을 마주칠 적이면 황급히 표정을 고치고는 억지웃음을 지었다.

신류는 효종을 알현하기 전부터 그의 면전에서 꼭 하고 싶었던 말이 있었다. 이렇게 마주한 김에 전하로부터 다짐을 받아 내고 싶었다. 그는 용기를 내어 감히 효종에게 아뢰었다.

"전하, 아뢰옵기 황송하오나 한 가지 여쭙고 싶은 게 있사옵니다."

"어디 말해 보아라."

"조선이 아직 그 힘이 미약해 북벌을 실행하자면 시간이 좀 더 필요할 듯하옵니다. 그 전에 청나라가 다시금 조선에 나선을 정벌할 군사를 요구하면 그때는 어찌하시려 하나이까?"

"그대가 이번에 나선을 단단히 혼쭐내어 주었는 데 설마 그러한 일이 또 일어나겠느냐?"

"이번에 나선을 물리친 것은 사실이나 그들을 발본색원한 것은 아

402

니옵니다. 청나라가 흑룡강에서 나는 여우와 담비 가죽을 탐내고 나선이 남하하겠다는 야심을 버리지 않는 한 그들은 머지않아 분명 한바탕 큰 전쟁을 치를 것이옵니다. 그래서 드리는 말씀이옵니다."

효종은 신류의 돌발적인 질문에 적잖이 당황해하며 선뜻 대답하지 못하였다.

"어허, 신 우후 무엄하게 이 무슨 짓인가?"

송시열이 역정을 내며 곤란함에 빠진 효종을 도우려 하였다. 그러나 신류는 굴하지 않고 효종에게 대답을 촉구하는 강렬한 눈빛을 보냈다. 마침내 효종이 입을 열었다.

"만약 그리된다면 그땐 정녕 그들의 청을 들어주지 않겠노라. 더는 그들의 꼭두각시가 되지는 않겠다. 전쟁을 불사하더라도 반드시 그리 천명할 것이다. 그렇게 한들 무에 두려울 게 있겠느냐? 과인에게는 신 우후와 같은 훌륭한 무관과 그대가 지휘한 정병들처럼 오랑캐 따위에게는 결단코 지지 않을 정예의 용사들이 있다."

"전하, 그리 속단하실 필요는 없사옵니다. 상황을 보아 대처하시면 될 것이옵니다."

효종이 너무나도 대담한 발언을 하자 송시열이 놀란 기색을 감추지 못하며 어떻게든 상황을 무마해 보려고 하였다. 그러나 효종은 내뱉은 말을 거두려 하지 않았다.

"내 기필코 그리하겠다. 청나라를 무찔렀어야 할 조선의 병사들이 어처구니없게도 두 번이나 그들을 도왔다. 이 모든 게 용기와 소신이 없었던 과인의 불찰이노라. 이제는 조선의 모든 칼끝을 전부 청나라에 돌리리라."

"전하, 성은이 망극하옵니다."

효종으로부터 더는 조선의 장병들을 파병시키지 않겠다는 약속을 받아낸 신류는 기쁘기 그지없었다. 전하의 심중이 이리 굳건하다면 비록 곁에서 서인 대신들이 아무리 주청을 올려도 다시금 청나라의 요청으로 조선의 군사들이 북정에 나서는 불상사는 벌어지지 않으리라는 확신이 들었다. 훗날의 역사는 조선이 마지막으로 나선정벌에 참여한 장수로 자신을 기록해 주기를 진심으로 바랐다.

57. 이후(以後)

　허목을 위시한 남인들은 일전에 신류와 약속한 대로 효종에게 그를 병조판서에 제수해 달라는 주청을 올렸다. 그러자 송준길이 총병군의 환송연에서 밝힌 바대로 서인 대신들은 그건 불가하다고 효종에게 반대의 상소를 올렸다. 신류는 병조판서고 뭐고 다 필요 없이 그저 얼른 다시 종성으로 보내 주었으면 하는 바람이었다.

　한 달이 지나서야 그에게 새로운 관직이 주어졌다. 바로 훈련도감의 부장이었다. 병조판서에 비할 바는 못 되었지만 나름 파격적인 승격이었다. 신류를 부장으로 삼았으면 좋겠다는 이완의 주청을 효종은 흔쾌히 승낙하였고 서인들도 남인들도 이의를 제기하지 않았다. 그리하여 사 년 만에 신류는 다시 훈련도감으로 복귀하였다. 그는 부장을 맡으면서 효종이 북벌을 완성하는 데 앞장설 삼수병들의 조련을 맡았다.

　신류와 나선정벌을 함께하였던 총병군들은 전부 삼수병에 편입되었다. 전역을 원하는 자는 그리해도 좋다고 하였지만 그러한 자는 다섯 손가락에 꼽을 정도로 적었다. 그들은 전하께서도 인정한 조선 제일의 정예병으로서의 긍지를 잃고 싶어 하지 않았다. 그들은 어서 청나라와 맞붙어 무술년에서와 같은 승전보를 올리기를 학수고대하였다. 그러나 그러한 일은 끝내 일어나지 않았다.

　다음 해에 효종은 고작 마흔 살의 나이로 갑작스럽게 승하하였다.

효종에 이어 보위에 오른 현종은 선왕과 달리 북벌에 뜻이 없었다. 선왕이 생전에 계실 적부터 쓸데없는 전쟁의 소용돌이에 휘말려 자신들의 입지가 흔들리는 걸 막으려 하였던 서인 대신들의 뜻에 충실히 따른 까닭이었다. 그러자 삼수병들의 역할과 존재도 유명무실해져 버렸다.

신류도 곧 훈련도감의 부장에서 물러나 경상도 병마절도사로 자리를 옮겼다. 예전에 훈련도감을 떠나 함경도 북병마우후로 부임되었을 적과 마찬가지로 품계는 올랐으나 실상은 도성에서 쫓겨나 지방으로 좌천된 것이나 다른 바 없었다. 오로지 그를 믿고 따른 나선정벌의 용사들은 적잖이 실망하며 차례로 군문을 떠났다.

북벌이 흐지부지되면서 총병군 병사들은 모두 살길을 찾아 뿔뿔이 흩어졌지만, 이삼 년에 한 번씩은 꼭 도성에 모여 회합을 벌이곤 하였다. 그럴 적마다 도성에서 가장 크다는 운종가의 객주는 이들로 북새통을 이루었다. 신류도 휴가를 내어 회합에 반드시 참석하였다. 이들은 저마다의 근황을 물으며 시간 가는 줄 모르고 시끌벅적 떠들어 대었다.

"흑룡강 가에 잠들어 있는 전우들은 어찌 지내고 있을까요?"

회합이 파할 때쯤 되면 이들은 누가 먼저라 할 것 없이 무술년에 조선으로 돌아오지 못한 전우들의 안부를 궁금해하였다.

"함께 잠들었으니 가엾은 원혼들이 서로를 살갑게 달래며 외로움을 이겨내고 있겠지."

신류는 그들을 조선으로 데리고 올 방법을 모색해 보기도 하였다.

그러나 천이백 리 길은 산 자와 마찬가지로 죽은 자에게도 머나먼 여정이었다.

세월은 시위를 떠난 화살처럼 쏜살같이 지나간다던 말은 틀리지 않았다. 신류와 그의 옛 부하들은 회합이 거듭될수록 머리와 눈썹과 수염에 하얀 서리가 내려앉았다. 등이 굽거나 다리를 절룩이는 이들도 나타났고 부지급식간에 세상을 떠나 더는 회합에 참여하지 못하는 이들도 생겨났다. 그럴 적이면 세월의 야속함에 홀로 울적함을 달래곤 하였다.

그러다 병오년(1666년)에는 반가운 이와 재회하기도 하였다. 회합을 마치고 객주를 나서는 그를 누군가 뒤에서 은밀히 따라붙어서는 조용히 불러 세웠다.

"장군, 그동안 강녕하셨사옵니까?"

헤어질 적과 달리 하얀 수염이 덥수룩하게 자라긴 하였지만, 그는 틀림없이 구라파로 향한다며 조선으로 귀환하는 길에 서역으로 발걸음을 돌린 윤계인이었다.

"아니 자네… 언제 돌아왔는가?"

신류는 반가움에 덥석 그의 손을 잡았다.

"한 두어 달쯤 되었습니다. 오랜 세월을 타국에서 떠돌다 보니 문득 고향 땅이 그립더군요. 해서 오랜만에 조선에 들렀습니다. 언제 다시 돌아온다고 기약할 수 없기에 소인이 요새 안면이 있는 자들은 모조리 만나러 다니는 중입니다."

신류는 오랜만에 해후한 윤계인과 오랫동안 이런저런 얘기를 주고

받았다. 그러다 부술년에 윤계인과 함께 사라진 김대충과 김사립의 근황도 파악하게 되었다.

"장군, 근래에도 중원에서는 탐관오리들의 재물을 빼앗고 억울하게 노비가 된 자들을 풀어 주는 의사가 출몰하여 장안의 화제입니다. 특이하게도 칼 대신 마상총을 사용하지요. 황실에서는 그를 잡으려 혈안이 되어 있으나 백성들은 오히려 그를 숭상하며 숨겨 주기까지 한답니다. 북경을 드나드는 조선 상단의 행수들은 혹여 방포거사가 중원으로 넘어간 게 아니냐며 쑥덕이고 있다 하옵니다."

"그러던가?"

"또한 정성공이라는 장군은 대만에서 명나라의 부흥을 기치로 내걸고 청나라에 대항하고 있사온데 청나라가 이들에게 고전을 면치 못하는 듯하옵니다."

"어허, 그래?"

"특히 청군은 정성공의 조총 부대를 만나기만 하면 벌벌 떨어서 남방의 나선이라고 불린다고 합니다. 헌데 청나라 백성들이나 명나라의 유민들은 다들 원숭환 장군이 저승에서 돌아와서 그리된 줄로 알고 있습니다. 조총 부대가 나타날 적이면 천계제가 하사한 총을 들고 늘 선두에 서는 용맹한 장수가 있는데 다들 그를 원숭환 장군으로 여기는 것 같습니다."

"그랬구먼. 그런 일들이 중원에서 벌어지고 있었네그려."

윤계인은 이들이 누구라고 꼭 집어 얘기하지는 않았다. 그러나 얘기를 들은 신류는 연신 흐뭇한 미소를 지었다. 윤계인은 보름을 더 조선에 머문 후 더 머물다 가라는 신류의 만류에도 뿌리치고 서둘러 중원으로 길을 재촉하였다.

"아주 오랜만에 맛보는 조선 음식도 좋긴 하나 안사람이 만들어 주는 피로슈키가 그리워서…."

이후로 신류는 윤계인과 다시 만나지 못하였다.

무술년에 청나라는 나선과 화의를 하였지만 얼마 못 가 다시 그들과 길고 지루한 전투에 돌입하였다. 서로의 이해가 상충하는 까닭에 결코 오래 지속될 수 없는 화의이긴 하였다. 다시금 왈가의 땅은 그들의 전쟁터로 바뀌었고 그들은 다시 숨어서 준동을 펼치기 시작하였다. 이 같은 소식을 접한 신류는 청나라가 다시 조선에 파병을 요청할까 봐 노심초사해하였다. 절대 파병을 불허하겠다는 의지를 밝힌 효종은 이미 이 세상 사람이 아니었다.

하지만 신류의 우려와 달리 애꿎은 조선의 장병들이 더는 남의 나라 전쟁에 휘말리는 일은 일어나지 않았다. 병오년에 신류를 찾은 윤계인이 다시 조선을 떠나면서 그에게 했던 말과 모두 들어맞았다.

"앞으로 조선군이 나선과 싸울 일은 없을 듯합니다. 작금의 청나라 황제(강희제)가 더는 나선과 싸울 마음이 없는 듯 계속 나선에게 사신을 보내어 화친할 것을 청하고 있습니다. 나선도 내심 받아들일 용의이오니 조만간 두 나라는 총칼을 내려놓을 것입니다. 허니 장군께서는 더는 노심초사해하지 마시옵소서."

신류는 전하께서 선왕의 유지를 이어받아 청나라가 파병 요청을 하였음에도 과감히 거절하였기에 그리되었을 수도 있다고 잠시 생각해 보았다. 허나 그는 이내 고개를 가로저었다. 그건 분명 아닐 터이다. 조정은 아직도 송시열 대감을 위시한 서인들의 세상이었다.

58. 후일담(後日譚)

　강희제의 명으로 을축년(1685년)에 대대적으로 러시아에 공세를 퍼부은 청나라는 흑룡강 북안의 알바진 성을 점거하는 데 성공하였다. 일단 네르친스크로 후퇴한 러시아는 다시 전력을 회복하여 알바진을 되찾고자 그곳을 맹렬히 공격하였다. 이후로 무려 사 년 가까이 알바진 성의 주인은 툭하면 바뀌곤 하였다. 전선의 상황이 조금도 달라지지 않자 누가 먼저라 할 것도 없이 자연스레 휴전의 분위기가 양국에 감돌기 시작하였다.

　이반 5세는 휴전 협정을 진지하게 논하기 위하여 전권대신을 북경으로 보냈다. 어떡하든 이번 기회에 러시아와 국경 문제를 원만하게 해결하고 싶었던 강희제도 그들의 방문을 진심으로 환영하였다. 그런데 청나라 황실은 러시아의 전권대신을 보자 적잖이 당황해하였다. 사 년 전 러시아가 알바진 성을 점거하는 데 큰 공을 세웠던 백전노장의 장수가 방문한다고 들었기에 이들은 대신이 기골이 장대한 초로의 남성일 것으로 여기고 있었다. 허나 이들이 맞이한 대신은 왜소한 체격에 눈가와 이마에 주름이 가득한 평범한 중년 여인이었다. 다만 세월의 흔적을 비껴간 듯 여전히 하얀 피부와 금빛을 두른 머리칼은 그녀의 외모를 한층 돋보이게 하였다. 그녀는 바로 이리나였다.

　이리나와 강희제가 내세운 청나라의 전권대신 사이에서 조속하게 휴전 협정에 대한 논의가 이루어졌다. 황제의 재가를 받아내야 하긴 하였으나 조만간 양국의 대신이 네르친스크에서 다시 만나 휴전 조약에 서명하기로 합의를 보았다. 원만하게 회담이 이루어지자 강희제는 이리나가 귀국하기 전까지 연일 잔치를 베풀며 그녀를 환대해 주었다.

이리나는 잔치에 응하기보다는 단출하게 호종하는 이들 몇몇만 데리고는 남편과 함께 북경 시내를 돌아다니며 유람을 즐겼다. 그녀는 북경에서 유일하게 조선의 음식을 팔고 있는 객관에 들렀다.

"이번 기회에 조선에도 한번 다녀오시는 게 어떠신지요?"

그녀는 저녁을 즐기면서 남편에게 넌지시 물어보았다. 남편과 대화할 적에는 늘 어머니의 나라인 네덜란드의 말을 구사하였다. 남편이 조선에 표류하였다 모국으로 귀국한 하멜이라는 네덜란드 상인에게서 말을 배우지 않았더라면 아마 그와 부부의 연을 맺는 일도 없었으리라 여기기에 그녀는 남편과 네덜란드어로 얘기하는 게 좋았다.

"찾아가 봐야 이젠 나를 아는 이도, 반기는 이도 없을 텐데요."

그녀는 더는 권하지 않고 묵묵히 음식을 들었다. 그녀의 남편은 바로 윤계인이었다. 조선을 떠나올 적에는 혈기왕성한 젊은이였던 그도 어느새 백발이 성성한 노인이 되어 있었다.

갑자기 객관 주변이 시끌벅적하였다. 수많은 사람이 객관 앞으로 난 큰길을 따라 어디론가 향하였다. 나머지는 이들을 바라보며 여기저기서 수군거렸다. 윤계인과 이리나는 그들이 수군거리는 소리를 엿들을 수 있었다.

"자네 들었는가? 곧 노립대인에 대한 처형이 있을 거라는구만."

"아이고, 어쩌다가 그 어르신이 붙잡혀서는 이리 비참한 최후를 맞이할꼬."

"그러게 말일세. 그동안 억울하게 노예가 된 이들을 얼마나 많이 풀어 주었는데."

객관에 자리한 사람들치고 한족이라면 누구나 노립대인의 처형을 안타까워하였다.

윤계인은 노립대인이라는 단어를 똑똑히 듣고는 자리에서 일어나 곧장 큰길을 따라 달렸다. 뒤에서 이리나가 아무리 그를 불러 세워도 소용없었다.

시장 한복판에 마련된 처형장에는 수많은 인파가 노립대인의 처형 광경을 지켜보려고 운집하였다. 윤계인은 이들을 뚫고 맨 앞까지 도달하였다. 머리는 산발이 되었고 온몸이 피투성이가 되었으나 죽음이 코앞에 닥쳤는데도 당당한 눈빛만큼은 잃지 않은 늙은 사내가 무릎을 꿇고 단정히 앉아 있었다. 그의 옆으로는 오랜 세월 그의 동반자였던 노립과 마상총이 가지런히 놓여 있었다.

윤계인과 그자의 시선이 마주쳤다. 그러자 그자가 반가운 미소를 지었다. 세월이 그토록 흘렀는데도 지금으로부터 삼십여 년 전 한족 노예들을 열벌마을에서 탈출시키고자 자신과 어깨를 나란히 하고 싸웠을 적에 지었던 미소와 전혀 달라지지 않았다. 그는 김사림이 분명하였다. 윤계인도 안타까운 속마음을 감추고 그에게 미소로 화답하였다.

처형을 시작하는 북소리가 울리자 대기하고 있던 망나니가 큰 칼을 휘두르며 신명 나게 춤을 추었다. 다만 윤계인을 비롯하여 이를 지켜보는 구경꾼들은 전혀 흥겹지 않았다. 춤추기를 끝마친 망나니가 김사림의 목을 베려던 찰나였다. 어디선가 철환이 날아와 그의 가슴에 정통으로 박혔다. 그는 외마디 신음을 내곤 그 자리에 고꾸라졌다. 연이은 방포에 처형장에 자리하였던 다른 청군 병사들도 일제히 숨을 거두었다. 일순 처형장 주변이 요란한 방포 소리에 놀란 사람들로 아수라장을 이루었다.

그 혼란한 가운데서도 윤계인은 철환이 날아온 방향으로 시선을 돌렸다. 처형장의 정면에 자리한 커다란 포목점의 지붕이었다. 그곳에는 어떤 노인이 총구 끝에 옥으로 만든 작은 노리개가 매달린 총을 들고 늠름하게 서 있었다. 윤계인은 단번에 그가 김대충임을 눈치채었다.

"원숭환 장군님이시다."

뒤늦게 그를 알아본 백성들이 일제히 환호성을 질렀다. 그는 재빨리 지붕에서 뛰어내려 처형장으로 달려가 김사림의 포박을 풀어 주었다. 그런 다음 휘파람을 길게 불자 어디선가 하얀 말이 나타나 그들에게로 달려들었다. 김대충은 김사림과 함께 말에 올라탄 채 유유히 처형장을 빠져나갔다. 윤계인은 그들의 멀어져 가는 뒷모습을 바라보며 밝은 웃음을 지었다. 뒤늦게 호종하는 부하들과 함께 처형장에 당도한 이리나가 무슨 일이냐고 그에게 물어보았다.

"오랜만에 아주 반가운 동무들을 만났지요. 예나 지금이나 참 변함이 없더군요."

한편 그 시각 조선에서는 숙종이 모처럼 만에 암행에 나서는 중이 었다. 그는 궁궐을 나서자마자 곧장 도성에서 가장 크다는 세책가로 향하였다. 최근 장안에 화제라는 김만중의 소설을 입수하기 위해서 였다. 인현왕후를 폐출하고 희빈 장씨를 왕비로 올린 자신을 빗댄 소 설이라고 하도 소문이 떠들썩하여 그는 소설의 내용이 무척이나 궁 금하였다. 세책가의 주인은 무척이나 난감한 표정을 지었다.

"아이고 죄송합니다, 나으리. 요새 그 책이 도성의 마나님들이나 아 씨들 사이에서 워낙 인기가 좋은지라 필사가 되는 대로 바로 나갑니 다요."

"어허, 그래도 어찌 구해 볼 수 없겠나? 이 몸도 김만중 대감의 작 품을 읽고 싶어 하는 열혈 독자란 말일세."

"송구스러운 말씀이오나 며칠 뒤에 다시 들려 주시옵소서."

이참에 김만중의 소설을 읽어 보고자 했던 숙종은 입맛을 다시며 그대로 돌아설 수밖에 없었다.

"나으리, 대신에 사씨남정기 다음으로 잘 나가는 책을 하나 소개 해 드릴깝쇼?"

이 말에 숙종은 다시 호기심 어린 표정으로 세책가의 주인을 상대 하였다.

"그건 어떤 소설인가?"

"무술년에 총병군이 저 멀리 북만주에서 나선을 물리치는 내용을 담고 있습니다요. 이 소설도 도성의 젊은 도련님들 사이에서는 못 구해서 야단인 책이지요."

숙종은 십여 년 전쯤에 당시의 산증인으로부터 나선정벌의 전말을 전해 들은 일을 떠올렸다. 그자는 그로부터 몇 달 후 이 세상을 하직하였다. 숙종은 주인이 권하는 소설이 그때의 일을 어떻게 각색했을지 참으로 궁금하였다. 그래서 그는 주인이 권하는 책을 군말 없이 받아들었다. 제목은 〈대두인〉이었다. ♣

※ 후속편인 『사자(使者)』와 『대회합(大會合)』에서 신류의 무용담은 계속됩니다.